BASTEI
LÜBBE

MARGARET WEISS UND TRACY HICKMAN IM TASCHENBUCH-PROGRAMM:

DIE ROSE DES PROPHETEN
20 200 Band 1 Das Buch der Götter
20 202 Band 2 Das Buch Quar
20 212 Band 3 Das Buch der Unsterblichen
20 214 Band 4 Das Buch Akhran
20 225 Band 5 Das Buch der Nomaden
20 228 Band 6 Das Buch Promenthas

DIE VERGESSENEN REICHE
20 210 Band 1 Himmelsstürmer
20 238 Band 2 Elfenstern
20 248 Band 3 Feuersee
20 260 Band 4 Drachen magier
20 273 Band 5 Drachenelfen
20 287 Band 6 Irrwege
20 311 Band 7 Das siebte Tor

DAS DUNKLE SCHWERT
20 343 Band 1 Kind des Todes
20 344 Band 2 Der Weg nach Merilon
20 345 Band 3 Der Herrscher von Merilon

in Vorbereitung:
20 337 Band 4 Das Erbe des Dunklen Schwerts
(August '98)

Margaret Weis
Tracy Hickman

Das dunkle Schwert

Der Herrscher von Meriton

Roman

Ins Deutsche übertragen
von Eva Bauche-Eppers

BASTEI
LÜBBE

BASTEI LÜBBE TASCHENBUCH
Band 20 345

Erste Auflage: Juli 1998

Deutsche Lizenzausgabe 1998 by
Bastei-Verlag Gustav H. Lübbe GmbH & Co.,
Bergisch Gladbach
Originaltitel: Triumph of the Darksword
Der Roman erschien bereits in zwei Teilen unter den Titeln:
›Die Engel des Untergangs‹ und ›Der Herrscher von Merilon‹.
Lektorat: Stefan Bauer
Titelbild: Luis Royo / Norma Agency, Barcelona
Umschlaggestaltung: Quadro Grafik, Bensberg
Satz: Fotosatz Steckstor, Rösrath
Druck und Verarbeitung:
Brodard & Taupin, La Flèche, Frankreich
Printed in France
ISBN 3-404-20345-3

Der Preis dieses Bandes versteht sich einschließlich der gesetzlichen Mehrwertsteuer

Der Beobachter

Der Beobachter – die zehn Meter hohe Statue eines Mannes – hatte mit seinen Augen von Stein viel Merkwürdiges gesehen während der vergangenen neunzehn Jahre. Neunzehn Jahre – so lange dauerte seine Verdammnis jetzt. Einst ein Mensch, ein Katalyt, hatte Leidenschaft ihn vom rechten Wege abgebracht. Aus Liebe zu einer Frau hatte er die unverzeihliche Sünde der körperlichen Vereinigung begangen und mit ihr ein Kind gezeugt. Man verurteilte ihn zur Wandlung, bei der sein lebendes Fleisch in lebenden Stein transformiert wurde. Er war dazu verdammt, auf ewig an der Grenze zu stehen und ins Jenseits, in die Schattenwelt, zu schauen, ohne je an ihrem erlösenden Frieden teilhaben zu können.

Die Gedanken des Beobachters wanderten zurück zu den ersten sechs Jahren seiner Strafe. Sechs unerträgliche leere Jahre, in denen er kaum je einen Menschen zu Gesicht bekam und noch seltener den Klang einer menschlichen Stimme vernahm. Sechs Jahre, in denen Verstand und Seele in ihrem steinernen Gefängnis tobten und rasten.

Dann trat eine Frau mit einem Kind an der Hand vor ihn hin. Es war ein Junge, mit langem schwarzen Haar und großen dunkelbraunen Augen.

»Dies ist dein Vater«, sagte die Frau zu dem Jungen und wies auf die Statue.

Wußte der Beobachter, daß sie irrte? Wußte er, daß sein Kind tot zur Welt gekommen war? Er wußte es. Tief in seinem Herzen wußte er, daß die Katalyten recht gehabt hatten, als sie prophezeiten, daß aus seiner Verbindung mit dieser Frau keine Nachkommen hervorgehen würden. Wessen Kind war dieser Junge? Er konnte nicht hoffen, es je zu erfahren, dennoch weinte er für den Jungen, aber mehr noch für seine Jugendliebe, die jetzt in Lumpen vor ihm stand und mit Augen zu ihm aufsah, in denen der Wahnsinn glomm.

Weitere lange Jahre verharrte der Beobachter auf seinem Posten, äußerlich unerschüttert, doch innerlich von Qualen zerrissen. Manchmal war er unfreiwillig Zeuge, wie Angehörige seines Ordens – Katalyten – für irgendein Vergehen das gleiche Schicksal erlitten wie er. Dann wieder mußte er mitansehen, wie ein Magus ins Jenseits verbannt wurde – die Strafe für jene mit der Gabe des Lebens. Der Henker schleppte den Verurteilten zum Rand des sandigen Gestades dieser Welt und stieß ihn in den wogenden Nebel hinaus. Die steinernen Ohren des Beobachters vernahmen den letzten, entsetzten Aufschrei der körperlosen Stimme aus den grauen Schleiern, dann herrschte Stille. Der Beobachter beneidete diese Unglücklichen.

Er beneidete sie aus tiefster Seele, denn sie hatten ihren Frieden, während er gezwungen war weiterzuleben.

Aber der merkwürdigste Vorfall hatte sich vor etwa einem Jahr zugetragen. Warum hatte er einen solchen Eindruck auf ihn gemacht? fragte er sich oft in den dunklen Stunden der Nacht, die besonders schwer zu ertragen waren. Aus welchem Grund hatte er sein steinernes Herz bewegt, wenn es von all den anderen Schicksalen unberührt geblieben war? Er wußte es nicht und grübelte manchmal tagelang darüber nach, wobei das Geschehene immer wieder an seinem inneren Auge vorüberzog.

Es sollte eine Wandlung stattfinden, die Vorbereitungen verrieten es ihm – das Eintreffen der fünfundzwanzig Katalyten, der Scharfrichter in seiner grauen Robe, das Zeichen im Sand, wo der Verurteilte nachher stehen würde. Nur war es diesmal keine gewöhnliche Wandlung. Verwundert sah der Beobachter den Kaiser mit seiner Gemahlin eintreffen. Dann erschienen Bischof Vanya – der Beobachter verfluchte ihn stumm – sowie Prinz Xavier, der Bruder der Kaiserin. Schließlich brachte man den Delinquenten. Die Überraschung des Beobachters war vollkommen. Dieser junge Mann mit dem langen schwarzen Haar und dem kräftigen, muskulösen Körper war kein Katalyt. Doch nur Katalyten wurden zur Wandlung verurteilt. Was also hatte es mit diesem jungen Mann auf sich? Welches Verbrechen legte man ihm zur Last?

Der Beobachter verfolgte das Schauspiel mit wachsender Anteilnahme, dankbar für alles, was die zermürbende Monotonie seines Daseins unterbrach. Als nächstes sah er einen weiteren Katalyten am Ort des Geschehens auftauchen, der neben dem Scharfrichter Aufstellung nahm. Er brachte ein Schwert mit, eine ungewöhnlich aussehende Waffe. Der Beobachter hatte nie etwas Ähnliches zu Gesicht bekommen und empfand ein starkes Unbehagen beim Anblick des schwarzen, glanzlosen Metalls.

Schweigen senkte sich über die Versammelten. Bischof Vanya verlas die Anklageschrift.

Der junge Mann war ein Toter, ein Mensch ohne Magie, und er war ein Mörder. Schlimmer noch – er hatte bei den Adepten des Neunten Mysteriums gelebt und mittels ihrer verbotenen Künste eine Waffe des Bösen geschmiedet. Für diese Verbrechen sollte an ihm die Wandlung vollzogen werden. Der letzte Blick seiner erstarrenden Augen sollte auf die unheilvolle Waffe fallen, die er geschaffen und als Fluch der Welt aufgebürdet hatte.

Der Beobachter erkannte in dem Verurteilten nicht das Kind, das vor Jahren zu seinen Füßen geweint hatte. Wie auch? Es gab kein Band zwischen ihnen. Dennoch empfand er Mitgefühl, vielleicht weil ein goldhaariges Mädchen – nicht viel älter als die Frau, die er einst geliebt hatte – gezwungen wurde, der Vollstreckung des Urteils beizuwohnen. Der Beobachter hatte Mitleid mit dem jungen Mann und dem Mädchen, erst recht, als er den Jüngling vor dem Katalyten auf die Knie fallen und vor Angst und Entsetzen in Tränen ausbrechen sah.

Der Katalyt umarmte den Verurteilten, und in dem steinernen Herzen des Beobachters regte sich der dumpfe Schmerz ohnmächtigen Kummers. Er schaute zu, wie der junge Mann sich mit wiedergewonnener Fassung erhob, während sein Tröster an den zugewiesenen Platz neben dem Scharfrichter zurückkehrte.

Die fünfundzwanzig Katalyten öffneten sich der Magie der Welt, dem Leben, bündelten die Energie und leiteten sie durch Exeunts dem Scharfrichter zu.

Und der Scharfrichter begann mit der Beschwörung, die den Leib des Verurteilten zu Stein verwandeln sollte. Doch plötzlich sprang der Katalyt in den Pfad der Magie. Bevor sein Körper ihm den Dienst versagte, warf er seinem Schützling das Schwert zu.

»Flieh!« rief er.

Der junge Mann ergriff jedoch nicht die Flucht. Bis dorthin, wo er stand, etwa zehn Meter entfernt, konnte der Beobachter die unheimliche Macht des Schwertes spüren. Er fühlte, wie es seiner Umgebung Leben entzog. Er sah, wie es zwei Hexenmeister in einer gleißenden Stichflamme vergehen ließ. Er sah, wie der Henker in die Knie gezwungen wurde, und hätte er noch Atem gehabt, hätte der Beobachter einen Schrei des Triumphs ausgestoßen.

»Töte!« sehnte er sich zu brüllen. »Töte sie alle!«

Doch eins vermochte die dämonische Waffe nicht zu tun, sie war unfähig, die Wandlung rückgängig zu machen. Der Junge sah den Katalyten vor seinen Augen zu Stein werden. Sein Schmerz teilte sich dem Beobachter mit, der voller Haß dem Strafgericht entgegenfieberte, das unvermeidlich war.

Es kam nicht dazu. Statt dessen nahm der Gerettete das Schwert, legte es ehrerbietig in die versteinerten Hände des Katalyten und verharrte einen Atemzug lang in stummer Andacht, bevor er sich abwandte, um zu tun, was keiner erwartet hatte – er schritt in die Nebel der Schattenwelt hinein. Das goldhaarige Mädchen folgte ihm.

Der Beobachter starrte ihnen in fassungslosem Staunen hinterher. Er wartete darauf, den letzten Aufschrei unsäglichen Entsetzens zu hören. Vergeblich. Nur Schweigen wehte ihn aus dem Jenseits an.

Der Blick des Beobachters richtete sich auf die am Gestade Zurückgebliebenen, und er sah mit grimmiger Befriedigung, daß auch ohne Zutun des jungen Mannes Vergeltung geübt wurde. Bischof Vanya fiel zu Boden wie vom Blitz getroffen. Der Körper der Kaiserin verweste binnen Sekunden, vor den Augen ihrer entsetzten Untertanen. Erst jetzt erkannte der Beobachter, daß sie bereits vor geraumer Zeit gestorben sein mußte und nur durch Magie am Leben erhalten worden war – falls man es Leben nennen konnte. Prinz Xavier hastete zu dem Standbild des Katalyten und versuchte ihm das Schwert zu entreißen, aber die steinernen Hände hielten es fest.

Dann verließen die Lebenden das Gestade. Zurück blieb die Statue eines weiteren Beobachters, doch dessen Züge waren nicht in Angst oder Haß erstarrt wie die Gesichter der Leidensgenossen links und rechts.

Die Statue des Katalyten mit dem rätselhaften Schwert schaute in die Schattenwelt hinaus, und auf dem versteinerten Antlitz lag ein Ausdruck entrückten Friedens.

Und durch noch eine ungewöhnliche Kleinigkeit unterschied sich diese Statue von den anderen. Nachdem das Gestade wieder verlassen dalag, hatte der Katalyt noch einen einsamen Besucher, und dann flatterte an seinem Hals fröhlich ein Tuch aus orangefarbener Seide.

... und zu neuem Leben erwachen

Die Beobachter standen seit Jahrhunderten an der Grenze Thimhallans. Es war ihre erzwungene Pflicht, in dem Streifen Niemandsland Wache zu halten, der das Zauberreich von den Geheimnissen des Jenseits trennte.

Was für Geheimnisse?

Die Ahnen hatten es gewußt. Sie waren auf der Flucht aus einer Heimat, in der man sie verfolgte, in diese Welt gekommen und wußten, was hinter dem Vorhang aus wogenden Nebelschwaden lag. Um sich davor zu schützen, umgaben sie ihre neue Heimat mit einem magischen Wall und verfügten, daß Beobachter entlang der Grenze postiert werden sollten – ewige, niemals schlafende Wächter.

Im Lauf der Jahrhunderte war jedoch vieles in Vergessenheit geraten. Falls im Jenseits tatsächlich eine Gefahr lauerte, schien es dennoch keinen Anlaß zur Besorgnis zu geben, denn wie sollte ein möglicher Feind die magische Barriere überwinden?

Nur die Beobachter hielten auch weiterhin getreulich Wacht – sie hatten keine andere Wahl. Und als sich zum erstenmal in Jahrhunderten der Nebel teilte, als eine Gestalt aus den grauen Schwaden hervortrat und ihren Fuß auf das Gestade setzte, erschraken die Beobachter und stießen ihren Warnruf aus.

Doch längst verstand sich niemand mehr darauf, den Stimmen aus Stein zu lauschen, also erfolgte die Rückkehr des Mannes zwar nicht unbemerkt, aber unbeachtet. Die Bewacher riefen: »Hüte dich, Thimhallan! Es ist geschehen! Die Grenze wurde überschritten!« Ihre Warnung stieß auf taube Ohren. Es gab welche, die den stummen Ruf hätten hören können, wären sie nicht anderweitig beschäftigt gewesen. Bischof Vanya zum Beispiel. Er war der ranghöchste Katalyt des Reiches, und eigentlich hätte wohl jenes höhere Wesen, das er verehrte – der Almin – die Aufmerksamkeit Seines obersten Dieners auf das schicksalhafte Ereignis lenken sollen. Leider war Essenszeit. Seine Heiligkeit saß mit Gästen bei einem kleinen Souper, und obwohl er ein sehr schönes (und langes) Tischgebet sprach, hatte man nicht das Gefühl, daß der Almin auch eingeladen war.

Prinz Xavier hätte gleichfalls den Ruf hören müssen. Er war immerhin ein *DKarn-duuk,* ein Magus Bellorum und einer der mächtigsten Hexenmeister des Landes. Doch auch er war von anderen Dingen in Anspruch genommen. Prinz Xavier – pardon, *Kaiser* Xavier – bereitete sich auf den Krieg mit Sharakan vor, und nur noch eine Sache war ihm wichtiger: die Frage, ob es eine Möglichkeit gab, den steinernen Händen einer Statue das Dunkle Schwert zu entreißen. Wenn es ihm gelang, dieses Schwert in seinen Besitz zu bringen – eine Waffe mit der Eigenschaft, Magie zu absorbieren –, war ihm der Sieg über Sharakan so gut wie sicher.

Bischof Vanya saß also in seinen luxuriösen Gemächern im Baptisterium, wo er sich an Schweinsköpfen, Ferkelschwänzchen und marinierten Krabben delektierte, über das Verbreitungsgebiet und die Lebensgewohnheiten der Marsupialier dozierte und die Warnungen der Beobachter Schluck für Schluck mit der halbtrockenen Spätlese hinunterspülte –

– während Prinz Xavier in seinem Laboratorium hin- und herging, gelegentlich innehielt, um in einem stockfleckigen Folianten zu blättern, ärgerlich den

Kopf schüttelte und verdrossen murmelnd seine Wanderung fortsetzte. Die Warnungen der Beobachter verloren sich in seinen Flüchen.

Nur eine einzige Person in ganz Thimhallan vernahm die Stimmen. In der Stadt Sharakan erwachte ein flaumbärtiger junger Mann (recht gewagt bekleidet mit purpurnen Strümpfen, rosa Kniehose und einer langen, roten Seidenweste) von seinem Nachmittagsschläfchen. Er neigte lauschend den Kopf in Richtung Osten und rief gereizt aus: »Sacrebleu! Wie soll man dabei ein Nickerchen machen können! Schluß mit dem greulichen Lärm!« Sprach's und schlug das Fenster zu.

Hüte dich, Thimhallan! Gefahr droht! Die Grenze wurde überschritten!

Der Mann, der aus dem Nebel trat, war Ende Zwanzig, obwohl er älter wirkte. Sein Körper war muskulös. Seine Züge hingegen spiegelten die leidvolle Erfahrung eines Mannes, der hundert sein mochte.

Das Gesicht unter den wilden schwarzen Locken war ernst und wirkte auf den ersten Blick ebenso kalt und gefühllos wie die Steingesichter derer, die auf ihn niederblickten. Von dem düster schwelenden Feuer des Zornes und Hasses in den dunkelbraunen Augen, das unversehens auflodern konnte, war nur kalte Asche übriggeblieben.

Der Mann trug lange weiße Gewänder aus feiner Wolle, darüber einen feuchten, schmutzigen Reiseumhang. Er musterte seine Umgebung mit der bedächtigen Gründlichkeit eines Menschen, der nach langer, langer Zeit seine Heimat wiedersieht. Der Ausdruck von Sorge und Trauer auf seinem Gesicht vertiefte sich. Er wandte sich halb zurück und streckte die

Hand aus. Sie wurde von schmalen Fingern umschlossen, und eine Frau mit langem goldenem Haar tauchte aus den grauen Dunstschleiern auf.

Sie schaute sich benommen um und blinzelte in die Strahlen der untergehenden Sonne, deren rotes Auge über den Kamm einer fernen Bergkette hinweg die beiden Neuankömmlinge wie erstaunt musterte.

»Wo bin ich?« erkundigte sich die Frau ohne ein Anzeichen von Beunruhigung, als wären sie und ihr Begleiter auf einem Spaziergang gewesen und hätten an einer Gabelung den falschen Weg eingeschlagen.

»Thimhallan«, antwortete der Mann in einem ruhigen Tonfall, der sich wie heilende Salbe über eine tiefe Wunde breitete.

»Kenne ich diesen Ort?« fragte seine Gefährtin weiter. Obwohl der Mann antwortete und sie es zur Kenntnis nahm, schaute sie ihn nicht an und wandte sich auch nicht direkt an ihn, sondern sprach wie an irgendeine unsichtbare Wesenheit. Sie war jünger als der Mann und mochte etwa siebenundzwanzig sein. Das goldene Haar war in der Mitte gescheitelt und zu dicken, hüftlangen Zöpfen geflochten. Durch diese kindliche Frisur wirkte sie jünger, als sie war, ein Eindruck, den die weitgeöffneten blauen Augen noch verstärkten. Wenn man aber genauer hinsah, konnte man erkennen, daß ihr strahlender Glanz und der wie staunende Blick nichts mit der unschuldigen Naivität eines Kindes zu tun hatten. Die Augen dieser Frau sahen Dinge, die andere nicht wahrnehmen konnten.

»Du wurdest hier geboren«, erklärte der Mann in unverändert ruhigem Ton, »und bist hier aufgewachsen, genau wie ich.«

»Wie eigenartig«, meinte die Frau. »Man sollte meinen, ich könnte mich erinnern.« Ihre Reisekleidung war ebenso schmutzig und durchnäßt wie das

Gewand des Mannes; das feuchte Haar klebte ihr an den Wangen. Beide schienen müde zu sein und sahen aus, als hätten sie einen langen Weg in strömendem Regen zurückgelegt.

»Wo sind meine Freunde?« fügte sie hinzu und spähte über die Schulter zurück. »Kommen sie nicht mit?«

»Nein«, sagte der Mann. »Sie vermögen die Grenze nicht zu überschreiten. Aber du wirst hier neue Freunde finden. Laß ihnen etwas Zeit. Sie müssen sich erst an dich gewöhnen. Es hat lange, sehr lange niemand mehr mit ihnen gesprochen.«

»O wirklich?« Das Gesicht der Frau hellte sich auf, aber gleich fiel wieder ein Schatten auf ihre Züge. »Dann sind sie bestimmt sehr einsam.« Sie beschattete die Augen gegen die grellen Sonnenstrahlen und schaute am Gestade hinauf und hinunter, dabei streckte sie die andere Hand aus, als wollte sie eine scheue Katze anlocken. »Habt keine Angst. Alles ist gut. Ihr könnt ruhig zu mir kommen.«

Der Mann wandte sich mit einem tiefen Seufzer von der Frau ab, die weiterhin ins Leere sprach, und trat vor das Standbild des Katalyten mit dem Schwert in den Händen.

Während er stumm die Statue musterte, rannen ihm Tränen über die von scharfen Falten gekerbten Wangen. So verharrte er eine Weile, dann wischte er sich müde über die Augen und griff behutsam nach dem orangefarbenen Seidentuch, das ausgeblichen am Hals der Steinfigur im Wind flatterte. Er nahm es ab, strich es glatt, faltete es zusammen und verstaute es sorgfältig in einer Tasche seines weißen Gewandes, dann streichelte er mit den Fingerspitzen über das von Leid gezeichnete Gesicht der Statue.

»Mein Freund«, flüsterte er, »erkennt Ihr mich? Ich

bin nicht mehr der Junge von damals; der Junge, dessen erbärmliche Seele Ihr gerettet habt.« Er legte die Handflächen an den kalten Stein. »Ja, Saryon, Ihr erkennt mich. Ich kann es fühlen.«

Das ihm eigene schattenhafte Lächeln war nicht mehr verbittert und zynisch wie früher einmal, sondern melancholisch und bedauernd. »Unsere Rollen sind vertauscht, Pater. Einst war ich kalt wie Stein und wärmte mich an Eurer Liebe und Güte. Jetzt seid Ihr es, dessen Kälte ich spüre. Wenn nur meine Liebe Euch zu wärmen vermöchte.«

Von Kummer übermannt, neigte er den Kopf, und sein tränenverschleierter Blick fiel auf die Steinhände, die das Schwert umfaßten.

»Was ist das?« murmelte er überrascht.

Allem Anschein nach war jemand überaus erpicht gewesen, die Waffe in seinen Besitz zu bringen und hatte keine Bedenken gehabt, mit Hammer und Meißel nachzuhelfen, wie die tiefen Schrammen und Kerben erkennen ließen. Die Fingerknöchel waren gesplittert, einige Finger gebrochen.

»Man wollte Euch das Schwert entreißen!« sagte er vor sich hin. »Und Ihr habt es nicht hergegeben!« Während er die schändlich zugerichteten Hände streichelte, fühlte er den alten Zorn, den er besiegt geglaubt hatte, wieder in sich auflodern. »Wie müßt Ihr gelitten haben! Und sie wußten es! Ihr wart verurteilt stillzuhalten, während sich das Eisen in Euer Fleisch grub und Eure Knochen brachen! Sie wußten, Ihr fühlt jeden Schlag, aber das störte sie nicht. Warum auch? Sie konnten Eure Schreie nicht hören.« Die Hände aus Fleisch und Blut berührten zögernd die Waffe, unwillkürlich schlossen sich die Finger um den Griff. »Ich bin vergeblich gekommen, wie mir scheint . . .«

Er verstummte abrupt. Hatte das Schwert sich

bewegt? In dem Glauben, einer Täuschung erlegen zu sein, zog er prüfend an der versteinerten Waffe. Zu seiner größten Überraschung glitt sie ohne Widerstand aus der Scheide, beinahe hätte er sie fallengelassen. Er konnte fühlen, wie der Stein sich in seiner Hand erwärmte und in Metall verwandelte.

Der Mann hob das Dunkle Schwert ins Licht. Die Strahlen der untergehenden Sonne trafen die Klinge, aber kein Funkeln blendete ihn. Das schwarze Metall verschluckte alles Licht. Er starrte die Waffe lange an. Mit einem Ohr hörte er die Stimme der Frau, hörte, wie sie sich am Gestade entfernte und nach den nur für sie sichtbaren Wesen rief. Er schaute nicht zu ihr hinüber. Aus langer Erfahrung wußte er, daß sie sich nicht weit von ihm entfernen würde. Sein Blick und seine Gedanken konzentrierten sich auf das Schwert.

»Ich glaubte, ich hätte mich deiner entledigt«, sagte er zu der Waffe, als wäre sie ein lebendiges Gegenüber, das ihn verstehen könnte. »Wie ich mich auch des Lebens entledigen wollte. Ich gab dich dem Katalyten, der mein Opfer akzeptierte, dann ging ich leichten Herzens in den wahren Tod.« Seine Augen wanderten zu dem grauen Nebel, der in lautlosen Wogen an das Gestade brandete. »Aber dort draußen ist nicht der Tod ...«

Er verstummte, umfaßte den Schwertgriff fester und merkte, wieviel besser ihm die Waffe in der Hand lag, jetzt, da er älter war und die Kraft eines Mannes besaß. »Oder vielleicht doch«, fügte er hinzu und runzelte die schwarzen Augenbrauen. Aus der rätselhaften Ferne hinter der Nebelwand kehrte sein Blick zu dem Schwert zurück und richtete sich dann auf die Steinaugen des Katalyten. »Ihr habt recht gehabt, Pater. Es ist eine Waffe des Bösen. Jedem, der mit ihr zu tun hat, bringt sie Leid und Schmerz. Selbst ich, der ich sie geschaffen habe, kenne und begreife nicht das volle Ausmaß ihrer Macht. Schon aus diesem Grund ist sie eine Gefahr. Sie sollte vernichtet werden.« Sinnend schaute er wieder zu den changierenden Dunstschleiern entlang der Grenzlinie. »Doch sie scheint nur darauf gewartet zu haben, wieder von mir in Besitz genommen zu werden – oder von mir Besitz zu ergreifen . . .?«

Wie als Antwort auf die halblaut gesprochene Frage fiel die Lederscheide aus den Händen der Statue in den Sand. Als der Besucher aus dem Jenseits sich bückte, um sie aufzuheben, zuckte er zusammen, denn etwas tropfte auf seine Hand.

Blut.

Erstaunt hob er den Kopf. Blut füllte die tiefen Schrammen an den Händen der Statue, sickerte aus den Rissen und Sprüngen und quoll aus den Wunden an den gebrochenen Fingern.

»Verflucht sollen sie sein!« rief der Mann zornig und sprang auf. Noch mehr als das Blut erbitterten ihn die Tränen, die aus den steinernen Augen rannen.

»Euch verdanke ich mein Leben!« rief er. »Gleiches mit Gleichem zu vergelten liegt nicht in meiner Macht, aber wenigstens den Frieden des Todes vermag ich Euch zu geben! Beim Almin, sie werden Euch nicht mehr quälen!«

Der Mann hob das Dunkle Schwert, dessen bisher glanzloses Metall plötzlich einen erst schwachen, dann immer stärker werdenden bläulichen Schimmer verströmte. »Möge Eure Seele in Frieden ruhen, Saryon«, betete er und stieß mit aller Kraft die Klinge in die steinerne Brust der Statue.

Die geheimnisvolle Waffe merkte, daß die Hand ihres Schöpfers sie führte. Blaues Licht schlängelte sich die Klinge entlang und wand sich am Arm des

Mannes hinauf, während sie durstig die Magie der Welt einsaugte, die ihr Leben verlieh. Sie drang tief in den steinernen Leib und fand das Herz des Katalyten.

Ein Schrei entrang sich den Lippen des Standbilds – nicht mit den Ohren, sondern nur mit der Seele zu hören. Wo die Klinge in den Stein gedrungen war, entstanden tiefe Risse; ein dumpfes Knirschen ertönte. Ein Arm brach an der Schulter ab; der Torso splitterte, der Kopf rollte von den Schultern und fiel in den Sand.

Der Mann riß das Schwert zurück. Vor Tränen blind, konnte er nicht sehen, sondern nur hören, wie das Standbild in Trümmer fiel und wußte, daß der Mann, den er zu lieben gelernt hatte, tot war. Er schleuderte die Waffe von sich und preßte die Handballen gegen die Augen, um die aufsteigenden Tränen der Wut und des Schmerzes zurückzudrängen. Seine abgehackten Atemzüge klangen wie ein Schluchzen.

»Sie werden bezahlen«, stieß er zwischen zusammengebissenen Zähnen hervor. »Beim Almin, sie werden ...«

Eine Hand berührte seinen Arm. Eine Stimme sprach ihn verwundert an. »Mein Sohn? Joram?«

Der junge Mann hob fassungslos den Blick. Saryon stand inmitten der Trümmer seiner steinernen Hülle.

Ein Zittern überlief Joram, als er nach dem Arm des Katalyten griff. Er fühlte warme Haut, von Leben durchpulst.

»Pater!« rief er mit brüchiger Stimme, und Saryon umarmte ihn stumm.

Und in seiner Hand ...

Die beiden Männer hielten einander umschlungen, dann traten sie jeder einen Schritt zurück und musterten sich gegenseitig forschend. Jorams Augen richteten sich auf die geschundenen Hände des Katalyten, aber Saryon verbarg sie rasch in den weiten Ärmeln seiner Kutte.

»Wie ist es dir ergangen, mein Sohn?« Er studierte die strengen, vertrauten und doch fremden Züge. »Wo bist du gewesen?« Sein staunender Blick glitt über die tiefen Furchen neben dem harten Mund, das Netz kleiner Fältchen um die Augen. »Offenbar habe ich jedes Zeitgefühl verloren. Ich könnte schwören, daß nur ein Jahr vergangen ist – nur einmal hat der Frost mich durchkältet, nur einmal die Sonne auf mich niedergebrannt. Und doch sehe ich die Spuren *vieler* Jahre in deinem Gesicht.«

Joram wollte antworten, aber ein Klagelaut unterbrach ihn. Er drehte sich um. Seine Begleiterin, die suchend am Gestade entlanggegangen war, ließ sich zu Boden sinken, enttäuscht und traurig.

»Wer ist sie?« fragte Saryon, während er Joram zu der Stelle folgte, an der die Frau auf einer flachen Düne saß.

Joram blickte über die Schulter zu seinem väterlichen Freund zurück. »Wißt Ihr noch, welches Eure Worte gewesen sind, Pater?« meinte er schroff. »Als ich Euch von meiner Liebe erzählte? Das beste Brautgeschenk, das ich ihr machen könnte, wäre die Freiheit, denn sonst könnte ich ihr nichts geben als unermeßliches Leid.«

»Gütiger Almin!« stöhnte Saryon, als er jetzt an

ihrem goldenen Haar die Frau wiedererkannte, die weinend ins Leere starrte.

Joram beugte sich zu ihr hinab und nahm sie bei den Schultern. Seine Miene war düster, seine Berührung aber sanft und liebevoll, und die Frau sträubte sich nicht, als er sie zu sich emporzog. Sie hob den Kopf und sah dem Katalyten genau ins Gesicht, aber die unnatürlich glänzenden Augen verrieten kein Wiedererkennen.

»Gwendolyn!« flüsterte Saryon erschüttert.

»Jetzt meine Frau«, sagte Joram.

»Sie sind hier.« Gwendolyn sprach leise vor sich hin, scheinbar ohne Jorams Gegenwart zur Kenntnis zu nehmen. »Sie sind überall, ganz nah, und doch wollen sie nicht mit mir reden.«

»Wen meint sie?« erkundigte sich Saryon. Sie waren allein am Gestade, von den Statuen der Beobachter abgesehen. »Wer ist überall?«

»Die Toten«, antwortete Joram und drückte seine Frau an sich, als sie trostsuchend den Kopf gegen seine Brust lehnte.

»Die Toten?«

»Meine Frau redet nicht mehr mit den Lebenden«, erklärte Joram mit ausdrucksloser Stimme, als hätte er sich seit langem mit diesem Schmerz abgefunden, »sie spricht nur mit den wahren Toten. Wäre ich nicht da, um auf sie zu achten und für sie zu sorgen, würde sie sich wohl zu ihnen gesellen. Ich bin ihre einzige Verbindung zu der Welt der Lebenden. Sie folgt mir, sie scheint mich zu kennen, und doch richtet sie niemals das Wort an mich oder nennt mich beim Namen. Sie hat nur ein einziges Mal zu mir gesprochen in den vergangenen zehn Jahren.«

»Zehn Jahre!« Saryons Augen öffneten sich weit, dann wurden sie schmal, als er Joram nochmals eingehend musterte. »Ja, ich hätte es mir denken können. Wo immer du auch gewesen bist, für eines von unseren Jahren vergehen dort zehn.«

»Die Möglichkeit ist mir überhaupt nicht in den Sinn gekommen. Dabei liegt es eigentlich auf der Hand.« Er überlegte. »Im Zentrum verlangsamt sich der Zeitstrom, während er sich mit zunehmender Entfernung beschleunigt.«

»Das verstehe ich nicht.« Saryon schaute ihn fragend an.

»Nein.« Joram schüttelte den Kopf. »Und viele andere werden es ebensowenig verstehen . . .« Er verstummte. Sein Blick verlor sich in der Ferne, während er geistesabwesend fortfuhr, Gwendolyns Haar zu streicheln. Die Sonne war untergegangen, ein letzter heller Schimmer über dem Horizont verblaßte rasch. Die Schatten der Abenddämmerung verdichteten sich am Gestade und verbargen die drei Menschen vor den Blicken der Beobachter, deren warnende Rufe ohnehin ungehört verhallten.

Keiner sprach. Joram, der unverwandt landeinwärts schaute, als versuchte er, über die Ebenen, die Wälder und die Berggipfel hinauszusehen, schien über eine Entscheidung nachzusinnen.

Saryon schwieg, aus Furcht ihn zu stören. Ihm brannten viele Fragen auf der Zunge, aber eine ganz besonders und er wußte, mit ihr würden auch alle anderen beantwortet sein. Nur konnte er sich nicht entschließen, diese entscheidende Frage zu stellen, denn er hatte Angst vor dem, was er vielleicht hören würde. Also wartete er schweigend und beobachtete Gwendolyn, die aus der schützenden Umarmung ihres Mannes hinaus mit dem Ausdruck von Trauer und Sehnsucht in das kalte Zwielicht starrte.

Endlich schüttelte Joram den Kopf, als seine Gedanken aus einer nur ihm bekannten Welt in die Realität Thimhallans zurückkehrten. Er fühlte, wie Gwendolyn zitterte, und hüllte sie fester in den feuchten Umhang. »Noch etwas hätte ich wissen können«, meinte er zu Saryon, »daß nämlich das Dunkle Schwert den Zauberbann brechen würde, der Euch gefangen hielt. Aber ich wußte es nicht. Ich wollte nur Eurem Leiden ein Ende machen . . .«

»Ich weiß, mein Sohn. Und ich war froh. Du kannst dir nicht vorstellen . . .« Saryon schloß die Augen.

»Nein, ich kann es mir nicht vorstellen!« flüsterte Joram. Bei dem Anblick seines verzerrten Gesichts im Halbdunkel wich Gwendolyn vor ihm zurück. Joram, der ihr Erschrecken bemerkte, unternahm eine sichtliche Anstrengung, sich zu beherrschen. »Ich bin dankbar, daß ich Euch zur Seite habe, Pater Saryon«, fuhr er in betont ruhigem Tonfall fort. »Ihr werdet mir doch zur Seite stehen?«

»Selbstverständlich.« Saryon nickte. Sein Schicksal war untrennbar mit Joram verbunden, was auch kommen mochte.

Plötzlich lächelte Joram. Ein warmes Leuchten erhellte die braunen Augen, seine Schultern reckten sich, als wäre eine schwere Last von ihnen gefallen. »Ich danke Euch, Pater«, sagte er, schaute Gwendolyn an und drückte sie wieder an sich. »Dann möchte ich Euch um eines bitten, alter Freund. Achtet auf meine Frau. Nehmt sie in Eure Obhut. Es gibt vieles, das ich tun muß, und es wird mir nicht immer möglich sein, sie zu beschützen. Werdet Ihr das für mich tun?«

»Aber ja«, versicherte Saryon, auch wenn er sich innerlich angstvoll fragte: *Was hast du vor?*

»Willst du diesem Priester dein Vertrauen schenken, Liebes?« fragte Joram seine Frau. »Du hast ihn einmal gekannt, früher, vor langer Zeit.«

Der grüblerische Blick von Gwendolyns blauen Augen richtete sich auf Saryon. »Warum sprechen sie nicht zu mir?« fragte sie.

»Mein Kind ...«, Saryon wußte nicht recht, wie er sie anreden und in welchem Ton er antworten sollte, »die Toten von Thimhallan sind nicht gewohnt, mit den Lebenden zu sprechen. Viele hundert Jahre lang hat niemand sie hören können. Vielleicht haben sie ihre Stimme verloren. Habt Geduld.«

Er lächelte sie aufmunternd an, doch nicht ohne Traurigkeit. Unwillkürlich mußte er an das unbeschwerte, fröhliche junge Mädchen denken, das im bunten Sommerkleid den Boulevard am Stadttor Merilons entlangflanierte. Wenn er in ihre blauen Augen sah, erinnerte er sich, wie die Seligkeit der ersten Liebe aus ihnen strahlte. Jetzt flackerte in ihren Tiefen der Wahnsinn. Saryon durchlief ein Frösteln, und er fragte sich, welche furchtbaren Erlebnisse sie veranlaßt hatten, sich aus der Welt der Lebenden in das Schattenreich der Toten zu flüchten.

»Ich glaube, sie fürchten sich vor etwas«, meinte sie. Saryon begriff, daß sie nicht zu ihm oder ihrem Mann sprach, sondern mit sich selbst. »Sie sind verzweifelt bestrebt, jemanden davon zu unterrichten, jemanden zu warnen. Sie wollen sprechen, aber sie haben vergessen wie.«

Saryon schaute zu Joram, verblüfft über die Ernsthaftigkeit ihrer Worte.

»Kann sie wirklich ...«

»Die Toten sehen? Mit ihnen reden? Oder ist sie verrückt?« Joram zuckte mit den Schultern. »Ich habe mir sagen lassen, von jemandem, der sich in diesen Dingen auskennt – daß sie eine Nekromantin sein könnte, eine der Zauberinnen aus vergangener Zeit, die die Gabe besaßen, mit den Toten zu kommunizieren.

Wenn das stimmt, paßt es gut, da sie einen ohne Magie geheiratet hat.«

»Joram . . .«, Saryon mußte die Frage stellen, die ihn quälte. »Warum bist du zurückgekommen? Bist du hier, um . . .« Er sprach nicht weiter, weil er an dem Ausdruck in Jorams Augen ablesen konnte, daß jener diese Frage erwartet hatte.

Aber Joram antwortete nicht gleich. Er bückte sich, hob das Dunkle Schwert auf und schob es behutsam in die Lederscheide. Ihm war anzusehen, daß er an den Mann dachte, der sie ihm zum Geschenk gemacht hatte.

»Joram?« beharrte Saryon.

Immer noch antwortete Joram nicht. Er nahm den nassen Umhang ab, schlüpfte aus dem hemdähnlichen Gewand, legte sich den Schwertgurt um den nackten Oberkörper und rückte ihn zurecht, bis die Waffe zwischen den Schulterblättern zu liegen kam, wo sie unter der Kleidung nicht mehr zu sehen sein würde. Anschließend zog er sich wieder an, schnallte den Gürtel um und warf den Umhang über die Schultern.

»Wie fühlt Ihr Euch, Pater?« fragte er unvermittelt. »Kräftig genug für einen kurzen Fußmarsch? Wir müssen einen Lagerplatz finden und ein Feuer machen. Gwendolyn ist bis aufs Mark durchgefroren.«

»Ich fühle mich recht gut«, antwortete Saryon, »aber . . .«

»Fein. Dann machen wir uns auf den Weg.« Joram wandte sich zum Gehen, aber der Katalyt legte ihm die Hand auf den Arm und hielt ihn zurück.

»Weshalb bist du wiedergekommen, Joram?« Saryon trat ganz dicht an ihn heran, um ihm ins Gesicht sehen zu können. »Um die Prophezeiung zu erfüllen? Bist du gekommen, um die Welt zu zerstören?«

Sein ehemaliger Schützling, so unversehens von einem verdrossenen, mit dem Schicksal hadernden Jungen zum Mann gereift, schaute zu den Bergen am Horizont. Es war Nacht geworden. Die ersten Sterne funkelten am Himmel, die zerklüfteten Gipfel ragten als dunkle Silhouetten in das silbrige Licht. Joram schwieg so lange, daß inzwischen der Mond über den schwarzen Rand der Welt emporstieg – wie ein unbewegliches weißes Auge starrte er gleichgültig auf die drei Menschen hinab, die am Gestade des Jenseits standen.

Joram erwiderte den kalten, unverwandten Blick, und ein düsteres Lächeln verzerrte seine Lippen.

»Zehn Jahr sind für mich vergangen, mein Freund, mein Vater – wenn ich Euch so nennen darf?«

Der Katalyt nickte stumm. Er ließ es geschehen, daß Joram seine Hände ergriff und festhielt, während er weitersprach. »Zehn Jahre lang habe ich in einer anderen Welt gelebt, ein anderes Leben. Diese Welt, meine Heimat, habe ich nie vergessen, aber wenn ich zurückschaute, sah ich alles durch einen verklärenden Schleier. Ich erinnerte mich an ihre Schönheit, ihre Wunder, und ich bin zurückgekehrt, um – um zu ...« Er brach ab.

»Um was zu tun?« Saryon versuchte unauffällig seine Hände aus Jorams Griff zu befreien.

»Unwichtig«, wehrte Joram ab. »Eines Tages werde ich es Euch erzählen. Heute nicht.« Er senkte den Blick auf Saryons Hände. »Wie lautete diese Prophezeiung noch? Hieß es da nicht: ›... und wenn er zurückkehrt, trägt er in seinen Händen die Zerstörung der Welt.‹?«

Plötzlich, bevor Saryon es verhindern konnte, schob

Joram ihm die Ärmel der Kutte zurück. Errötend wollte der Katalyt seine Hände verstecken, aber zu spät. Das Mondlicht fiel auf lange weite Narben an Gelenken und Knöcheln, auf die gebrochenen Finger, die verkrümmt zusammengewachsen waren. Joram preßte grimmig die Lippen aufeinander.

»Nichts hat sich geändert, und es wird sich nichts ändern.« Er ließ den Freund los, kehrte ihm und dem Gestade den Rücken und ging landeinwärts, auf die Berge zu.

Saryon blieb neben Gwendolyn stehen, die – blind und taub für alles andere – die Nacht anflehte, zu ihr zu sprechen.

»Nicht ich bin es, der zerstört«, sagte Joram verbittert vor sich hin, während die Dunkelheit sich über ihn senkte und der auffrischende Wind seine Fußspuren auslöschte. »Nicht ich – sie sind es!«

Ohne stehenzubleiben, sah er über die Schulter zurück. »Wo bleibt ihr denn«, rief er ungeduldig und winkte. »Kommt endlich!«

Der Jahrestag

»Kardinal Radisovik?«

Der Kardinal hob den Blick von dem Buch, das er las, und schaute zur Tür. Die Morgensonne, deren freundliches Licht durch die kunstvoll verglasten Fenster strömte, blendete ihn, er kniff die Augen zusammen und sah nur eine dunkle Gestalt am Eingang des Studierzimmers stehen.

»Ich bin es, Heiligkeit, Mosiah«, sagte der junge Mann, als er merkte, daß der Katalyt ihn nicht erkannte. »Ich hoffe, ich störe nicht. Wenn doch, kann ich ein andermal wieder ...«

»Nein, ganz und gar nicht, mein Sohn.« Der Kardinal klappte das Buch zu und winkte. »Komm nur herein. Ich habe dich in letzter Zeit gar nicht im Palast gesehen.«

»Vielen Dank, Euer Heiligkeit.« Mosiah folgte der Aufforderung und trat näher. »Ich wohne jetzt bei den Nigromanten. Es ist praktischer, weil ich ohnehin die meiste Zeit in der Schmiede arbeite.«

»Ja.« Kardinal Radisovik nickte, und falls bei der Erwähnung der Schmiede ein Schatten über seine Züge flog, war er gleich wieder verschwunden. »Erst gestern war ich in dem neuen Viertel der Stadt, das die Nigromanten erbaut haben. Ich muß sagen, ich bin beeindruckt von dem, was in so kurzer Zeit geleistet wurde. Ihre Häuser sind wohnlich und komfortabel! Sie lassen sich schnell und problemlos errichten, ohne daß Leben verbraucht wird. Wie heißt noch der Stein, den man zum Bau verwendet?«

»Ziegel, Euer Heiligkeit«, antwortete Mosiah. »Aber es sind keine Steine. Ein Gemisch aus Lehm und Stroh wird in Formen gefüllt und dann in der Sonne getrocknet.«

»Ich weiß.« Der Kardinal hob ergeben die Hände. »Als ich im letzten Jahr mit Prinz Garald ihr Dorf besuchte, habe ich gesehen, wie diese ... Ziegel hergestellt werden. Aus irgendeinem Grund will mir dieses verflixte Wort partout nicht im Gedächtnis haften bleiben.« Er schaute durchs Fenster in den Palastgarten hinaus. »Es wird dich interessieren zu erfahren«, meinte er, »daß ich unseren Gutsherren empfohlen habe, mit dieser neuen Methode Heimstätten für ihre FeldMagi zu bauen. Mehrere *Albanara* haben gestern mit mir zusammen die Häuser besichtigt, und wenigstens zwei stimmen mit mir überein, daß sie gegenüber den bisherigen Unterkünften zahlreiche Vorteile aufweisen.«

»Und was ist mit den anderen, Euer Heiligkeit?« Als ehemaliger FeldMagus, der mit Vater, Mutter und einer vielköpfigen Geschwisterschar in dem durch Zauberei vergrößerten Stamm eines Baumes gewohnt hatte, wußte Mosiah, was für ein Segen warme, trockene Ziegelhäuser für jene sein würden, die den Launen einer nicht von Magie gesteuerten Witterung ausgeliefert waren.

»Sie werden zur selben Ansicht gelangen, hoffe ich.« Radisovik rieb sich die vom Lesen überanstrengten Augen und schüttelte verkniffen lächelnd den Kopf. »Ich will offen sein, Mosiah. Sie waren – schockiert von dem hautnahen Erleben der sogenannten Schwarzen Kunst, der Technik, die bei uns so lange als Teufelswerk gegolten hat, und es fiel ihnen schwer, sich zu einer vernünftigen Einstellung durchzuringen. Aber da die Nigromanten jetzt innerhalb der Stadtmauern Sharakans wohnen und ihre Erzeugnisse und Methoden überall und für jedermann zu sehen sind, werden die Leute sich mit der Zeit daran gewöhnen und Technik als selbstverständlichen Teil der Natur des Menschen begreifen lernen.«

Mosiah sah den Kardinal bei diesen Worten skeptisch die Stirn runzeln.

»Ein Teil der menschlichen Natur, der zu Kriegen führt. Ist es das, was Ihr denkt, Euer Heiligkeit?« fragte Mosiah leise. Geistesabwesend blätterte er in einem Buch, das neben ihm auf einem mit Magie aus Walnußholz gebildeten Tischchen lag.

»In der Tat.« Radisovik warf Mosiah einen durchdringenden Blick zu. »Du bist ein scharfsinniger junger Mann.«

Mosiah errötete, geschmeichelt und verlegen. Er schloß das Buch und stich mit der flachen Hand über den Ledereinband. »Vielen Dank, Euer Heiligkeit, auch wenn ich das Kompliment nicht verdiene – ich habe oft dasselbe gedacht ...« Er stockte, denn er war es gewohnt, solche Dinge für sich zu behalten. »Besonders bei der Arbeit. Ich schmiede die Klinge für einen Speer und überlege, daß er dazu bestimmt ist, jemanden zu töten. Ich weiß, Prinz Garald sagt, dazu wird es nicht kommen«, fügte er hastig hinzu, um nicht in den Verdacht zu geraten, Kritik an seinem geliebten Monarchen üben zu wollen. »Die Speere sollen zur Abschreckung dienen oder im schlimmsten Fall zur Verteidigung gegen die Zentauren. Trotzdem beschäftigt es mich.«

»Damit stehst du nicht allein, Mosiah«, sagte Kardinal Radisovik, der ans Fenster getreten war und hinausschaute, ohne etwas wahrzunehmen. »Prinz Garald ist ein wahrhaft edler Mensch. Der edelste, den ich kenne, und ich urteile mit dem Wissen dessen, der ihn vom Knaben zum Mann heranreifen gesehen hat. Er vereinigt in sich die besten Eigenschaften der *Alba-*

nara. Für jemanden, der noch so jung ist, verfügt er über ein enormes Wissen. Manchmal vergesse ich, daß er erst neunundzwanzig Jahre zählt. Übrigens denke ich oft an das Licht, das er in der dunklen Seele dieses Freundes von dir entzündet haben muß. Wie war noch sein Name?«

»Joram.«

Der Schmerz in der Stimme seines jungen Besuchers veranlaßte den Kardinal, sich herumzudrehen. »Es tut mir leid«, sagte er freundlich. »Ich wollte keine alten Wunden aufreißen.«

»Nein, schon gut, Euer Heiligkeit«, wehrte Mosiah ab. »Ihr habt ganz recht. Joram wäre nie fähig gewesen, so zu handeln, wie er es schließlich tat, ohne den Einfluß des Prinzen, der ihn die wahre Bedeutung von Ehre und Charakter lehrte.«

»Das hat Garald ihn in der Tat gelehrt. Doch es war der Katalyt, der ihm das Herz öffnete für Liebe und Selbstlosigkeit. Ein seltsamer Mensch, dieser Pater Saryon.« Der Kardinal sprach mehr zu sich selbst als zu Mosiah. »Und eine seltsame und tragische Entwicklung der Ereignisse. Ich bin gar nicht sicher, daß ich die ganze Wahrheit über Joram kenne. Was denkst du, Mosiah?«

Die beiläufig gestellte Frage kam für Mosiah unerwartet. Er stammelte, daß er selbstverständlich Joram sehr gut gekannt hätte, doch wich er dem forschenden Blick des Kardinals aus, der wieder in den prachtvoll angelegten Park hinaussah.

»Aber wir sind vom Thema abgekommen«, nahm er den Faden wieder auf und mußte lächeln, als er hörte, wie der junge FeldMagus hinter ihm sich unbehaglich bewegte. »Wir sprachen von Prinz Garald und diesem Krieg. Wenn der Prinz einen Fehler hat, dann nur den, daß er sich geradezu auf die bevorstehende

Konfrontation freut – es geht so weit, daß er vergißt, für welche Ziele wir kämpfen. Strategien entwickeln, die günstigsten Positionen für seine Hexenmeister austüfteln, sie und ihre Katalyten drillen, stundenlang über dem Brett der Konflikte brüten – das ist alles, was ihn neuerdings beschäftigt. Doch Kriege pflegen entweder mit Sieg oder Niederlage zu enden, und für beide Möglichkeiten muß man Vorsorge treffen, doch er weigert sich, diese Angelegenheiten mit Seiner Majestät zu besprechen.« Radisovik trommelte mit den Fingerspitzen gegen die Fensterscheibe, während Mosiah zu Bewußtsein kam, daß er Dinge hörte, die nicht für die Ohren eines schlichten Untertanen bestimmt waren. »Der König ist blind, wenn es um seinen Sohn geht. Er ist stolz auf ihn – zu Recht –, aber unfähig, hinter dem Glorienschein den Menschen zu sehen. Garald schiebt vergnügt seine bunten Spielzeugsoldaten hin und her und weigert sich, Zeit an solche Überlegungen zu verschwenden, was wir mit Merilon tun, falls wir es erobern. Wer wird die Stadt regieren? Der mittlerweile abgesetzte Kaiser, obwohl man hört, daß er wahnsinnig ist? Wer soll an Bischof Vanyas Statt Oberhaupt der Kirche werden? Was tun wir mit den Angehörigen der Aristokratie, die sich weigern, uns den Treueid zu leisten? Die anderen Stadtstaaten haben sich bisher abwartend verhalten, aber wenn sie nun glauben, wir würden zu mächtig und sich gegen uns zusammenschließen? Du verstehst, was ich meine?« Radisovik drehte sich zu dem verstörten Mosiah herum. »Wann immer ich versuche, mit Garald daraber zu sprechen, winkt er ab und sagt: ›Ich habe keine Zeit. Besprecht das mit meinem Vater.‹ Und der König sagt mir schroff: ›Ich habe genug Sorgen mit Sharakan. In Fragen des Krieges wendet Euch an meinen Sohn.‹«

Mosiah trat von einem Fuß auf den anderen und fragte sich, ob er wohl über genug Leben verfügte, um stillschweigend im Boden zu versinken. Der Kardinal schien zu bemerken, was in ihm vorging, holte tief Atem und lächelte reuevoll. »Ich wollte dich nicht mit meinen Problemen belasten, Junge«, meinte er, durchquerte das Zimmer und blieb vor Mosiah stehen, der beinahe etwas wie Ehrfurcht empfand. Alles an dem Minister und Kirchenfürsten sprach von Hofintrige, sogar die Falten seiner goldgesäumten Roben schienen bei jedem Schritt wispernd Geheimnisse auszutauschen. »Mit der Hilfe des Almin werden wir alle Schwierigkeiten überwinden. Nun, du hast mich aus einem bestimmten Grund aufgesucht, und ich spreche mit dir über Belanglosigkeiten. Ich muß mich wirklich entschuldigen. Was kann ich für dich tun?«

Mosiah konnte nicht gleich antworten. Er war voller Bewunderung für das Geschick, mit dem Radisovik einer prekären Situation den Stachel genommen hatte. Ganz beiläufig reduzierte er seine Kritik an dem Prinzen zu einer ›Belanglosigkeit‹ und legte die Verantwortung in die Hände des Almin, gleichzeitig ein subtiler Wink für seinen Gesprächspartner zu vergessen, was er gehört hatte und auf Gott zu vertrauen.

Das zu tun war Mosiah sehr gern bereit. Der Hof von Sharakan war kein gefährliches Pflaster, wie man es heutzutage von Merilon berichtete, aber an jedem königlichen Hof war es geraten, Vorsicht walten zu lassen, und Mosiah hatte bald gelernt, daß es sich nicht auszahlte, entweder zu viel oder zu wenig zu wissen.

»Ich bitte im voraus um Vergebung, daß ich Euch mit dieser Bitte belästige, Euer Heiligkeit«, sagte Mosiah endlich, »aber – mir liegt sehr viel daran und kein anderer Katalyt wird es tun, ohne Eure Genehmigung eingeholt zu haben, da wir uns im Kriegszustand befinden.«

»Und was ist das für eine Bitte, mein Sohn?« Die unverändert freundliche Stimme des Kardinals hatte einen wachsamen Unterton bekommen.

»Ich – ich bin gekommen, um zu bitten, daß Ihr mir eine Transversale öffnet, Euer Heiligkeit.«

»Du willst Sharakan verlassen?«

»Ja, Euer Heiligkeit.«

»Du weißt, daß Reisen außerhalb der magischen Grenzen dieser Stadt verboten sind? Alle Reisen sind gefährlich in diesen Zeiten, besonders für Bürger unserer Stadt. Die magischen Pfade werden zur Zeit noch von unseren eigenen *Thon-li* kontrolliert, mit Hilfe der *Duuk-tsarith* selbstverständlich. Doch es besteht immer die Gefahr, daß die Hexenmeister Merilons versuchen, sich Zugang zu verschaffen.«

»Ich weiß, Euer Heiligkeit«, antwortete Mosiah respektvoll, aber entschlossen, »und ich hätte nicht darum gebeten, wenn die Reise nicht so wichtig für mich wäre. Ich habe Prinz Garald davon unterrichtet«, fügte er hinzu, als er Radisovik zögern sah. »Er gab mir seine Erlaubnis. Ich habe hier eine Nachricht von ihm.« Er kramte in der Tasche und zog eine kleine Kristallkugel heraus, die – aktiviert durch einen Zauberspruch – das Bild des jungen, stattlichen Prinzen von Sharakan wiedergab.

»Das wird nicht nötig sein«, wehrte der Kardinal lächelnd ab. »Wenn du mit Prinz Garald gesprochen hast und er dir seine Einwilligung gegeben hat, werde ich dir selbstverständlich eine Transversale öffnen und dir meinen Segen für die Reise geben. Nun, wo möchtest du hin?«

»In die Grenzlande.«

Radisovik zog die Augenbrauen in die Höhe und

betrachtete den jungen Mann erstaunt. »Warum ...« Dann glättete sich seine Stirn. »Oh«, meinte er halblaut. »Heute jährt sich der Tag ...«

»Ja, Euer Heiligkeit«, sagte Mosiah leise. »Ich bin nie dort gewesen. Als die Nigromanten mich im Außenland fanden, war ich mehr tot als lebendig. Ich erfuhr erst viel später, was geschehen war. Und dann konnte ich mich einfach nicht überwinden ...« Er schaute beschämt zu Boden. »Ich weiß, es war feige, aber ich konnte es nicht ertragen, Saryon zu sehen – so verändert zu sehen ...«

»Ich weiß, mein Sohn. Und ich verstehe.« Radisovik legte dem junge FeldMagus die Hand auf die Schulter. »Ich habe gehört, was dir widerfahren ist; es muß furchtbar gewesen sein. Niemand kann dir einen Vorwurf machen, daß du erst wieder zu Kräften kommen wolltest ...«

»Aber jetzt kann ich es nicht länger hinausschieben«, sagte Mosiah stur, als hätte er so schon mit sich selbst argumentiert. »Ich muß alles mit eigenen Augen sehen, mich überzeugen, daß es wahrhaftig geschehen ist. Dann kann ich es vielleicht akzeptieren oder begreifen.«

»Ich zweifle daran, daß man es je begreifen kann«, meinte Radisovik, der den jungen Mann unauffällig, aber genau beobachtete und jede Nuance des Ausdrucks auf dem offenen, arglosen Gesicht registrierte. »Aber sicherlich müssen wir akzeptieren lernen, was geschehen ist, damit nicht Zorn und Bitterkeit an uns zehren und verhindern, daß wir unser eigenes Leben sinnvoll fortführen.«

Er schwieg und wartete, ob Mosiah noch etwas sagen wollte, der aber bemühte sich, seiner Gefühle Herr zu werden und blieb stumm. Der Kardinal zuckte unmerklich mit den Schultern, sprach ein Wort und ließ mitten im Zimmer eine Transversale entstehen, ein ovales Tor ins Nichts.

»Der Segen des Almin sei mit dir«, sagte er, als der junge Mann verlegen seinen Dank murmelte. »Mögest du den Frieden finden, den du suchst.«

Die Transversale dehnte sich aus. Kaum war Mosiah hineingetreten, schloß sich der von den Ahnen erschaffene Korridor durch Zeit und Raum um ihn, und er war verschwunden.

Kardinal Radisovik, der mit gerunzelter Stirn auf den Punkt starrte, an dem sich die Transversale manifestiert hatte, schüttelte den Kopf. »Welches Geheimnis liegt dir auf der Seele, mein Junge?« murmelte er. »Ich wüßte zu gerne ...«

Die Transversale schloß sich um Mosiah mit dem vertrauten, beklemmenden Gefühl, als würde er durch einen engen, dunklen Tunnel gezerrt. Er durchlebte einen Augenblick der Panik, als in ihm mit fürchterlicher Deutlichkeit die Erinnerung an seine letzte Reise durch eine Transversale aufstieg ...

Die Hexe sprach ein Wort, und ihm stockte angstvoll der Atem, als die Dornen an den Ranken erneut zu wachsen begannen, aber diesmal berührten sie nur seine Haut, ohne sie zu verletzen.

»Noch nicht«, sagte die Hexe. Sie konnte von seinem blassen Gesicht ablesen, was er dachte. »Aber sie werden wachsen und wachsen, Haut und Fleisch und Organe durchdringen und dir einen langsamen Tod bereiten. Nun frage ich dich nochmals: Wie ist dein Name?«

»Warum? Welchen Nutzen habt Ihr davon?« Mosiah stöhnte. »Ihr kennt ihn längst!«

»Mir zuliebe«, antwortete die Hexe und sprach wieder ein Wort. Die Dornen wuchsen ein Stück.

»Mosiah!« Er warf gepeinigt den Kopf hin und her. »Mosiah, verdammt! Mosiah, Mosiah ...«

Dann begriff er schlagartig ihren Plan, trotz der Schmerzen, die seinen Verstand lähmten. Zu spät. Entsetzt sah er mit an, wie die Hexe sich in Mosiah verwandelte. Ihr Gesicht – sein Gesicht. Ihre Kleider – seine Kleider. Ihre Stimme – seine Stimme.

»Was tun wir mit ihm?« fragte der Hexenmeister kleinlaut. Offenbar hatte er seinen Fehler noch nicht verwunden.

»Verfrachtet ihn in die Transversale und schickt ihn ins Außenland!« befahl die Hexe in Mosiahs Gestalt und stand auf.

»Nein!«

Mosiah sträubte sich gegen des Hexenmeisters starke Hände, die ihn vom Boden hochzerrten, aber bei der geringsten Bewegung bohrten sich die Dornen tiefer in seinen Körper, und er krümmte sich mit einem qualvollen Aufschrei zusammen. »Joram!« brüllte er aus Leibeskräften, als er sah, wie sich der schwarze Schlund der Transversale im Unterholz öffnete. »Joram!« Er wünschte sich verzweifelt, gehört zu werden, doch im Herzen wußte er, daß es aussichtslos war. »Flieh! Es ist eine Falle! Flieh!«

Der Hexenmeister stieß ihn in die Transversale, die sich augenblicklich um ihn zu schließen begann. Die Dornen stachen in sein Fleisch, Blut rann warm über seine Haut. Er konnte einen letzten Blick auf die Hexe werfen, die ihn mit ausdruckslosem Gesicht – seinem Gesicht – beobachtete.

Dann breitete sie lächelnd die Hände aus.

»Dernier cri«, hörte er sich sagen.

Was im Anschluß daran geschah, wußte Mosiah nicht genau, er verlor in der Transversale gnädig das Bewußtsein. Als er Tage später wieder zu sich kam, befand er sich im Dorf der Nigromanten im Außenland. Andon, ihr betagter, gütiger Obmann war bei ihm, wie auch ein *Theldara* – ein Heiler – und ein Katalyt, den Prinz Garald persönlich geschickt hatte. Mosiah flehte sie an, ihm zu sagen, was aus seinen Freunden geworden war, aber niemand in dem abgelegenen Dorf konnte oder wollte es ihm sagen.

Die folgenden Wochen waren eine Zeit der Schmerzen, wenn er wachlag, und der Alpträume, wenn er in den magisch bewirkten Schlaf sank. Schließlich erfuhr er aus einer geflüsterten, nicht für seine Ohren bestimmten Unterhaltung von Jorams und Saryons Schicksal, von dem tragischen Opfer des Katalyten und Jorams freiwilligem Gang ins Jenseits.

Mosiah selbst kam der Tod sehr nahe. Der *Theldara* ließ nichts unversucht, doch sagte er Andon, daß die magische Lebenskraft seines Patienten nicht mithalf, die Krise zu überwinden und den Genesungsprozeß einzuleiten. Mosiah kämpfte nicht. Sterben war leichter, als mit dem Schmerz zu leben.

Eines Tages sagte ihm Andon, er hätte Besuch, zwei Leute, die auf Befehl von Prinz Garald ins Dorf gebracht worden wären. Mosiah hatte keine Ahnung, um wen es sich handeln könnte, und es interessierte ihn auch nicht besonders . . . Und dann umfingen ihn die Arme seiner Mutter, und ihre Tränen badeten seine Wunden, während ihm tröstlich die Stimme seines Vaters in den Ohren klang. Liebevoll, behutsam geleiteten die rauhen, abgearbeiteten Hände der Eltern den Sohn ins Leben zurück.

Die Erinnerung an den Schmerz und die Verzweiflung überwältigte Mosiah, und er glaubte, in der Enge der Transversale ersticken zu müssen. Zum Glück war die Reise kurz. Das Gefühl der Panik ließ nach, als das Tor sich auftat, doch statt dessen bedrängten ihn andere Empfindungen, wirklicher, aber nicht weniger quälend – Kummer und Gram. Mit zusammengebissenen Zähnen trat er aus dem Tor. Obwohl er nie zuvor in den Grenzlanden gewesen war, wußte er, was ihn erwartete.

Ein Küstenstreifen aus feinem weißen Sand, der nackt und kahl wie ein abgenagter Knochen vor dem Besucher lag. In dieser Sandwüste standen die Beobachter und auch Saryon – durch eine magische Beschwörung zu Stein geworden.

»Der Anblick ist nicht bedrückend, wie man glauben sollte«, hatte Mosiah bei einer Abendgesellschaft vor nicht langer Zeit Prinz Garald einigen der Gäste erzählen hören. »Auf dem versteinerten Gesicht des Mannes liegt ein Ausdruck von Frieden, um den man ihn fast beneiden könnte, denn es ist ein Frieden, wie ihn ein lebender Mensch niemals erfahren kann.«

Mosiah war skeptisch. Er hoffte, daß es stimmte; er hoffte, daß Saryon wieder mit seinem Glauben versöhnt war, den er verloren hatte, aber er glaubte nicht recht daran. Radisovik sagte, daß Garald nur einen Fehler hatte – er betrachtete den Krieg als ein vergnügliches Spiel. Und noch etwas konnte man ihm vorwerfen: Er neigte dazu, Personen und Ereignisse so zu sehen, wie es ihm zupaß kam und nicht, wie sie wirklich waren.

Saryons Standbild würde in der langen Reihe der anderen Beobachter stehen und wie sie unverwandt ins Jenseits schauen, in die Schattenwelt mit ihren tanzenden, wogenden Nebelschleiern.

»Eigentlich sind die Grenzlande eine ruhige, friedliche Gegend«, erklärte Garald seinen Zuhörern in ernstem Ton. »Wer es nicht weiß, würde nicht ahnen, welche Tragödien sich an diesem Gestade des Todes abspielen.«

Ruhig ...

Friedlich ...

Kaum hatte Mosiah einen Fuß aus der Transversale gesetzt, wurde er von einer gewaltigen Sturmbö zu Boden geworfen.

Er konnte nichts sehen. Sandkörner stachen ihm wie Nadeln ins Gesicht. Es war unmöglich, die Augen zu öffnen. Die Gewalt des Sturms war unvorstellbar, sie übertraf alles, was er je zuvor erlebt hatte, und immerhin konnte er sich rühmen, vor Jahren in ein von zwei sich bekämpfenden Gruppen *Sif-Hanar* heraufbeschworenes Unwetter mit Blitz und Donner hineingeraten zu sein. Mosiah bemühte sich aufzustehen, doch ohne Erfolg. Er wäre am Gestade entlanggewirbelt worden wie die entwurzelten Pflanzen, die vorbeiflogen, hätte nicht eine starke Hand die seine ergriffen und festgehalten.

Um in diesem brausenden und heulenden Inferno nicht unterzugehen, beeilte Mosiah sich, eine magische Hülle zu erschaffen, die ihn und seinen Retter aufnahm. Sogleich standen sie in einer Oase der Stille, umgeben von einer unsichtbaren schützenden Kuppel.

Nachdem er sich den Sand aus den Augen gewischt hatte, versuchte Mosiah blinzelnd zu erkennen, wer ihm zu Hilfe gekommen war. Er wunderte sich, daß es außer ihm noch jemanden in die Grenzlande verschlagen hatte und wollte gern den Grund erfahren. Als er durch einen Tränenschleier orangefarbene Seide flattern sah, entschlüpfte ihm ein abgrundtiefer Seufzer.

»Sapperlot, alter Knabe«, ertönte eine nur allzu vertraute Stimme, »laß dir meinen aufrichtigen Dank aussprechen. Keine Ahnung, warum ich nicht selbst auf diese Idee gekommen bin, vielleicht weil es kolossal Spaß gemacht hat, durch die Gegend getrudelt zu werden wie diese komischen Sträucher, die niemals Wurzeln schlagen, sondern ständig auf Reisen sind. Und ich habe eine neue Moderichtung kreiert: *Zyklon*. Gefällt's dir?«

Bühne frei

Mosiah beäugte mit verdrossenem Staunen die wunderliche Gestalt, die neben ihm in der schützenden Kugel stand.

»Simkin«, brummte er und spuckte einen Mundvoll Sand aus. »Was tust du hier?«

»Nun, es ist Alminstag. Ich komme immer her am Alminstag. Was hast du gesagt? Es ist Donnerstag? Na ...«, er zuckte mit den Schultern, »... was sind ein paar Tage unter Freunden.« Er hob die Arme und drehte sich auf den Zehenspitzen um die eigene Achse. »Na, wie findest du mein Outfit?«

Der junge FeldMagus musterte den bärtigen Mann unverhohlen mißbilligend von Kopf bis Fuß. Jedes einzelne Kleidungsstück, das Simkin anhatte – von dem blauen Brokatrock zu der purpurnen Seidenweste und den grünen Satinhosen –, war von innen nach außen gekehrt. Er trug sogar die Unterwäsche über der Oberbekleidung. Das Haar stand ihm wild zu Berge, sein normalerweise gepflegter Bart sträubte sich in alle Richtungen.

»Ich finde, du siehst wie ein Narr aus, aber das ist ja nichts Neues«, knurrte Mosiah. »Und wenn ich gewußt hätte, daß du's bist, hätte ich dich sausen lassen, bis dein Holzkopf irgendwo angeschlagen wäre!«

»Ich habe dich davor bewahrt, dir den Holzkopf irgendwo anzuschlagen, wenn du dich gütigst erinnerst«, meinte Simkin gedehnt. »Du hast vielleicht eine üble Laune. Laß dich warnen: Eines Tages wird diese griesgrämige Miene bei dir zum Dauerzustand werden. Mir fällt da der Herzog von Tulkinghorn ein, dessen Totenmaske man heute bei Possenspielen dem

Bösewicht aufsetzt. Ich kann mir gar nicht vorstellen, *was* du eigentlich gegen mich hast, alter Freund.« Simkin zauberte einen Spiegel herbei, musterte beifällig seine Aufmachung, reckte prüfend das Kinn vor und zauste seinen Bart, um den ›stürmischen‹ Effekt zu vergrößern.

»So, das kannst du dir also nicht vorstellen!« schnappte Mosiah giftig. »Nur wenige Leute wußten, daß wir uns an jenem Abend in Merlyns Hain treffen wollten – ich, Joram, Saryon, du und – Überraschung! – die *Duuk-tsarith!* Das war natürlich reiner Zufall!«

Simkin ließ den Spiegel sinken und starrte Mosiah in schmerzlichem Unglauben an. »Ich kann's nicht fassen!« rief er mit brüchiger Stimme. »All diese Zeit hast du mich des schnöden Verrats verdächtigt! Mich!« Er schleuderte den Spiegel von sich und griff sich an die Brust. »Verstumme, mein Herz, wie kannst du weiterschlagen!« Er stöhnte auf. »Oh, daß ich ins Grab sänke, der Schande zu entflieh'n ...«

»Hör schon auf!« Mosiah verspürte den unbezwingbaren Wunsch, Simkin an der Gurgel zu packen und zu würgen. »Deine Spielchen sind nicht lustig.«

Der stutzerhafte junge Mann warf Mosiah unter halbgesenkten Lidern einen raschen Blick zu, richtete sich plötzlich auf, glättete sein Haar und veränderte seine Kleidung zu einem sehr ordentlichen und konservativen Anzug aus grauer Seide, mit weißer Spitze, Perlenknöpfen und einer geschmackvollen Krawatte in Mauve. Während er die Spitzenmanschetten zurechtzupfte, bemerkte er: »Ich hatte keine Ahnung von diesem Verdacht. Du hättest dich früher äußern sollen. Saryon war der Verräter, wie ich gleich gesagt habe. Bestimmt verfügt Prinz Garald über Quellen, um den wahren Sachverhalt herauszufinden? Frag ihn, wenn du mir nicht glaubst.«

»Ich glaube dir nicht und habe schon gefragt«, antwortete Mosiah grimmig. »Und niemand weiß etwas – falls es etwas zu wissen gibt ...«

»Oh, das gibt es«, warf Simkin ein.

Mosiah schüttelte aufgebracht den Kopf. »Was deine Behauptung angeht, daß der Katalyt uns verraten haben soll, so kenne ich die verrückte Geschichte, die du über Saryon und Joram zusammengereimt hast, und ich glaube kein Wort davon. Pater Saryon ist kein Verräter ...«

»... ich dagegen schon eher, meinst du das?« Mit einer gezierten Handbewegung griff Simkin ein Schnupftuch aus orangefarbener Seide aus der Luft und betupfte sich die Nase. »Du hast natürlich recht«, sagte er ungerührt. »Ich hätte euch verraten, aber erst, sobald es langweilig geworden wäre. Wie sich herausstellte, bestand keine Gefahr in der Richtung. Du mußt zugeben, wir hatten enorm viel Spaß damals im guten alten Merilon.«

»Pah!« Mosiah wandte den Blick von dem selbstgefälligen Simkin ab und spähte aus dem Schutz der magischen Hülle in das Unwetter hinaus. »Ich wußte nicht, daß die Grenzlande von solchen Stürmen heimgesucht werden. Wie lange wird er dauern?« fragte er betont sachlich, um keinen Zweifel daran aufkommen zu lassen, daß er nur mit Simkin sprach, weil er eine nüchterne Auskunft bekommen wollte. »Und fasse dich kurz!« fügte er barsch hinzu.

»Werden sie nicht und ziemlich lange«, antwortete Simkin.

»Wie? Drück dich gefälligst deutlicher aus.«

»Ich sollte mich doch kurz fassen.« Simkin war beleidigt.

»Na ja, vielleicht nicht so kurz«, lenkte Mosiah ein, der sich zunehmend unbehaglich fühlte. Obwohl es fast Mittag war, war es dunkel wie in der Nacht und wurde immer dunkler, und auch wenn er hinter dem magischen Schild nichts spürte, merkte er doch, daß die Gewalt des Sturms nicht ab – sondern zunahm. Es kostete ihn mehr und mehr Leben, die schützende Hülle aufrechtzuerhalten; er spürte, wie seine Kräfte schwanden, und wußte, daß er bald den Rückzug antreten mußte.

»Hast du vor, mich weiterhin zu beleidigen?« wollte Simkin wissen. »Wenn ja, sage ich kein Wort.«

»Nein«, brummte Mosiah.

»Und es tut dir leid, daß du mich des Verrats bezichtigt hast?«

Mosiah antwortete nicht. Simkin verschränkte die Hände auf dem Rücken und schaute in den tobenden Sturm hinaus. »Ich frage mich, wie weit man da draußen wohl kommt, bevor man mit einem etwas unangenehm harten Gegenstand Bekanntschaft macht, einem Baumstamm zum Beispiel . . .«

»Schon gut, es tut mir leid!« sagte Mosiah verdrossen. »Und jetzt raus mit der Sprache!«

»Ich will mal nicht so sein.« Simkin schniefte. »In den Grenzlanden hat es *nie* Unwetter gegeben. Hängt mit der magischen Barriere zusammen. Was deshalb diesen ganz besonderen Sturm angeht, sagt mir eine Vorahnung, daß er so bald nicht nachlassen wird. Vermutlich dauert er länger, als uns allen lieb sein kann.«

Die letzten Worte sprach Simkin mit gedämpfter Stimme und ungewohnt ernster Miene. »Ist es möglich, in diesem Ding zu gehen?« fragte er plötzlich. »Kannst du es bewegen und uns mit?«

»Ich – ich glaube schon«, antwortete Mosiah zögernd. »Aber es wird eine Menge Kraft kosten, und ich habe ohnehin nicht mehr viel Reserven . . .«

»Keine Sorge. Wir werden uns nicht mehr lange

hier aufhalten«, fiel ihm Simkin ins Wort. »In die Richtung, wenn's recht ist.« Er streckte den Arm aus.

»Du könntest mir eigentlich helfen, den Schild aufrechtzuerhalten!« beschwerte sich Mosiah, während sie mühsam durch den Sand stapften. Er hatte nicht die leiseste Ahnung, wohin sie unterwegs waren, denn von der Umgebung war nicht das geringste zu erkennen.

»Vollkommen unmöglich.« Simkin schüttelte den Kopf. »Viel zu erschöpft. Der Trick, sich die Kleider vom Leib pusten und dann verkehrtherum wieder anzuziehen, ist ganz schön kräftezehrend. Außerdem ist es nicht mehr weit.«

»Was ist nicht mehr weit?«

»Die Statue des Katalyten natürlich. Ich dachte, deshalb wärst du hergekommen?«

»Woher ...? Ach, vergiß es.« Mosiah taumelte, als der Sand unter seinen Füßen nachgab. »Du hast gesagt, du kämest oft hierher. Warum? Aus welchem Grund?«

»Um dem Katalyten Gesellschaft zu leisten«, erwiderte Simkin und musterte seinen Begleiter mit einem Ausdruck von Selbstgerechtigkeit. »Wozu du offenbar keine Zeit hast. Nur weil der arme Mann zu Stein verwandelt worden ist, heißt das noch lange nicht, daß er keine Gefühle mehr hat. Muß fürchterlich langweilig sein, den ganzen Tag dazustehen und ins Nichts zu starren. Wenn die Tauben, die sich einem auf den Kopf setzen, wenigstens gute Unterhalter wären, aber leider – keine Spur von *esprit*. Außerdem kann ich mir vorstellen, daß es kitzelt, wenn sie auf einem herumtrippeln, was meinst du?«

Mosiah rutschte aus und fiel hin, Simkin half ihm wieder auf die Füße. »Nicht mehr weit«, tröstete er. »Wir sind gleich da.«

»Und worüber redet ihr so?« erkundigte sich Mosiah, von einem vagen Schuldgefühl geplagt. Er wußte, daß die zur Wandlung Verurteilten eigentlich noch lebendig waren, doch war ihm nie der Gedanke gekommen, daß es möglich und erwünscht sein könnte, zu ihnen zu sprechen oder ihnen ein gewisses Maß an menschlicher Anteilnahme zu bezeigen.

»Worüber wir reden?« Simkin blieb einen Moment stehen, um sich zu orientieren, obwohl es Mosiah ein Rätsel war, wie er es fertigbrachte, sich in der Dunkelheit und umtost vom aufgewirbelten Sand zurechtzufinden. »Gut. Die Richtung stimmt. Nur noch ein paar Schritte. Also – worüber wir reden. Nun, ich versorge unseren felsenfesten Freund mit dem aktuellsten Hofklatsch. Ich führe ihm meine neuesten Kreationen vor, obwohl es mich schon deprimiert, daß er alles mit sozusagen versteinerter Miene an sich vorüberziehen läßt. Und ich lese ihm vor.«

»Wie bitte?« Mosiah, der stoisch einen Fuß vor den anderen gesetzt hatte, hielt inne, teils um Atem zu schöpfen und neue Kräfte zu sammeln, teils vor Erstaunen. »Du *liest ihm vor?* Was denn? Religiöses? Mathematisches? Ich kann mir nicht vorstellen, daß ausgerechnet du . . .«

». . . daß ausgerechnet ich mich soweit vergesse?« Simkin zog eine Augenbraue in die Höhe. »Wie recht du hast! Brrr! Logarithmen! Hymnen!« Er wurde blaß bei dem Gedanken und fächelte sich mit dem orangefarbenen Schnupftuch Luft zu. »Nein, nein. Ich lese ihm allerlei Vergnügliches vor, damit er guten Mutes bleibt. Unter anderem habe ich einen dicken Wälzer ausgegraben von diesem unheimlich produktiven Knaben aus der alten Zeit. Echt unterhaltend. Ich spiele natürlich alle Rollen. Paß auf, ein paar Sachen habe ich auswendig gelernt.« Simkin stellte sich in

Positur. »›Doch leise! Ein Licht fällt durch das Fenster dort. Dem Morgen graut's, und Julia verlor die Kerze. Ein Pferd! Ein Pferd! Ein Königreich für ein Pferd!‹« Er krauste die Stirn. »Ich glaube, das stimmt nicht ganz. Klingt komisch. Na, was soll's.« Mit einem Schulterzucken fuhr er fort: »Oder, wenn wir nicht in gelehrsamer Stimmung sind, lese ich ihm daraus vor.«

Aus dem Nichts erschien ein ledergebundenes Buch in seiner ausgestreckten Hand, das er Mosiah reichte. »Hier. Schau's dir an.«

Mosiah fing an zu blättern. Seine Augen wurden groß und größer, er klappte das Buch zu und starrte Simkin entrüstet an. »Das ist ja widerlich. Du willst doch nicht sagen, daß du diesen – diesen Schmutz ...«

»Schmutz! Du Ignorant! Das ist Kunst!« Simkin entriß Mosiah das Buch und überantwortete es den höheren Sphären. »Du kannst mir glauben, es bewahrte ihn davor zu verzweifeln ...«

»Bewahrte? Was soll das heißen ›bewahrte‹?« fiel Mosiah ihm ins Wort. »Warum in der Vergangenheitsform?«

»Weil ich fürchte, daß unser Katalyt jetzt Vergangenheit ist«, antwortete Simkin. »Beweg den Schild noch ein Stückchen weiter. Da, genau vor deinen Füßen.«

»Mein Gott!« flüsterte Mosiah entsetzt. Er hob den Blick zu Simkins Gesicht. »Nein, das kann nicht sein!«

»Ich fürchte, es ist so, alter Freund.« Simkin schüttelte betrübt den Kopf. »Nach meiner Ansicht gibt es keinen Zweifel daran, daß diese Trümmer, diese Steine, alles sind, was von unserem bedauernswerten Freund übriggeblieben ist.«

Mosiah kniete nieder. Geschützt von dem magischen Schild, wischte er den Sand von einem Trümmerstück, das ihm der Kopf der Statue zu sein schien.

Plötzlich mußte er blinzeln, weil ihm die Tränen in die Augen stiegen. Er hatte gehofft, Simkin möchte sich geirrt haben, doch jetzt konnte auch er nicht mehr daran zweifeln, daß es sich um Saryon handelte – an die gütigen, etwas weltfremden Züge erinnerte er sich nur zu gut.

»Wie konnte das geschehen?« stieß er traurig und erzürnt hervor. »Wer ist dazu fähig? Ich wußte gar nicht, daß es möglich ist, den Zauber zu brechen ...«

»Ist es auch nicht.« Simkin lächelte eigenartig.

Mosiah stand auf. »Ist es nicht?« wiederholte er und fixierte Simkin argwöhnisch. »Woher weißt du das? *Was* weißt du überhaupt?«

Simkin zuckte mit den Schultern. »Nur, daß dieser Zauber nicht rückgängig gemacht werden kann. Überleg doch. Die Beobachter stehen seit Hunderten von Jahren hier. Während dieser Zeit hat nichts und niemand es vermocht, sie zu verändern oder wieder lebendig zu machen.« Er deutete auf die Trümmer im Sand. »Ich habe hier gestanden und zugesehen, wie Xavier der Schreckliche und seine munteren Gesellen sich mit Hammer und Meißel an den steinernen Händen unseres Freundes zu schaffen machten, weil sie es auf das Dunkle Schwert abgesehen hatten. Alles, was sie für ihre Mühe ernteten, waren Schutt und Splitter. Ich sah den *DKarn-Duuk'est* einen Bannspruch nach dem anderen gegen Saryon schleudern, und außer daß er ein paar Tauben in Brand setzte, bewirkte er überhaupt nichts. Und doch finden wir die Statue jetzt vollkommen zerschmettert, obwohl nicht einmal die stärksten Zauber eines der mächtigsten Magier der Welt ihr etwas anhaben konnten.«

Mosiah fröstelte. Trotz der schützenden Hülle spürte er, wie die Temperatur außerhalb sank. Sein Mund war trocken, und je länger er sich an diesem ungastlichen Ort aufhielt, desto stärker wurde das Gefühl des Unbehagens. »Was sonst weißt du ...«

»Da drüben. Ich werd's dir zeigen«, unterbrach ihn Simkin und winkte auffordernd.

»Wie weit ist es?« fragte Mosiah zögernd. »Ich bin nicht sicher, wieviel länger ich noch ...«

»Du machst es ausgezeichnet. Der Schild hält noch. Geh weiter, immer geradeaus.«

Mosiah gehorchte. Er versuchte, den Sandbuckeln auszuweichen, von denen er annahm, daß es Teile der zerbrochenen Statue waren. Daß Saryon tot war, bezweifelte er nicht. Eigentlich hätte er Trauer oder Erleichterung empfinden müssen, aber das einzige, was er fühlte, war eine dumpfe Benommenheit und die wachsende Furcht, daß die Ordnung der Dinge aus den Fugen geraten war. »Dort!« Simkin blieb stehen und stützte die Hände in die Hüften. Als Mosiah seinem Blick folgte, erstarrte ihm das Blut in den Adern, und ihn überlief ein eiskalter Schauer.

Garald hatte die Grenze als einen Streifen wogender, tanzender Nebel beschrieben. Was Mosiah sah, war eine wirbelnde Masse häßlicher, grünlichschwarzer Wolken, gesäumt von flackernden Blitzen. Der Sturm riß den Sand in kreiselnden Fontänen vom Boden, saugte ihn ein und spie ihn wieder aus seinem brodelnden Schlund. Es wirkte wie das Ein- und Ausatmen eines lebenden Wesens. Mosiah spürte, wie sein magischer Schild nachgab.

»Mein Leben ist aufgebraucht!« Er rang nach Atem. »Ich kann den Schild nicht länger aufrechterhalten!«

»Transversale!« meinte Simkin beherrscht. »Und schnell!« Sie machten kehrt und liefen stolpernd durch den tiefen Sand. Simkin führte, und Mosiah hatte keine andere Wahl, als sich ihm anzuvertrauen; allein wäre er verloren gewesen.

»Wir sind fast da!« schrie Simkin und umklammerte Mosiahs Oberarm, als der junge FeldMagus zusammenbrach. Mit Simkins Hilfe erhob er sich wieder, aber der Schild verschwand. Sand prasselte gegen ihre ungeschützten Körper; der Sturm heulte und pfiff ihnen in die Ohren, trommelte mit gewaltigen Fäusten auf sie ein, zerrte sie rückwärts in das tosende Inferno und stieß sie mit der nächsten Bö brutal auf die Knie.

Mosiah konnte nichts sehen, er konnte nichts hören. Alles war Lärm und Tumult, Dunkelheit und Sand.

Und dann gesegnete Stille.

Mosiah öffnete die Augen und sah sich verwundert um. Er hatte gar nicht gespürt, wie die Transversale sich um ihn schloß, und doch war er hier, wieder in Radisoviks Studierzimmer, zusammen mit Simkin, der mit dem orangefarbenen Schnupftuch vor Nase und Mund noch alberner aussah als gewöhnlich. Kardinal Radisovik hatte sich von seinem Stuhl erhoben und betrachtete die beiden Ankömmlinge erstaunt.

»Was ist geschehen?« fragte er, kam hinter dem Tisch hervor und geleitete den blassen, zitternden Mosiah zu einem Stuhl. »Beruhige dich! Wo bist du gewesen? Ich werde gleich Wein bringen lassen . . .«

»Die Grenz – Grenzlande!« stammelte Mosiah, der sich erfolglos bemühte, sein Zittern zu unterdrücken. Er sprang auf, ohne dem beruhigenden Zureden des Kardinals Beachtung zu schenken. »Ich muß Prinz Garald sprechen! Wo ist er?«

»Im Kriegszimmer, glaube ich«, antwortete Radisovik. »Aber warum? Was gibt es denn?«

»Dieses Halstuch«, ließ Simkin sich vernehmen, während er in einem goldgerahmten Spiegel an der Wand seine Erscheinung begutachtete, »dieser Farbton . . . Mauve zu Grau – absolut geschmacklos!«

Sharakan rüstet sich zum Krieg

Das Kriegszimmer war eigentlich ein großer Ballsaal in einem Flügel des königlichen Schlosses zu Sharakan. Im Unterschied zu dem prachtvollen, schwebenden Kristallpalast Merilons, gründete das Schloß in Sharakan fest in der Erde. Der schmucklose Granitbau war ebenso schlicht, nüchtern und pragmatisch wie die Bürger der Stadt und ihre Herrscher.

Das Schloß war ursprünglich ein kleiner Berg gewesen, den Steinbildner aus der Kaste der *Pron-alban* zu einer trutzigen, ausgesprochen düsteren Festung ausgebaut hatten. Spätere Herrscher drückten der Residenz ihren eigenen Stempel auf – milderten die schroffen Linien der Befestigungsanlagen, ließen im Innenhof einen Garten anlegen, der als der schönste von ganz Thimhallan galt, und machten sie ganz allgemein zu einem wohnlicheren Ort.

Aber das Schloß war immer noch eine Festung, die den Ruhm für sich in Anspruch nehmen konnte, nie gestürmt worden zu sein, nicht einmal während der verheerenden Kämpfe der Eisenkriege, denen unter anderem die Paläste von Zith-el und Merilon zum Opfer gefallen waren. Daher hatte Prinz Garald keine Schwierigkeiten gehabt, das Schloß in ein bewaffnetes Militärlager zu verwandeln, um dort Hexenmeister und Katalyten aus Stadt und Umgebung in der Kriegskunst auszubilden. In die Stadt selbst rief er die Nigromanten aus ihrem Exil im Außenland und beauftragte sie, Waffen, Belagerungsmaschinen und anderes Kriegsgerät zu konstruieren.

Auch die Bürger Sharakans bereiteten sich auf die

bevorstehenden Kampfhandlungen vor. Die Illusionisten verschwendeten ihre Energien nicht mehr auf die Komposition lebender Bilder oder die Ausschmükkung von Sonnenuntergängen, sondern konzentrierten sich darauf, schreckenerregende Trugbilder und grausige Phantasmen zu erschaffen, die in das Gehirn des Feindes drangen und ebensoviel oder mehr Schaden anrichteten als ein Pfeil, der den Körper durchbohrte.

Die Gilden der *Pron-alban,* Steinbildner, Holzbildner, Stoffbildner und so weiter, wandten ihre Aufmerksamkeit von den alltäglichen Pflichten ab und den Erfordernissen des Krieges zu. Die Steinbildner verstärkten die Mauern der Stadt, für den Fall, daß das Undenkbare eintrat und Xavier sein gegebenes Wort brach, die auf dem Feld der Ehre erkämpfte Entscheidung zu akzeptieren. Die Holzbildner taten sich mit den Adepten des Neunten Mysteriums zusammen, um Speere, Pfeile und die Belagerungsmaschinen herzustellen.

Hand in Hand mit den Nigromanten zu arbeiten kostete einige der Bildner nicht geringe Überwindung. Obwohl in ihren Ansichten über Technik und Technologie liberaler als die meisten Bewohner Thimhallans, waren auch die Magi Sharakans in dem Glauben aufgewachsen, daß eine extensive Nutzung von Technik der erste Schritt auf dem Weg ins Reich des Todes wäre, also zum Verlust der magischen Lebenskraft führte. Nur die Liebe zu ihrem Prinzen, die Loyalität ihrem Herrscher gegenüber sowie die Überzeugung, daß dieser Krieg unvermeidlich war, um ihre Kultur und ihre Eigenständigkeit zu bewahren, bewog die Bürger von Sharakan, die Zähne zusammenzubeißen und zu tun, was als Todsünde galt: dem Leben zu gewähren, das kein eigenes Leben besaß.

Doch im Lauf der gemeinsamen Arbeit stellten die *Pron-alban* erstaunt und erfreut fest, daß Technik unleugbare Vorteile hatte und in Verbindung mit Magie sehr gut dazu taugte, viele praktische und nützliche Dinge zu erschaffen – die Ziegelhäuser, die Kardinal Radisovik so imponierten, zum Beispiel. Während die *Pron-alban* und die Nigromanten arbeiteten, sorgten die *Sif-Hanar* für gleichbleibend schönes Wetter in der Stadt, ohne zu vergessen, die umliegenden Felder mit genügend Regen zu versorgen, um eine reiche Ernte zu gewährleisten. Sollte es zu einer Belagerung kommen, würden die Hexenmeister und Katalyten keine Energie für die Erschaffung von Lebensmitteln erübrigen können.

Die Oberschicht Sharakans, die *Albanara,* bereiteten sich ebenfalls auf den Krieg vor – auf ihre Weise. Die Gutsbesitzer unter ihnen ließen ihre FeldMagi besonders hart arbeiten. Wer über ein wenn auch noch so bescheidenes Talent als Bildner verfügte, meldete sich als freiwilliger Helfer der Gildewerker. Der Einfall machte rasch Furore. Bald war es nicht mehr ungewöhnlich, einen Marquis zu sehen, der seine magischen Kräfte darauf verwandte, einen Riß in der Stadtmauer zu reparieren, oder einen Baron dabei beobachten zu können, wie er vergnügt in der Schmiede den Blasebalg betätigte. Die vornehmen Herrschaften amüsierten sich großartig, wenn sie eine Stunde pro Woche im Schweiße ihres Angesichts schufteten, um dann erschöpft nach Hause zu wanken, ein ausgiebiges heißes Bad zu nehmen und sich zu ihrem opferbereiten Patriotismus zu gratulieren. Leider waren sie eher eine Last als eine Hilfe für die Gildewerker, denen trotzdem nichts anderes übrigblieb, als sich in Geduld zu fassen und zu retten, was zu retten war, nachdem die ›Patrioten‹ die Arbeit halbfertig oder verpfuscht liegengelassen hatten. Die aristokratische Damenflor Sharakans war nicht weniger enthusiastisch, wenn es darum ging, in diesen schweren Zeiten Opfer zu bringen. Viele stellten die Dienste ihrer privaten Katalyten und HausMagi der Sache zur Verfügung. Das erforderte wahren Idealismus. Sich ›eigenhändig die Haare gemacht‹ zu haben galt als schick, und die Baronin, die mit einem kleinen Seufzer äußern konnte: Sie habe einfach nicht genug Leben, um *Schwanenfalle* spielen zu können, da ihr Katalyt in den Palast beordert worden sei, um dort das Kämpfen zu lernen, wurde von den weniger glücklichen Damen, deren Katalyten man als untauglich abgewiesen hatte, mit schlecht verhohlenem Neid betrachtet.

Prinz Garald wußte von diesen absurden Vorfällen und sah darüber hinweg. Der Marquis, der drei Stunden brauchte, einen kleinen Stein in die Mauer zu passen, hatte sein halbes Vermögen der Kriegskasse gespendet, und der Baron am Blasebalg lieferte aus seinen Speichern genügend Vorräte, um die ganze Stadt einen Monat lang zu ernähren. Garald war durchaus zufrieden mit der Art und Weise, wie seine Untertanen sich für den bevorstehenden Konflikt rüsteten. Er selbst war unermüdlich tätig; wenn er nicht als Ausbilder fungierte, arbeitete er daran, seine eigenen Kenntnisse zu erweitern.

Wenn Garald einen heimlichen Wunsch im Leben hatte, dann den, ein Hexenmeister zu sein. Weil das nicht möglich war – er gehörte zur Kaste der *Albanara* –, tat er das nächstbeste und verschrieb sich mit Leib und Seele dem Krieg. Seine Studien betrieb er mit solchem Eifer, daß er fast ebenso beschlagen war wie die Magi Bellorum, jene Hexenmeister, die ihr Leben lang in der Kriegskunst geschult wurden. Der Prinz errang den Respekt dieser Männer und Frauen – kein leichtes Unterfangen –, und im Gegensatz zu anderen Staaten, wo die Magi froh waren, wenn der König sich nicht in ihre Arbeit einmischte, waren die von Sharakan dankbar über ihres Prinzen Rat und Hilfe. Mit ihnen zusammen unterrichtete er die Novizen und die ihnen zugeteilten Kalalyten in den Kampftechniken. Die Strategie für diesen Krieg hatte er entwickelt, und er wollte auch den Oberbefehl am Spielbrett übernehmen, sobald die Kampfhandlungen begannen – eine Entscheidung, die widerspruchslos akzeptiert wurde, denn die Magi Bellorum erkannten ein Naturtalent, wenn sie es sahen.

Aus diesem Grund wußte Kardinal Radisovik genau, wo er Prinz Garald finden würde. Der Prinz war praktisch ganz in den jetzt Kriegszimmer genannten Saal umgesiedelt. Als Mosiah, der Kardinal und Simkin (mit pinkfarbenem Schlips) sich dem Gebäude näherten, konnten sie hören, wie Garalds Stimme unter der hohen, kunstvoll bemalten Decke widerhallte.

»Alle Katalyten nehmen jetzt ihre Positionen ein, rechts oder links von ihrem Hexenmeister, je nachdem welche Seite er vorzieht.« Eine Pause, ausgefüllt mit halblautem Gemurmel, als die Hexenmeister ihren Helfern erklärten, ob sie Rechts – oder Linkshänder waren. Dann erhob sich wieder Garalds Stimme: »Katalyten, euer Platz ist etwa fünf Schritte seitlich und fünf Schritte hinter eurem Magus.« Seinen Worten folgten die Geräusche von aufgeregtem Hin und Her. An den offenen Flügeltüren des Ballsaals angelangt, konnten die drei sehen, wie die Katalyten und Hexenmeister sich zu ihrer eigenen Art von Tanz gruppierten, auf demselben Boden aus poliertem Marmor, der vor noch nicht allzulanger Zeit unter den

Füßen weniger todbringender Paare geschimmert hatte.

Sobald alle ihre Positionen eingenommen hatten, schritt der Prinz an den langen Reihen rotgekleideter Hexenmeister und graugewandeter Katalyten entlang und inspizierte sie. Zwei in schwarze Kutten gehüllte *Duuk-tsarith* – des Prinzen persönliche Leibwache – folgten ihm schweigend, die Hände vor dem Leib gefaltet, wie es die Ordensregel vorschrieb.

»Die korrekte Position des Katalyten ist im Kampf von grundlegender Bedeutung«, fuhr der Prinz mit dem Unterricht fort, während er hier einem Katalyten winkte vorzutreten und dort einem anderen bedeutete, sich etwas weiter hinten zu postieren.

»Es ist die Aufgabe des Katalyten, dem Hexenmeister während des Kampfes Leben zu gewähren. Also muß der Abstand zwischen beiden so bemessen sein, daß er ein Exeunt öffnen und die Magie von sich in seinen Partner einströmen lassen kann. Weil das die ungeteilte Konzentration und Aufmerksamkeit des Katalyten erfordert, hat er keine Möglichkeit, sich zu verteidigen. Daraus erklärt sich seine Position einige Schritte hinter dem Hexenmeister, der ihn mit einem magischen Schild oder anderen geeigneten Mitteln vor Angriffen schützen wird.

»Ein kluger Gegner wird selbstverständlich bestrebt sein, den Katalyten seines Opponenten bei der ersten sich bietenden Gelegenheit außer Gefecht zu setzen. Ihr Hexenmeister habt die üblichen Gegenmaßnahmen gelernt, die wir später noch üben werden. Heute möchte ich das Augenmerk auf eine Fähigkeit der Kalalyten lenken, die oft übersehen wird. Nicht nur verfügt ihr Katalyten über die Gabe, Leben zu gewähren, ihr seid auch in der Lage, einem Feind Leben zu entziehen und diese zusätzliche Energie eurem Partner zuzuleiten. Von dieser Gabe Gebrauch zu machen erfordert ein präzises Urteilsvermögen und einen scharfen Blick, denn ihr müßt sicher sein, daß euer Mitstreiter genug Leben besitzt, um eine Zeitlang ohne eure Hilfe auszukommen, und ihr müßt auch erkennen, wann ein gegnerischer Hexenmeister so abgelenkt ist, daß man ihn überrumpeln kann. Die Gefahr besteht darin, daß der Angegriffene natürlich sofort bemerkt, daß ihm Leben entzogen wird und sich zur Wehr setzt. Deshalb müßt ihr schnell zuschlagen und eure ganze Energie auf diesen Coup konzentrieren.«

Nachdem er seine Inspektion beendet hatte, erhob sich Garald vom Boden, um aus der Luft seine Truppen mustern zu können. »Die beiden vorderen Reihen stellen sich einander gegenüber auf. Ihr übrigen tretet zurück. Du dort! Paß gefälligst auf. Ihr alle kommt noch früh genug an die Reihe. Übrigens erwarte ich von denen, die jetzt zuschauen, daß sie gleich beim erstenmal perfekt agieren, da man ihnen bereits vorgeführt hat, wie's gemacht wird. Hexenmeister – Gefechtszauber der dritten und vierten Ordnung. Ihr könnt die Formeln beruhigt aussprechen, das Zimmer ist mit einem Dispersionszauber geschützt. Ihr Katalyten versucht, ob es euch gelingt, dem ›Feind‹ Leben zu entziehen.«

Ein Gewirr von Stimmen erhob sich, Feuer wurde beschworen, Blitz und Donner, als die Magier die ›Schlacht‹ eröffneten. Schräg hinter ihnen stehend, wie es vorgeschrieben war, begannen die Katalyten mit der kniffligen Aufgabe, Leben zu nehmen, statt es zu geben. Die meisten von ihnen waren nicht sehr erfolgreich. Zwar gehörte die Technik zur Ausbildung eines Katalyten im Baptisterium, aber die wenigsten hatten je erlebt, wie sie angewendet wurde, und keiner war je in die Verlegenheit gekommen, selbst Gebrauch davon zu machen, da in Thimhallan seit Generationen Frieden herrschte. Einige entzogen irrtümlich ihren eigenen Hexenmeistern Leben. Andere konnten sich nicht an die Worte der Beschwörung erinnern, die ihnen die Macht verlieh, und ein bedauernswerter junger Katalyt war so verwirrt, daß er aus Versehen seine eigene Kraft aufzehrte und ohnmächtig zu Boden fiel.

Mosiah beobachtete das Treiben mit offenem Mund, derart fasziniert, daß er vergaß, weshalb er eigentlich gekommen war. Er hatte nie zuvor mit militärischen Dingen zu tun gehabt, und bisher war das Gerede von Krieg für ihn nichts weiter gewesen als eben Gerede. Jetzt rückte es in den Bereich der Realität, und ein erregtes Prickeln lief durch seinen Körper. Wie Garald sehnte auch er sich danach, ein Hexenmeister zu sein, jedoch war Mosiah zwar ein talentierter Magus, aber nicht zum Mysterium des Feuers geboren, der Gabe des Almin für die Berufenen. Garald hatte Mosiah allerdings versprochen, ihn unter die Bogenschützen einzureihen, da er bereits mit Pfeil und Bogen umzugehen verstand. Mit ihrer Ausbildung sollte demnächst begonnen werden, und plötzlich glaubte Mosiah es nicht mehr erwarten zu können.

Der junge FeldMagus mochte den Zweck seines Kommens vergessen haben – Kardinal Radisovik nicht. Unterwegs hatte er Mosiah und Simkin ausgehorcht. Die beiden erzählten, was sie in den Grenzlanden gesehen hatten, und der Kardinal lauschte äußerlich ruhig dem Bericht über die merkwürdigen und unnatürlichen Ereignisse. Tatsächlich legte er eine solche Gelassenheit an den Tag, daß Mosiah sich beschämt fühlte, denn er glaubte mehr und mehr, daß er sich von einem – wie Simkin es ausdrückte – Zyklon im Teetopf hatte erschrecken lassen. In Wirklichkeit war Radisovik jedoch zutiefst beunruhigt, und als die Übung unterbrochen wurde, um den bewußtlosen Katalyten hinauszutragen, nutzte er die Gelegenheit, sich Prinz Garald zu nähern, nachdem er Mosiah und Simkin ein Zeichen gegeben hatte, ihm zu folgen.

Sobald er des Kardinals ansichtig wurde, schwebte Garald respektvoll zu Boden, dem Radisovik wie alle Katalyten unabänderlich verhaftet war. Der Prinz trug dieselbe Kleidung – enganliegende Hose und ein weißes Hemd mit weiten, gebauschten Ärmeln –, die er anhatte, wenn er sich im Fechten übte. Er galt als ausgezeichneter Fechter. Obwohl er sich ihnen mit dem gewinnenden Lächeln und Eleganz in Haltung und Bewegung näherte, die dem gutaussehenden jungen Mann von Natur aus eigen waren, verriet die steile Falte zwischen den feingezeichneten Brauen einen gewissen Unmut.

»Nun, Kardinal Radisovik«, wandte sich Prinz Garald an das Oberhaupt der Kirche in Sharakan, »es tut mir leid sagen zu müssen, daß ich von Euren Schäfchen ganz und gar nicht begeistert bin.«

Radisovik lächelte mild. »Habt Geduld, Euer Gnaden«, meinte er beschwichtigend. »Was den Krieg anbetrifft, sind die Katalyten Anfänger. Sie werden lernen. Außerdem glaube ich mich an eine Zeit erinnern zu können, als Ihr selbst Anfänger in der Kunst des Fechtens wart.«

Prinz Garald warf ihm einen mürrischen Blick zu. »Kommt schon, Radisovik. So schlecht war ich nun auch wieder nicht.«

»Wenn ich zurückdenke, sehe ich Euch ins Klassenzimmer kommen, über das Schwert stolpern und mit einem Plumps ...«

»Das ist nicht wahr!« fiel Garald ihm mit hochrotem

Gesicht ins Wort. Als er Radisoviks strengen Blick auf sich ruhen fühlte, zuckte er mit den Schultern. »Also gut, ich bin gestolpert, aber ich bin *nicht* ... Ach, von mir aus sollt Ihr recht haben!« Er grinste reuevoll, richtete sich auf, und man konnte förmlich sehen, wie die gereizte Stimmung von ihm abfiel. »Und es stimmt natürlich, ich bin zu ungeduldig. Mosiah, ich freue mich, dich wieder einmal zu sehen.« Er wandte sich ausdrücklich dem jungen FeldMagus zu, begrüßte ihn mit einem liebenswürdigen Lächeln und streckte ihm die Hand entgegen, nicht zum Kuß, sondern als freundschaftliche Geste. »Es geht dir gut, hoffe ich? Wie geht es in der Schmiede voran?«

Im Lauf seiner inzwischen einige Monate dauernden Bekanntschaft mit dem Prinzen hatte Mosiah seine ehrerbietige Scheu vor diesem Mann soweit überwunden, daß er in der Lage war, seine Hand zu drücken und ohne Befangenheit auf seine Fragen zu antworten. An die Stelle der anfänglichen Ehrfurcht war Respekt getreten, Bewunderung und Liebe. Es war für Mosiah nicht schwer zu verstehen, weshalb der Prinz in Sharakan so beliebt war, daß man ihm widerspruchslos in den Krieg folgte. Man würde ihm auch folgen, wenn er verkündete, sich von einer Klippe ins Meer stürzen zu wollen.

»Simkin«, Garald wandte sich an den flaumbärtigen jungen Mann, »ich finde deinen Aufzug ungewöhnlich trist. Fühlst du dich nicht gut?«

»Angelegenheiten von schwerwiegendster Bedeutung, Euer Gnaden«, erwiderte Simkin in einem Ton, der einem altgedienten Leichenbitter zur Ehre gereicht hätte.

Ein Lächeln spielte um Garalds Lippen. Mit hochgezogenen Augenbrauen wartete er darauf, die Pointe eines von Simkins berüchtigten Scherzen zu hören, doch ein Blick in Radisoviks Gesicht warnte ihn, daß es sich tatsächlich um etwas besonders Wichtiges handelte.

»Die Leute sollen zum Mittagessen gehen«, befahl Garald einem der Magi Bellorum, der nicht weit von ihm entfernt in der Luft schwebte. »In einer halben Stunde machen wir weiter. Sollte ich bis dahin nicht zurück sein, laßt sie diese Übung wiederholen.«

»Zu Befehl, Euer Gnaden.« Der Hexenmeister verneigte sich tief, die Hände in den weiten Ärmeln seiner roten Kutte verborgen.

Der Kardinal und die beiden jungen Männer folgten dem Prinzen aus dem Kriegszimmer, in dem erleichterte Seufzer und fröhliche Stimmen widerhallten. Das Schloß war ein weitläufiges Gebäude mit unendlich vielen Zimmern, Kammern, Sälen und Gemächern und es bereitete dem Prinzen keine Schwierigkeiten, einen Raum zu finden, der sich für vertrauliche Gespräche eignete.

Sie traten in ein offenbar lange ungenutztes, leeres und fensterloses Gemach. Mit einem Wink seiner Hand erweckte Garald Kugeln aus Licht in den Schatten unter der hohen Decke zum Leben. Die freundliche, warme Helligkeit erinnerte an Sonnenschein, der auf die Wände fiel und die Farbenpracht des Mosaikfußbodens aufleuchten ließ, auf dem in verschlungenen Mustern Blumen und Vögel dargestellt waren. Möbel gab es keine. Garald schien zu glauben, es handle sich nur um eine kurze Unterredung. In einer Haltung, die Neugier, aber auch Ungeduld verriet, wartete er darauf, daß der Kardinal zu sprechen begann.

»Ich glaube, Ihr solltet dieses Zimmer versiegeln, Hoheit«, meinte Radisovik.

Ein wenig verwundert und auch ärgerlich wegen

der Zeitverschwendung, befahl Garald den beiden *Duuk-tsarith,* die ihn auf Schritt und Tritt begleiteten, die Beschwörung vorzunehmen. Als das Zimmer abgeschirmt war, wandte er sich wieder an den Kardinal. »Also gut. Worum geht es?«

Kardinal Radisovik forderte Mosiah mit einer Handbewegung auf zu sprechen. Gehemmt von dem ungewohnten Gefühl, im Mittelpunkt der Aufmerksamkeit zu stehen, berichtete Mosiah stockend, was er in den Grenzlanden gesehen und erlebt hatte.

Je länger er zuhörte, desto ernster wurde Garalds Gesicht. Als Mosiah davon erzählte, wie er Saryons Statue zertrümmert und entweiht vorgefunden hatte, stieg dem Prinzen die Zornesröte in die Wangen.

»Ich nehme an, Ihr wißt, was das bedeutet?« wandte er sich an Radisovik und unterbrach Mosiahs Beschreibung des Unwetters, das am Gestade wütete.

»Da bin ich nicht unbedingt sicher, Hoheit«, sagte Radisovik milde, aber mit einem tadelnden Unterton in der Stimme. »Man sollte den jungen Mann zu Ende hören.«

»Mosiah weiß schon, daß ich nicht unhöflich sein will«, verteidigte sich der Prinz ungehalten »Er versteht die Wichtigkeit dieser Information ...«

»Aber der Sturm ...«

»Stürme! Es gibt immer wieder Stürme!« Der Prinz, der unruhig auf und ab ging, wischte den Einwand mit einer Handbewegung beiseite.

»Nicht in den Grenzlanden«, gab Radisovik ruhig zu bedenken.

»Das ist nicht so wichtig!« schrie Garald fast und ballte die Fäuste. Der Kardinal musterte ihn besorgt. Nachdem er tief Atem geholt hatte, erlangte der Prinz die Beherrschung zurück. »Begreift Ihr denn nicht, Radisovik! Das bedeutet, er hat es!«

»Wer hat was?« erkundigte sich Simkin mit einem Gähnen. »Hört mal, ihr könnt von mir aus hin- und herlaufen soviel ihr wollt, aber ich hatte einen anstrengenden Tag und bin unheimlich müde. Stört es euch, wenn ich mich setze?«

Er wedelte mit dem orangefarbenen Schnupftuch, und prompt erschien ein Diwan im Zimmer, auf dem er sich genüßlich der Länge nach ausstreckte, ohne sich davon stören zu lassen, daß der Kardinal ihn strafend ansah, denn niemand setzte sich in der Gegenwart des Prinzen, ohne ausdrücklich dazu aufgefordert worden zu sein.

Garald schaute Mosiah an und sagte mit aufrichtiger Herzlichkeit: »Vielen Dank, mein Freund. Für diese Nachricht stehe ich tief in deiner Schuld. Jetzt aber, wenn du uns entschuldigen willst, möchte ich mit dem Kardinal unter vier Augen ...«

»Nein, laßt sie bleiben, Hoheit«, warf Radisovik überraschend ein und trat neben den Prinzen. »Sie wissen ebensoviel über diese Angelegenheit wie wir. *Oder mehr«*, fügte er halblaut hinzu.

Der Prinz fixierte Radisovik einen Moment lang zweifelnd, dann richtete er den Blick auf Mosiah, der unbehaglich den Kopf zwischen die Schultern zog, weil er sich durchdringend gemustert fühlte. Von ihm wanderte Garalds Blick zu Simkin, dessen müßiges Räkeln ihm ein Stirnrunzeln abnötigte.

»Wie Ihr meint, Radisovik«, sagte er. »Aber ich warne euch, meine jungen Freunde: Was hier gesprochen wird, darf diesen Raum nicht verlassen!«

Mosiah brummte etwas Unverständliches vor sich hin, denn er spürte, wie sich die unsichtbaren Augen der *Duuk-tsarith* in seinen Rücken bohrten.

»Ihr könnt grenzenloses Vertrauen zu mir haben, Euer Gnaden«, versicherte Simkin träge. »Wenn's nicht stimmt, will ich tot umfallen – wenn auch nicht so plötzlich wie die Herzogin von Marlborough, die auf der Stelle entseelt zu Boden sank. Sie nahm *immer* alles so wörtlich ...«

Ein gereizter Blick Garalds veranlaßte Simkin, den Mund zu halten. Der Prinz sprach weiter: »Mosiah, hast du Jorams Schwert irgendwo bei den Trümmern der Statue liegen sehen?«

Mosiah schüttelte den Kopf. »Nein ...«

»Seht Ihr!« Garald fuhr zu Radisovik herum.

» ... aber der Sturm tobte so heftig, daß es vielleicht unter dem Sand begraben wurde«, schloß Mosiah.

»Ja«, warf Simkin fröhlich ein. »Des Katalyten armer alter Schädel steckte drin bis zu den Augenbrauen. Wir mußten ihn ausbuddeln. Ich kam mir ein bißchen vor wie ein Grabräuber.«

Mosiah stieß ein gepreßtes Stöhnen aus und bedeckte das Gesicht mit der Hand.

»Es tut mir aufrichtig leid, Mosiah«, meinte Garald ernst. »Ich teile deinen Schmerz. Aber dies ist der Augenblick, um zu handeln und Vergeltung zu üben, nicht um zu trauern.«

»Vergeltung?« Mosiah hob verblüfft den Kopf.

»Allerdings, junger Freund«, nickte Garald grimmig. »Dein Freund Saryon wurde ermordet.«

»Aber – warum?« stöhnte Mosiah.

»Liegt das nicht auf der Hand? Das Dunkle Schwert. Ich glaube, wir können als sicher annehmen, daß es sich jetzt in der Hand unseres Widersachers befindet. Xavier ist es schließlich doch gelungen, sich die Waffe anzueignen.« Der Prinz nahm seine Wanderung durchs Zimmer wieder auf. »Narr, der ich war«, murmelte er vor sich hin. »Ich hätte besser auf der Hut sein müssen. Aber ich war überzeugt, daß er niemals einen Weg finden würde ...«

Mosiah öffnete den Mund, um etwas zu sagen, dann fiel ihm ein, daß er sich in Gegenwart seines Souveräns befand, und er schwieg. Zu seiner Verwunderung suchte Kardinal Radisovik seinen Blick und gab ihm mit einer auffordernden Geste zu verstehen, daß er sprechen sollte.

»Doch was ist mit dem Sturm, Hoheit?« fragte Mosiah schließlich nach einem zweiten drängenden Wink des Kardinals. »Er ist – er ist furchtbar!« fügte er hilflos hinzu, unfähig, Worte zu finden, um das Schreckliche zu beschreiben. »Ich hatte Angst, größere Angst als je zuvor. Nicht einmal als die *Duuk-tsarith* mich in Merlyns Hain gefangennahmen, habe ich mich so gefürchtet. Es war eine Angst, die tief aus mir kam und mich durchströmte wie Eis.«

»Einer von Xaviers Zaubern, zweifellos.«

»Nein, Hoheit!« rief Mosiah erregt. Als Garalds starre Miene ihm zu Bewußtsein brachte, daß er seinem Souverän widersprochen hatte, biß er sich auf die Zunge. »Es tut mir leid. Ich weiß, daß Kaiser Xavier sich vielleicht das Schwert angeeignet hat, bedeutet Gefahr, aber das ist nichts im Vergleich zu dem, was möglicherweise tatsächlich im Gange ist! Zuerst habe ich Simkin nicht geglaubt, aber jetzt ...« Er verstummte.

Simkin auf seinem Diwan verlustierte sich damit, sein orangefarbenes Tuch in die Luft zu blasen und auf sein Gesicht niederschweben zu lassen. Mosiah, der das selbstgefällige Lächeln auf den bärtigen Lippen bemerkte, wurde blaß vor Scham und Zorn. Er studierte verdrossen seine Fußspitzen, und deshalb entging ihm der rasche Blick, den Garald und Radisovik tauschten.

»Was weißt du darüber, Simkin?« fragte Garald langsam.

»Einiges, wenn es nicht zu unbescheiden klingt.« Simkin pustete heftig und sah zu, wie das Tuch, einem herbstlichen Blatt ähnlich, sich in Spiralen auf seine Brust senkte. »Unter anderem die interessante und wenig bekannte Tatsache, daß es unserem allseits beliebten und schmerzlich vermißten Joram bestimmt ist, aus dem Reich der Toten wiederzukehren und das Ende der Welt einzuläuten.«

Der Froschprinz

Prinz Garald warf dem Kardinal einen vorwurfsvollen Blick zu. »Ich habe Wichtigeres zu tun«, bemerkte er kühl und machte auf dem Absatz kehrt. »Da Xavier jetzt das Schwert besitzt, müssen wir unsere Anstrengungen verdoppeln, solange er noch nicht weiß ...«

»Hoheit«, schnitt Radisovik ihm das Wort ab, »wenn ich Euch raten darf, nehmt Euch die Zeit, ihn anzuhören.«

Obwohl er leise sprach, klang seine Stimme fest und duldete keinen Widerspruch. Der Kardinal, ein Mann in mittleren Jahren, hatte den Prinzen aufwachsen sehen, hatte ihm den ersten Unterricht erteilt, seine spätere Erziehung überwacht, ihm behutsame Führung zuteil werden lassen und bei jedem Schritt ins Leben zur Seite gestanden. Mosiah erkannte mit plötzlicher Hellsichtigkeit, daß dieser Priester und nicht der blindlings in den Sohn vernarrte Vater es gewesen war, der den Charakter des Prinzen geformt hatte. Wie ein Druide liebevoll und sorgsam einen jungen Baum hegt und pflegt, hatte Radisovik sich des unzweifelhaft verwöhnten und störrischen Knaben angenommen und ihn durch Liebe und gutes Beispiel zu einem verantwortungsbewußten, disziplinierten Kronprinzen erzogen. Es war die Stimme des Lehrers, des Mentors, die jetzt sprach, und es war der Schüler, der sich in widerwilligem und doch respektvollem Gehorsam herumdrehte.

»Also gut, Simkin«, meinte Garald schroff, »erzähl deine Geschichte. Schade, daß keine Kinder da sind, um das Märchen zu hören.«

»Vergebung, Hoheit«, meinte Kardinal Radisovik

mit der verbindlichen Stimme des Kirchenmannes, »aber vorher möchte ich wissen, weshalb Simkin oder Mosiah uns bisher nichts davon gesagt haben. Es muß euch doch klar gewesen sein, Mosiah, daß es uns schwerfiel, die offizielle Erklärung, die von Merilon abgegeben wurde, zu akzeptieren.«

»Was war das für eine offizielle Erklärung?« erkundigte sich Simkin und blies das orangefarbene Schnupftuch von seinem Gesicht.

Ergrimmt schnappte Garald das Stück Seide aus der Luft und stopfte es in seine Schärpe. »Setz dich vernünftig hin und benimm dich gefälligst«, befahl er in so scharfem Ton, daß sich sogar Simkin die Vermutung aufdrängte, er habe möglicherweise den Bogen überspannt. Im Nu verwandelte er den Diwan in einen unbequem aussehenden Stuhl mit hoher, steifer Rückenlehne, expedierte ihn in eine Ecke des Zimmers, kleidete sich in einen kindlichen Matrosenanzug und stützte beleidigt die Stirn gegen die Wand.

Prinz Garald trat aufgebracht einen Schritt auf ihn zu, aber Radisovik ergriff das Wort und glättete die Wogen.

»Ich bin sicher, es würde überhaupt keine offizielle Erklärung gegeben haben«, äußerte er, »wären nicht die merkwürdigen Vorfälle gewesen, die zu bizarr waren, um sie totschweigen zu können. Die Gerichtsverhandlung wurde von Vanya und Xavier im geheimen abgehalten, und man ließ sich keine Zeit damit, das Urteil zu vollstrecken. Es war offensichtlich – die übrige Welt sollte nie etwas von der ganzen Sache erfahren. Ihr Plan wäre vielleicht aufgegangen, aber den Tod der Kaiserin konnte man weder leugnen noch vertuschen, ebensowenig Bischof Vanyas Schlaganfall oder das Verschwinden des entmachteten Kaisers. Deshalb wurde verlautbart, man hätte Joram zur

Wandlung verurteilt, weil er einer ohne Leben war. Der Katalyt Saryon beschloß, in unseliger Verblendung, sich für ihn zu opfern, und Joram nutzte die Gelegenheit und versuchte zu fliehen. Als er sich von *Duuk-tsarith* umzingelt sah und begreifen mußte, daß eine Flucht unmöglich war, suchte er sein Heil im Jenseits, statt seine gerechte Strafe auf sich zu nehmen.«

»Ich glaube, mir ist etwas in dieser Richtung zu Ohren gekommen.« Simkin nuschelte, weil er den Daumen im Mund hatte.

»So ist es also nicht gewesen?«

Simkin schüttelte den Kopf.

»Woher willst du das wissen?«

»Ich war dabei«, antwortete er. »Dritte Palme von links.«

Prinz Garald stieß einen ungeduldigen Seufzer aus, doch Radisovik hob die Hand. »Sprich weiter.«

»Und wenn ich nicht will?« Auf Simkins Gesicht erschien ein Ausdruck von weinerlichem Trotz. »Man glaubt mir ja doch nicht ... Na gut, wenn Ihr darauf besteht«, lenkte er hastig ein, als er ein unheilverkündendes Knurren hinter sich hörte. Er ließ den Stuhl rasant über den Boden schlittern, bremste abrupt und wirbelte zu seinen Zuhörern herum. »Seht Ihr, das ist nämlich so – Eurer Joram war ein Prinz in Froschgestalt.« Der Kardinal sah ihn verständnislos an, und Simkin erklärte: »Der Sohn der Kaiserin. Berichte über den Tod des Thronfolgers – maßlos übertrieben, gelinde gesagt.«

»Aber natürlich!« flüsterte Garald staunend. »Ich wußte, daß Joram mich an jemanden erinnerte. Dieses Haar, die Augen – seine Mutter!«

Simkin erwärmte sich für sein Thema. »Von fahrendem Volk aus der kaiserlichen Wiege gestohlen, aufgewachsen in einem Dörfchen in der ländlichen Idylle des Mittelwestens, ach ja ... Von falschen Freunden vom rechten Weg abgebracht«, Simkin bedachte Mosiah mit einem vorwurfsvollen Blick, »und auf die schiefe Bahn geraten. Mord und Metallurgie – welch tragische Verstrickung ... Das Schwert in der Hand, nichts ahnend vom blauen Blut in seinen Adern, reiste unser Frosch nach Merilon, wo er durch die Liebe einer guten Frau geläutert und von einem elenden Kalalyten an Seine Schmerbäuchigkeit, Bischof Vanya, verraten wurde. Von Seiner Bischöflichen Exzellenz deftig auf den Scheitel geküßt, verwandelte unser warziger Held sich in einen unbequemen Prinzen und mußte es sich gefallen lassen, zu einem Dasein als sein eigenes Denkmal verurteilt zu werden ...«

»Und eben das ergibt keinen Sinn«, unterbrach ihn Garald, an Radisovik gewandt.

Das andere etwa? fragte Mosiah sich stumm.

»Es geht noch weiter!« ließ Simkin sich vernehmen, aber Garald hörte nicht.

»Vorausgesetzt, Joram war der echte Kronprinz Merilons, warum hat Xavier ihn nicht zum Tode verurteilt oder heimlich aus dem Weg räumen lassen? Warum die Wandlung?«

»Das will ich doch gerade erklären!« rief Simkin aufgebracht. »Wenn Ihr nur zuhören würdet! Es hängt alles mit der Prophezeiung zusammen ...«

Bei diesem Wort wandten die beiden *Duuk-tsarith* einander schweigend das Gesicht zu; es trafen sich die Blicke unsichtbarer Augen, ein Dialog ohne Worte fand statt.

»Hoffentlich bring ich's noch zusammen.« Simkin legte die Stirn in Falten. »In meinem Kopf herrscht ein solcher Kuddelmuddel ... Aha, ich hab's! So lautet die Prophezeiung: ›Dem Herrscherhaus wird ein Kind geboren werden und dann sterben. Und leben und sterben und leben und sterben, bis alle Beteiligten das Hin und Her gründlich satt haben, dem Stehaufmännchen den Hals umdrehen und es in einen tiefen Brunnen werfen.«

Prinz Garald kehrte sich mit einer schroffen Bewegung zur Tür um. »Löst das Siegel«, befahl er.

»Vergebung, Hoheit.« Einer der *Duuk-tsarith* trat vor. »Aber ich kann in dieser Angelegenheit eventuell behilflich sein.«

Der Prinz blieb stehen und musterte den Hexenmeister erstaunt. Die gefürchteten Hüter des Gesetzes von Thimhallan sprachen nur wenig, und Garald konnte sich nicht erinnern, daß je einer von ihnen unaufgefordert Informationen preisgegeben hätte.

»Ist in Eurem Orden etwas darüber bekannt? Ich habe Euch unmittelbar nach dem Vorfall befragt, und da habt ihr vorgegeben, nichts zu wissen.«

»Zu der Zeit verfügten wir über nicht mehr Informationen als Ihr selbst«, erwiderte der *Duuk-tsarith,* unberührt von der Verärgerung des Prinzen. »Wie euch bekannt ist, Hoheit, geloben die Mitglieder unseres Ordens ihrem Dienstherrn Treue und Ergebenheit. Die Brüder und Schwestern, die bei der Urteilsvollstreckung zugegen waren, stehen in den Diensten Bischof Vanyas und des Kaisers. Sie wahren über deren Belange ebenso Stillschweigen wie wir über die Eures Vaters, des Königs, und die Euren.«

»Selbstverständlich.« Garald errötete. Er wußte, er hatte die Zurechtweisung verdient. »Vergebt mir.«

»Aber wir kennen die Prophezeiung, von der der junge Mann gesprochen hat.«

»Das Kindermärchen? Leben und sterben und leben und sterben ...«

»Nein, Euer Gnaden. Die Prophezeiung ist, fürchte ich, nicht nur ein Kindermärchen. Sie stammt aus den dunklen Zeiten nach den Eisenkriegen, von dem damaligen Bischof Thimhallans und lautet: *Dem Herrscherhaus wird ein Sohn geboren werden, der tot ist und doch lebt, dem bestimmt ist zu sterben und wieder zu leben. Und wenn er wiederkehrt, hält er in seinen Händen das Ende der Welt.*«

»Na bitte. Ich war doch nah dran.« Simkin schniefte.

»Der Almin stehe uns bei.« Radisovik machte das Segenszeichen.

»Er schütze und bewahre uns!« bemerkte Garald mit Nachdruck.

»Simkin, wie hast du davon erfahren?«

»Meiner Treu, ich war dort!«

»Wo?«

»Na dort, bei den Katalyten. Es liegt etliche hundert Jahre zurück. Wir waren um den Born des Lebens versammelt und harrten des Almin, der übrigens überhaupt kein Gespür für Mode hat. Natürlich hält er sich für erhaben über solche Trivialitäten wie geschmackvolle Kleidung, aber das ist kein Grund ...«

»Pah!« unterbrach ihn Garald zornig und wandte sich wieder an den Hexenmeister. »Wer sonst kennt sie? Ich habe bisher nie davon gehört.«

»Durchaus verständlich, Euer Gnaden. Es ist oder war das am besten gehütete Geheimnis in Thimhallan. Weshalb, ist leicht einzusehen.«

»Allerdings.« Garald wurde blaß und zog fröstelnd die Schultern hoch. »Kein Kind eines Herrscherhauses wäre mehr sicher.«

»So ist es. Aus diesem Grund wurde die Prophezeiung in die Hut der *Duuk-tsarith* gegeben, deren Großmeister sie nur einer Person außerhalb des Ordens offenbart, und zwar dem jeweiligen Bischof Thimhallans am Tag seiner Investitur. Handelte es sich bei diesem Joram wahrhaftig um den Sohn der Kaiserin und war er ohne Leben ...«

Der Hexenmeister verstummte abwartend. Garald überlegte und nickte dann zu beidem.

»... dann versteht Ihr, weshalb es unmöglich war, ihn hinrichten oder ermorden zu lassen. Die Wandlung bot sich als ideale Lösung an, denn so blieb er am Leben und konnte doch nicht mehr gefährlich werden. Aber es kam anders. Als er merkte, daß es kein Entkommen gab, zog er es vor, den Tod im Jenseits zu suchen, und erfüllte so den ersten Teil der Prophezeiung.«

»Kein Entkommen? Aber das stimmt doch nicht! Warum hört mir eigentlich keiner zu?« Simkin verdrehte die Augen. »Ich sage doch die ganze Zeit, daß ich noch nicht fertig bin ...«

»Aber dann *ist* er doch tot, oder nicht?« Garald schien taub zu sein für Simkins Einwurf; er sprach immer noch zu dem *Duuk-tsarith.* »Niemand ist je aus dem Jenseits zurückgekehrt.«

Der *Duuk-tsarith* gab keine Antwort. Es war seine Pflicht, Informationen zu geben, nicht, über ihren Wahrheitsgehalt zu spekulieren.

»Hoheit«, versuchte Simkin nochmals, sich Gehör zu verschaffen.

»Glaubt Ihr daran, Radisovik?« fragte Garald erregt. Simkin verschränkte seufzend die Arme und lehnte sich auf dem Stuhl zurück.

»Ich bin mir nicht sicher, Hoheit«, antwortete der Kardinal, den die Neuigkeit offenbar erschüttert hatte. »Man sollte genauer nachforschen.«

»Ja.« Garald wanderte schweigend auf und ab, bis er plötzlich stehenblieb und entschieden den Kopf schüttelte. »Nun, ich glaube nicht daran. Ein Mann, ein Junge – und soll die Macht haben, eine ganze Welt zu zerstören? Pah!«

»Hoheit ...«

»Und selbst wenn ich an dieses Märchen glaubte«, fuhr der Prinz fort, ohne Simkin zu beachten, »darf es unsere Kriegspläne nicht beeinflussen. Die Tatsache, daß etwas dergleichen überhaupt geschehen konnte, ist nur ein weiterer Beweis, daß Vanya und Xavier nicht an der Macht bleiben dürfen! Und ich muß von der Annahme ausgehen, daß Xavier das Dunkle Schwert besitzt und nicht ein Phantom aus dem Jenseits. Ich kehre ins Kriegszimmer zurück.«

Der Ton seiner Stimme verriet, daß er sich diesmal nicht aufhalten lassen würde. Radisovik verneigte sich stumm, während Garald den *Duuk-tsarith* winkte, die den Bann von der Tür nahmen und schweigend hinter dem Prinzen herschwebten, der sich den Flur hinunter entfernte. Radisovik schaute ihm kopfschüttelnd nach. Dann holte er tief Atem, lächelte Mosiah zu und verließ ebenfalls das Zimmer.

»Da hast du ja wieder mal alles gehörig vermasselt!« Mosiah fuhr zu Simkin herum. »Dein Glück, daß der Hexenmeister sich eingemischt hat. Mir kam es vor, als würde Garald liebend gern *dich* in einen tiefen Brunnen werfen!«

Simkin antwortete nicht. Er war sitzen geblieben, den Arm lässig über die Stuhllehne geworfen. Der alberne Matrosenanzug verschwand, und er trug wieder das grauseidene Paradestück konservativer Schneiderkunst.

»Weißt du, mein Bester«, sinnierte er, während er mit geistesabwesender Intensität ins Leere starrte, »es gibt da einen Punkt, der mir ungeheuer wichtig zu sein scheint, und keiner will mir zuhören.«

»Was ist das für ein Punkt?« fragte Mosiah unwirsch. Seine Gedanken beschäftigten sich mit dem Unwetter in den Grenzlanden.

»Ich habe versucht, Garald darauf aufmerksam zu machen, aber er ist so besessen, Krieg zu führen, daß er nichts anderes hören will. Xavier weiß es, und er hat Angst. Vanya weiß es – deshalb der Schlaganfall. Der entmachtete und unbeweinte Kaiser – Jorams leiblicher Vater – hat es gewußt und sich vorsichtshalber dünne gemacht. Joram ist nicht ins Jenseits geflohen, weil er den *Duuk-tsarith* entkommen wollte. Das war gar nicht nötig.«

»Warum? Wieso?« Mosiah hob erwartungsvoll den Kopf. Eine Gänsehaut kroch über seinen Körper.

»Joram hatte das Dunkle Schwert ...«

Diskurs über die Art der Kriegsführung in Thimhallen

Weil er Grund zu der Befürchtung zu haben glaubte, daß Prinz Xavier das Dunkle Schwert besaß, und bestrebt war zuzuschlagen, bevor der Hexenmeister lernte, sich dessen ganze Macht zunutze zu machen, beschleunigte Garald die Kriegsvorbereitungen in seinem Reich. Die Kalalyten und Magier begannen mit ihren Übungen früh am Morgen und hörten erst auf, wenn es längst dunkel war; manche schliefen vor Erschöpfung gleich an Ort und Stelle ein.

Die Schmiede der Nigromanten starrte mit feurigen Augen in die Nacht; mit den knirschenden Zähnen und fauchenden Blasebälgen schien sie ein Ungeheuer zu sein, daß man gefangen und auf dem Marktplatz angekettet hatte. Wie die Hexenmeister mußten auch die Nigromanten lernen, mit Katalyten zusammenzuarbeiten, nachdem in den letzten düsteren Jahren ihrer Geschichte nur ein einziger – Saryon – den Weg zu ihnen gefunden hatte. Indem sie Magie und Technologie kombinierten, war es ihnen möglich, ihre Waffen einfacher und schneller herzustellen, was nicht von allen als Segen betrachtet wurde.

Schließlich hielt Garald seinen Stadtstaat für ausreichend gerüstet. Im Rahmen einer jahrhundertealten Zeremonie, die das Tragen roter Gewänder und merkwürdig aussehender Hüte verlangte (ein Quell unterdrückter Heiterkeit und lebhafter Spekulation in den Reihen des Adels, denn niemand erinnerte sich daran, woher diese Kopfbedeckungen stammten oder welchen Sinn und Zweck sie gehabt haben mochten), traten Prinz Garald und die Edlen des Reiches vor den Monarchen hin, verlasen die Liste der Anklagen gegen Merilon und forderten Krieg.

Der König stimmte natürlich zu. Es gab ein großes Fest, und dann rüstete sich jeder für den nächsten Schritt – die Herausforderung.

Die Kriegführung in Thimhallan unterlag strikten Vorschriften, die noch aus der Zeit stammten, als die Bevölkerung in dieses Land gekommen war. Jene ersten Siedler glaubten, ein Volk, durch Intoleranz und Gewalt aus seiner ursprünglichen Heimat vertrieben, sollte zu einem friedlichen Miteinander in der neuen Welt imstande sein. Eine Illusion, wie ihre Führer sehr genau wußten. Deshalb stellten sie die Regeln des Krieges auf, an die man sich seither gehalten hatte – mit der Ausnahme der verheerenden Eisenkriege.

Wegen der Nichtbeachtung eben dieser Regeln waren die Nigromanten vertrieben worden. Nach den Aufzeichnungen der Katalyten (den Bewahrern der Geschichte) befreiten sich die Nigromanten von der kurzen Leine ihrer Meister – der Magi Bellorum – und versuchten, die Herrschaft über die Welt an sich zu reißen. Sie weigerten sich, die auf dem Feld der Ehre gefallene Entscheidung zu akzeptieren (eine von den Magi vermittels des Spielbretts herbeigeführte Entscheidung) und überzogen das Land mit wirklichem, blutigem Krieg. Daß Prinz Garald sich bei den Vorbereitungen zu dem jetzigen Krieg von Nigromanten unterstützen ließ, hatte einen Aufschrei der Empörung im ganzen Land zur Folge gehabt, obwohl der Prinz seinen Verbündeten (und auch seinem Gegner) geduldig immer wieder versicherte, daß es keinen Grund zur Besorgnis gäbe.

Die Regeln des Kriegs, wie sie von den Ahnen festgelegt waren, ähnelten den Regeln des Duells – einer anerkannt zivilisierten Methode, Unstimmigkeiten zwischen Gentlemen beizulegen. Der Beleidigte tat öffentlich kund, welchen Groll er hegte, und sprach anschließend die Herausforderung aus. Es gab zwei Möglichkeiten, auf die Herausforderung zu reagieren. Man konnte sie annehmen – was Krieg bedeutete – oder der Herausgeforderte konnte eine Entschuldigung äußern, in welchem Fall über eine gütliche Einigung verhandelt wurde. Dieses Mal war mit einer Entschuldigung nicht zu rechnen; auch in Merilon rüstete man zum Krieg.

Der Herausforderer zu sein hat Vor- und Nachteile. Ist der Herausforderer mächtig genug, um die gegnerische Partei gehörig einzuschüchtern, schlägt das als psychologischer Vorteil zu Buche. Um einen Ausgleich herzustellen, darf der Verteidiger seine Position auf dem Feld der Ehre bestimmen und erhält das Recht für den Eröffnungszug auf dem Spielbrett.

Endlich dämmerte der lang erwartete Tag der Herausforderung. Ganz Sharakan hatte sich während der Nacht für das Ereignis gerüstet, das zur Mittagsstunde beginnen sollte, mit der symbolischen Schlacht zwischen den *Thon-li,* den Hütern der Transversalen und den Truppen des Prinzen.

In früheren Zeiten war diese Schlacht eine wirkliche gewesen – ausgetragen zwischen den Magi Bellorum und den Schöpfern der Transversalen, den Sehern. Aber diese Zunft der Magie, mit der Gabe, in die Zukunft zu schauen, war in den Eisenkriegen ausgelöscht worden. Übrig blieben nur die Katalyten, ihre Helfer – die *Thon-li* –, um die Pfade zu erhalten, auf denen die Bewohner Thimhallans durch Raum und Zeit reisten.

Weil die *Thon-li* nur Katalyten mit geringem magischem Leben waren, hätten die Magi Bellorum, die mächtigsten Zauberer von Thimhallan, sie buchstäblich hinwegfegen können. Das wäre allerdings der Zerstörung des Transportsystems gleichgekommen, woran selbstverständlich niemand ein Interesse hatte. Deshalb gestattete man den *Thon-li*, sich nach kurzem, symbolischen Widerstand zu ergeben. Anschließend öffneten sie den Truppen Sharakans die Transversalen.

Prinz Garald bot an jenem Tag seinem Volk das erwartete grandiose Spektakel. Trompetenstöße und Trommelwirbel verkündeten den Beginn. Die Bürger der Stadt ließen sich nicht lange bitten. Sie strömten aus den Häusern, angetan mit ihren besten Kleidern, aufgeregte Kinder an der Hand. Man versammelte sich an zuvor festgelegten Plätzen, wo die Magi Bellorum mit ihren Katalyten warteten, dem kriegerischen Anlaß entsprechend gewandet – die Magi in roten Roben, die Katalyten in Grau mit roter Verbrämung.

Das Getöse der martialischen Instrumente verstummte. Es wurde still. Die Menge hielt den Atem an. Dann tönte ein Fanfarenstoß von den Zinnen des Schlosses herab durch die klare, prickelnde Luft (die *Sif-Hanar* übertrafen sich selbst). Prinz Garald erhob die Stimme zu einem Ruf, in den seine Magi Bellorum überall in der Stadt einstimmten, und forderte im Namen des Königs von Sharakan die *Thon-li* auf, die Transversalen freizugeben.

Eine nach der anderen öffneten sich die Transversalen; zweidimensionale Tore entstanden in den Straßen, und darin erschienen die *Thon-li*, die Hüter der Transversalen.

»Im Namen des Königs von Sharakan und seiner getreuen Untertanen fordern wir Euch auf, uns passieren zu lassen, damit wir dem Herrscher Merilons die Kriegserklärung überbringen können«, rief Prinz Garald der Hüterin zu, die ihm gegenüberstand.

»Im Namen des Almin, dem Bewahrer des Friedens, weigern wir uns«, antwortete die Thon-li dem Prinzen. Ein ranghohes Mitglied ihres Ordens, eigens für diese bedeutende Gelegenheit ausgewählt, schien sie vergessen zu haben, daß es sich nur um eine Zeremonie handelte, und starrte Garald so finster an, als hätte er tatsächlich vor, ihre Stellung mit seinen Truppen zu überrennen.

Ein wenig verdutzt über die trotzige Haltung der Katalytin, gab der Prinz dem Trompeter Zeichen, einen zweiten Tusch zu blasen. Seine Magi traten mit ihren Helfern vor, und die ›Schlacht‹ konnte ihren Anfang nehmen.

Die Katalyten etablierten Exeunts zu ihren Hexenmeistern; das Leben, das sie in sich polarisierten, strömte als blauer Lichtbogen auf den Magier über. Durchflutet von Magie, sprachen die Hexenmeister ihre Beschwörungsformeln. Feuerkugeln explodierten am Himmel; Zyklone entstanden aus dem Nichts und rotierten auf der ausgestreckten Handfläche der Magier, als anschauliche Drohung, daß sie jederzeit in voller Gewalt gegen die *Thon-li* entfesselt werden konnten. Blitze zuckten aus Fingerspitzen, glühender Hagel prasselte zischend auf die Straßen. Die Kinder kreischten vor Angst und Entzücken, und ein junger Magus steigerte sich in einen solchen Rausch hinein, daß sich durch seinen Zauberspruch mitten in der Stadt ein tiefer Riß im Boden auftat. Die Umstehenden erschraken ebenso wie die *Thon-li.*

Glücklicherweise veranlaßte diese imposante Demonstration von Macht die Hüter, sich ohne weiteres Sträuben geschlagen zu geben, auch die kämpferische Katalytin, die Prinz Garald immer noch mit trotzigem

Stolz anfunkelte. Sie kam aus der Transversale und streckte ihm die Arme mit gekreuzten Handgelenken entgegen. Die übrigen *Thon-li* taten das gleiche. Dem Zeremoniell entsprechend, legten die Magi Bellorum ihrem geschlagenen Gegner symbolisch Fesseln aus Seide an. Ein Tusch verkündete den Sieg, und die Zuschauer jubelten.

Dann verschwanden die *Thon-li* in ihren Transversalen, die Bürger kehrten in ihre Häuser zurück, und der Prinz zog mit seiner Streitmacht aus, um Merilon offiziell den Krieg zu erklären.

Die Bevölkerung Sharakans wußte nicht, daß der Prinz keineswegs ein vergnügliches Spiel spielte. Insgeheim war Garald überzeugt, daß Xavier sich mit einem Sieg auf dem Schachbrett nicht zufriedengeben würde, falls er siegte. Mit einer Niederlage würde er sich schon gar nicht abfinden. Wie die Würfel auf dem Feld der Ehre auch fallen mochten, Prinz Garald glaubte, daß der Welt wieder ein wirklicher Krieg bevorstand.

Sein Herz schlug rascher. Träume von großen Taten auf dem Schlachtfeld, vom Ruhm des Sieges über einen grausamen Feind erfüllten ihn mit hochgemuter Freude. Der Prinz hob den Blick zum Himmel und dankte dem Almin, daß er geboren war, um das Unrecht auszumerzen und der Welt Gerechtigkeit zu bringen.

Die Herausforderung

Der Kristallpalast von Merilon überstrahlte die aufgehende Sonne an diesem frühen Morgen – kein großes Kunststück, in Anbetracht der Umstände.

Tags zuvor hatten die *Sif-Hanar* mit wachsender Begeisterung ihre Kampfzauber gegen das strahlende Himmelslicht geschleudert – sie verdunkelten es mit schwarzen Wolken, verschandelten es mit greulichen Farben, versuchten gar, es ganz vom Himmel zu tilgen. Deshalb schob sich die Sonne an diesem Morgen nur zögernd, bleich und verdrießlich über den Horizont und scheinbar bereit, sofort wieder zu verschwinden, sollten die WetterMagi sich irgendwo blicken lassen.

Aus diesem Grund also war die Sonne nur ein fahler Schatten ihrer selbst, verglichen mit dem Glanz des Kristallpalastes, in dem während der ganzen Nacht die Lichter nicht erloschen waren. Bei Tagesanbruch wurden die Gobelins vor den transparenten Wänden und Mauern aufgerollt, Vorhänge wurden zur Seite gerafft, Jalousien hochgezogen, Fensterläden geöffnet. Die magische Helligkeit strömte nach draußen und breitete ihren Schimmer über die Stadt.

In den Tagen des vorigen Kaisers und seiner bezaubernden Gemahlin hätte diese Festbeleuchtung von einer rauschenden Ballnacht gekündet. Schöne Frauen und elegante Kavaliere hätten sich in geschmückten Sälen gedrängt und die Räume mit Lachen und dem Duft von Parfum erfüllt. In den Tagen des neuen Kaisers waren brennende Lampen ein Zeichen für nächtelanges Grübeln und Planen. Rotgewandete Hexenmeister huschten durch die Gänge, flüsterten und raunten in Ecken und Winkeln und verbreiteten leichten Schwefelgeruch.

An diesem Morgen, dem Morgen der Herausforderung, verharrte Kaiser Xavier schwebend vor der transparenten Außenwand des Studierzimmers und schaute auf seine Stadt hinunter. Allem Anschein nach wartete er ungeduldig auf seinen Gegner. Ein prüfender Blick zeigte ihm seine Magi Bellorum auf ihren Beobachtungsposten inner- und außerhalb des Palastes. Es war sein Plan, aus Garalds Auftreten und Gefolge möglichst genaue Rückschlüsse auf Sharakans militärische Stärke zu ziehen. Insbesondere hoffte er, einen Hinweis darauf zu erhalten, wie Garald die ihm zur Verfügung stehende neue Technik einzusetzen gedachte. Nicht daß Xavier erwartete, der Prinz würde alle seine Geheimnisse preisgeben. Nein, dafür war er ein viel zu gewiefter Taktiker. Dennoch war Garald gezwungen, einiges von seiner Macht zu demonstrieren, um seiner Herausforderung das nötige Gewicht zu verleihen und Merilon durch Säbelrasseln zur Kapitulation zu bewegen.

Selbstverständlich hatten seine Spitzel in Sharakan Xavier berichtet, daß die Adepten des Neunten Mysteriums sich in der Stadt niedergelassen hatten und Tag und Nacht in der Waffenschmiede arbeiteten. Doch es war den Spionen nicht gelungen, in diese verschworene Gemeinschaft einzudringen, die in den Jahren der Verfolgung ein starkes Mißtrauen gegen Fremde entwickelt hatte. Der *DKarn-duuk* hatte nicht in Erfahrung bringen können, welche Art Waffen hergestellt wurden. Schlimmer noch – Xavier wußte nicht, ob die Nigromanten das geheime Wissen besaßen, wie man Arkanum verarbeitete oder ob das Dunkle Schwert die einzige existierende Waffe aus diesem Magie absorbierenden Erz war.

Ein Ariel, einer der geflügelten Boten Thimhallans, erschien auf der anderen Seite der Kristallmauer, vor der Xavier sinnend stand. Die gewaltigen Schwingen des Mutanten bewegten sich träge, er ruhte auf den Luftströmungen, die den Palast umspielten.

Mit einem Wink seiner Hand ließ Xavier die Mauer verschwinden und forderte den Ariel auf hereinzukommen.

»Die Eroberung der Transversalen wurde soeben beendet, Majestät«, teilte er seinem Kaiser mit.

»Sei bedankt. Du kannst auf deinen Posten zurückkehren.« Nachdem der Bote ihn verlassen hatte, ließ Xavier die Mauer wieder erscheinen und gab das verabredete Zeichen. Roter Qualm stieg gen Himmel. Seine Magi Bellorum hörten auf, sich zu unterhalten, schwebten hinüber zu den Stadtmauern und warteten gespannt.

Der *DKarn-duuk'est* hatte sich vorgenommen, das Geschehen von dem bestmöglichen Aussichtspunkt zu verfolgen, und sein Studierzimmer auf die höchste Turmspitze des an Türmen reichen Palastes bringen lassen. Tief unten konnte er sehen, wie die Bürger Merilons sich zu den besten Plätzen drängten. Die Reichen erhoben sich in ihren prunkvollen fliegenden Karossen über das Getümmel oder schwebten elegant zwischen den Wolken der Oberstadt. Die Angehörigen der Mittelschicht strömten in die Unterstadt, belagerten die Tore, drängten in Merlyns Hain und säumten mehrere Reihen tief die Begrenzung der schützenden magischen Kuppel.

Die Menge war in festlicher Stimmung. Nicht einmal die ältesten von ihnen konnten sich erinnern, wann das letzte Mal eine Kriegserklärung überbracht worden war. Es war ein historisches Ereignis, und überall herrschte die entsprechende Aufregung. Nach der eigentlichen Herausforderung war bei den Oberen Zehntausend zu rauschenden Festen geladen. Militärische Uniformen aus sämtlichen Epochen waren der letzte Schrei; die Stadt gemahnte an ein Feldlager Cäsars, das von Attila dem Hunnenkönig und Richard Löwenherz mit seinen Truppen überrannt worden war. Doch inmitten der hochgehenden Wogen freudiger Erregung gab es eine Unterströmung der Enttäuschung. Eine kleine Wolke warf ihren Schatten auf einen sonst wunderbaren Tag.

Im Kristallpalast würde kein Ball stattfinden.

Man wunderte sich darüber. Kaiser Xavier war als nüchterner Mann bekannt (manche bezeichneten ihn auch als ›langweilig‹). Man hielt es für ganz richtig, daß er diesen Krieg nicht auf die leichte Schulter nahm, aber mit einem Fest zu Ehren des bedeutenden Ereignisses hatte man doch gerechnet, und als statt der erwarteten Einladungen aus dem Palast die Nachricht kam, der Kaiser wünsche unter keinen Umständen gestört zu werden, tauschte man vielsagende Blicke und schüttelte den Kopf. Bei seinem Vorgänger hatte es das nicht gegeben, sagten die Leute wehmütig. Und nicht wenige begannen zu vermuten, daß dieser Krieg vielleicht doch nicht der schnelle Handstreich sein würde, den der *DKarn-Duuk'est* vorhersagte.

Xavier wußte, daß er seine Untertanen mit der Weigerung, einen Ball zu veranstalten, vor den Kopf gestoßen und beunruhigt hatte. Sein Minister hatte die letzten beiden Tage nichts anderes getan, als ihn darauf hinzuweisen. Den *DKarn-duuk'est* jedoch scherte das nicht. Grübelnd bewegte er sich schwebend hinter der Kristallfassade des Palastes hin und her, die Hände hinter dem Rücken verschränkt. Xavier gestattete sich diese für ihn ungewöhnliche

Zurschaustellung von Nervosität nur, weil er allein in seinem Studierzimmer war. Die transparenten Mauern ermöglichten zwar die Sicht nach draußen, waren aber mit einem Spiegelzauber belegt, so daß man nicht ins Innere des Palastes sehen konnte. Als hervorragend geschulter Hexenmeister vermittelte Xavier der übrigen Welt den Eindruck eines undurchschaubaren und stets beherrschten Menschen. Das war er auch die meiste Zeit. Neuerdings fiel es ihm allerdings schwer, die Pose aufrechtzuerhalten. Er hatte Sorgen.

Und zwar nicht wegen der Kriegserklärung.

Jemandes Eintritt in sein Arbeitszimmer veranlaßte Xavier stehenzubleiben. Der Betreffende hatte eine Transversale benutzt, die sich lautlos öffnete, um ihn aufzunehmen und ihn ebenso lautlos wieder entließ; nur das Rascheln schwerer Tuche und mühsame Atemzüge verrieten seine Ankunft. Xavier wußte, um wen es sich handelte. Nur ein Mensch auf der Welt hatte via Transversale Zugang zu ihm, und deshalb galt sein Blick über die Schulter weniger dem Gesicht des Besuchers als dem Ausdruck darauf.

Xavier schien nicht zufrieden zu sein, denn stirnrunzelnd wandte er sich wieder dem Panorama der Stadt tief unten zu. Noch gab es nichts zu sehen. Die Stunde der Herausforderung war noch nicht gekommen, und er nahm ohnehin nichts wahr – seine Gedanken beschäftigten sich mit anderen Dingen. Das vorgetäuschte Interesse an dem bevorstehenden Ereignis bot jedoch eine gute Entschuldigung, dem Besucher weiter den Rücken zuzuwenden und die eigene Gemütslage nicht preiszugeben.

»Ich nehme an, die Neuigkeiten sind schlecht, Eminenz?« eröffnete er das Gespräch mit kalter, beherrschter Stimme. Er hatte seine ruhelose Wanderung unterbrochen und stand in der Haltung vollkommener Gelassenheit mit ruhig gefalteten Händen vor der Kristallwand. Nur der Almin wußte, woher er die Willenskraft nahm.

»Ja«, antwortete Bischof Vanya schnaufend. Obwohl der Schlaganfall den linken Arm und die linke Gesichtshälfte gelähmt hatte, war es Bischof Vanya mit Hilfe der *Theldara* gelungen, ein weitgehend normales Leben zu führen. Sein politischer Einfluß hatte sich jedenfalls nicht vermindert. Eher war seine Macht unter Xaviers Regime noch größer geworden.

Allerdings ermüdete der betagte Kirchenfürst jetzt rasch. Selbst die wenigen Schritte, die er tun mußte, um die Transversale im Baptisterium zu betreten und in Xaviers Arbeitszimmer wieder zu verlassen, hatten ihn erschöpft. Er sank in den ersten Sessel und rang asthmatisch nach Luft.

Nachdem er sich ein wenig erholt hatte, warf Bischof Vanya dem Hexenmeister unter gesenkten Lidern einen forschenden Blick zu. Als er sicher sein zu können glaubte, daß Xaviers Aufmerksamkeit tatsächlich ganz von den Vorgängen draußen in Anspruch genommen war, umfaßte er schnell die linke, gelähmte Hand mit der rechten, legte sie auf die Armlehne des Sessels und plazierte die Finger so, daß es ganz natürlich wirkte. Selbstverständlich wußte alle Welt Bescheid, und man hielt taktvoll den Blick abgewendet, bis Vanya sich in Positur gesetzt hatte. Die Bevölkerung Merilons war geübt darin wegzuschauen und sich etwas vormachen zu lassen, immerhin hatte sie ein ganzes Jahr lang widerspruchslos hingenommen, daß man aus machtpolitischen Gründen den Tod der Kaiserin verschwieg und ihren durch Magie zu einer Marionette herabgewürdigten Leichnam in einem makabren Possenspiel dem Volk als lebendig präsentierte. Als die Geräusche ihm verrieten, daß Bischof Vanya seine Vorbereitungen beendet hatte, drehte Xavier sich ein Stück herum und musterte seinen Besucher über die Schulter hinweg. »Nun, Eminenz?« fragte er schroff. »Was hat Euch aufgehalten? Ich habe gestern abend mit Euch gerechnet.«

»Die *Duuk-tsarith* sind erst heute früh zurückgekehrt«, antwortete Vanya und lehnte sich vorsichtig zurück, wobei er darauf achtete, daß der linke Arm nicht von der Lehne rutschte. Seine Aussprache war trotz der Lähmung der linken Gesichtshälfte klar und deutlich. Geblieben waren ein kaum merklich nach unten gebogener Mundwinkel und ein hängendes Lid. Der Bischof würde sich damit nicht abgefunden haben, hätte sein behandelnder *Theldara* ihn nicht ermahnt, daß er besser daran täte, dem Almin zu danken, noch am Leben zu sein, statt sich über solche irdischen Nichtigkeiten zu beschweren.

»Ich kann Euch am Gesicht ablesen, daß Ihr nichts Gutes bringt«, sagte Xavier, der den Blick wieder auf die Stadt gerichtet hatte. »Das Dunkle Schwert ist verschwunden.«

»Ganz recht, Majestät.« Die Finger von Vanyas gesunder Hand bewegten sich spinnengleich über die Armlehne.

»Und weshalb hat es so lange gedauert, das herauszufinden?«

»Der Sturm an der Grenze tobt immer heftiger«, erklärte Vanya und befeuchtete sich die Lippen. »Als meine Leute eintrafen, war die Statue des Katalyten ganz unter Sandmassen begraben. Die Landschaft ist vollkommen verändert, Majestät. Sie haben die Grenzlande kaum wiedererkannt, obwohl sie bei der Hinrichtung ...«

»Es ist mir bekannt, aus welchem Anlaß sie dort gewesen sind«, fiel ihm Xavier ins Wort. In dem Bemühen, den Anschein äußerer Gelassenheit aufrechtzuerhalten, krampfte er die Hände zusammen. »Fahre fort.«

»Ja, Majestät.« Von dem herrischen Ton in seinem Stolz gekränkt, warf der Bischof dem Rücken des *DKarn-duuk'est* einen haßerfüllten Blick zu. »Es dauerte einige Zeit, bis die *Duuk-tsarith* den Standort der Statue gefunden hatten, dann mußten sie den Sand wegschaufeln, der sie bedeckte. Sie waren gezwungen, im Schutz magischer Schilde zu arbeiten, so heftig wehte es. Zwei Hexenmeister und vier Katalyten waren allein nötig, die Schilde aufrechtzuerhalten. Endlich waren sie bis zu den Trümmern der Statue vorgedrungen . . .«

»Ist der Katalyt – dieser Saryon – tot?«

Vanya trocknete sich mit einem weißen Tuch den Schweiß von der Stirn. Dieser Tage schwitzte er entweder, oder er fror.

Als er antwortete, sprach er mit gesenkter Stimme. »Der Bann war gebrochen, die Seele entflohen. Doch ob in das Reich der Toten oder der Lebenden, läßt sich nicht mit Gewißheit sagen.«

»Verflucht!« Xavier ballte die Hand zur Faust. »Und das Schwert ist verschwunden?«

»Schwert und Scheide.«

»Kein Zweifel?«

»Die Duuk-tsarith machen keine Fehler, Majestät«, erwiderte Vanya. »Sie haben die Umgebung der Fundstelle abgesucht und nichts gefunden. Hinzu kommt, daß sie die Gegenwart des Schwertes nicht *spürten*, wie es der Fall gewesen wäre, wenn es sich in der Nähe befunden hätte.«

Xavier schnalzte verächtlich mit der Zunge. »Das

Schwert hat seinen Besitzer schon früher davor bewahrt, von den *Duuk-tsarith* entdeckt zu werden!«

»Das gelingt nur in einer Menschenmenge. Sind keine störenden Einflüsse vorhanden, kann es von den *Duuk-tsarith* gewittert werden, denn es zehrt an ihren magischen Kräften, selbst wenn es nicht von der Hand seines Schöpfers geführt wird. Jedenfalls hat es mir die Großmeisterin so berichtet. Sie hatte nicht viel Zeit, Genaueres herauszufinden, bevor das Schwert in den Händen dieses elenden Katalyten zu Stein wurde. Nein«, fuhr Vanya düster fort, »das Dunkle Schwert ist verloren. Die *Duuk-tsarith* behaupten, nur *seine* Macht hätte den Bann, der auf Saryon ruhte, brechen können.«

Der *DKarn-duuk'est* schwieg. Nicht einmal während des Gesprächs hatte er den Blick von der Stadt abgewendet und sah deshalb, daß der große Augenblick gekommen war. Die Transversalen rings um den unsichtbaren, magischen Schutzwall Merilons taten sich auf. (Nur wenige Transversalen führten in die Stadt selbst. Die meisten davon mündeten an den Toren, die gewöhnlich nur von den *Kan-Hanar* bewacht wurden. In Kriegszeiten standen auch *Duuk-tsarith* und *DKarn-duuk* dort Wache. Es handelte sich jedoch nur um eine Formalität. Abgesehen davon, daß es ein grober Regelverstoß gewesen wäre, hätte jeder Versuch des Feindes, via Transversale in die Stadt einzudringen, eine magische Schlacht mit womöglich verheerenden Auswirkungen zur Folge gehabt, was keine der beiden Parteien wollte – wenigstens nicht in diesem frühen Stadium. Die einzigen anderen Transversalen, die nach Merilon hinein – und hinausführten, waren die geheimen Verbindungen zwischen dem Palast und dem Baptisterium.)

Die Armee Sharakans – Hunderte von Hexenmeistern gefolgt von der Schar der Katalyten – strömte aus den magischen Toren. Die Hexenmeister mit ihren Katalyten postierten sich rings um die Stadt, so daß sie einen in regelmäßigen Abständen unterbrochenen Kreis bildeten. Sobald alle ihre Plätze eingenommen hatten, ertönte ein einzelner Trompetenstoß, und Prinz Garald erschien in einem goldenen, von schwarzen Rossen gezogenen Streitwagen. Flammen loderten aus den Nüstern der magischen Geschöpfe, Blitze umzüngelten ihre Hufe, wenn sie sich aufbäumten. Ihr schrilles Wiehern war so laut, daß man es bis in die Stadt hören konnte.

Prinz Garald, der mit starkem Arm die feurigen Tiere zügelte, war eine imposante Erscheinung, angetan mit der silbernen Rüstung, die seit Generationen in seiner Familie weitervererbt wurde. Manche behaupteten, sie stamme noch aus der alten Welt und wäre mit Schutz – und Siegeszaubern versehen. Er trug den Helm unter dem Arm, sein kastanienbraunes Haar flatterte im Wind. Nach einer formellen Verbeugung vor den Schaulustigen zog er die Pferde herum und lenkte den Wagen an der Stadtmauer entlang. Während er dahinflog, entrollten sich über ihm die Banner des Königreichs Sharakan, bis Merilon von den leuchtenden Farben des Feindes umringt war. So schön war der Prinz, so furchteinflößend der Anblick der schwarzen, feuerschnaubenden Rösser und so prachtvoll die Banner, daß die Meriloner in begeisterten Jubel ausbrachen.

Wieder am Haupttor angelangt, brachte Prinz Garald das Gefährt zum Stehen. Er hob die Hand, und die Trompete antwortete. Plötzlich stürmten wilde Zentauren, die halbmenschlichen Gesichter zu wütenden Fratzen verzerrt, aus den aufgesperrten Rachen der Transversalen. Mit trommelnden Hufen galoppierten sie auf die von einer magischen Kuppel überwölbte Stadt zu, und in ihren Augen loderte Tod. Sie trugen Speere – Waffen aus der Hexenküche der Schwarzen Künste.

Über ihnen flogen Drachen, zerfetzten mit Prankenhieben die Luft und verseuchten sie mit ihrem giftigen Atem. Ihnen folgten Riesen, so groß, daß ihre mächtigen Schädel bis zur Oberstadt hinaufreichten. Aus dieser Höhe schauten sie einfältig grinsend auf die unten wimmelnden, winzig kleinen Menschen hinab. Greife, Chimären, Satyrn, Sphinxe, alle nur denkbaren Spielarten magischer Geschöpfe quollen aus den Tiefen der Transversalen, brüllend, heulend, durstig auf Menschenblut.

Jubel und Beifall waren verstummt. Kinder kreischten vor Entsetzen, Mütter drückten ihre schreienden Säuglinge an sich, Männer sprangen herbei, um ihre Familien zu schützen. Die adligen Herren, erzürnt über die Dreistigkeit, stießen Flüche und Drohungen aus, während die Damen standesgemäß in Ohnmacht fielen.

Als die Zentauren nahe herangekommen waren, als die Riesen ihre plumpen Hände ausstreckten, als die Drachen im Sturzflug auf die magische Kuppel niederstießen, ließ Prinz Garald die Trompete ein drittes Mal ertönen.

Eine nach der anderen zerbarsten die Illusionen unter hallenden Donnerschlägen, und ein farbenprächtiges Feuerwerk stieg in den Himmel. Die erschöpften Hexenmeister und nicht weniger ausgelaugten Katalyten, die gemeinsam die Trugbilder erschaffen hatten, brachten kaum noch die Kraft auf, sich stolz vor dem überwältigten Publikum zu verneigen.

Prinz Garald hob sein Banner über den Kopf und

rief mit lauter Stimme, die in der ganzen Stadt zu vernehmen war:

»Ich fordere die Bürger Merilons auf, sich von ihrem verbrecherischen Monarchen und dieser Kröte von einem Bischof loszusagen. Ihr seid in einem Traum befangen, der so wenig echtes Leben in sich birgt wie eure viel zu lange um die ewige Ruhe betrogene Kaiserin und so bemitleidenswert verrückt ist wie euer verschwundener Kaiser. Zerstört die Kuppel, die euch von der Wirklichkeit trennt. Wir in Sharakan bieten euch Leben. Kehrt in das Reich der Lebenden zurück.

Seid ihr nicht bereit, euch von den Parasiten zu befreien, die sich von eurem Blut nähren, dann werden wir sie austilgen, damit sie nicht auch die übrige Welt infizieren. Zwischen unseren Reichen wird Krieg herrschen. Wie lautet die Antwort?«

»Krieg! Krieg!« schrien die Meriloner enthusiastisch. »Krieg! Krieg!« riefen die adligen Herren, und die in Ohnmacht gefallenen Damen kamen pünktlich wieder zu sich, um silberhell einzustimmen: »Krieg!«

Mütter sagten es ihren dreijährigen Kindern vor, bis sie in aller Unschuld nachplapperten: »Krieg!« Größere Kinder krähten es schrill und wedelten mit spitzen Stöcken, als wären es Speere. Studenten der Universität Merilons johlten: »Krieg!« und gelobten im Chor, sich freiwillig zu melden. Eine Gruppe junger Katalyten, die von der allgemeinen Begeisterung angesteckt waren, mußte sich von einer Diakonin streng ermahnen lassen, daß der Almin Gewalt nicht billigte. Leider war sie in Eile und konnte die Sünder also nicht im Auge behalten, und die Katalyten gaben ihre Büßermiene auf, kaum daß sie den Rücken gekehrt hatte.

»So sei es!« rief Prinz Garald grimmig, aber seine

Worte verhallten ungehört. Mit einem letzten, steifen Neigen des Kopfes lenkte er den Streitwagen in die Transversale zurück und verschwand, zusammen mit seinen Hexenmeistern und Katalyten.

Es war Mittag. In Merilon läuteten sämtliche Glocken, die *Sif-Hanar* färbten in einer Anwandlung von Patriotismus die Wolken in den Landesfarben, so daß man glauben konnte, der Himmel über Merilon sei mit Fahnen drapiert. Die Aristokratie begab sich zu den Feiern und Banketten.

Die Bürger der Unterstadt tanzten in den Straßen und entzündeten Freudenfeuer. Jedes Haus war hellerleuchtet, die Festlichkeiten würden bis tief in die Nacht dauern.

Der Kaiser von Merilon stand in seinem kristallenen Studierzimmer hoch über dem Trubel und beobachtete das ausgelassene Treiben, ohne etwas zu sehen oder zu hören. An ihm war das grandiose Schauspiel unbemerkt vorübergezogen, obwohl sich alles vor seinen Augen abspielte und er den freiesten Ausblick genoß. Durch seine Gedanken schritt nur eine einzige Gestalt, und sie trug in ihrer Hand eine Waffe der Dunkelheit.

Die Feste in Merilon näherten sich dem Höhepunkt; der sonnige Tag dämmerte dem Abend entgegen, und die ersten Sterne tauchten am Himmel auf, ohne daß der *DKarn-Duuk'est* sich bewegt oder ein Wort geäußert hätte.

Nur die schweren Atemzüge des Bischofs waren in der Stille zu hören. Während er sich in immer kürzeren Abständen mit dem weißen Tuch über die Stirn fuhr, dachte er, daß es längst Zeit fürs Abendessen war, und zuckte erschreckt zusammen, als Xavier zu guter Letzt das Schweigen brach.

»Joram ist aus dem Reich der Toten zurückgekehrt«, sagte der Kaiser Merilons halblaut. »Wenn es uns nicht gelingt, ihn aufzuhalten, wird sich die Prophezeiung erfüllen. Alarmiert die *Duuk-tsarith.* Gebt Befehl, Joram zu töten, sobald sie ihn aufgespürt haben. Diesmal muß er sterben!«

Auf den Sieg

Eine Woche nach der Kriegserklärung begannen an einem zwischen Repräsentanten beider Parteien ausgehandelten Tag die Feindseligkeiten zwischen Merilon und Sharakan.

Frühmorgens, lange vor Sonnenaufgang, trafen Prinz Garald und sein Gefolge auf dem Feld der Ehre ein, um das Spielbrett vorzubereiten. Der Feind, Kaiser Xavier nebst Entourage, fand sich zur beinahe selben Zeit ein, um einige Meilen weit entfernt das gleiche zu tun.

Das Feld der Ehre lag in der ungefähren Mitte von Thimhallan. Man hatte das große Stück Land – eine grasbewachsene Ebene, die sich wie ein samtiger grüner Teppich zwischen vereinzelten Baumgruppen dehnte – schon in alter Zeit zum Austragungsort für Konflikte zwischen den Reichen bestimmt. In Friedenszeiten störte kein Besucher die parkähnliche Idylle. Es war geweihter Boden, sowohl durch Gebete wie auch durch Blut – eine unbeabsichtigte Folge der Eisenkriege.

Nach jener Zeit wurden Kriege auf zivilisierte Art geführt, wie es sich für die höhere Gattung magisch begabter Menschen schickte (im Unterschied zu den weniger hochentwickelten ohne Leben, die in der alten Welt zurückgeblieben waren). Die auffallende Besonderheit des Feldes waren die Spielbretter. Genaugenommen handelte es sich um Steinplatten – Granit aus der unmittelbaren Umgebung des Lebensborns, der Quelle der Magie –, die man an gegenüberliegenden Seiten des Feldes plaziert hatte. Jede Tafel war zu einem exakten Quadrat geformt worden, drei

Meter lang, drei Meter breit. Herrschte Frieden, lagen sie wie unbeschriftete Gedenktafeln oder flache Sockel für noch zu erschaffende Kunstwerke auf dem Boden. Für die Pflege waren Druiden zuständig, die die Pflanzen im Zaum hielten und durch Schutzzauber verhinderten, daß irgendwelches Getier die heilige Stätte entweihte.

Am Tag der Schlacht versammelten sich die Feldherren, Minister, Magi Bellorum und ranghohen Katalyten bei den Spielbrettern, um die Zeremonie der Erweckung und Segnung vorzunehmen, sobald die ersten Strahlen der Morgensonne das Feld trafen.

Prinz Garald nahm mit Kardinal Radisovik seinen Platz an der nördlichen Seite der Steintafel ein, die Mitglieder seines Gefolges gruppierten sich zu je neun an den übrigen Seiten. Jeder Fürst oder Herzog hatte seinen Katalyten zur Seite. Auf ein Zeichen des Prinzen begann der Kardinal mit der liturgischen Anrufung. »Allmächtiger Almin«, betete er, wohl wissend, daß in gar nicht so großer Entfernung Bischof Vanya dieselben Worte sprach, »blicke heute gnädig auf unseren Wettstreit nieder und segne ihn. Mögen wir von Dir für würdig befunden werden, den Sieg davonzutragen, denn wir kämpfen, um Dir wohlgefällig zu sein und um einen Feind in die Schranken zu weisen, der Deinen Geboten zuwidergehandelt und Aufruhr und Unfrieden in unser Land gebracht hat.«

Es folgte eine Aufzählung der Missetaten Merilons, für den Fall, daß sie dem Almin nicht mehr recht gewärtig sein sollten.

»Schenke uns heute den Sieg, gütiger Almin«, fuhr Radisovik anschließend in feierlichem Ton fort, »und wir aus Sharakan geloben, das Los der Bauern zu mildern, die unter dem schweren Joch der habgierigen Oberschicht Merilons stöhnen.«

(»Wir aus Merilon geloben, die ketzerischen Nigromanten auszurotten, die die Bevölkerung Sharakans unterdrücken.«)

»Wir aus Sharakan werden die magische Kuppel zerstören, die Merilon umgibt, um es deiner Luft und Sonne zugänglich zu machen.«

(»Wir aus Merilon werden den Bürgern Sharakans Erleuchtung und Kultur bringen und ihre Stadt mit einer magischen Kuppel umhüllen.«)

»Wir aus Sharakan werden den verbrecherischen Tyrannen Merilons stürzen ...«

(»Wir aus Merilon werden den verbrecherischen Tyrannen Sharakans stürzen ...«)

»... und den Bischof absetzen, der aus der Gemeinschaft der heiligen Mutter Kirche ausgeschlossen worden ist ...«

(»... und den Kardinal absetzen, der aus der Gemeinschaft der heiligen Mutter Kirche ausgeschlossen ist ...«)

»... und Thimhallan Frieden bringen in deinem Namen. Amen!«

(»... und Thimhallan Frieden bringen in deinem Namen. Amen!«)

An diesem Punkt der Zeremonie trafen nach und nach die Zuschauer in ihren phantasievollen fliegenden Karossen ein. Kardinal Radisovik, der nach dem Amen den andächtig gesenkten Kopf hob, glaubte fast, inmitten der bunten Schar am Himmel auch den Almin zu erkennen, der hoch über ihnen thronte, Wein trank und an einem Hühnerbein nagte. Es war eine befremdliche Vision, und Radisovik verbannte sie schleunigst aus seinem Kopf, nicht ohne den Almin in Gedanken um Vergebung für das Sakrileg gebeten zu haben.

Prinz Garald stieß seinen Katalyten an, der offenbar

von dem Schauspiel der eintreffenden Gäste gefesselt war und vergessen hatte, daß der letzte Teil der Zeremonie noch ausstand. Kardinal Radisovik nickte verlegen und gewährte seinem Prinzen Leben. Alle anwesenden Katalyten taten für ihre Herren das gleiche. Bei den meisten der anwesenden Magi handelte es sich um *Albanara,* es befanden sich aber auch zwei *Sif-Hanar,* ein Angehöriger der *Kan-Hanar* sowie ein Nigromant darunter – der Schmied, anstelle des greisen Andon jetzt Obmann der Adepten. In Demut empfingen sie die Magie und verwandten sie auf ein weiteres Zeichen des Prinzen darauf, das Spielbrett zu aktivieren.

Die Granitplatte verströmte ein bläuliches Licht. Die umstehenden Magi hoben langsam die Hände, und ebenso langsam hob sich das Spielbrett vom Boden. Es stieg höher und höher, bis es ungefähr anderthalb Meter über dem Boden schwebte. Prinz Garald winkte befehlend, und die Magier hielten inne. Das Brett blieb in der Luft hängen, wie von unsichtbaren Fäden gehalten.

Prinz Garald, der seine magischen Kräfte noch nicht genutzt hatte, legte beide Hände auf die Platte und stimmte einen Sprechgesang an, der so alt war wie der Stein selbst – die Aktivierung. Winzige Figuren – Miniaturausgaben der wirklichen Personen und Tiere, die unter Garalds Banner kämpften – nahmen ihre Plätze auf dem Spielbrett ein, und zwar simultan mit ihren realen Gegenstücken auf dem Feld der Ehre.

Als erste materialisierten sich die Magi Bellorum und ihre Katalyten. Nur gelegentlich um Rat nachsuchend, arrangierte Prinz Garald die winzigen lebendigen Spielfiguren in dem Muster von Sechsecken, das jetzt das Spielbrett überzog: Er wies zum Beispiel einen Magus an, sich mehrere Hexagone nach Norden zu bewegen, oder beorderte einen anderen zurück, der versehentlich auf feindliches Territorium geraten war.

Nachdem die Magi Bellorum zu seiner Zufriedenheit aufgestellt waren, widmete er sich den *Sif-Hanar,* den Wettermachern, und verteilte sie in unterschiedlichen Abständen längs der Seiten des Spielbretts. Als endlich alles bereit war, ließ er die Truppen aufmarschieren: all diejenigen Menschen oder Geschöpfe, die unter dem Befehl der Magi Bellorum kämpfen sollten.

Horden wilder Zentauren, im Außenland gefangen und jetzt unter dem Bann der Hexenmeister, stürmten auf die Walstatt; sie wurden teils von den Magi befehligt, teils unterstanden sie direkt dem Kommando des Prinzen. Geflügelte Ariels hielten sich bereit, die Anweisungen Garalds an seine Truppen auf dem Feld zu überbringen.

Zusammen mit den Zentauren erschienen die Riesen – mutierte Menschen, die ebenfalls im Außenland hausten. Anders als die Zentauren, die lebten, um zu töten, waren die Riesen im Grunde sanftmütige Geschöpfe mit dem Verstand eines Kindes. Um ihren Zorn anzustacheln, traktierte man sie mit Blitzen oder fügte ihnen Schmerzen zu, das einzige Mittel, die friedfertigen Giganten in Rage zu bringen.

Ihnen folgten die Drachen, Greife und eine bunte Schar von Zauberwesen, darunter etliche, die eigens für diese Schlacht erschaffen worden waren: Riesenratten, aufgerichtet fast zwei Meter groß; Riesenkatzen, um die Ratten zu töten, und andere Wesen, je nach Einfallsreichtum und Talent des betreffenden Magiers. Besonders gefährlich waren die Werwesen – von den Hexenmeistern in blutdürstige Bestien verwandelte Männer und Frauen, die noch ihre menschliche Intelligenz besaßen.

Zu guter Letzt nahmen die *Theldara* ihre Plätze am Rand des Spielbretts ein, um jedem Verwundeten zu Hilfe zu eilen.

Während Prinz Garald mit der Aufstellung seiner Truppen beschäftigt war, konnte er sehen, wie sich in der gegnerischen Hälfte die Armeen des Kaisers materialisierten. Interessiert studierte er dessen Schlachtordnung. Gelegentlich nahm er bei seinen Truppen Veränderungen vor, rückte hier oder dort eine Figur auf ein anderes Feld, doch bewußt ließ er sich nicht allzusehr von Xaviers Maßnahmen beeinflussen. Seine Strategie stand fest. Er vertraute auf seine Magier und sein Volk.

Endlich waren die Vorbereitungen beendet. Während er den Blick über das Spielbrett gleiten ließ – jetzt bevölkert mit Zauberern, Magiern, Katalyten, brüllenden Zentauren, grinsenden Riesen, Drachen im Fluge, knurrenden Werwölfen und all den anderen Getreuen – , trat ein stolzes Lächeln auf Prinz Garalds Gesicht. Er hob die Hand, in der durch Zauberei ein volles Weinglas erschien. Die Gäste folgten bereitwillig seinem Beispiel, desgleichen die Zuschauer, die am Himmel über dem Spielbrett schwebten und begierig darauf warteten, daß die Schlacht beginnen möge.

»Auf den Sieg!« rief Prinz Garald. »Der Tag wird uns gehören!«

Man tat ihm freudig Bescheid; die versammelten Honoratioren betrachteten sich gegenseitig und ihren Prinzen voller Stolz. Garald hatte nie so eindrucksvoll oder majestätisch ausgesehen wie an diesem Tag. Sein Gesicht war vor Erregung leicht gerötet, aus seinen klaren Augen leuchtete der aufrichtige Glaube an die Gerechtigkeit seiner Sache und der Eifer, den heiligen Krieg zu beginnen. Wieder hob er das Glas, nachdem es sich durch Magie erneut mit funkelndem rotem

Wein gefüllt hatte. Radisovik fühlte sich an Blut gemahnt, das aus einer Wunde strömte, und machte erschauernd das Abwehrzeichen gegen das Böse, wobei er sich fragte, weshalb er wohl von solchen beunruhigenden und unwillkommenen Gedanken heimgesucht wurde.

»Auf unsere Geheimwaffe«, sagte Garald, drehte sich zu dem Nigromanten herum und prostete ihm zu.

»Auf unsere Geheimwaffe«, wiederholten die Umstehenden im Chor. Der Schmied, der sich im Mittelpunkt der Aufmerksamkeit sah, war so überwältigt von Stolz und Verwirrung, daß er sein Glas auf einen Zug leerte, sich verschluckte und zu husten anfing. Ein leibhaftiger Baron klopfte ihm den Rücken.

Aller Augen richteten sich auf den Teil des Brettes, über dem dichter magischer Nebel lag. In der kaiserlichen Hälfte gab es eine ebensolche Wolke. Obwohl das Reglement verlangte, daß die Streitmacht offen plaziert werden mußte, war es den Kontrahenten gestattet, Einheiten zurückzuhalten.

Diese Reserven bildeten oft das Zünglein an der Waage, und beide Feldherren – Garald wie auch Xavier – versuchten, die gegnerische Nebelwand mit den Blicken zu durchdringen, während sie versuchten aus der Position auf dem Brett, den Berichten von Spionen und hundert anderen Faktoren auf die Bedrohung zu schließen, die dahinter verborgen war.

Xavier hatte kaum Zweifel, daß es sich um eine Einheit der Nigromanten handelte, aber wie sah ihre Bewaffnung aus? Und ihr Angriffsplan? Und – die wichtigste Frage von allen – waren sie mit Arkanum ausgerüstet?

Auch Prinz Garald glaubte sicher zu wissen, was Xavier in der Hinterhand hatte. Einen Hexenmeister, der mit dem Dunklen Schwert bewaffnet war. Folglich hatte er seinem mächtigsten Magus Bellorum ein mit besonderen Waffen versehenes Regiment gegeben und einen einzigen Befehl: um jeden Preis das Dunkle Schwert zu erobern. Er wäre überrascht gewesen zu erfahren, daß Xavier *seinen* mächtigsten Magus Bellorum ebenfalls mit einem Regiment und der gleichen Instruktion ins Feld schickte.

Das Dunkle Schwert zu erobern.

Noch jemand war auf der Suche danach. Angst vor der Prophezeiung hatte die *Duuk-tsarith* bewogen, am Abend vor der Schlacht ein geheimes Konklave in den Höhlen tief unter der Erde einzuberufen; Höhlen, über deren Lage niemand Bescheid wußte.

Die vermummten Gestalten versammelten sich schweigend, lautlos wie ein Heer von Schatten, um einen in den Boden eingelassenen neunzackigen Stern. Eine aus ihren Reihen erhob sich in die Dunkelheit unter der Höhlendecke, unsichtbar für das Auge, jedoch mit dem Bewußtsein deutlich wahrzunehmen. Sie stellte eine Frage.

»Kämpft das Dunkle Schwert für Sharakan?«

»Nein.« Vielstimmige Antwort aus einer Hälfte der Grotte.

»Kämpft das Dunkle Schwert für Merilon?«

»Nein.«

Wieder antworteten viele Stimmen, diesmal aus der anderen Hälfte.

»Sind der Joram oder der Katalyt Saryon in dieser Welt gesehen worden?«

»Ja.« Diesmal ertönte nur eine Stimme, aus dem Hintergrund des Kreises.

Augenblicklich gab die Hexe ein Zeichen, daß das Konklave beendet sei. Die schwarzen Schatten verschmolzen mit der Finsternis, kehrten zu ihren Pflichten zurück. Nur ein Schatten blieb zurück. Die Hexe rief ihn zu sich.

»Wo ist Joram?«

»Ich weiß es nicht. Das Dunkle Schwert schirmt ihn ab.«

»Aber er wurde gesehen. Von wem? Wer hat es euch gesagt?«

In den Gedanken des Mannes formte sich ein Name. Er sprach ihn nicht aus, vielleicht, um nicht einmal die Nacht in das Geheimnis einzuweihen.

Die Hexe, die seine Gedanken lesen konnte, nickte zufrieden.

Der Mann schien Zweifel zu hegen. »Ist das eine vertrauenswürdige Quelle?«

»Absolut vertrauenswürdig«, nickte die Hexe.

Aus dem Nebel

Mosiah hockte auf einem kleinen, grasbewachsenen Erdhügel, die Schultern gegen den dichten, bedrückenden Nebel hochgezogen, der ihn umfing wie eine kalte, feuchte Hand. Er hatte keine Ahnung, welche Tageszeit es war oder wie lange er hier schon saß. Seine Einheit war zu dieser Stellung beordert worden. Vor einem halben Tag? Vor einem Monat? In dieser nebelverhangenen Welt war ihm das Zeitgefühl abhanden gekommen, und er hatte den Eindruck, daß es nicht mehr lange dauern konnte, bis er auch den Rest seiner Sinne verlor.

In den weißgrauen, klammen Schaden war nichts zu erkennen, nicht einmal die Silhouetten seiner Kameraden. Die Tatsache, daß feindliche Augen ihn ebensowenig zu erspähen vermochten, war ein schwacher Trost, aber kein Ausgleich für das wachsende Unbehagen, das von ihm Besitz ergriff – etwas in seinem Inneren flüsterte, daß die übrige Menschheit längst verschwunden war und man ihn als einzigen zurückgelassen hatte. Der einzige Mensch auf Erden.

Natürlich waren das Hirngespinste. Allein die Geräusche, die er hörte, sprachen dagegen. Sämtliche Laute klangen im Nebel verzerrt, unheimlich, fremd; völlige Stille wäre leichter zu ertragen gewesen. Waren diese tonlosen, hohlen Stimmen die Stimmen von Menschen oder von Geistern? Waren das Schritte? Vielleicht der Feind, der sich von hinten an ihn heranpirschte?

»Wer da?« rief Mosiah mit bebender Stimme.

Keine Antwort. Der Nebel spann die Worte in seine

grauen Fäden ein und trug sie davon. Berührte etwa eine Hand seine Schulter?

Mit blanker Klinge sprang Mosiah auf, wirbelte herum und erdolchte nicht ungeschickt einen Baum.

»Dummkopf!« schalt er sich selbst, steckte den Dolch ein und schob den borstigen Ast, der seinen Nacken gestreift hatte, beiseite. In der Hoffnung, nicht gesehen worden zu sein, schaute er sich verlegen um, dann setzte er sich mit einem erleichterten Aufatmen wieder hin und inspizierte einen Striemen an seiner Hand. Der Ast hatte sich mit einem zurückschnellenden Zweig für den Angriff gerächt.

Ob die Schlacht begonnen hatte? Mosiah war überzeugt davon, denn er glaubte bestimmt, seit mehreren Stunden hier zu sitzen. Vielleicht war schon alles vorbei? War seine Einheit aufgerufen worden und er hatte es nicht gehört? Der Gedanke war so alarmierend, daß er nach der schweren, eisernen Armbrust griff und sich ein paar Schritte von seinem Platz entfernte, um eventuell jemanden zu finden, der ihm sagen konnte, was los war.

Dann blieb er unentschlossen stehen.

Seine Befehle waren unmißverständlich gewesen: Still ausharren, bis der Nebel sich hebt. Prinz Garald hatte keinen Zweifel daran gelassen, wieviel davon abhing, daß diese Anweisungen genauestens befolgt wurden.

»Ihr Nigromanten seid der entscheidende Faktor«, sagte er zu ihnen in den dunklen Stunden vor Tagesanbruch, als sie sich bei der Transversale bereithielten, um auf das Feld der Ehre befördert zu werden. »Weshalb? Weil ihr nicht auf Magie angewiesen seid! Sobald die Hexenmeister des Kaisers sich verausgabt haben und ihre Katalyten zu schwach sind, um ihnen neue Energie zuzuführen, greift ihr an. Xavier wird nicht mehr in der Lage sein, nennenswerte Gegenwehr zu leisten.«

Nun gut. Während Mosiah sich sagte, daß das Warten vermutlich doch erst fünf Stunden dauerte und nicht fünf Wochen, machte er kehrt und wollte zu seinem Hügel zurückkehren, nur um feststellen zu müssen, daß der Hügel verschwunden war. Verdutzt blieb er stehen und versuchte, sich an jeden seiner Schritte zu erinnern. Nachdem er aufgestanden war, hatte er sich nach links gewandt. Gegangen war er höchstens vier oder fünf Schritte weit. Wenn er sich also rechts hielt, mußte er zu seinem Ausgangspunkt zurückfinden.

Zwanzig Schritte später war er dessen nicht mehr so sicher. Er hatte völlig die Orientierung verloren, weil er in dem schier undurchdringlichen Nebel in alle möglichen Richtungen geirrt war.

»Jetzt hast du's geschafft!« lamentierte eine vorwurfsvolle Stimme an seinem Ohr. »Jetzt haben wir uns total verirrt.«

Mosiah sprang senkrecht in die Luft, das Herz klopfte ihm vor Schreck bis zum Hals. Den Dolch in der zitternden Hand, wirbelte er herum, doch es war nichts zu sehen.

»Du wirst doch nicht wieder auf einen Baum losgehen, oder?« erkundigte sich die Stimme in strengem Ton. »So eine Blamage . . .«

»Simkin!« zischte Mosiah wütend und bemühte sich, sein wild schlagendes Herz zu beruhigen, während er den Nebel mit Blicken zu durchdringen versuchte. »Wo steckst du?«

»Hier«, antwortete die körperlose Stimme, wieder dicht an seinem Ohr. »Und so gelangweilt wie in den letzten paar Stunden habe ich mich noch nie, nicht einmal bei der Abendgesellschaft, als der Kaiser seine

Lebensgeschichte zum besten gab, und zwar vom Augenblick der Zeugung an – oder wenigstens kam es mir so vor.«

Mosiah nahm den Köcher vom Rücken und warf ihn auf den Boden.

»Autsch!« rief die Stimme. »Das ist ja wohl eine reichlich überzogene Reaktion! Du hast meine Federn geknickt!«

»Und du erschreckst mich fast zu Tode!« fauchte Mosiah ergrimmt.

»Kann ich machen, wenn du darauf bestehst«, ertönte es verwundert und auch ziemlich dumpf aus dem Behältnis, »obwohl es mein Begriffsvermögen übersteigt, weshalb ich dich noch mal . . . «

»Nein, du Schwachkopf!« schrie Mosiah und versetzte dem Köcher einen Tritt. »Ich wollte sagen, du *hast* mich fast zu Tode erschreckt.« Er legte die Hand auf die Brust und fühlte, wie sein Herz immer noch heftig klopfte. »Ich glaube, es geht mir gar nicht gut«, murmelte er und ließ sich mit weichen Knien auf einen Baumstumpf sinken.

»Tut mir echt leid.« Einer der Bolzen bewegte sich und rutschte langsam, Stück für Stück aus dem Köcher. Mosiah, der mit finsterer Miene zuschaute, sah, daß es sich um ein leuchtend grünes Exemplar handelte, mit orangefarbener Befiederung – ein auffallender Kontrast zu den schmucklosen Eisenbolzen, die er zu benutzen pflegte. »Du könntest mir ruhig behilflich sein«, beschwerte sich der farbenfrohe Sonderling im selben Atemzug, doch Mosiah schaute weiterhin ungerührt zu, wie er sich drehte und wand, um ins Freie zu kommen.

»Ein schlichtes Nein hätte auch genügt«, meinte der Bolzen pikiert. Mit einem letzten Ruck schob er sich hinaus, und im Nu stand Simkin in voller Lebensgröße vor Mosiah. »Ich bin so steif wie die verstorbene Kaiserin, und in den Zehen habe ich überhaupt kein Gefühl mehr«, klagte er verdrossen. »Übrigens, gefällt dir mein Anzug? Die Farbe heißt *Lincoln Green.* Da gab es diese fröhliche Räuberbande, deren Anführer den Tick hatte, in Seidenhosen und Federhütchen die Wälder zu durchstreifen. Man ertappte ihn dabei, wie er mit Rehen komische Sachen anstellte. Es wurden Beschwerden eingereicht und dann . . .«

»Was tust du hier?« unterbrach ihn Mosiah grollend. Er schaute sich nach allen Seiten um, lauschte und strengte sich an, etwas zu hören oder zu sehen. Es kam ihm vor, als wären von links wirre Geräusche zu vernehmen. »Du weißt, Garald hat gesagt, daß er nicht einen Zipfel deines orangefarbenen Seidenfetzens auf dem Schlachtfeld sehen will.«

»Garald ist ein lieber Kerl und mir wirklich ans Herz gewachsen, aber du mußt zugeben, manchmal benimmt er sich wie ein aufgeblasenes Arsch . . .«

»Pst!« Mosiah war erschüttert. »Nicht so laut!«

»Ich sag's dir nicht gern, alter Knabe«, meinte Simkin heiter, »aber wir sind meilenweit vom Ort des Geschehens entfernt. Mach nicht so ein enttäuschtes Gesicht, die ganze Sache ist ohnehin stinklangweilig. Ein Haufen seniler Hexenmeister, die sich gegenseitig Zaubersprüche an den Kopf schleudern, sofern sie sich an die Worte erinnern können. Katalyten, die in der Sonne dösen. Manchmal bringt ein junger Hitzkopf etwas Leben in die Bude, indem er ein oder zwei Zentauren ins Gefecht schickt. Urkomisch, wenn die alten Krauter mit geschürzten Kutten den Rückzug antreten. Trotzdem ist es scheußlich öde. Niemand wird getötet.«

»Das ist ja der Sinn des Ganzen«, brummte Mosiah geistesabwesend. Er fragte sich, ob Simkin recht hatte und er, ohne es zu merken, immer weiter in die Irre gegangen war.

»Ich weiß. Aber ich hoffte, ein Zentauer würde sich selbständig machen oder ein Riese Amok laufen. Nichts. Es wurde immer langweiliger. Als Krönung des Ganzen saß ich in der Kutsche des Barons von Licktenstein, der berühmt ist für seine phantastischen Picknicks. Er hatte einen riesigen Korb bei sich, aus dem die herrlichsten Düfte stiegen. Doch es war noch eine Stunde bis Mittag und der Baron ein geschwätziger Trottel, der darauf bestand, mir alle Spielzüge haarklein zu erklären. Ich gab ihm zu verstehen, ich sei schwach vor Hunger; leider überhörte er meine diskreten Andeutungen, daß ein kleiner Imbiß mir helfen würde, seine Erläuterungen besser zu würdigen. Endlich beschloß ich, dir einen Besuch abzustatten, alter Freund. Außerdem hatte ich dir etwas Wichtiges zu sagen.«

»Längst nicht Mittag. Wie spät ist es denn jetzt?« fragte Mosiah und wünschte sich, Simkin hätte nicht von Essen gesprochen.

»Gegen eins oder zwei, würde ich sagen. Es war übrigens verflixt schlau von mir, mich in deinen Köcher zu mogeln, findest du nicht . . .«

Mosiah unterbrach ihn wieder. »Was wolltest du damit sagen, du hättest mir etwas Wichtiges mitzuteilen?«

Simkin zog eine Augenbraue in die Höhe. »Ach ja«, sagte er mit dem für ihn typischen, rätselhaften, halb spöttischen und doch völlig ernsthaften Lächeln, bei dem Mosiah unweigerlich ein Schauer über den Rücken lief. »In Merilon bin ich einer alten Bekannten von dir begegnet.«

»Einer Bekannten von *mir?*« Mosiah betrachtete Simkin aus zusammengekniffenen Augen. »Wer?«

»Deine Freundin, die Hexe. Großmeisterin der *Duuk-tsarith.*«

»Mein Gott!« Mosiah erbleichte.

»Beim Barte des Almin, Jungchen!« Simkin musterte ihn amüsiert. »Nun reg dich nicht so auf. Du siehst regelrecht schuldbewußt aus, dabei hast du gar nichts angestellt, jedenfalls nicht daß ich wüßte.«

»Du hast keine Ahnung, wie es gewesen ist!« Mosiah schluckte. »Manchmal träume ich, daß ich immer noch ihr Gesicht sehe, wie es sich höhnisch über mich beugt...« Er verstummte, als ihm die Bedeutung von Simkins Worten klar wurde. »Was hattest du gestern abend in *Merilon* zu suchen?«

»Ich bin die ganze letzte Woche dort gewesen«, antwortete Simkin gähnend. Nachdem er geringschätzig den Baumstamm gemustert hatte, auf dem Mosiah saß, ließ er mit einer Handbewegung einen Diwan erscheinen, legte sich hin und verschränkte die Hände unter dem Kopf. »Die Parties waren sagenhaft. Nur vom Feinsten.«

»Aber Merilon ist der Feind!«

»Mon ami, ich *habe* keine Feinde«, bemerkte Simkin. »Aber du hast mich völlig aus dem Konzept gebracht. Was wollte ich noch sagen ...« Er legte die Stirn in Falten und streichelte seinen Bart. Der dichte Nebel wallte um seine Gestalt, bis Mosiah nichts weiter von ihm sehen konnte als das grelle Orange, das Simkin zu seinem Kostüm trug, und die Spitzen seiner orangefarbenen Schuhe. »Da fällt's mir wieder ein. Die Hexe fragte mich ganz beiläufig, ob ich Joram in letzter Zeit gesehen hätte.«

»Joram!« wiederholte Mosiah entgeistert. Es hielt ihn nicht mehr auf seinem Baumstumpf. Er stand auf, trat zu Simkin und stützte sich auf den Diwan mitten im Wald, froh darüber, etwas Reales berühren zu können. »Aber – das ergibt keinen Sinn! Vielleicht hast du dich verhört, oder sie meinte ...«

»Dachte ich auch. Es hat mich umgehauen. Buchstäblich. Ich plumpste förmlich aus der Luft. ›Meine Ohren‹, sagte ich zu ihr, ›sind nicht mehr das, was sie waren. Ich bilde mir tatsächlich ein, Ihr hättet gefragt, ob ich Joram gesehen habe.‹

›Ihr habt ganz richtig gehört‹, sagte diese *Duuk-tsarith* ohne lange Umschweife.

›Joram?‹ wiederholte ich. ›Der Bursche mit dem kuriosen Schwert, der uns vor einem Jahr – äh – verlassen hat?‹

›Eben der‹, sagte sie.

›Dann reden wir also von Gespenstern?‹ fragte ich weiter. ›Klappernde Knochen, klirrende Ketten, Joram, der im Nachthemd durch Gemächer und Kemenaten geistert?‹ Sie gab keine Antwort, sondern schaute mich nur an.«

Simkin imitierte den durchbohrenden Blick der Hexe so überzeugend, daß Mosiah erschauerte und hastig nickte.

»Ich verstehe«, meinte er heiser. »Weiter.«

»Dann sagte sie: ›Wir bleiben in Verbindung.‹ Ich schwöre, daß ich seither eiskalte Finger an meinem Ohr gespürt habe ...«

»Sag nicht sowas!« Schweißperlen standen auf Mosiahs Oberlippe. »Besonders nicht jetzt und hier.« Er sah sich um. »Ich hasse diesen elenden Nebel. Moment mal – hast du das auch gehört?« Lauschend hob er den Kopf. Ein merkwürdiges Geräusch schien von irgendwoher zu kommen. »Was ist das nun wieder? Warum schlagen wir eigentlich nicht los?«

»Du verstehst natürlich, was das alles bedeutet?«

»Nein!« entgegnete Mosiah, neigte horchend den Kopf und versuchte herauszufinden, aus welcher

Richtung das eigenartige Geräusch gekommen war. »Aber ich bin sicher, du wirst es mir gleich sagen.«

»Es bedeutet, alter Freund«, erklärte Simkin von oben herab, »daß Xavier das Dunkle Schwert nicht hat. Und entweder er oder die *Duuk-tsarith* oder beide glauben, daß Joram wiedergekehrt ist. Und mit Joram – die Prophezeiung.«

Mosiah schwieg. Er hörte nichts mehr und nahm an, daß es sich nur um Einbildung gehandelt hatte. »Xavier hat recht«, sagte er schließlich leise. »Joram *ist* zurückgekehrt. Ich wußte es, als ich die Trümmer von Saryons Statue am Gestade liegen sah. Nur Joram konnte den Zauber brechen ...« Er verstummte, dann fügte er düster hinzu: »Wir müssen Garald überzeugen ...«

»Still! Der Nebel hebt sich!« rief Simkin und sprang auf.

Man hörte einen Trompetenstoß. Ein scharfer, frischer Wind kam auf und zerriß den Nebelvorhang zu weißlichen Fetzen, die über den Boden trieben, bis sie schließlich davongeweht wurden. Die Mittagssonne brannte vom klaren Himmel.

Mosiah kniff die Augen zusammen, weil sie sich erst an die Helligkeit gewöhnen mußten. Er fühlte dankbar die Wärme auf der Haut, bückte sich nach seiner Armbrust und warf den Köcher über die Schulter.

»Da ist meine Einheit!« Er zeigte auf eine Gruppe von Männern, die sich unter dem Kommando eines der Söhne des Schmieds in Marschordnung aufstellten. »Nicht einmal zwanzig Meter weit weg! Ich habe sie nicht verloren! Hallo, hier bin ich!« Mosiah rief und schwenkte die Arme, als er wieder das unheimlich brummende Geräusch hörte, diesmal viel näher und lauter. Er drehte sich um.

Grauen durchbohrte ihn wie ein scharfgeschliffener Speer. Er konnte sich nicht rühren, keinen klaren Gedanken fassen. Er konnte nur mit weit aufgerissenen Augen auf das Bild starren, das sich ihm bot.

»Simkin!« rief er kläglich. Sogar der eitle Geck und Narr, mit dem er in ständiger Fehde lag, war ihm jetzt willkommen als Halt inmitten des unvorstellbaren Entsetzens, das sich über ihn senkte, erstickender und kälter als der Nebel zuvor. »Simkin!« stöhnte er, starr vor Angst. »Laß mich nicht allein! Wo bist du?«

Schweigen.

Der unsichtbare Tod

Prinz Garald konnte nicht begreifen, was geschah. Ratlos starrte er auf das Spielbrett, ratlos und verwirrt. Allem Anschein nach wurde seine nördliche Flanke angegriffen. Dort kämpften die Spielfiguren verzweifelt um ihr Leben.

Sie starben ...

Dabei war nichts zu sehen! Keine feindlichen Truppen, keine todbringenden Ungeheuer, nichts!

»Was hat das zu bedeuten?« rief Garald heiser. Er umklammerte die Ränder des Brettes, als könnte er irgendwie aus dem teilnahmslosen Stein eine Antwort herauspressen. »Was hat das zu bedeuten?« fuhr er seine Generäle an, die betretene Mienen aufsetzten und nicht weniger ratlos aussahen als er selbst.

»Kardinal?« Garald wandte sich an seinen ersten Minister. Des Kirchenfürsten Gesicht war aschgrau, seine Lippen bewegten sich in stummem Gebet. Als er dem Blick des Prinzen begegnete, schüttelte er nur den Kopf.

»Ich weiß es nicht«, flüsterte er mit brüchiger Stimme.

»Xavier!« Garald krallte die Finger um die Kante der Granitplatte. »Er ist es! Das Dunkle Schwert! Aber ...«

»Nein, Hoheit.« Radisovik deutete mit zitternder Hand auf das Spielbrett. »Seht doch! Was immer uns angreift, attackiert auch Xavier!«

Garald folgte mit den Blicken dem ausgestreckten Finger, und was er noch sagen wollte, erstarb ihm auf den Lippen. Die Truppen des Kaisers stritten offenbar gegen denselben unsichtbaren Gegner, denn sie hatten sich von Garalds Spielfiguren abgewendet und kämpften wie sie um ihr Leben.

Spielfiguren! Garald stöhnte auf. Es waren lebendige Männer und Frauen, die dort draußen starben, die Figuren auf dem Brett nur verkleinerte Abbilder ihres Schicksals. In hilfloser Verwirrung sah der Prinz die Reihen der Magi im nördlichen Teil des Brettes wanken und auseinanderbrechen. Die kleinen Gestalten machten kehrt und flohen. Einige der rotgewandeten Magi stürzten wie von einer unsichtbaren Gewalt niedergestreckt zu Boden; ihre Körper lösten sich auf, als das Leben sie verließ. Andere Hexer und Hexen machten den Versuch, standzuhalten und dem Gegner die Stirn zu bieten, den Garald nicht zu sehen vermochte, aber auch diese tapferen Streiter verschwanden nach kurzem Widerstand spurlos.

Was die Katalyten betraf – sie wurden nicht niedergeschlagen, fielen nicht leblos zu Boden. Sie lösten sich einfach in Nichts auf.

»Was geht da vor? Was kann das sein?« rief Garald. Er richtete sich aus seiner gebeugten Haltung auf und ballte die Hände zu Fäusten. »Wo sind die Ariels aus diesem Sektor! Wo sind sie?« Er schaute zum Himmel. »Weshalb kommen sie nicht und erstatten Bericht?«

Kardinal Radisovik blickte ebenfalls nach oben, dabei legte er seinem Prinzen die Hand auf die Schulter.

»Hoheit, die Zuschauer!« mahnte er. »Noch sind sie ahnungslos. Ihr müßt ruhig bleiben, oder es wird eine Panik ausbrechen.«

Prinz Garald musterte die glitzernden Kutschen, die über ihnen am Himmel kreisten, während die blaublütigen, reichen Insassen das Mittagsmahl einnahmen. Unter das Stimmengemurmel mischte sich das Klingen von Champagnergläsern.

»Ich danke Euch, Radisovik«, sagte der Prinz und holte tief Atem. Er straffte sich, verschränkte die Hände auf dem Rücken und bemühte sich um eine noncholante Haltung. »Kommt näher«, befahl er seinen Generälen. »Stellt Euch so auf, daß die Sicht auf das Brett versperrt ist.« Die Generäle folgten der Aufforderung. »Wir müssen die Zuschauer loswerden«, sprach Garald mit gedämpfter Stimme weiter. »Aber unter welchem Vorwand ...«

»Vielleicht ein Unwetter, Garald«, schlug Radisovik vor. Wie beunruhigt er war, zeigte sich daran, daß er den Prinzen in der Öffentlichkeit mit Namen anredete. »Die *Sif-Hanar* ...«

»Ausgezeichnete Idee!« Garald winkte einem der Ariels, die sich in Bereitschaft hielten. »Folgende Botschaft an die *Sif-Hanar:* Ich will, daß ein Unwetter über dem Spielbrett niedergeht. Regen, Hagel, Blitz und Donner.« Er warf einen stirnrunzelnden Blick auf die Granitplatte. »Vielleicht hilft das auch gegen was immer es sein mag, das uns im Norden angreift«, fügte er hinzu. »Andere Boten sollen die Zuschauer warnen, daß Stürme und Gewitter bevorstehen.«

Der Ariel verneigte sich, breitete die Flügel aus, schwang sich in die Luft und winkte anderen seiner Art, ihm zu folgen. Garald, der ihnen nachschaute, sah einige von ihnen plötzlich ausscheren und auf einen dunklen Fleck zwischen zwei Karossen zufliegen.

»Es ist ein Ariel«, berichtete Garald mit beherrschter Stimme. »Sie bringen ihn her. Ich glaube, er ist verletzt.«

Zwei Ariels, die ihren Kameraden in die Mitte genommen hatten und ihn behutsam an den Armen festhielten, kehrten um, während die anderen weiterflogen, um ihre Befehle auszuführen. Garald wartete ungeduldig, weil er sicher war, von dem Verwundeten etwas erfahren zu können, das Licht in die Sache brachte. Er spürte fast körperlich das plötzliche Schweigen der Zuschauer und hörte dann das fragende Raunen, als man bemerkte, daß die Dinge nicht den erwarteten Verlauf nahmen. Die Ariels kamen näher, und Garald konnte den Mann sehen, den sie zwischen sich trugen, und ihm stockte der Atem. Den Umstehenden erging es nicht anders.

Der Körper des Ariels war mit Brandwunden übersät, die Federn der gewaltigen Schwingen versengt und feuergeschwärzt. Den Kopf gesenkt, hing er kraftlos im Griff seiner Freunde.

»Hoheit, wir haben ihn aufgefangen, als ihn die Kräfte verließen und er abzustürzen drohte«, meldete einer der Ariels, als sie vor ihrem Prinzen landeten und den Verwundeten behutsam ins Gras betteten.

»Schickt nach den *Theldara!*« ordnete Garald an. Sein Herz zog sich zusammen vor Mitleid mit dem Verletzten und vor Bewunderung für den Mut, der dazu gehörte, in diesem Zustand zu fliegen.

Sein Befehl wurde schnellstens befolgt, doch als Garald neben dem Geflügelten niederkniete, konnte er sehen, daß es zu spät war. Der Mann lag im Sterben.

Garald biß die Zähne zusammen. Er mußte herausfinden, was eigentlich vorging! Mit einem Wort zauberte er Wasser in seine hohle Hand. Nachdem er die schrundigen Lippen des Ariels befeuchtet hatte, träufelte er die kühlende Flüssigkeit auf das geschwärzte, von Brandblasen verunstaltete Gesicht.

»Kannst du mich hören, Freund?« fragte er leise. Kardinal Radisovik, der neben ihm kniete, begann mit gemessener Stimme das Totengebet zu sprechen.

»Per istam sanctam . . .«

Die verbrannten Lider zuckten und hoben sich. Der Ariel schien nicht zu wissen, wo er war, er schaute sich angstvoll um und stieß einen lauten Schrei aus.

»Du bist in Sicherheit, Freund«, sagte Garald beruhigend und benetzte wieder die hilflos stammelnden Lippen. »Sag mir, was ist geschehen?«

Die Augen des Ariels richteten sich auf den Prinzen; mit der blutigen Hand umklammerte er seinen Arm. »Ungeheuer! Kreaturen – aus Eisen!« Der Mann rang nach Atem, sein Griff wurde schmerzhaft fest. »Tod – kriecht. Kein Entkommen!« Sein Blick wurde glasig, der Mund öffnete sich zu einem stummen Schrei.

»*. . . untionem indulgeat tibi Dominus quidquid deliqusti . . .*«

Die Hand an Garalds Arm sank herab. Der Prinz starrte blicklos auf die Blutflecken an seinem Gewand – dunkles Rot auf dem reinweißen Stoff.

»Kreaturen aus Eisen?« wiederholte er.

»Der Ärmste sprach im Todeskampf, Hoheit.« Kardinal Radisovik drückte dem Toten die Augen zu. »Ich würde seinen Reden keine so große Beachtung schenken.«

»Das waren nicht die Reden eines Mannes, der nicht mehr weiß, was er sagt«, meinte Garald nachdenklich, als er unerwartet die Hand des Kardinals auf dem Arm spürte. Er blickte auf und sah Radisovik kaum merklich den Kopf schütteln, mit einem warnenden Blick in die Richtung der Generäle, die angespannt, mit blassen Gesichtern zu ihnen herschauten.

Der Prinz fuhr sich mit der Zunge über die trockenen Lippen. »Ihr habt vermutlich recht, Heiligkeit«, sagte er hölzern, als hätte er einen Irrtum eingesehen.

Der bisher strahlend blaue Himmel verdunkelte sich rasch. Aus dem Nichts zogen Sturmwolken auf, brodelnd und düster wie die verwirrten Gedanken in

Garalds Kopf. Ohne sie bewußt wahrzunehmen, hörte er die Stimmen der Zuschauer, wie sie gereizt und zornig zu wissen verlangten, was geschehen war. Er hörte die Ariels antworten; respektvoll, aber bestimmt forderten sie die Zuschauer auf, nach Hause zurückzukehren, bevor der Sturm mit vernichtender Gewalt über sie hereinbrach.

Vernichtende Gewalt ... Kreaturen aus Eisen ... Tod – kriecht. Was für eine merkwürdige Formulierung. Der Tod kriecht ...

Fragen, Beschwerden, Fragen. Alle redeten gleichzeitig auf ihn ein, bedrängten ihn, forderten seine Aufwerksamkeit.

»Schweigt! Laßt mich in Ruhe! Ich muß nachdenken!« Am liebsten hätte er es hinausgeschrien, aber mit einer erheblichen Willensanstrengung beherrschte er sich. Jeder würde merken, daß die Situation seiner Kontrolle entglitt. *Kontrolle?* Garald lächelte bitter. Von Kontrolle konnte nicht die Rede sein; er wußte nichts, hatte keine Ahnung, hoffte verzweifelt, daß es sich doch um einen Schachzug Xaviers handelte. Zu seinem Leidwesen überzeugte ihn ein nochmaliger Blick auf das Spielbrett, daß es nicht so war. Merilons Truppen wurden genauso niedergemacht wie die Truppen Sharakans.

Aufgerieben von einem unsichtbaren Feind ...

Kreaturen aus Eisen ...

Kriechender Tod ...

»Ich will mir das mit eigenen Augen ansehen«, sagte er entschlossen.

Wolken überzogen den Himmel. Eine plötzliche Bö drückte das hohe Gras zu Boden und fuhr in das knarrende Geäst der Bäume. Angekündigt von einem verästelten Blitzstrahl und einem hallenden Donnerschlag, brach das Unwetter los. Herabstürzender

Regen durchnäßte die Kleider, Hagel prasselte auf Köpfe und Schultern. Mit dem Losbrechen des Sturms brachen sich auch die aufgestauten Emotionen der Menschen Bahn. Panik fegte durch die Schar der Edelleute wie der Wind durch Gras und Zweige.

Einige versuchten, den Prinzen von seinem Entschluß abzubringen, und drängten ihn, nach Sharakan zurückzukehren. Andere unterstützten ihn und bestanden darauf mitzukommen. Eine Fraktion vertrat die Ansicht, daß man es mit einer Hinterlist Xaviers zu tun hatte, und plädierte dafür, ihm alle noch verfügbaren Kräfte entgegenzuwerfen. Es gab auch welche, die anklagend auf den Schmied zeigten.

»Kreaturen aus Eisen!« rief einer. »Das verfluchte Werk dieser Ketzer!«

Der Sündenbock war gefunden.

»Die Schwarzen Künste!« fielen noch mehr Stimmen ein. »Die Nigromanten wollen die Herrschaft an sich reißen!«

»Kaiser Xavier hat vorhergesagt, daß es so kommen würde!« schrie ein gesichtsloser Querulant aus der Menge.

»Hoheit, ich schwöre!« Die bestürzte Stimme des Schmieds übertönte den krachenden Donner. »Wir haben damit nichts zu tun! Ihr wißt, daß wir Euch nie verraten würden!«

Kreaturen aus Eisen ...

Garald schenkte den Bitten, den Verdächtigungen und den ausgestreckten Händen ebensowenig Beachtung wie dem Regen und dem Hagel. Er schob seinen Befehlshaber kurzerhand zur Seite und trat zu Radisovik, der eben seinen eigenen Umhang über den toten Ariel gebreitet hatte und sich erhob, als er den Prinzen herankommen sah.

»Öffnet mir eine Transversale«, verlangte Garald in

schroffem Ton, weil er möglichen Widerspruch von vorneherein unterbinden wollte. Zu seiner Überraschung nickte der Kardinal bereitwillig. »Sogleich, Hoheit.« Er schaute Garald zwingend an. »Wie lauten Eure Befehle für die Zeit Eurer Abwesenheit?«

Im ersten Moment wollte Garald überhaupt nicht antworten und den Katalyten beiseite schieben wie die anderen. Aber der Kardinal umfaßte seinen Arm mit festem, beruhigendem Griff, seine Stimme klang ruhig und gelassen. Zwar malte sich auch auf seinen Zügen Furcht ab, aber beherrscht von Umsicht und Klugheit. Garald sah sein eigenes Gesicht in Radisoviks Augen widergespiegelt, starr, verzerrt, mit dem Ausdruck beginnender Panik.

Er zwang sich zur Ruhe.

»Meine Befehle«, wiederholte er gedehnt und strich mit der Hand durch sein nasses Haar, dabei fiel ihm auf, daß es um ihn immer noch in Strömen regnete, aber nicht auf ihn. Irgend jemand, vermutlich ein *Duuk-tsarith,* hatte einen magischen Schild über der Gruppe um das Spielbrett errichtet, um sie vor der Wut der Elemente zu schützen. In ähnlicher Weise schuf Garald einen Schild in seinem Bewußtsein, eine kleine Oase der Ruhe inmitten des Chaos. Er musterte die Lage auf dem Spielbrett.

»Zieht sämtliche Hexenmeister mit ihren Katalyten aus diesen Gebieten ab«, ordnete er an und wies auf die Einheiten im Osten, wo scheinbar noch alles in Ordnung war. Es wurde nicht gekämpft, man sah keine Fliehenden oder Toten. Was immer geschah, es bewegte sich von Norden ausgehend in westlicher Richtung. »Sie sollen sich nach Süden zurückziehen. Deckt ihren Rückzug mit Zentauren, Riesen, Drachen.« Er deutete auf die betreffenden Stellungen. »Diese Geschöpfe scheinen sich besser gegen«, er stockte, suchte nach Worten – »unsere seltsamen Gegner behaupten zu können.«

»Dort wird auch noch heftig Widerstand geleistet, Hoheit«, bemerkte einer der Generäle und lenkte die allgemeine Aufmerksamkeit auf ein Areal in der Nordwestecke des Spielbretts. Es handelte sich um Xaviers Feldherrenhügel. Schweigend beobachtete Garald die Gruppe winziger Gestalten, die erbittert kämpfte. »Unternehmt nichts weiter, bis ihr wieder von mir hört«, meinte er abschließend, kehrte seinem Brett und den verstörten Generälen den Rücken und entfernte sich mit raschen Schritten. »Radisovik, öffnet die Transversale. Ihr seid in der Zwischenzeit mein ...«

»Ich begleite Euch, Prinz.« Der Kardinal trat neben ihn.

»Das ehrt Euch, Radisovik.« Garald sprach leise. »Aber ich glaube, es wäre besser, wenn Ihr hierbleibt.« Er schaute zu den Generälen zurück, die sich gegenseitig und das Geschehen auf dem Spielbrett mit unbehaglichen Blicken streiften. »Einer der anderen Katalyten soll mitkommen. Eure Weisheit und nüchterne Überlegung ...«

»... werden von meinem hitzköpfigen Prinzen gebraucht«, beendete Radisovik mit einem feinen Lächeln den Satz für ihn. Dann neigte er sich zu Garald, so daß nur er ihn verstehen konnte. »Erinnert Ihr Euch, was wir über die Grenzlande erfahren haben?«

Garald schaute ihn fragend an, aber der Kardinal warf nur einen bedeutungsvollen Blick auf die Generäle und schwieg. Sein plötzlich verfallenes, um Jahre gealtertes Gesicht war jedoch Antwort genug.

Plötzlich begriff der Prinz. Die Prophezeiung ...

»Also gut, Radisovik.« Äußerlich war ihm nichts anzumerken von dieser neuen Bürde der Angst, obwohl er das Gefühl hatte, sein Herz sei zu Eisen geworden, so schwer lag es ihm in der Brust.

Radisovik ließ eine Transversale entstehen, einen Torbogen aus abgründiger Stille vor dem Hintergrund sturmgepeitschter Bäume und strömenden Regens. Der Prinz, der Kardinal und zwei *Duuk-tsarith* schickten sich an, den Korridor durch Zeit und Raum zu betreten.

»Ich werde Ariels als Boten zu euch schicken«, sagte Garald zu den Generälen, die ihm gefolgt waren. »Nigromant, du hast in meiner Abwesenheit das Kommando«, fügte er hinzu und brachte das protestierende Gemurmel mit einem Blick zum Schweigen. Auch er hatte daran gedacht, daß möglicherweise die Nigromanten auf diese Art versuchten, die Macht an sich zu reißen, war jedoch gleich wieder davon abgekommen. Er kannte diese Leute, glaubte an ihre Loyalität. Außerdem kannte er ihre Fähigkeiten und ihre Grenzen.

Kreaturen aus Eisen.

Garald stellt sich den vierschrötigen Schmied vor, wie er aus den Flammen Dämonen beschwor.

Nein. Unfug. Er hatte sie gesehen, wie sie Tag und Nacht schufteten, Speerspitzen schmiedeten und primitive Dolche . . .

Kreaturen aus Eisen. Es war fast zum Lachen.

»Und wohin, Hoheit?« fragte Radisovik, als der Prinz die Transversale betrat.

»Bringt mich zu Kaiser Xavier.«

Kreaturen aus Eisen

Leben ist Magie. Magie ist Leben. Magie entströmte dem Herzen Thimhallans, floß aus dem Born des Lebens im Baptisterium und durchtränkte jedes Partikel Materie in Thimhallan. Jeder Kieselstein, jeder Grashalm, jeder Wassertropfen war voller Magie. Jeder Mensch verfügte über ein gewisses Maß an magischen Kräften. Es hatte nur einen wirklich toten Mann in Thimhallan gegeben, und er war vertrieben worden.

Doch jetzt schien der Quell der Magie vergiftet zu sein, die lautere Kraft verseucht von Angst aus einer so dunklen und tiefen Quelle, daß sie seit Jahrhunderten vergessen war. Wie die Beobachter an der Grenze ihre ungehörte Warnung in die Welt riefen, so schrien jetzt die Felsen Thimhallans vor Entsetzen, die Bäume erzitterten, die Erde bebte.

Mosiah konnte sich nicht rühren. Ein Nullmagiezauber hätte ihn nicht perfekter lähmen können, als seine Furcht es tat, deren eisige Finger ihm Vernunft, Atem und Kraft raubten, so daß er unfähig war, zu denken oder zu reagieren, als die Nebel sich teilten und der Schrecken zutage trat, der nach Thimhallan gekommen war.

Es war eine Kreatur aus Eisen. Aufgrund seiner Tätigkeit in der Schmiede erkannte Mosiah die schimmernden Metallplatten, deren Beschaffenheit die meisten Zauberer Thimhallans vermutlich vor ein Rätsel gestellt hätte, als das, was sie waren. Der plumpe, krötenähnliche Leib war so groß wie ein Greif, aber es hatte keine Flügel. Es hatte auch keine Beine und war gezwungen, auf dem Bauch zu kriechen. Der massige, abgeplattete Schädel drehte sich wie der Kopf einer Eule nach allen Seiten. Mosiah kam zu dem Schluß, daß es blind war, denn es wich Hindernissen nicht aus, sondern kroch stur weiter. Bäume rammte es nieder, rumpelte darüber hinweg und setzte seinen Weg fort. Es zermalmte Steine, wühlte die Erde auf und hinterließ tiefe, gewalttätig anmutende Furchen im Boden. Mosiah beobachtete es mit fassungslosem Entsetzen. Er fragte sich, was für ein gräßliches Ungeheuer das war und woher es kam. Dann entdeckte er voller Grauen, daß das Geschöpf keineswegs blind war. Es hatte Augen. Wie der Basilisk gebrauchte es sie, um zu sehen und zu töten.

Aus seinem Versteck zwischen Bäumen, ungefähr zehn Meter von der Kreatur entfernt, sah Mosiah plötzlich einen Hexenmeister auftauchen, der vor dem Ungeheuer floh. Offenbar von Panik ergriffen, flog er so schnell er konnte und hatte die schwerfällige Kreatur bald hinter sich gelassen.

Ihr Kopf drehte sich, sie schien die Beute zu wittern. Plötzlich öffnete sich in dem Schädel ein einzelnes Auge – rund, schwarz und leer – und richtete sich auf den fliehenden Hexer. Dann schoß ein dünner Lichtstrahl aus dem Auge, rasch wie ein Lidschlag, so daß Mosiah zweifelte, überhaupt etwas gesehen zu haben.

Der Lichtstrahl traf den Hexenmeister in den Rücken, und er fiel, aber der Schwung seiner schnellen Vorwärtsbewegung ließ ihn noch ein Stück über den Boden rollen. Dicht vor Mosiah blieb er liegen. Der junge FeldMagus schöpfte neue Hoffnung. Endlich war er nicht mehr allein! Dieser Magus Bellorum wußte bestimmt, was passiert war. Er wartete darauf, daß der Mann aufstand, denn es war kein besonders schwerer Sturz gewesen. Aber der Hexenmeister regte sich nicht.

»Er ist nicht tot«, sagte Mosiah zu sich selbst und würgte die Angst hinunter, die ihm bitter in den Mund stieg. Als er aufblickte, sah er, daß die Kreatur zum Stillstand gekommen war und Ausschau zu halten schien. »Er kann nicht tot sein. Keine Wunde zu sehen, nichts, nur ein Loch in seiner Robe ... Bestimmt ist er betäubt. Ich muß ihm helfen ...«

Doch er brauchte einige Sekunden, um die Erstarrung abzuschütteln. Ein Auge wachsam auf das Ungeheuer gerichtet, dessen Kopf sich hin – und herdrehte, huschte Mosiah zwischen den Bäumen hervor, packte den Hexenmeister am Kragen und zerrte ihn mit sich in die Deckung der Büsche.

Dann drehte er ihn auf den Rücken, doch er brauchte die gebrochenen Augen und den offenen Mund nicht zu sehen, um zu wissen, daß der Mann tot war. Ein dünner Rauchfaden kräuselte sich aus seiner Brust. Mosiah hielt den Atem an und fuhr zurück.

Der Lichtstrahl hatte den Körper des Magiers durchbohrt wie ein rotglühender Schürhaken weiches Holz.

Unter Mosiahs Füßen vibrierte der Boden. Die Kreatur hatte sich wieder in Bewegung gesetzt. Mosiah wollte fliehen, weglaufen, aber die Beine gehorchten ihm nicht; der Anblick des Toten und die schnelle, unspektakuläre Art seines Sterbens, hatte ihn völlig aus der Fassung gebracht. Er hob den Blick von der Leiche und starrte auf das herannahende Ungetüm. Es mußte ihn entdecken, wenn es kam, um den Hexenmeister zu suchen, den es ermordet hatte. Trotzdem vermochte er sich nicht von der Stelle zu rühren.

Das Ungetüm näherte sich schwerfällig, aber unaufhaltsam. Mosiah roch die widerwärtige Ausdünstung des ungeschlachten Leibes, von der Unterseite des

Rumpfs wölkten giftige Gase auf, die ihm den Atem nahmen. Hustend und würgend kauerte er zwischen den Bäumen, ohne einen Gedanken an Flucht, ohne überhaupt an etwas anderes denken zu können als an die Todesangst, die er empfand.

Zweifellos rettete er dadurch sein Leben.

Das Ungeheuer polterte und rumpelte an ihm vorbei, wie ein Wolf an einem Kaninchen, das wie erstarrt ausharrt, weil es weiß, daß die geringste Bewegung sein Tod wäre. Mosiah sah zu, wie das Ungeheuer sich entfernte. Der blanke Schädel drehte sich wieder augenlos hierhin und dorthin, auf der Suche nach weiteren Opfern. Der tote Magus blieb unbeachtet.

Ein Zentaur tötet aus Haß und verstümmelt den Leichnam. Drachen töten aus Hunger, ebenso der Greif und die Chimäre. Ein Riese tötet, weil er dumm ist und die eigene Kraft nicht kennt. Aber dieses Ding hatte kaltblütig und ohne Grund getötet.

Obwohl der Nebel sich gehoben hatte und es Mosiah jetzt ein leichtes gewesen wäre, seine Einheit zu suchen und sich ihr wieder anzuschließen, wagte er sich nicht aus seinem Versteck hervor. Die Eisenkreatur befand sich noch immer in Sichtweite, ihr übelriechender Atem verpestete die Luft, während sie blindwütig durch Unterholz und Gestrüpp brach.

Waren noch mehrere davon in der Nähe? fragte sich Mosiah. Er lehnte an einem Baumstamm und zitterte am ganzen Leib – die Reaktion auf den ausgestandenen Schrecken. Ohne daß er es wollte, fiel sein Blick auf den Leichnam des Hexenmeisters ein Stück weiter. Was für ein Ungetüm hatte Merilon da auf die Welt losgelassen? Hastig wandte er den Blick wieder ab, von dem bleichen, erstaunten Gesicht des Toten und dem Rauchfaden, der sich aus dem verbrannten Stoff der Robe kräuselte . . .

Die Robe!

Mosiah schaute genauer hin, seine Augen wurden groß. Der Hexenmeister trug die Farben Merilons!

»Gütiger Almin!« flüsterte Mosiah und sah zu der eisernen Kreatur hin, die eben hinter einer Hügelkuppe verschwand. »Ist das – unseres? Hat es mich deshalb nicht angegriffen?«

Die Nigromanten! war sein nächster Gedanke. Er wischte sich mit dem Handrücken den kalten Schweiß von der Oberlippe und musterte die Umgegend, in der Hoffnung, seine Kameraden zu entdecken. Viele von ihnen waren echte Nigromanten, geboren und aufgewachsen in dem geheimen Zirkel jener, die die Schwarze Kunst der Technologie praktizierten. Sie würden Bescheid wissen. Vielleicht hatten sie dieses Ding insgeheim gebaut, um die Herrschaft über die ganze Welt an sich zu reißen. Sie hatten oft genug davon gesprochen.

Er schloß die Augen und stellte sich das Geschöpf vor – die Schuppen aus Metall, die Ausdünstungen, die ihn an die glutheißen Dämpfe der Schmiede erinnerten.

›Ja‹, dachte er, mit ungestüm aufwallendem Zorn und Haß. ›Ja! Das ist ihr Werk! Ich habe ihnen nie getraut, nie ...‹

Aber noch während er es dachte, meldete sich ein nüchterner Teil von ihm zu Wort und schalt ihn einen Narren. Mosiah betrachtete die Armbrust, die er umklammerte, als hinge davon sein Leben ab. In seiner Angst hatte er völlig vergessen, daß er bewaffnet war. Er sah die einfache Machart, die krude Verarbeitung. Er dachte daran, wie lange es gedauert hatte, die Waffe herzustellen, wie die Männer Stunde um Stunde geschwitzt und gehämmert hatten. Dann rief er sich das Eisengeschöpf ins Gedächtnis – das spiegelglatte Metall, die gleitende Fortbewegung auf dem holprigen Boden. Selbst in den Tagen ihrer größten Macht und Glorie waren die Nigromanten nicht fähig gewesen, so etwas zu erschaffen. Erst recht nicht in den Tagen ihres Niedergangs. Sie brachten es ja kaum fertig, eine brauchbare Armbrust zu konstruieren und herzustellen.

Regentropfen schlugen gegen seine Wange, auffrischender Wind jagte ihm eine Gänsehaut über den Leib. Ein magischer Sturm zog auf; schwarze Gewitterwolken ballten sich am Himmel zusammen. Gezackte Blitze flammten auf, der grollende Donner erinnerte ihn an die Stimme der Eisenkreatur. Er sah den Toten an, und plötzlich hielt er es nicht mehr aus.

Panische Angst trieb ihn aus seinem Versteck. Er gestand es sich ein, während er über den unebenen Boden stolperte, die Tragegurte von Armbrust und Köcher an der Schulter umklammerte und furchtsame Blicke nach allen Seiten warf. Der Wunsch, endlich Bescheid zu wissen, war größer als die Furcht vor dem Ungeheuer. Tatsächlich konnte nichts schlimmer sein als dieses Gefühl, einer fremden Macht ausgeliefert zu sein.

Der Sturm packte ihn, trieb ihn an mit heftigen Böen, Regen und Hagelschauern. Wasser lief ihm in die Augen, er konnte nichts sehen, trotzdem rannte er weiter, prallte gegen Bäume wie eine außer Kontrolle geratene Spielfigur, rutschte auf dem nassen Gras und verhedderte sich in zähen Ranken.

Endlich stolperte er in den Schutz von ein paar Bäumen und lehnte sich schnaufend gegen einen Stamm. Als er sich etwas erholt hatte, fiel ihm plötzlich Simkin ein.

Über all den furchtbaren Erlebnissen hatte er seinen Gefährten vergessen, der sich im Angesicht der

Gefahr so diskret zu absentieren verstand. »Simkin wußte Bescheid. Simkin weiß *immer* Bescheid«, brummte Mosiah verdrossen. »Aber wo, zum Teufel, steckt er?« Er nahm den Köcher mit den Pfeilen von der Schulter, warf ihn auf den Boden und versetzte ihm einen Tritt. »Simkin?« schrie er gegen das Tosen des Sturms an. Er kam sich reichlich albern vor und hoffte doch wider aller Vernunft, das simkinsche ›Also wirklich, alter Knabe!‹ zu hören.

Leider gab es keinen grünen, orange befiederten Bolzen zwischen den schmucklosen grauen Pfeilen. Mosiah trat noch einmal gegen den Köcher. Nichts.

»Weshalb sollte ich mir auch wünschen, den Deppen hier zu haben!« brummte er und wischte sich den Regen aus dem Gesicht – Regen und Tränen der Angst, daß er sich jetzt völlig verirrt hatte. »Er ist eine Nervensäge und macht nur Schwierigkeiten. Ich ...«

Mosiah verstummte und lauschte.

Donner grollte, Blitze breiteten Tücher aus Licht über den Himmel, bis es fast taghell war. Durch das Krachen, Rauschen und Prasseln hindurch glaubte er gehört zu haben ... ja, da war es wieder.

Stimmen!

Schwach vor Erleichterung, hätte Mosiah beinahe die Armbrust fallenlassen. Mit bebenden Händen legte er sie vorsichtig auf den Boden und hielt aus der Deckung des tropfenden Blättervorhangs heraus Umschau. Es hörte sich an, als kämen die Stimmen ganz aus der Nähe, offenbar aus einer anderen kleinen Baumgruppe, nur wenige Meter entfernt. Er konnte nicht verstehen, was gesprochen wurde, Wind und Regen und Donner übertönten so gut wie alle anderen Geräusche. Vielleicht waren es Zentauren. Mosiah lauschte angestrengt. Nein, unverkennbar menschliche Laute! Hexenmeister, zweifellos.

Mosiah kam vorsichtig unter den Bäumen hervor. Vermutlich war es angebracht, sich mit einem Ruf bemerkbar zu machen, sobald er nahe genug war. Das letzte, was er riskieren wollte, war, irgendeinen nervösen Hexenmeister zu erschrecken, der ihn womöglich in einen Frosch verwandelte. Die Stimmen waren jetzt deutlicher; es klang, als befänden sich mehrere Personen in dem Wäldchen, die in befehlendem Ton Anweisungen gaben. Ein Redeschwall drängte sich ihm auf die Lippen, er konnte es kaum erwarten, seiner Erleichterung Luft zu machen, die Dankbarkeit in Worte zu fassen, daß er endlich auf Freunde gestoßen war – aber dazu kam es nicht.

Als er den Rand des Wäldchens erreichte, verlangsamte er seinen Schritt. Weshalb? Er wußte es selbst nicht. Der Verstand drängte ihn weiterzulaufen, sich zu erkennen zu geben, aber ein tieferer Instinkt bewog ihn, zu schweigen und sich behutsam anzuschleichen. Vielleicht lag es daran, daß er selbst jetzt noch nicht verstehen konnte, was die Männer redeten; vielleicht hatte ihn die schlechte Erfahrung mit den *Duuk-tsarith* in Merlyns Hain damals Vorsicht gelehrt. Oder vielleicht war es derselbe Urinstinkt für Selbsterhaltung, der ihn vor der Eisenkreatur gerettet hatte.

Das Unwetter verhinderte, daß man ihn hörte, in dem strömenden Regen war er kaum auszumachen, also schlich er sich noch ein Stück näher an die Stelle heran, wo gesprochen wurde. Behutsam schob er die nassen Zweige zur Seite, und dann sah er sie.

Er verhielt sich absolut still, aber nicht aus Angst oder Vorsicht. Genaugenommen empfand er überhaupt nichts. Es war, als hätte sein Gehirn ihn im Stich gelassen und mit den Worten abgemeldet: ›Mir reicht's! Soll sich jemand anders damit rumärgern. Ciao!‹

Die Stimmen, die er gehört hatte, gehörten Männern nach ihrem muskulösen Körperbau zu urteilen. Zuerst dachte Mosiah, sie hätten Köpfe aus Eisen, denn er sah, wie die glatten, kahlen Schädel die zuckenden Blitze reflektierten. Dann nahm einer von ihnen seinen Schädel ab, um sich den Schweiß von der Stirn zu wischen, und Mosiah begriff, daß die Fremden Helme trugen.

Außerdem hatten die Männer gleichaussehende Anzüge an, die ihre Körper umhüllten wie eine zweite Haut. Mosiah hatte keinen Grund zu vermuten, es sei nicht ihre Haut, doch einer der Fremden streifte ein Stück davon ab, und eine ganze normale Hand kam zum Vorschein.

Der Mann hatte den Handschuh ausgezogen, um mit einem faustgroßen, ovalen Gegenstand zu hantieren. Er zeigte ihn einem der anderen und sagte in einer unverständlichen Sprache etwas zu ihm, wahrscheinlich betraf es den Gegenstand, denn der Mann schüttelte ihn ärgerlich. Der Angesprochene zuckte mit den Schultern, ohne überhaupt hinzusehen. Er schaute wachsam zwischen den Bäumen hindurch ins Freie und fühlte sich offenbar nicht wohl in seiner Haut.

Der Mann mit dem kleinen Gegenstand redete weiter, bis einer seiner Kameraden ein Zischen ausstieß. Das veranlaßte ihn, den Handschuh rasch wieder anzuziehen und in dieselbe Richtung zu blicken wie die fünf anderen. Alle duckten sich, und trotz des Regens konnte Mosiah erkennen, daß jeder von ihnen einen solchen ovalen Gegenstand in der ausgestreckten Hand hielt.

Mosiah suchte mit den Blicken das offene Gelände ab und fragte sich, was ihre Aufmerksamkeit erregt haben mochte. Er war immer noch wie betäubt und unfähig, Angst zu empfinden oder Neugier. Hätten die Männer sich herumgedreht und ihn entdeckt, wäre er zu nichts weiter imstande gewesen, als dazustehen und sie anzustarren. Einmal schaute tatsächlich einer der Fremden über die Schulter, aber nur kurz, flüchtig und offenbar erheblich mehr daran interessiert, was vor ihm passierte. Mosiah, gut getarnt von Buschwerk und Regen, blieb unbemerkt.

Ein Hexenmeister, eine Hexe und ihre Katalyten traten aus einem Wäldchen nicht allzuweit entfernt von dem, was Mosiah und den Fremden als Unterschlupf diente. Sie bewegten sich langsam, vorsichtig, und nach dem verstörten Ausdruck ihrer blassen Gesichter zu urteilen, hatten sie ähnliche Schrecken wie Mosiah erlebt. Die schwarzen Roben wiesen sie als *Duuk-tsarith* aus. Bei ihrem Anblick duckten sich die Fremden noch tiefer ins Unterholz.

Ein verirrtes Kind, das seine Eltern wiederfindet, hätte nicht froher und dankbarer sein können als Mosiah beim Auftauchen der *Duuk-tsarith.* Während er sich eng an den Baumstamm schmiegte, hoffte er inbrünstig, außer Reichweite des Zaubers zu sein, von dem er wußte, daß die Magi ihn gegen die Fremden einsetzen würden. Die Fremden verstanden es, sich lautlos und unauffällig zu bewegen, ein Zeichen, daß sie in der Kunst des Hinterhalts erfahren waren. Dennoch bewegten sie sich nicht leise genug. Von den *Duuk-tsarith* sagte man, daß sie den Atem eines Kaninchens hören, das sich im Gras verbirgt.

Der Hexer reagierte sofort. Umflattert von seinen schwarzen Gewändern, fuhr er zu dem Wäldchen herum, streckte gebieterisch den Arm aus und sprach einen Zauber – einen Nullmagiezauber, die primäre Verteidigung der *Duuk-tsarith.* Er verfügte über ausnehmend große Macht, zudem mußte sein Katalyt ihm reichlich Leben gewährt haben, denn selbst auf diese Entfernung fühlte Mosiah einen schwächenden Einfluß auf seine eigenen magischen Kräfte. In der Erwartung, die Fremden wehrlos zu Boden fallen zu sehen, ihres Lebens beraubt, schickte Mosiah sich an, aus seinem Versteck hervorzukommen, weil er hoffte, von den *Duuk-tsarith* zu erfahren, was all die merkwürdigen Vorfälle in Almins Namen zu bedeuten hatten.

Doch verblüfft zögerte er. Die Nullmagie zeigte bei den Fremden nicht die geringste Wirkung. Sobald sie merkten, daß man ihre Anwesenheit entdeckt hatte und es unnötig war, sich länger zu verstecken, standen sie auf. Mosiah erinnerte sich an einen anderen Mann, dem die Nullmagie nichts anhaben konnte – Joram.

Diese Fremden waren ohne magisches Leben.

Einer von ihnen hob den Arm und deutete auf den Hexenmeister. Ein gleißender, nadelfeiner Lichtstrahl zuckte aus seiner Hand. Es summte und knisterte, der Magus brach zusammen und starb ohne einen Laut. Sein Katalyt starrte fassungslos auf ihn hinab. Die dünne Rauchfahne, die von dem Leichnam aufstieg, gemahnte Mosiah mit qualvoller Deutlichkeit an den Tod, dessen Zeuge er erst vor kurzem gewesen war und an das in den Körper des Mannes gebrannte Loch.

Blieb abzuwarten, was die Hexe jetzt tun würde, aber sie war verschwunden. Diese Tatsache schien die Fremden zu beunruhigen, denn ihre behelmten Köpfe drehten sich forschend nach links und rechts, wie der Schädel der Eisenkreatur, die ihn vorhin so in Angst und Schrecken versetzt hatte. Nach einem Moment der Unschlüssigkeit zuckte der Fremde in der Mitte der Gruppe die Schultern, deutete mit seiner eigenartigen Waffe auf den Katalyten, der neben dem Leichnam seines Herrn niedergekniet war, um das Totengebet zu sprechen, und marschierte an der Spitze der Gefährten auf ihn zu.

Hinter dem Baum verborgen, wartete Mosiah mit angehaltenem Atem, daß sie den hilflosen Katalyten umbrachten. Der Priester hörte sie kommen, blickte aber nicht auf. Mit der Unerschütterlichkeit seines Ordens salbte er den Kopf des toten Magus' mit Öl und murmelte dabei die rituellen Worte: *»Per istam sanctam unclionem indulgeat ...«*

Der Fremde hielt unverändert die Lichtwaffe auf ihn gerichtet, aber zu Mosiahs Verwunderung tötete er ihn nicht. Ein anderer streckte zaghaft die Hand aus und umfaßte den Oberarm des Katalyten. Verärgert, weil man ihn hindern wollte, das Ritual zu vollenden, schüttelte der Katalyt die Hand ab. Die Fremden blickten auf einen Mann in ihrer Mitte, als erwarteten sie Order für ihr weiteres Vorgehen.

Dieser Mann, der ihr Anführer sein mußte, sagte etwas in der sonderbaren Sprache der Fremden und gebot mit einem Wink seinem Vasallen, ein paar Schritte zurückzutreten und den Katalyten gewähren zu lassen.

Ein Fehler, belehrte Mosiah sie in Gedanken. Natürlich, weil sie ohne Leben waren, spürten sie nicht die zunehmende Spannung in der Luft; fühlten nicht, *konnten* nicht fühlen, wie Magie sich um sie herum verdichtete und zu vibrieren begann. Sie konnten nicht wissen, daß die Hexe sich noch ganz in der Nähe befand.

»... quidquid deliqusti. Amen.« Das Ritual war abgeschlossen. Nachdem der Katalyt dem Hexenmeister die Augen zugedrückt hatte, erhob er sich langsam.

Mosiah hörte einen der Fremden aufschreien – ein

angstvoller Laut, der unheimlich und dumpf aus dem metallenen Helm schallte. Der Mann konnte nicht aufhören zu schreien. Von Entsetzen übermannt, zeigte er auf den Leichnam des Magus, der im Begriff war, sich zu verwandeln – in eine riesige Schlange. Die eben noch im Tod geschlossenen Augen des Hexenmeisters öffneten sich weit, und in ihnen glomm rot ein widernatürliches Leben. Der Körper veränderte sich und wuchs und wurde zu dem Leib eines Reptils, der sich gigantisch wie ein Turm in die Höhe reckte. Der flache, schillernde Kopf einer Königskobra wiegte sich hoch über den verstörten Fremden, die Zunge schnellte witternd vor und zurück.

Der Anführer der Fremden ermannte sich. Er sandte einen tödlichen Lichtstrahl gegen die Schlange, aber sein Arm zitterte, der Strahl verfehlte das Ziel, traf statt dessen einen Ast und setzte ihn in Brand. Schnell wie ein Blitz stieß die riesige Schlange zu und schlug die Giftzähne in die Schulter des Mannes. Die silbrige Haut, die er trug, vermochte ihn nicht zu schützen. Mosiah biß die Zähne zusammen, als der gellende Aufschrei des Fremden durch den Wald tönte, bis er mit einem schrillen Wimmern abbrach.

Das Reptil schenkte seinem Opfer keine weitere Beachtung mehr, sondern bog den Kopf zurück und faßte die übrigen Feinde ins Auge, aber die Fremden hatten sich längst zur Flucht gewandt. Blindlings hetzten sie davon. Neben der Schlange stehend, sah der Katalyt ihnen nach. Als sie verschwunden und auch ihre Schreie nicht mehr zu hören waren, begannen die Umrisse des Reptilkörpers zu flimmern, und es sank zu Boden. Ihres magischen Lebens beraubt, war die Kobra wieder zum Leichnam des Magus geworden.

Mosiah bemerkte plötzlich, daß er die ganze Zeit

den Atem angehalten hatte, und holte tief Luft. Auf seiner Stirn standen Schweißperlen, er zitterte unkontrolliert am ganzen Leib. Beim plötzlichen Auftauchen der schwarzgewandeten Hexe dicht neben ihm tat sein Herz einen heftigen Sprung.

Es fehlte nicht viel, und er selbst hätte Fersengeld gegeben, aber mit unerbittlich festem Griff hielt sie ihn zurück.

»Habe ich nicht gesagt, daß ich ihn finden würde?!« tönte ein orangefarbenes Seidentuch, das die Hexe am Handgelenk trug. »Ich habe Euch stracks zu ihm geführt!«

»Du bist Mosiah?« Die im Schatten der Kapuze glitzernden Augen musterten ihn. »Ja«, beantwortete sie ihre eigene Frage. »Ich erkenne dich wieder.«

Auch Mosiah erkannte sie wieder, und die Erinnerung verschlug ihm die Sprache, denn dies war die Hexe, die ihn gefangen und dem fast sicheren Tod ausgeliefert hatte.

Das orangefarbene Tuch löste sich von ihrem Handgelenk und verdichtete sich zu der langen schlaksigen Gestalt Simkins. Doch es war ein veränderter Simkin – ein bleicher, verstörter Simkin; ein Simkin, der nicht er selbst zu sein schien. Statt der für ihn typischen farbenfrohen Kreationen trug er Hosen aus grober Baumwolle, wie man sie höchstens bei einem armen FeldMagus erwartet hätte, dazu eine ärmellose, speckige Lederweste über einem tristen, zerschlissenen Seidenhemd.

Nur das orangefarbene Seidentuch in seiner Hand flatterte munter, doch im nächsten Augenblick hatte er einen Zipfel davon in den Mund gesteckt und kaute geistesabwesend darauf herum.

»Was ist los?« stieß Mosiah tonlos hervor und schaute von Simkin zu der Hexe.

»Genau das wollten wir dich fragen!« Ihr Zischen gemahnte ihn lebhaft an die riesige Schlange. Als sein Blick furchtsam zu dem toten Hexenmeister irrte, sah er den Katalyten herbeieilen.

»Wir können hier nicht bleiben!« rief er halblaut. »Eine von den Eisenkreaturen kommt genau auf uns zu.«

»Transversale!« befahl die Hexe, und der Katalyt gehorchte augenblicklich. Simkin schlüpfte hinein, kaum daß das Tor sich aufgetan hatte, der Priester folgte ihm.

Mosiah zögerte. Er hörte das tiefe Brummen der nahenden Kreatur; er fühlte, wie der Boden unter seinen Füßen zitterte. Trotzdem hätte er es lieber mit dem blinden Ungeheuer zu tun gehabt als mit der Hexe, deren Anblick ihm die Erinnerung an ihre letzte, verhängnisvolle Begegnung zurückbrachte, an die Verzweiflung und den Schmerz der Fesseln aus dornigen Ranken.

»Narr!« Die Hexe packte ihn am Arm. »Du wärst rettungslos verloren. Es hat keine Augen, aber es ist nicht blind. Es tötet mit unfehlbarer Genauigkeit. So oder so nehme ich dich mit, aber es wäre mir lieb, wenn ich keine Gewalt anwenden müßte. Wir brauchen deine Hilfe.«

Das Brummen wurde lauter.

Mosiah dachte an den Hexenmeister, der zu fliehen versuchte ... Ein Loch in seinen Körper gebrannt ... Dennoch konnte er sich nicht entschließen – ein Mann in einer lotrechten Felswand; eine Steinlawine geht nieder, und seine einzige Hoffnung ist der Sprung in den bodenlosen Abgrund.

»Wohin?« fragte er mit steifen Lippen, die ihm kaum gehorchten. Die Transversale begann sich bereits zu schließen.

»Zu Kaiser Xavier«, antwortete die Hexe. Ihr Griff um seinen Oberarm verstärkte sich unheilverkündend.

»Nicht nötig«, sagte er gepreßt. »Ich komme mit.«

Die Transversale nahm ihn auf.

Der kriechende Tod

Es war so still.

Garald, der vorsichtig aus der Transversale hinaustrat, fragte sich im ersten Moment, ob die *Thon-li,* die sich in einem Zustand bemitleidenswerter Verwirrung befanden, einen Fehler gemacht und ihn in irgendeinen fernen, friedlichenTeil der Welt geschickt hatten. Doch er zweifelte wirklich nur einen Moment, dann wurde ihm klar, daß er an seinem Bestimmungsort angelangt war, daß die Stille, die ihn empfing, keine friedliche Stille war.

Es war die Stille des Todes.

Die Transversale schloß sich hinter ihm. Nur am Rande bemerkte er, daß Kardinal Radisovik die Augen mit der Hand bedeckte und stockend ein Gebet flüsterte. Ebenso hörte er seine Leibwächter vor Entsetzen und Zorn laut aufstöhnen. Er nahm es wahr, doch es berührte ihn nicht. Es kam ihm vor, als stünde er allein auf dieser Welt und sähe sie zum ersten Mal.

Die Sonne schien hell, ein krasser Gegensatz zu dem Unwetter, dem sie eben erst entronnen waren. An einem schieferblauen Himmel brannte sie mit verzehrender Kraft, wie um jede Spur der Schrecknisse auszutilgen, die sie hatte mitansehen müssen. Wenn Garald nach Norden blickte, konnte er seine Sturmfront heranziehen sehen. Nach allen Regeln der Kriegskunst hätte diese Wetterattacke Sharakans Xavier veranlassen müssen, seinen *Sif-Hanar* Gegenmaßnahmen zu befehlen, worauf das Kampfgeschehen sich mit Donner und Blitz in die Lüfte verlagert haben würde. Das war nicht geschehen. Die Sonne schien, kein Wölkchen zeigte sich. Der Grund dafür war offensichtlich.

Merilons *Sif-Hanar* lagen inmitten anderer Leichen unter ihrem Spielbrett begraben.

Das Brett selbst war in zwei Teile zerbrochen. Die eine Hälfte der massiven Granitplatte ragte schräg in die Höhe, die andere lag flach auf dem Boden. Garald konnte sich beim besten Willen nicht vorstellen, welche ungeheure Kraft den magischen Stein zu spalten vermocht hatte.

Langsam, ohne die Umgebung aus den Augen zu lassen, näherte er sich dem Brett, kniete nieder und legte die Fingerspitzen auf die glatte, kühle Oberfläche. Die Magie war erloschen. Keine Miniaturdrachen ließen ihren Feueratem lodern, keine daumengroßen Riesen stapften über die Platte, keine winzigen Hexer und Hexen maßen ihr Zauberkräfte mit ihrem Gegner. Merilons Spielbrett war so leer und leblos wie die Augen der Toten, die darunter eingeklemmt lagen.

Man brauchte nur den Blick zu heben, um das wirkliche Schlachtfeld zu sehen.

Es war übersät mit Leichen. Jeder Versuch, sie zu zählen, mußte scheitern. Kardinal Radisovik ging zwischen ihnen umher, sein roter Ornat flatterte im aufkommenden Wind, der bitterkalt über das Feld der Ehre strich, die Sonnenwärme aufsog und als eiskalten Hauch wieder ausstieß.

»Falls Ihr nach welchen sucht, die überlebt haben, vergeudet Ihr Eure Zeit, Radisovik«, sagte Garald dumpf vor sich hin. Nichts lebt dort mehr. Nichts und niemand ...

Erst nachdem er Radisovik einige Augenblicke lang beobachtet hatte, begriff er, daß der Kardinal nicht nach Überlebenden suchte. Er segnete die Toten.

Die Toten. Garalds Blick wanderte über die sonnenbeschienene Wiese, die sich vor ihm ausbreitete. Einst sorgsam gepflegt, plüschig wie grüner Samt, war das Gras von irgendeiner grobschlächtigen Kraft umgepflügt und verbrannt worden, als hätte die Sonne ihre Flammenhand vom Himmel gestreckt und einen Feuersturm entfesselt. Leichen lagen überall. Jedes Gesicht zu dem gleichen Ausdruck erstarrt: Angst, Entsetzen, Grauen.

Plötzlich vermochte Garald nicht mehr an sich zu halten. Er stieß einen Schrei voller Hilflosigkeit und Wut aus und stürmte blindlings los. Nach wenigen Schritten jedoch rutschte er in einer Blutlache aus und stürzte. Sofort waren die *Duuk-tsarith* zur Stelle, halfen ihm aufzustehen und ermahnten ihn, vorsichtig zu sein, weil die Gefahr vielleicht noch irgendwo in der Nähe lauerte. Garald wehrte ihre hilfreichen Hände ab, überhörte den guten Rat und hastete zu Radisovik, der über einer jungen Frau in schwarzem Gewand den Segen sprach. Jenseits aller Etikette und Umgangsformen, ergriff er den Arm des Kardinals und zwang ihn, sich aufzurichten.

»Seht doch!« rief er heiser und streckte die Hand aus. »Seht doch nur!«

»Ich weiß, Hoheit.« Radisoviks Gesicht war dermaßen von Kummer und Leid gezeichnet, daß Garald ihn kaum wiedererkannte. »Ich weiß«, wiederholte er leise.

Eine der prunkvollen Karossen, die der Adel Merilons sich als Transportmittel leistete, war vom Himmel gestürzt, die verkohlten, rauchenden Trümmer lagen im weiten Umkreis verstreut. Das Gespann, durch Magie auf Riesenmaß vergrößerte Schwalben, hatte den Absturz nicht überlebt. Sie trugen noch ihr goldenes Geschirr, der beißende Rauch verbrannter Federn hing in der Luft.

Das Flattern blauer Seide erregte Garalds Aufmerksamkeit. Taub für Radisoviks Warnungen, eilte er zur Unglücksstelle. Ein rauchendes Stück Holz war vielleicht eine Tür gewesen. Er griff danach und schleuderte es zur Seite. Darunter lag eine junge Frau, die verbrannten, gebrochenen Arme um einen Säugling geschlungen, als hätte sie versucht, ihn mit ihrem eigenen zarten Leib zu schützen. Vergebens. Das Kleine war tot wie die Mutter.

Nicht weit entfernt entdeckte Garald inmitten der Trümmer den Leichnam eines Mannes. Nach der Art seiner Kleidung zu urteilen, handelte es sich um den Eigentümer der Kutsche, einen Aristokraten aus Merilon. In der Hoffnung, bei ihm noch einen Funken Leben zu finden, drehte Garald ihn auf den Rücken.

»Mein Gott!« Der Prinz zuckte schaudernd zurück.

Der grinsende Mund und die leeren Augenhöhlen eines Totenschädels starrten ihn an.

Die Welt stand plötzlich kopf. Die Sonne fiel vom Himmel. Garald hatte das Gefühl, der Boden würde ihm unter den Füßen weggezogen. Starke Hände griffen nach ihm, hielten ihn fest. Er merkte, daß man ihn hinlegte, und hörte aus unendlicher Ferne Radisoviks Stimme …

»*Theldara* – holt einen her! Rasch!«

»Nein!« protestierte Garald krächzend. Sein Hals war rauh, das Sprechen bereitete Schmerzen. »Nein. Mir fehlt nichts. Es war nur dieser – dieser arme Mann! Was für ein Feuer könnte denn …«

Kreaturen aus Eisen.

»Mir fehlt nichts!« Er schüttelte die Hände seines Ministers ab und setzte sich mühsam auf. Den Kopf zwischen den Knien, atmete er tief die kalte Luft ein, machte sich Vorwürfe und suchte so Zuflucht vor dem Grauen, das auf ihn einstürmte. Er hatte versagt!

Ausgerechnet wenn sein Volk am dringendsten der Führung bedurfte, zeigte er Schwäche! Dieser nicht mehr junge Mann – ein Katalyt! – hatte mehr Rückgrat bewiesen als er, der Kronprinz.

Garald schüttelte heftig den Kopf, als könne er so Ordnung in das Chaos seiner Gedanken bringen. Er mußte entscheiden, was unternommen werden sollte. Gütiger Almin! *Konnte* man denn etwas unternehmen? Sein widerstrebender Blick wurde magnetisch von der Leiche des verbrannten Mannes angezogen. Faszination des Grauens. Schaudernd wollte er das Gesicht abwenden, dann aber biß er die Zähne zusammen und befahl sich, genau hinzuschauen. Wie er gehofft hatte, erregte der schreckliche Anblick seine Wut und den Wunsch nach Vergeltung.

»Garald«, Radisovik kniete neben ihm nieder, »Kaiser Xavier ist nicht unter den Toten und auch keiner seiner Magi Bellorum. Wenn ich recht verstanden habe, war es ursprünglich Eure Absicht, ihn aufzusuchen. Wollt Ihr das immer noch?«

»Ja«, antwortete Garald. Er war dem Kardinal dankbar, weil er seinen verwirrten Zustand erkannte und ihm taktvoll half, darüber hinwegzukommen. Seine eigene Stimme kam ihm fremd vor; er schluckte, um seine schmerzende Kehle zu befeuchten. »Ja«, wiederholte er. Mit geschlossenen Augen rief er sich das Spielbrett ins Gedächtnis. Da war das kleine Widerstandsnest ... »Er steht weiter östlich.«

»Gut, Hoheit. Osten.«

Die wortkarge Antwort und der angespannte Ton veranlaßten Garald, rasch den Kopf zu heben und Radisovik anzusehen, dessen Blick nach Osten gerichtet war, wo eine Rauchsäule über den Bäumen zu sehen war.

»Benutzen wir eine Transversale, Hoheit?« Wieder

half ihm der Kardinal unauffällig, eine Entscheidung zu treffen. »Es könnte gefährlich sein ...«

»Zweifellos.« Garald überlegte schnell, Zorn und die Notwendigkeit zu handeln verliehen ihm neue Energie. Ohne fremde Hilfe stand er auf und ging mit festen, entschlossenen Schritten zu dem zerbrochenen Spielbrett zurück. »Es ist schon eine Unvorsichtigkeit gewesen, via Transversale hierherzukommen. Wir hätten mitten in diesem ...« Er stockte und preßte die Lippen zusammen. »Unvorbereitet. Wehrlos. Aber wir haben keine andere Möglichkeit ...« Wieder unterbrach er sich, diesmal, um das Problem nüchtern und logisch zu durchdenken. Als er Anstalten machte weiterzusprechen, hob einer der *Duuk-tsarith* warnend die Hand. Auf ein knappes Wort seines Gefährten entstand ein magischer Schild um den Prinzen und den Kardinal, während die schwarzgewandeten Hexer sich ein Stück in die Luft erhoben. Einer von ihnen hielt nach vorne Ausschau, der andere sicherte nach hinten.

Umgeben von dem magischen Schutzwall, bemühte Garald sich zu hören, was den Argwohn der stets wachsamen *Duuk-tsarith* erregt hatte. Schließlich fühlte er mehr, als daß er es hörte – ein Vibrieren des Bodens, als näherte sich etwas Schweres, Großes ...

Kreaturen aus Eisen.

Wie die meisten Menschen hatte auch Garald sich über das Sterben und das Leben nach dem Tode Gedanken gemacht. Als er von Jorams Tod erfuhr, fragte er sich im stillen, ob er den Mut aufgebracht hätte, in die nebelverhangene Ungewißheit des Jenseits hinauszugehen. Doch niemals war ihm der Tod so hautnah begegnet. Niemals hatte er ihm eine solche abscheuliche Fratze gezeigt.

Er sah das Entsetzen auf den Gesichtern der Toten,

die Spuren der Qualen, unter denen sie gestorben waren und die nicht einmal der Frieden des Todes hatte auslöschen können. Furcht stieg in ihm auf, sein Magen krampfte sich zusammen, die Knie wurden ihm weich.

Als er den Kardinal ein Gebet flüstern hörte, beneidete er den Mann um sein Gottvertrauen. Der Prinz hatte bisher von sich geglaubt, aufrichtig gläubig zu sein, aber jetzt wurde ihm bewußt, daß es nur ein Lippenbekenntnis gewesen war. Des Almins wunderbare Wege … Hier war er bestimmt nicht vorbeigekommen.

Das Vibrieren unter seinen Füßen wurde stärker, und er hörte ein dumpfes Geräusch, wie rhythmische Hammerschläge. Ihm wurde übel, und er hatte das Gefühl, sich vor Angst übergeben zu müssen. Er sah es bildhaft vor sich – der Kronprinz von Sharakan kniet auf dem Feld der Ehre und kotzt sich die Seele aus dem Leib. Man würde es in Sagen und Liedern von Generation zu Generation weitergeben! Bei dem Gedanken lachte er schrill auf. Kardinal Radisovik warf ihm einen besorgten Blick zu.

Er glaubt, daß ich hysterisch bin, dachte Garald und holte tief Atem. Die Übelkeit verging; der kalte Schweiß trocknete auf seiner Stirn und Oberlippe. »Das also ist Mut«, sagte er mit grimmiger Ironie zu sich selbst. »Bis zum bitteren Ende achten wir darauf, was andere von uns denken.«

Das dumpfe Dröhnen verstärkte sich. Aus dem Augenwinkel nahm Garald eine Bewegung wahr. Er griff nach Radisoviks Arm, deutete nach vorn und stieß einen tiefempfundenen Seufzer der Erleichterung aus.

Der obere Teil eines gewaltigen Schädels tauchte über einem Hügelkamm auf. Es folgten ausladende

Schultern, ein mächtiger Leib, bekleidet mit Tierfellen und zu guter Letzt zwei säulengleiche Beine.

»Ein Riese!« murmelte Radisovik und sandte ein stummes Dankgebet gen Himmel.

Vielleicht etwas voreilig. Auch wenn dies nicht das Ungeheuer war, mit dem sie gerechnet hatten, erhielten die *Duuk-tsarith* den magischen Schild aufrecht, denn Riesen konnten unberechenbar sein. Dieser Riese hier machte jedoch einen weinerlichen und verwirrten Eindruck, und als er näher kam, sah Garald, daß er verwundet war. Er hielt den linken Arm umklammert, und in seinem schmutzigen Gesicht waren Tränen zu sehen.

Ein verwundeter Riese war noch gefährlicher, deshalb postierte sich einer der *Duuk-tsarith* zwischen ihn und den Prinzen. Der andere Leibwächter wendete sich, nachdem er einige Worte mit seinem Gefährten gewechselt hatte, an Garald.

»Hoheit«, meinte er, »dies könnte ein ideales Transportmittel sein, um uns zu Kaiser Xavier zu bringen.«

Überrascht von dem Vorschlag und noch nicht ganz erholt von der ausgestandenen Angst, starrte Garald den Hexenmeister verständnislos an, unfähig, klar zu denken und eine Entscheidung zu treffen. Der *Duuk-tsarith* stand jedoch in erwartungsvoller Haltung vor ihm, und Garald zwang seinen Verstand zu arbeiten.

Es war eine gute Idee. Der Riese konnte sie zu der Stelle bringen, wo Xavier sich noch gegen den unsichtbaren Feind zur Wehr setzte. Nicht nur, daß der Riese zu Fuß schneller vorankam, als sie fliegen konnten, von ihrem Ausguck in luftiger Höhe war es auch möglich, Gefahren rechtzeitig zu erkennen.

»Ausgezeichnet«, sagte Garald schließlich. »Trefft die nötigen Vorbereitungen.«

Aber der *Duuk-tsarith* hatte sich bereits ans Werk

gemacht. Er überließ es seinem Gefährten, ihre Schützlinge zu bewachen, dann schwang er sich in die Luft und flog dicht an den Giganten heran, der ihn argwöhnisch musterte, aber keine offene Feindseligkeit erkennen ließ.

»Dann war es also kein Hexenmeister, der ihn angegriffen und verwundet hat«, überlegte Garald laut. »Andernfalls würde er sofort nach dem *Duuk-tsarith* schlagen oder die Flucht ergreifen.«

»Ihr habt vermutlich recht, Hoheit«, sagte Radisovik. »Er wurde wahrscheinlich von Magi für den Kampf ausgebildet und hat immer noch Vertrauen zu ihnen. Irgend *jemand* oder irgend *etwas* anderes muß ihm die Verletzung zugefügt haben.«

Der Hexenmeister sprach dem Riesen beruhigend zu und erbot sich, die Wunde zu heilen. Als er merkte, daß ihm Aufmerksamkeit zuteil wurde, flossen die Tränen des Riesen noch heftiger. Er hielt dem *Duuk-tsarith* bereitwillig den Arm hin und stieß einen Strom unverständlicher Worte aus. Beim Anblick der ausgedehnten Verbrennung, die sich feuerrot über den gewaltigen Arm zog, fragte Garald sich erneut, wer oder was um des Almins willen, die Macht oder die Waffe besaß, derartige Wunden zu verursachen.

Derselbe Gegner, der imstande war, eine massive Granitplatte in zwei Teile zu brechen, eine Karosse vom Himmel zu stürzen und einem Menschen das Fleisch von den Knochen zu sengen ...

Kreaturen aus Eisen.

Der *Duuk-tsarith* ließ mit einer Handbewegung eine Salbe auf dem Arm des Riesen erscheinen, die sich lindernd über die verbrannte Haut legte. Als nächstes zauberte der Hexer eine Rolle Verbandsstoff herbei und bandagierte den Arm, nicht so sehr, weil es für die Heilung unerläßlich war, sondern weil die Kolosse mit dem kindlichen Gemüt solch schmückendes Beiwerk liebten. Anschließend machte der *Duuk-tsarith* mit Zeige- und Mittelfinger ein Zeichen über der Stirn seines Patienten und kehrte zurück, um Bericht zu erstatten.

»Ich habe ihm ein Geas auferlegt«, sagte er, nachdem sein Gefährte den magischen Schutzschild aufgehoben hatte. »Er soll sich auf die Suche nach dem Lebewesen oder Ding machen, das für seine Schmerzen verantwortlich ist. Weil dieses Geas mit seinen Wünschen übereinstimmt, wird er es willig befolgen.«

»Ausgezeichnet.« Garald schaute nach Osten, wo die Rauchsäulen zahlreicher wurden. »Wir müssen uns beeilen.«

»Selbstverständlich, Hoheit.« Der *Duuk-tsarith* skandierte eine Beschwörungsformel, hob den Prinzen und den Kardinal vermittels seiner magischen Kraft in die Luft und bugsierte sie geschickt auf die massigen Schultern des Riesen.

Während er sich so bequem wie möglich zurecht rückte, rümpfte Garald die Nase über den Geruch des ungewaschenen Körpers und der rohen Felle. Der Riese bezeigte ungemein großes Interesse an seinen Passagieren, und es dauerte eine Weile, bis er sich alles angesehen hatte. Sein Atem war noch übelriechender als seine Haut. Garald würgte, und Kardinal Radisovik hielt sich den Kuttenärmel vor die Nase, als der vor Staunen offene Mund mit den schadhaften Zähnen in seine Richtung grinste.

Schließlich gelang es den *Duuk-tsarith* aber, mit einem scharfen Befehl den Riesen zu veranlassen, sich schwerfällig in Marsch zu setzen. Sie zeigten auf die Rauchsäulen, um ihm klarzumachen, in welche Richtung er gehen sollte, dann flogen sie voraus, um für den einfältigen Giganten den besten Weg auszukundschaften. Garald hatte gefürchtet, trotz des Geas könnte der Riese sich weigern, dorthin zu gehen, wo der Rauch aufstieg. Vielleicht brachte er aber Rauch nicht mit Feuer in Zusammenhang, denn er stapfte ohne Zögern voran und redete dabei in seiner unverständlichen Sprache, die sich anhörte wie das Plappern eines aufgeregten Dreijährigen.

Garald, der nur mit halbem Ohr zuhörte, begriff plötzlich, daß der Riese ihnen mitzuteilen versuchte, was geschehen war. Wiederholt deutete er gestikulierend auf seinen linken Arm, einmal mit solcher Heftigkeit, daß der Prinz beinahe abgerutscht wäre. Er hielt sich krampfhaft an den fettigen, verfilzten Haaren des Riesen fest und versuchte mit aller Kraft, das Gleichgewicht zu halten. Nachdem er den Schreck überwunden hatte, kam ihm der Gedanke, wie bedauerlich es war, daß bisher niemand sich die Mühe gemacht hatte, mit diesen eigentlich bedauernswerten Geschöpfen zu sprechen. Von normalen Menschen zu ungeschlachten Giganten mutiert, deren man sich während des Kriegs bediente, hatten ihre Meister sie anschließend in der Wildnis sich selbst überlassen, bis man sie irgendwann wieder brauchte.

Sie legten die Meilen zwischen dem zerbrochenen Spielbrett und dem neuen Kampfplatz in kürzester Zeit zurück; der Riese schritt mit solcher Begeisterung aus, daß die *Duuk-tsarith* ihm streng befehlen mußten, langsamer zu gehen, damit er unterwegs nicht seine Passagiere verlor.

Garald, der von seinem Aussichtspunkt das Feld der Ehre überblickte, sah noch mehr Leichen, und seine Züge verhärteten sich, je mehr sein Zorn wuchs. Er entdeckte weitere Spuren des Feindes – lange, tief eingegrabene Furchen im Erdreich, die ziemlich genau nach Osten führten. Augenscheinlich ließ er sich durch buchstäblich nichts aufhalten: große Bäume waren entwurzelt und beiseite geschoben worden, von kleineren ragte nur noch der geborstene Stumpf aus dem Boden; Sträucher, Buschwerk, Unterholz hatte man niedergewalzt oder in Brand gesetzt. Die meisten Toten lagen zu beiden Seiten dieser Schneise brutaler Zerstörung.

An einer Stelle, dicht bei den rauchenden Überresten eines Wäldchens, bemerkte Garald ein helles Aufblitzen – Metall, das in der Sonne glänzte. Er reckte sich, um besser sehen zu können, obwohl er dabei einen Sturz riskierte. Soweit er es auf den ersten Blick beurteilen konnte, handelte es sich um einen Leichnam, der, so unglaublich es zu sein schien, von einer Haut aus Metall überzogen war.

Im ersten Moment wollte Garald Halt machen lassen und sich vergewissern, dann sah er ein, daß es klüger war, darauf zu verzichten. Es bestand die Gefahr, daß der Riese sich einfach davonmachte, sobald man ihn sich selbst überließ.

»Vermutlich werde ich bald genug wissen, was geschehen ist«, sagte Garald sich grimmig, denn ein Blick nach vorne zeigte ihm, daß sie sich der schwärzesten und unheilverkündendsten Rauchsäule näherten. Über dem Geplapper des Riesen war ein leises Grollen zu hören, unterbrochen von solchen Explosionen, mit denen die Illusionisten an Feiertagen die Jugend in Schreck und Entzücken versetzten. Wieder überfielen den Prinzen die Magenkrämpfe, sein Hals wurde trocken, seine Knie weich.

Genau in diesem Augenblick erreichten die *Duuk-tsarith,* die vorausgeflogen waren, den Kamm einer steilen Erhebung. Aus irgendeinem Grund hielten sie in der Bewegung inne. Garald, der mit zusammengekniffenen Augen zu ihnen hinaufspähte, sah, wie die verhüllten Köpfe sich einander zuwandten. Obwohl er den Ausdruck auf ihren Gesichtern nicht erkennen konnte, spürte er eine von ihnen ausgehende Erschütterung und Fassungslosigkeit, Emotionen, die den Angehörigen dieses für seine strikte Disziplin berüchtigten Ordens fremd sein sollten.

Begierig zu erfahren, was sie gesehen hatten, richtete Garald sich auf, bis er gebückt auf den Schultern des Riesen kniete, der die Hügelflanke hinaufstieg. Beide sahen den Feind zur gleichen Zeit. Aufbrüllend blieb der Gigant so abrupt stehen, daß Garald den Halt verlor. Er kam ins Rutschen und fiel, aber seine Magie rettete ihn. Von ihrem Netz aufgefangen, hielt er sich in der Schwebe, auf gleiche Höhe mit den Wipfeln der Bäume auf dem Hügelkamm.

Als er nach unten schaute, erblickte er den Feind.

Kreaturen aus Eisen.

Die Legionen ohne Magie

Sie krochen, scheinbar blind wie Maulwürfe, über das Angesicht der Erde und hinterließen auf ihrem Pfad nichts als Tod und Zerstörung. Sie verschonten kein lebendes Wesen. Mit entsetzter Faszination sah Garald zu, wie der Kopf der Kreaturen sich hierhin und dorthin drehte, und wohin das Ungeheuer schaute, sandte es den Tod, rascher als ein Lidschlag und mit grauenerregender Präzision.

Die Bewegungen waren koordiniert und zielstrebig. Zwanzig oder mehr der Ungeheuer näherten sich von verschiedenen Punkten im Norden. Sobald sie sich trafen, fuhren sie in einigem Abstand nebeneinander. Hinter den Kreaturen marschierten Hunderte von Menschen. Wenigstens nahm Garald an, daß es Menschen waren. Sie hatten Beine und Arme und Köpfe und gingen aufrecht. Aber ihre Haut war aus Metall, das in der Sonne glänzte. Ihm fiel der Leichnam ein, den er zwischen den verbrannten Bäumen gesehen hatte.

Wenigstens konnten sie getötet werden, war sein erster Gedanke. Die zweite, erschreckendere Überlegung brachte ihm zu Bewußtsein, daß der Feind nach Süden zog. Er riß den Blick von dem furchtbaren Schauspiel los und hob den Kopf. In weiter Ferne sah er die Sturmwolken der *Sif-Hanar,* die den Standort seiner Truppen markierten. Es gehörte nicht viel Phantasie dazu, sich auszumalen, wie seine Magi Bellorum, die Hexen und Hexer dort ahnungslos warteten, daß der Tod sie überrollte. Er erinnerte sich an die Kutsche, die zerschmettert am Boden lag, und dachte an die Zuschauer mit ihren Picknickkörben voller Früchte und Wein. Das Unwetter würde ein paar von ihnen veranlaßt haben, anderswo Zuflucht zu suchen, aber wahrscheinlich hatten sie sich nur bis zum Rand des Feldes der Ehre zurückgezogen, wo es trocken war. Wenn das Unglück es wollte, waren einige womöglich sogar auf dem Weg hierher, weil sie gesehen hatten, daß in dieser Gegend die Sonne schien.

»Hoheit!« Einer der *Duuk-tsarith* berührte ihn am Arm, etwas, das Garald noch nie erlebt hatte, und ein sicheres Zeichen dafür, wie verstört diese disziplinierten und beherrschten Hexenmeister waren. Garald schaute in die Richtung, in die der Hexenmeister deutete.

Eine natürliche Felsformation war hastig in eine primitive Festung verwandelt worden. Im Innern dieser Festung konnte man Gestalten umhergehen sehen, deren rote und schwarze Roben sie als Hexenmeister und Hexen auswiesen. An den verschiedenen Nuancen des Rots war abzulesen, auf welcher Seite sie gekämpft hatten, ehe die neue Bedrohung sie vereinte. Garald bemerkte eine Person in karminroten Gewändern, die in befehlsgewohnter Haltung einherschritt.

»Xavier«, murmelte der Prinz.

»Hoheit, sie befinden sich genau im Weg dieser Kreaturen!« sagte der *Duuk-tsarith.* Seiner gepreßten Stimme war anzuhören, wie sehr er sich anstrengen mußte, die Beherrschung nicht zu verlieren.

Wußte Xavier, daß die Kreaturen nahten, und hatte sich entschlossen, hier seine Verteidigungsstellung zu errichten? Oder hatte er sich einfach nur hierher zurückgezogen, ohne zu ahnen, welche Streitmacht gegen ihn vorrückte?

Und was waren diese Kreaturen aus Eisen? Diese Männer aus Eisen? Garald zermarterte sich den Kopf nach einer Antwort, während er sie mit fasziniertem Grauen beobachtete. Woher kamen sie? Konnte es möglich sein, daß ein anderer Stadtstaat in Thimhallan irgendwie das Wissen und die Macht erworben hatte, diese Monstren zu erschaffen? Nein. Das war in höchstem Maße unwahrscheinlich. Es hätte sich nicht geheimhalten lassen. Diese Kreaturen mußten von Zauberern erschaffen worden sein, deren Fähigkeiten alles überstiegen, was selbst die Ahnen zu träumen gewagt hätten.

Warum aber waren sie nicht auf dem Spielbrett erschienen? Weshalb hatte er sie nicht sehen können?

Die Antwort lag so klar auf der Hand. Er hatte sie die ganze Zeit gewußt.

Sie waren ohne Leben. Allesamt – die Eisenkreaturen und die fremdartigen Männer mit der silbernen Haut.

Die Berührung des *Duuk-tsarith* ließ ihn aufschrecken. Nach einem letzten Blick auf die Felsbastion Xaviers wollte er sich abwenden, doch plötzlich fiel ihm eine der Kreaturen auf, die vor einem großen Steinblock Halt machte, der ihr den Weg versperrte. Ein Lichtstrahl zuckte aus ihrem Auge, und der Stein zerfiel in tausend kleine Stücke.

Soviel zu der Felsbastion.

Garald setzte sich unverzüglich in Bewegung. Sein Verstand, nicht länger gelähmt von unbestimmten Ängsten, arbeitete schnell und effektiv.

»Wir müssen Xavier warnen«, überlegte er laut, »und ihn dazu bringen, sich zurückzuziehen. Mit diesem kleinen Kontingent kann er einem solchen Gegner nicht standhalten. Und wir müssen unsere Truppen über die Lage informieren.«

Er beendete sein Selbstgespräch, als er bei dem Riesen eintraf. Ihn, den Kardinal und fast alles andere hatte er in der ersten Bestürzung über den alptraumhaften Anblick beinahe völlig vergessen. Der zurückgebliebene *Duuk-tsarith* hatte dem Kardinal geholfen, von der Schulter des Riesen auf den Boden zu gelangen, und mußte jetzt alle Zauberkraft aufwenden, um den wutschnaubenden Riesen im Zaum zu halten. Garald schlug das Gewissen, als er daran dachte, daß Radisovik zweifellos in Gefahr gewesen war und daß sein Prinz ihn seinem Schicksal überlassen hatte. Der Anflug von Reue währte jedoch nur kurz.

»Ihr habt es gesehen?« fragte Garald seinen Minister düster, als er neben ihm stand.

»Ich habe es gesehen«, bestätigte Radisovik sichtlich erschüttert. »Der Almin möge uns gnädig sein!«

»Schön wär's!« brummte Garald. Die sarkastische Bemerkung trug ihm einen besorgten Blick des Priesters ein. Es war jedoch nicht die Zeit, über Glauben und Nichtglauben zu debattieren. Garald winkte dem *Duuk-tsarith,* der ihn begleitet hatte, und gab seine Befehle.

»Ihr und Kardinal Radisovik werdet ...«

»Hoheit! Ich glaube, ich sollte bleiben ...«, warf der Kardinal ein.

»... via Transversale zum Hauptquartier zurückkehren«, fuhr Garald fort, als hätte er ihn nicht gehört. »Es ist mir gleich, wie Ihr es anstellt, aber schafft die Zivilisten von da fort. Bringt sie alle ...« Er zögerte, bevor er mit einem schiefen Lächeln fortfuhr: »... Freund wie Feind, nach Merilon. Es liegt am nächsten, und die magische Kuppel bietet einen gewissen Schutz. Ich frage mich, wen Xavier wohl als Statthalter eingesetzt hat? Vermutlich ist Bischof Vanya in die Stadt zurückgekehrt. Nun, das läßt sich nicht ändern. Radisovik, Ihr müßt den Bischof aufsuchen. Erklärt, was geschehen ist und ...«

»Garald!« sagte sein erster Minister und Ratgeber streng und zog die Brauen auf eine Art zusammen, wie Garald es seit den Streichen seiner Kinderzeit nicht mehr bei ihm gesehen hatte. »Ich bestehe darauf, daß Ihr mir zuhört!«

»Kardinal, *nicht* Eure Sicherheit ist der Grund, daß ich Euch zurückschicke! Ich brauche Euch, um mit dem Bischof zu verhandeln ...«, begann Garald ungeduldig.

»Hoheit«, Radisovik schnitt ihm kurzerhand das Wort ab. »Es gibt keine Leichen von Katalyten!«

Garald starrte den Priester verständnislos an. »Wie?«

»In der Umgebung des Spielbretts, auf dem Feld der Ehre, das wir überquert haben, befindet sich kein einziger toter Katalyt! Ihr wißt so gut wie ich, daß sie nie und nimmer ihre Herren im Stich lassen würden oder ihnen die letzten Riten versagen. Und doch war keiner der Getöteten mit den Riten versehen worden. Warum gibt es keine Leichen, wenn die Katalyten tot sind? Was ist aus ihnen geworden?«

Darauf wußte Garald keine Antwort. Von all den rätselhaften Dingen, die er gesehen hatte, war dies am seltsamsten. Es ergab keinen Sinn. Aber – was ergab schon einen Sinn? Kreaturen aus Eisen, die alles niedermachten, alles außer Katalyten töteten.

»Deshalb muß ich darauf bestehen, Hoheit«, Radisoviks Ton war kühl und förmlich, »daß mir als einem ranghohen Mann der Kirche gestattet wird, zu bleiben und mein möglichstes zu tun, um dieses Rätsel zu lösen und herauszufinden, was aus meinen Brüdern geworden ist.«

»Nun gut.« Garald hatte den Faden verloren und mußte sich erst wieder besinnen. Er wandte sich an den *Duuk – tsarith.* »Ihr sucht Vanya auf. Merilon muß befestigt werden. Sendet die Ariels zu den Dörfern und organisiert die Evakuierung der Leute in die Sicherheit der Stadt. Nehmt Verbindung zu den Mitgliedern Eures Ordens in anderen Städten auf und bringt in Erfahrung, ob auch sie angegriffen werden.«

Der *Duuk-tsarith* nickte stumm. Er hatte die Hände in den weiten Kuttenärmeln gefaltet, wie die Ordensregel es vorschrieb, und machte einen ruhigen, gefaßten Eindruck. Vielleicht erging es ihm wie Garald, und er fühlte sich besser, weil er jetzt eine Aufgabe hatte.

»Die Magi Bellorum sollen bis zum letzten Moment ausharren. Ich werde versuchen, Xavier zu überzeugen, daß er sich hinter unsere Linien zurückzieht. Und benachrichtigt meinen Vater. Sagt ihm, was vorgeht und daß Sharakan sich darauf vorbereiten muß, einem Angriff standzuhalten. Obwohl – wie sie einem solchen Angriff standhalten wollen ...« Seine Stimme brach. Er hustete, räusperte sich und schüttelte ärgerlich den Kopf.

»Ihr wißt Bescheid?« fragte er schroff.

»Ja, Hoheit.«

»Dann geht. Doch erst sagt Eurem Gefährten, er soll den Riesen von dem Bann befreien.«

»Ja, Hoheit.«

Täuschte er sich, oder sah er tatsächlich ein Lächeln auf dem bleichen Gesicht in den Tiefen der Kapuze? »Das sollte mir die Frist verschaffen, die ich brauche«, sagte er vor sich hin, während er zusah, wie der Hexenmeister mit seinem Gefährten sprach, der den Riesen bändigte. Die schwarze Kapuze nickte. »Ihr öffnet besser eine Transversale, Radisovik. Wenn der Riese frei ist, sollten wir uns schnellstens davonmachen.«

Ein zweidimensionales Tor erschien. Der erste *Duuk-tsarith* war bereits davongeflogen, um seine

Befehle auszuführen. Der zweite befreite mit einem Wort den Riesen von dem Bann, der ihn an Ort und Stelle festgehalten hatte. Mit einem wütenden Aufbrüllen stürmte der Riese in unbeherrschter, zielloser Raserei über den Hügelkamm, seine stampfenden, trampelnden Füße fällten Bäume und ließen die Erde erbeben. Der Prinz und sein Kardinal duckten sich in die Transversale, sobald der *Duuk-tsarith* sich zu ihnen gesellt hatte, schlossen sie das magische Tor und ließen sich zu ihrem Ziel bringen.

»Es dauert vielleicht einige Zeit, aber die Eisenkreaturen werden den armen Kerl töten. Das wißt Ihr doch, Garald?« meinte Radisovik behutsam.

»Ich weiß es.« Garald dachte an den Felsblock, der vor seinen Augen zu kleinen Splittern zertrümmert worden war. Der Gedanke schmerzte ihn und machte ihn zornig, ohne daß er genau wußte weshalb. Auch wenn er nie zum Spaß Jagd auf Riesen gemacht hatte, wie viele Adlige es taten, aber es war ihm auch nie wichtig gewesen, ob sie lebten oder starben.

Jetzt war es ihm wichtig. Der Riese war ihm wichtig, die tote Mutter, die vergebens versucht hatte, ihr Kind zu schützen. Die *Sif-Hanar* waren ihm wichtig, die unter dem zerbrochenen Spielbrett lagen, und Xavier war ihm wichtig, sein Feind, der diesen mordgierigen Kreaturen im Weg stand.

Ungefragt kamen ihm die Worte der Prophezeiung in den Sinn.

Dem Herrscherhaus wird ein Sohn geboren werden, der tot ist und doch lebt, dem bestimmt ist zu sterben und wieder zu leben. Und wenn er wiederkehrt, hält er in seinen Händen das Ende der Welt ...

Seiner Welt.

Kein Entkommen

Schmerzhafter als die Dornen der todbringenden Kijwinde gruben sich die Fingernägel der Hexe in sein Fleisch, als sie ihn vor sich her aus der Transversale schob, ohne ihn auch nur einen Augenblick loszulassen. Simkin zeigte keine große Lust, ihnen zu folgen, aber ein durchdringender Blick der Hexe veranlaßte ihn, sich ins Freie zu wagen. Er kaute immer noch nervös an dem orangefarbenen Seidentuch.

»Es soll dir im Halse steckenbleiben, Verräter!« knurrte Mosiah.

Simkin bedachte ihn mit einem waidwunden Blick, setzte zu einer Erwiderung an, würgte und mußte husten. Er spuckte das Seidentuch aus, beäugte reuevoll den nassen Klumpen und überantwortete ihn der Luft.

»Habe ich das verdient?« meinte Simkin anklagend. »Nationaler Notstand und so weiter. Was blieb mir übrig?« Er warf einen hilflosen Blick auf die Hexe. »Sie hat an mein besseres Ich appelliert.«

»Hier entlang.« Die Hexe gab Mosiah einen auffordernden Stoß, ohne Simkin einer Entgegnung zu würdigen.

Die Transversale hatte sie im Innern einer großen Festungsanlage entlassen, die man offenbar in großer Hast unter Ausnutzung einer natürlichen Felsformation geschaffen hatte. Ungefähr zehn Meter hoch, bildeten die Mauern einen unregelmäßigen Kreis, in dem es von Hexern, Hexen, Heilern und Katalyten nur so wimmelte. ›Fenster‹ in den Mauern ermöglichten es den Magi, ihre Zauber gegen den Feind zu schleudern, oder sie konnten sich in der Deckung der

Mauern in die Luft erheben und wieder zu Boden sinken lassen, ohne ihre magischen Kräfte vergeuden zu müssen, um sich zu schützen. Die Mauern bewahrten sie auch davor, von Zentauren überrannt zu werden. Während der ›Schlacht‹, wie sie ursprünglich geplant gewesen war, hätte diese Festung denselben Zweck erfüllt wie die Sandburg von Kindern bei Spielen am Strand. Wem immer es gelang, die Festung zu erobern, der konnte den entsprechenden Teil des Spielfelds für sich beanspruchen.

Nach einem Blick auf die blassen Gesichter, die zusammengekniffenen Lippen und verkrampften Wangenmuskeln der Magi, wußte Mosiah, daß hier und heute weit mehr auf dem Spiel stand: Das Leben. Das Überleben.

Man brauchte ihm nicht erst zu sagen, welchem Feind diese Männer und Frauen so grimmig entgegensahen. Rauchwolken stiegen in den Himmel. Der Boden zitterte unter seinen Füßen, und in der Ferne hörte er das leise, unheilverkündende Grollen, das er bereits kannte.

»Sie kommen, nicht wahr?« sagte er. »Die Eisenkreaturen.« Er schaute die Hexe an. »Was wollt ihr tun? Einfach hierbleiben und sterben?«

Zum erstenmal, seit sie ihn in die Transversale gezerrt hatte, sah die Hexe ihm offen ins Gesicht. »Hierbleiben und sterben, irgendwoanders hingehen und sterben. Was macht das für einen Unterschied?« fragte sie leise und wandte sich ab, um einen Hexenmeister in karminrotem Gewand anzusprechen, der mit dem Rücken zu ihnen stand. »Majestät«, sagte sie knapp, »ich habe den jungen Mann Mosiah gefunden.«

Der Hexer sprach mit einer Gruppe von Magi Bellorum. Bei den Worten der Hexe drehte er sich ruckartig herum, die rote Robe mit den goldenen Emblemen leuchtete in der Sonne.

Als er das Gesicht des Mannes sah, durchfuhr Mosiah ein schmerzhafter Stich des Wiedererkennens. Nicht, daß der Mann Joram ähnlich gesehen hätte, doch er hatte das gleiche schwarze, schimmernde Haar, die klaren braunen Augen, die stolze, raubtierhafte Anmut, die gleiche arrogante Haltung des Kopfes.

Joram – der Sohn der Kaiserin?

Falls Mosiah Simkins Behauptung bis zu diesem Moment als Geschwätz abgetan hatte, jetzt glaubte er ihm. Die Ähnlichkeit war zu groß, als daß man sie hätte leugnen können. Mosiah stand vor dem ehemaligen Prinzen Xavier und neuen Kaiser von Merilon. Jorams Onkel.

Xavier lächelte.

»Ich sehe, du erkennst mich, junger Mann«, sagte er. »Wegen der Ähnlichkeit mit ihm, habe ich recht?«

Mosiah brachte keinen Ton heraus.

»Er ist zurückgekehrt! Ich weiß es!« Xavier nickte entschieden und fixierte Mosiah mit seinen kalten Augen. »Er ist zurückgekommen, und mitgebracht hat er das Ende der Welt! Wo ist er?« Er streckte die Hand aus, und seine krallenähnlich gekrümmten Finger griffen nach Mosiahs Hals. »Wo ist er? Antworte mir, oder bei den Göttern, ich reiße dir die Worte aus dem Herzen!«

Vor Schreck versagte Mosiah die Stimme. Wäre Simkin nicht zufällig gegen den Kaiser gestolpert, hätte Xavier seine Drohung vielleicht wahrgemacht.

»Meiner Treu! Seid Ihr das, Majestät? Erlaubt mir behilflich ... Parbleu! Was für eine garstige Miene! Eines Tages wird dieser Ausdruck auf Eurem Gesicht haften bleiben, denkt an meine Worte. Laß mich los, du Nichtsnutz!« Die letzten Worte galten einem *Duuk-tsarith,* der sich des jungen Mannes bemächtigt hatte. »Es war nicht meine Schuld. Der Bursche da drüben hat eine wahrhaft unerfreuliche Bemerkung vom Stapel gelassen. Er besaß die Taktlosigkeit zu sagen, wir würden alle eines furchtbaren Todes sterben. Ein plötzliches Verlangen, dieser gastlichen Stätte den Rücken zu kehren, überkam mich, und ich verwechselte Seine Majestät mit einer Transversale.«

»Schafft mir diesen Schwachkopf aus den Augen!« Xaviers Lippen verzogen sich vor Zorn.

»Ich gehe schon. Ihr braucht nicht zu spucken!« meinte Simkin erhaben, zupfte das orangefarbene Seidentuch aus der Luft und betupfte sein Gesicht. »Doch vorher noch eins – verschwendet nicht Eure Zeit mit diesem Bauernlümmel.« Er streifte Mosiah mit einem vernichtenden Blick. »Warum fragt Ihr nicht mich? Ich kann Euch sagen, wo Joram ist. Ich habe ihn gesehen.«

Xavier starrte Simkin an. Das heiße Licht in den Augen des *DKarn-Duuk'est* brannte mit einer solchen Intensität, daß man erwartete, den jungen Mann als verkohlte Leiche zu Boden sinken zu sehen. Eine Explosion erschütterte die Festung, fast alle zuckten zusammen und schauten angstvoll nach Norden. Der Kaiser rührte sich nicht.

»Was soll das heißen, du hast ihn gesehen?« verlangte er zu wissen. »Wo ist er?«

»Hier«, antwortete Simkin unbeeindruckt.

»Narr! Ich habe genug von deinen ...« Der *DKarn-Duuk'est* schlug wütend mit der Hand durch die Luft, und Mosiah erstarrte, weil er damit rechnete, Simkin in Flammen aufgehen zu sehen.

Offenbar hegte Simkin ähnliche Befürchtungen.

»Nicht *hier hier*«, berichtigte er hastig. »Hier in der

Nähe. Irgendwo. Ich – äh ... Zieht eine Karte!« sagte er plötzlich und brachte aus dem Nichts ein Deck Tarockkarten zum Vorschein. »Eine beliebige Karte.« Er hielt dem Kaiser das aufgefächerte Spiel hin, zog es jedoch beim Anblick von dessen finsterer Miene sofort wieder zurück. »Bemüht Euch nicht, ich tu's selbst.« Er zeigte eine Karte. »Der Tod.« Er zog eine zweite. »Wieder der Tod.« Eine dritte. »Und wieder. Das ist Joram, seht Ihr. Einer ohne Magie. Seine Frau spricht mit den Toten, und er geht an der Seite des toten Priesters.«

Xavier ballte die Faust.

»Ihr habt recht. Ein du... dummes Spiel«, stammelte Simkin und warf alle Karten in die Luft. Sie sanken zu Boden wie bunte Blätter. Mosiah betrachtete sie genauer und sah, daß jedes Bild den Tod darstellte.

Rauch hing in der Luft, es roch nach Feuer. Das Grollen wurde lauter.

»Majestät!« riefen zahlreiche Stimmen. Magi Bellorum drängten heran, stießen sich gegenseitig aus dem Weg und wetteiferten um die Aufmerksamkeit ihres Souveräns.

»Ich kümmere mich um die Gefangenen, Hoheit«, erbot sich die Hexe.

»Und zwar schnell!« Xaviers finsterer Blick richtete sich wieder auf Mosiah und ließ ihn nicht los, bis er schließlich seine Aufmerksamkeit den ungeduldig wartenden Ministern zuwandte.

»Ich weiß nichts von Joram!« schrie Mosiah verzweifelt. »Ihr könnt mit mir tun, was Ihr wollt. Ich habe ihn nicht gesehen!«

»Aber du weißt, daß er zurückgekehrt ist.«

Eine neuerliche Detonation erschütterte die Festung. Mosiah schaute sich angstvoll um.

»Ich – ich weiß es nicht!«

»Selbstverständlich ist er zurückgekehrt!« behauptete Simkin aufgebracht. »Ich habe ihn gesehen, wenn ich's Euch doch sage! Keiner glaubt mir.« Er schniefte mit verletztem Stolz. »Und wenn Ihr glaubt, daß ich hierbleibe, um in der Gesellschaft von Leuten zu sterben, die mich für einen Lügner halten, seid Ihr schief gewickelt. Nein, keine Entschuldigungen. Ich finde dies alles tödlich langweilig. Leider befürchte ich, Ihr werdet es nur tödlich finden. Und deshalb adieu.«

Sein Blick fiel auf Mosiah, und plötzlich brach er in Tränen aus. »Lebwohl, Freund aus seliger Kinderzeit!« Er warf die Arme um Mosiah und erdrückte ihn fast vor lauter Abschiedsschmerz. »Wir, die wir im Begriff sind, uns aus dem Staub zu machen, grüßen dich. Oder wie der Dichter sagt: ›Die Götter wollen dein Verderben / fort eil' ich, nicht mit dir zu sterben.‹ Große Worte, große Worte!« Simkin hob die Hand, das Seidentuch flatterte wie ein stolzes Banner im Wind. »Auf in den Kampf, Freunde«, rief er kühn. »Auf in den Kampf!« Ein letztes Wehen orangefarbener Seide, und er war verschwunden.

»Dann hat er also die Wahrheit gesagt.« Es war keine Frage; die Hexe, die sinnend und geistesabwesend auf die Stelle sah, wo der junge Mann gestanden hatte, grübelte offenbar über Simkins Worte nach.

»Die Wahrheit? Simkin?« Mosiah wollte auflachen, aber der Hohn blieb ihm in der Kehle stecken.

Ein gewaltiger Schlag traf die Festungsmauer, scharfkantige Gesteinssplitter schwirrten durch die Luft. Menschen schrien vor Schmerz oder Angst.

»Sie kommen! Wir sind verloren!« schrie jemand, und die Leute begannen ziellos wie Mäuse in einem Käfig hin- und herzulaufen. Die sich in der Nähe der Explosionsstelle befunden hatten, flüchteten in den hinteren Teil der Festung; die aus dem hinteren Teil drängten nach vorn, um zu sehen, was passiert war. Die wenigen *Theldara* eilten den Verletzten zu Hilfe. Kaiser Xavier schrie gegen den vielstimmigen Chor der Magi Bellorum an.

»Es können nicht die Kreaturen sein! Sie sind noch zu weit entfernt!«

»Außerdem sind sie blind ...«

»Sind sie nicht! Ich habe gesehen, wie ...«

Es herrschte ein unbeschreibliches Durcheinander. Die Hexe war verschwunden, Mosiah hatte keine Ahnung wohin, auch wenn er glaubte, über die Köpfe der wogenden Menge hinweg einen kurzen Blick auf sie erhascht zu haben, wie sie ins freie Feld hinausflog, wahrscheinlich, um zu erkunden, wo der Feind stand und was er plante. Allein mitten auf dem übervölkerten Platz verfluchte Mosiah Simkin, den ungetreuen Gesellen, weil er ihn hierhergebracht und dann im Stich gelassen hatte. Aber seine Erbitterung war nur halbherzig.

»Sonst wäre ich immer noch da draußen«, murmelte er fröstelnd. Die nächste Detonation erschütterte das Felsgestein des Schutzwalls. Die Menge schrie auf, Panik kündigte sich an. »Gefangen!« Die Brust wurde ihm eng, das Atmen fiel ihm schwer. Plötzlich sehnte er sich danach, da draußen zu sein, nur nicht hier zwischen diesen Mauern, wo er tatenlos dem sicheren Tod entgegensah.

Während er fieberhaft nach einer Fluchtmöglichkeit Ausschau hielt, fiel Mosiahs Blick auf Xavier, der mit seinen Vertrauten und Ministern in der Nähe stand. Er starrte ihn wie gebannt an. Mit dem *DKarn-duuk'est* war eine Veränderung vorgegangen. Im Gegensatz zu seiner Unbeherrschtheit bei der Befragung Mosiahs und Simkins, wirkte er jetzt völlig ruhig, sein Gesicht sah bleich aus, aber gefaßt. Er hörte seinen Beratern zu, die hitzig über die wirkungsvollste Methode debattierten, den Eisenkreaturen den Garaus zu machen. »Sie töten mit den Augen, wie der Basilisk, Majestät«, argumentierte der eine. »Das müssen wir bei der Verteidigung in Betracht ziehen. Einer von uns lenkt es ab, derweil greift ein anderer an. Ein Todesschlafzauber und ...«

»Vergebung, Majestät, aber das eigentlich Tödliche ist der Lichtstrahl aus dem Auge der Kreatur. Ein einfacher Dunkelheitszauber und ...«

»Reptil. Ganz offensichtlich handelt es sich bei der Kreatur um ein Reptil, Majestät. Sie hat Schuppen wie ein Drache. Man müßte ihr Blut mit einem Kältezauber zu Eis erstarren lassen und ...«

Hoffnungslos, erklärte Mosiah ihnen in Gedanken. Ich habe sie gesehen. Ich habe gesehen, wie ihr Kopf sich nach allen Richtungen dreht. Ich habe die Männer ohne Leben gesehen, die diesen Monstren folgen; Männer, die aus der offenen Hand den Tod versenden.

Es war unschwer zu erkennen, daß Xavier ähnliche Gedanken wie Mosiah hegte. Zwar lauschte er dem Disput, aber mit einem Anflug versonnener Ironie, als fände er das Gezeter der Magi lediglich amüsant und dumm obendrein. Seine Augen wirkten kalt und gleichgültig. Nichts, was in seiner Umgebung geschah, entlockte ihm eine Reaktion. Eine Explosion ganz in seiner Nähe, die alle anderen veranlaßte, sich zu ducken und schützend die Arme vors Gesicht zu heben, vermochte ihn nicht aus der Ruhe zu bringen. Er zuckte nicht einmal mit der Wimper.

Lichtpfeile zuckten aus dem Auge des Monstrums in den Festungsring und trafen die anvisierten Opfer mit unerbittlicher Zielsicherheit. Es schien keine Rettung zu geben, keine Möglichkeit auszuweichen. Keiner wußte, wen die todbringenden Strahlen als nächstes treffen würden. Sie verfehlten nie ihr Ziel. Ein Druide vor der Festungsmauer brach ohne einen Laut zusammen, ein schwarzverbranntes Loch in der Stirn. Ein Ariel, der aus beträchtlicher Höhe das Geschehen verfolgte, fiel vor Mosiahs Füßen zu Boden; seine Flügel brannten lichterloh.

Beobachter auf den Mauerkronen schrien, daß noch mehr dieser Bestien kamen; andere meldeten, daß der Feind von einem tobenden Riesen attackiert wurde. Nach vereinzelten Blitzen und Feuerfontänen zu urteilen, hatten einige Hexenmeister sich zusammengefunden und versuchten, den Vormarsch der Kreaturen aufzuhalten.

Mosiah hatte das Gefühl, etwas unternehmen zu müssen, nur wußte er nicht was. Er besaß keine Waffe; seine Armbrust hatte er verloren. Nicht, daß sie von großem Nutzen gewesen wäre. Mosiah fühlte, wie Verzweiflung ihn umhüllte und sogar seinen Lebenswillen zu ersticken drohte.

»Fort mit euch!« sagte Xavier plötzlich, und Mosiah hörte den Widerhall seiner eigenen Hoffnungslosigkeit in der Stimme des Kaisers. »Versucht euer Glück mit eurem wertlosen Hokuspokus. Fort mit euch und sterbt, nach eurem ganz persönlichen Geschmack!«

Sofort verstummten die Magi mitten in ihrem erregten Wortgefecht und starrten ihn fassungslos an. Xavier machte eine abwehrende Geste; zwischen seinen Brauen erschien eine steile Unmutsfalte.

Die Magi Bellorum tauschten ratlose und angstvolle Blicke, als plötzlich eine klare Stimme das Bersten von Stein und das tiefe Grollen der nahenden Kreaturen übertönte. »Kaiser Xavier!«

Der Kaiser fuhr herum. Prinz Garald, Kardinal Radisovik und ein Hexenmeister im schwarzen Gewand kamen aus einer Transversale zum Vorschein.

Die Panik der Menge wurde vorübergehend von Neugier und Verwunderung unterdrückt. Die *Duuk-tsarith* handelten sofort und schufen einen freien Raum um den Kaiser. Xavier und Garald standen einander gegenüber, umgeben von einem immer größer werdenden Kreis angespannter, furchtsamer Gesichter. »Nun kommst du also angekrochen, Prinz der Nigromanten!« sagte Xavier. »Ist dies das Eingeständnis deiner Niederlage?«

Die unerwartete Frage verblüffte Garald. Er musterte den Kaiser erstaunt. »Habt Ihr eine Vorstellung davon, was da gegen Euch vorrückt, Xavier?« fragte er mit gedämpfter Stimme. Nach einem vielsagenden Blick auf die Menge fügte er hinzu: »Wir sollten unter vier Augen miteinander reden.«

Xavier trat einen Schritt zurück und raffte seine Gewänder um sich, als fürchtete er, sie könnten von der Berührung des Prinzen besudelt werden. »Sagt, was Ihr zu sagen habt, Ketzerprinz, und anschließend hebt Euch von dannen!«

Mosiah, der sich ziemlich weit nach vorn gearbeitet hatte, erkannte, wie Garald die Zornesröte ins Gesicht stieg und der Kardinal ihm beschwichtigend die Hand auf den Arm legte.

»Nun gut.« Garald preßte die Lippen zusammen. »Ich habe Euch um ein Gespräch unter vier Augen gebeten, Xavier, weil ich keine Panik auslösen wollte.« Er betrachtete die Umstehenden, dann fuhr er in ernstem Ton fort: »Aber wie ich sehe, besteht keine Gefahr. Eure Gefolgsleute sind bemerkenswert diszipliniert. Ihr müßt diese Stellung aufgeben, und zwar sofort!«

Xavier schüttelte den Kopf. »Diese Entwicklung ist allein Eure Schuld, wißt Ihr das?« meinte er leise, verschränkte die Arme vor der Brust und starrte den

Prinzen ausdruckslos an. »Ihr habt ihn Euch durch die Finger schlüpfen lassen.«

»Wen habe ich durch die Finger schlüpfen lassen?« wollte Garald scheinbar verständnislos wissen, obwohl Mosiah ahnte, daß er genau wußte, wovon die Rede war.

»Joram. Jetzt bezahlt Ihr dafür.«

»Joram? Seid Ihr verrückt? Joram ist tot!«

Garalds Stimme bebte bei diesen Worten, was dem *DKarn-Duuk'est* nicht entging, denn er lächelte spöttisch und wandte sich schulterzuckend ab.

Brüskiert von der Gleichgültigkeit des Mannes, sah Garald ihm verärgert und aufgebracht hinterher. Der Boden vibrierte; mit grausiger Regelmäßigkeit zuckte der Lichtstrahl aus dem Auge der Kreatur und durchbohrte ein neues Opfer. Der Prinz deutete nach Norden. »Xavier, hört mir zu! Zwanzig oder dreißig dieser Monstren werden bald hier sein! Ihr müßt Eure Truppen in Sicherheit bringen!«

Die Magi wechselten bestürzte Blicke. Mosiah stockte der Atem, als er sich dreißig von diesen Eisenkreaturen vorzustellen versuchte.

»Ihr könnt gegen sie nichts ausrichten!« Garalds Stimme hallte über die Köpfe der Menge.

»Wir können nichts gegen sie ausrichten! Wir müssen fliehen!«

»Öffnet die Transversalen!«

Die Panik, die Garald hatte vermeiden wollen, griff wie ein Lauffeuer um sich, genährt von den Strahlen todbringenden Lichts. Wie alle anderen um ihn herum, hatte Mosiah nur einen einzigen klaren Gedanken im Kopf: ›Flucht!‹ Als sich dicht neben ihm eine Transversale auftat, bahnte er sich ohne nach rechts und links zu schauen mit den Ellenbogen einen Weg. Er war nicht der einzige, der jede Rücksicht vergaß. In dichten Trauben umdrängten die Menschen die Rettung verheißenden Transversalen, die jedesmal nur eine begrenzte Anzahl von Passagieren aufnehmen konnten.

Ein zorniger Aufschrei erhob sich über das Getöse.

»Halt!« brüllte Xavier wutentbrannt. »*Thon-li,* die Transversalen schließen! Hört ihr mich? Ich befehle euch, die Transversalen zu schließen! Niemand verläßt diesen Ort!« Mosiah erspähte mehrere kreidebleiche Katalyten, die aus den Toren lugten. Sie gehorchten. Die Öffnungen der Transversalen schlossen sich ruckartig im Angesicht der verzweifelten Menschen, von denen einige mit gekrümmten Fingern durch die Luft scharrten, als wollten sie ihre Nägel in Ritzen krallen und die Tore aufbrechen. Andere standen wie Mosiah mit hängenden Armen da.

»Ihr seid wahnsinnig, Xavier!« rief Garald. Er schüttelte Radisovik ab, der ihn zurückhalten wollte, und stürzte sich auf den Kaiser – ob in der Absicht, ihn zu schütteln und zur Vernunft zu bringen oder um ihn zu erwürgen, wußte niemand, vielleicht nicht einmal der Prinz selbst. Xavier sah ihm hämisch entgegen, hob die Hand, und Garald prallte gegen eine Mauer aus Eis. Benommen taumelte er zurück.

»Warum wollt ihr fliehen, ihr Narren?« rief Xavier, und seine Stimme erhob sich über das Chaos. »Warum es hinausschieben? Sterbt gleich, hier und jetzt. Das Ende der Welt ist nahe!« Er hob den Blick zum Himmel, breitete die vom roten Stoff der Kutte umwallten Arme aus und drehte sich in seinem kalten, glitzernden Käfig einmal um die eigene Achse. »Die Prophezeiung hat sich erfüllt!«

»Nein, Onkel«, antwortete ihm eine Stimme. »Die Prophezeiung hat sich nicht erfüllt. Ich bin gekommen, es zu verhindern.«

Der Tod des Imperators

Einmal, als Junge, war Garald auf freiem Feld in eine Gewitterschlacht zwischen zwei rivalisierenden Gruppen von *Sif-Hanar* geraten. Ein Blitz schlug so dicht neben ihm ein, daß Garald riechen konnte, wie er mit sengendem Knistern die Luft zerteilte. So deutlich, als wäre es gestern gewesen, erinnerte er sich an den schmerzhaft prickelnden Schock, der ihn lähmte.

»Die Prophezeiung hat sich nicht erfüllt. Ich bin gekommen, es zu verhindern.«

Die Stimme, die diese Worte sprach, hatte auf ihn dieselbe Wirkung wie jener Blitz damals. Das vertraute Timbre sandte einen Schauer durch seinen Leib, eine ungute und doch freudige Ahnung ergriff von ihm Besitz.

»Joram!« rief er und drehte sich um.

Dichtes, üppiges schwarzes Haar glänzte in der Sonne. Garald erinnerte sich an dieses Haar, das mit langen, wirren Locken das Gesicht eines achtzehnjährigen Jünglings umrahmte. Jetzt war es kürzer, auf Schulterlänge gestutzt und glatt zurückgekämmt. Eine vereinzelte weiße Haarsträhne schwang sich aus der Stirn und beschattete die linke Gesichtshälfte des Mannes.

Das Gesicht selbst war unverkennbar in seiner dunklen, feingemeißelten Schönheit. Aber hier und da war der Meißel in der Hand des Künstlers fehlgegangen, so daß Linien des Kummers, der Jahre und einer unbestimmten Traurigkeit die ernsten Züge prägten. Die Veränderungen waren so groß, daß Garald – wären nicht die Augen gewesen – an seinem ersten Eindruck gezweifelt hätte. Aber diese Augen kannte er. Es waren Jorams Augen. Garald konnte immer noch das Feuer der Schmiede darin schwelen sehen – glühende Kohlen des Stolzes, der Verbitterung und des Zorns.

Noch etwas erkannte Prinz Garald wieder – die reichverzierte Lederscheide, die der Mann auf dem Rücken trug und die sein Geschenk an Joram gewesen war. In dieser Scheide, das wußte Garald, befand sich das Dunkle Schwert.

»Joram?« wiederholte er fragend und musterte ungläubig die Gestalt in schlichten weißen Gewändern, die mitten in dem Mauerring stand.

Kardinal Radisovik fiel auf die Knie.

»Ja, Kardinal«, höhnte Xavier, »bittet den Almin um Gnade. Die Prophezeiung hat sich erfüllt. Das Ende der Welt ist gekommen.« Mit einem Wink seiner Hand löste er den Eiswall auf, der ihn schützte, dann ging er auf Joram zu und deutete mit dem Finger auf ihn. »Und dieser Dämon führt es herbei! Tötet ihn! Tötet...«

Ein grell aufzuckendes Licht, und seine Worte gingen in einem grauenhaften, erstickten Gurgeln unter. Durch einen rötlichen Schleier hindurch sah Garald den *DKarn-Duuk'est* vornüber zu Boden stürzen, gefällt wie ein vom Blitz getroffener Baum. Erschüttert wagte keiner zu sprechen oder sich zu rühren.

Eine *Duuk-tsarith,* die schneller die Fassung wiedergewonnen hatte, kniete neben dem Kaiser nieder. Während sie ihn auf den Rücken drehte, wollte sie nach den *Theldara* rufen, aber ihr versagte die Stimme.

Ein schwarzes Loch war in den Schädel gebrannt. Hastig zog die Hexe die Kapuze von Xaviers roter Robe über die furchtbare Wunde.

Zu spät.

Jene, die ihr über die Schulter geblickt und das entstellte Gesicht des toten Kaisers gesehen hatten, liefen in maßlosem Entsetzen durcheinander, warfen sich zu Boden, stiegen in die Luft, flehten jammernd darum, die Transversalen zu öffnen. Des Kaisers letzte Worte: »...das Ende der Welt!« wurde zur Losung der Hoffnungslosigkeit und Verzweiflung.

Xaviers Leibwächter sprangen auf den weißgekleideten Fremden zu, doch der griff über die Schulter auf den Rücken, zog das Dunkle Schwert und hielt es schützend vor sich. Die Klinge verströmte ein bläuliches Licht.

»Halt!« rief Garald gebieterisch. Zögernd blieben die Hexer stehen. Der Prinz starrte auf den Leichnam, dann hob er den Blick zu dem Mann mit dem leuchtenden Schwert.

»Hört mich an!« Die Augen des Fremden richteten sich zwingend auf die in drohender Haltung verharrenden *Duuk-tsarith.*

»Ihr werdet bald alle tot sein, außer ihr handelt sofort.« Die Spitze der Klinge wies auf die *Duuk-tsarith,* während er einen Schritt in Richtung des Prinzen tat.

»Kommt nicht näher!« Garald hob die Hand, wie um einen Spuk abzuwehren. »Hatte Xavier recht? Bist du ein Dämon? Hast du dieses Unheil über uns gebracht?«

»Ihr selbst habt es heraufbeschworen«, antwortete der Fremde grimmig.

Mit einer plötzlichen Bewegung ergriff er Garalds Arm. Als der Prinz mit einem erschreckten Laut zurückzuckte, setzten die *Duuk-tsarith* sich augenblicklich in Bewegung, aber das Schwert blitzte auf und wieder blieben sie verunsichert stehen. Sie fühlten, wie das Dunkle Schwert ihr Leben einsog und ihre magischen Kräfte schwanden.

Der Fremde drückte Garalds Arm schmerzhaft fest. »Ich bin aus Fleisch und Blut! Ich war im Jenseits, und ich bin zurückgekehrt. Ich kenne diesen Feind und weiß, wie man ihn bekämpft! Ihr müßt mich anhören und meinen Befehlen gehorchen, oder es *wird* das Ende sein, wie mein Onkel gesagt hat!«

Garald starrte auf die Hand, die seinen Oberarm umklammerte, und zweifelte an dem, was seine Sinne ihm übermittelten, aber es gab keinen Zweifel, er spürte die Berührung eines lebenden Menschen. »Wo kommst du her?« fragte er hohl. »Was ist dies für ein Feind? Wer bist du?«

»Keine Zeit für Fragen!« rief der Mann ungeduldig. »Der Riese hat die Panzer aufhalten können, aber jetzt ist er tot und sie kommen rasch näher. Schon in wenigen Minuten wird hier keiner mehr am Leben sein!« Unvermittelt stieß er das Schwert in die Scheide zurück. »Seht ...«, er breitete die Arme aus, »... ich bin unbewaffnet – Euer Gefangener, wenn Ihr wollt.«

Im selben Moment, als die *Duuk-tsarith* sich seiner bemächtigten, erschütterte eine Explosion den Boden.

»Sie haben eine Bresche in die Mauer gerissen«, rief jemand. »Man kann sie sehen! Sie kommen!«

»Der kriechende Tod«, sagte Garald leise vor sich hin. Tränen der Ratlosigkeit, der Wut und der Furcht trübten ihm den Blick auf den Leichnam zu seinen Füßen. Verwirrt und entsetzt legte er die Hand vor die Augen und verfluchte seine Schwäche, denn die Verantwortung für das Leben aller hier ruhte auf seinen Schultern: Er mußte stark sein. Der nächste Treffer erschütterte die Festung. Die Menschen schrien zu ihm, flehten ihn an, sie zu retten. Aber wie sollte er das bewerkstelligen? Er war nicht weniger hilflos und verzweifelt als sie.

Neben sich konnte er den Kardinal zum Almin

beten hören. War es Joram? Brachte er Rettung? Oder den Untergang?

War das noch wichtig? ...

»Laßt ihn unbehelligt!« befahl er schließlich den *Duuk-tsarith.* Mit einem tiefen Atemzug wandte er sich an den weißgekleideten Mann. »Also gut, ich werde dich anhören, wer immer du sein magst«, sagte er schroff. »Was schlägst du vor? Was sollen wir tun?«

»Ruft die Magi und ihre Katalyten zusammen.«

»Nein, Kardinal, dafür ist nicht die Zeit«, meinte der Fremde, der sich für Joram ausgab, zu Radisovik gewandt. »Die Lebenden brauchen Euch jetzt, nicht die Toten. Es wird Eurer und der vereinten Kraft aller hier befindlichen Katalyten bedürfen, um die Magi mit ausreichend Leben für unser Vorhaben zu versehen. Wir müssen die Festung mit einer Mauer aus Eis umgeben, ohne unsere gesamte magische Energie zu verbrauchen.«

»Eis?« Garald starrte ihn befremdet an. »Ich habe diese Kreaturen mit ihren Lichtspeeren Felsen in Staub verwandeln sehen! Eis ...«

»Tut, was ich sage!« Der Fremde ballte die Fäuste. Die herrische Stimme hallte wie ein klingender Hammerschlag durch das Chaos ringsum. Dann, von einer Sekunde zur anderen, entspannte sich das finstere Gesicht. »Tut, was ich sage, *Hoheit*«, verbesserte er sich, während der Schatten eines Lächelns um seine Lippen spielte. Garald sah ein Bild vor sich, eine Szene aus der Vergangenheit: Da stand er selbst und vor ihm ein arroganter, aufbrausender Junge ...

»Schöne Worte!« stieß Joram wutentbrannt hervor. »Schöne Worte für jemanden, der sich ›Hoheit‹ und ›Euer Gnaden‹ titulieren läßt! Ihr tragt nicht die groben Gewän-

der der Bauern! Ihr steht nicht bei Morgengrauen auf und schuftet Tag für Tag auf den Feldern, bis Eure Seele verdorrt wie das Unkraut, das Ihr auf den Äckern jätet!« Er deutete mit der ausgestreckten Hand auf den Prinzen. »Ihr habt gut reden! Ihr mit Euren blitzenden Schwertern, seidenen Zelten und Leibwächtern! Seht her, das halte ich von Eurem Geschwätz!« Joram machte eine obszöne Geste, lachte auf und wandte sich zum Gehen.

Garald packte ihn an der Schulter und drehte ihn herum. Joram riß sich los. Sein Gesicht war verzerrt, er holte aus und schlug nach dem Prinzen, der aber fing die geballte Faust mühelos ab. Mit geübtem Griff umklammerte er Jorams Handgelenk, drehte ihm den Arm auf den Rücken und zwang ihn auf die Knie. Stöhnend vor Schmerz versuchte Joram, sich ihm zu entwinden.

»Hör auf! Gegen mich zu kämpfen ist sinnlos. Mit einem Wort könnte ich dir den Arm aus dem Gelenk reißen!« sagte Garald schroff und hielt ihn fest.

»Sei verdammt, du, du ...!« Joram spie Gift und Galle. »Du und deine Magie! Wenn ich mein Schwert hätte, dann würde ich ...« Er schaute sich fieberhaft nach der Waffe um.

»Ich gebe dir dein verfluchtes Schwert«, entgegnete der Prinz grimmig. »Dann kannst du dein Glück versuchen. Aber erst hörst du mir zu. Um in diesem Leben etwas vollbringen zu können, muß ich mich meinem Rang entsprechend kleiden und benehmen. Ja, ich trage schöne Kleider, bade und kämme mein Haar, und ich werde dafür sorgen, daß auch du es tust, bevor du nach Merilon gehst. Warum? Weil es zeigt, daß es dich kümmert, was die Leute von dir halten. Was die Titel betrifft – die Leute nennen mich ›Hoheit‹ und ›Euer Gnaden‹ aus Respekt vor meinem Rang. Ich hoffe allerdings, es ist auch Ausdruck ihres Respekts vor mir als Person. Weshalb, glaubst du wohl, habe ich von dir nicht verlangt, mich so anzureden? Weil

die Worte dir nichts bedeuten. Du respektierst niemanden, Joram. Du liebst niemanden. Am allerwenigsten dich selbst.«

»Mein Gott!« flüsterte Garald. »Es kann nicht sein! Es kann nicht . . .«

»Du *bist* Joram!« Mosiah bahnte sich einen Weg durch die Menge und begutachtete staunend die weißgewandete Gestalt. »Dieses eine Mal hat Simkin tatsächlich die Wahrheit gesagt!« Er schüttelte den Kopf. »Dann ist das Ende der Welt gekommen . . .«

»Vertraut mir, Hoheit. Gebt den Befehl!« drängte der Mann.

Garald versuchte, im Gesicht seines Gegenübers zu lesen, aber es länger zu betrachten erfüllte ihn mit Unbehagen und Traurigkeit, also richtete er den Blick auf den blassen, verstörten Mosiah, und zu guter Letzt befragte er stumm den Kardinal, der nur mit den Schultern zuckte und zum Himmel aufschaute.

Auf den Almin vertrauen? Gut und schön, aber was er in erster Linie brauchte, war Vertrauen zu sich selbst, in seinen Instinkt.

»Also gut«, nickte er schließlich seufzend. »Mosiah, du verbreitest die Order. Wir umgeben diese Festung mit einer Mauer aus Eis.«

Mosiah warf noch einen letzten Blick auf den Fremden, der ihn bedauernd, fast wehmütig erwiderte, dann stolperte er davon, um seinen Auftrag auszuführen.

Beinahe hatte es den Anschein, als wäre es schon zu spät. Es gab keinen Zusammenhalt mehr, nicht einmal bei den disziplinierten *Duuk-tsarith* und *DKarn-duuk.* Diejenigen unter ihnen, die nicht von Panik ergriffen waren, hatten selbst die Initiative ergriffen und kämpften, wie man es sie gelehrt hatte. Über der Mauerkrone schwebend, schleuderten sie den Kreaturen Flammenkugeln entgegen, allerdings ohne die geringste Wirkung zu erzielen. Sie lenkten lediglich die Aufmerksamkeit der eisernen Ungetüme auf sich. Die plumpen Schädel drehten sich, die blinden Augen verschossen ihr todbringendes Licht, und die Magi sanken zu Boden wie abgestorbene Blätter.

Andere bemühten sich fieberhaft, Breschen in der Mauer zu schließen. Sie beschworen den Fels aus der Erde, formten ihn so schnell und gut es ging und paßten ihn in die Lücke ein. Die Eisenkreaturen jedoch rissen schneller neue Breschen, als die Magi sie auszubessern vermochten, und bald flüchteten alle, die in der Nähe der Mauer ausgeharrt hatten, vor den Ungeheuern.

Nur eine Person reagierte auf Prinz Garalds Instruktionen. Weil sie Joram in Merlyns Hain gefangengenommen hatte, erkannte die Hexe – Großmeisterin des Ordens der *Duuk-tsarith* – ihn auf den ersten Blick. Als Joram das Dunkle Schwert wieder einsteckte, bekam die Hexe Gelegenheit, von den telepathischen Fähigkeiten ihrer Kaste Gebrauch zu machen und seine Gedanken zu lesen. Obwohl sie nur wenig von dem verstand, was sie dort sah, erfuhr sie in der kurzen Spanne, die sie in Jorams Bewußtsein zubrachte, genug über die Kreaturen, um seinen Plan zu verstehen.

Ohne Zögern machte sie sich auf den Weg durch die aufgeregte Menge, sprach ruhig, beschwörend, überzeugend und sammelte außer den Angehörigen der *Duuk-tsarith* noch andere um sich, die in der Nähe standen. Alle Magi gehorchten ihr, ohne zu fragen; einige, weil sie es gewöhnt waren, ihren Anordnungen Folge zu leisten, die meisten aber, weil sie Autorität verkörperte. Auf die Weisung der Hexe murmelten die Katalyten ihre Gebete, nahmen das Leben der Welt in sich auf und leiteten es den Magiern zu, den Zauberern und sogar den wenigen Nigromanten, die ähnlich Mosiah als Versprengte hier gestrandet waren.

Indem sie ihre vereinten Kräfte und Gedanken auf einen bestimmten Zauber konzentrierten, ließen die Magi einen Wall aus Eis glitzernd in die Höhe wachsen, der die Festung lückenlos umschloß.

Fast augenblicklich hörte der Beschuß auf. Die Lichtstrahlen forderten keine Opfer mehr.

Die Menschen in der Festung konnten es kaum glauben. Der frostige Hauch der Eiswand waberte in weißlichen Schwaden um ihre Knöchel, kühlte ihr erhitztes Blut und bewirkte, daß Besonnenheit und Ruhe einkehrten, wo Augenblicke zuvor noch Panik und Chaos geherrscht hatten. Schweigen senkte sich herab, als die Überlebenden mit zusammengekniffenen Augen den im Sonnenlicht schillernden Eiswall betrachteten.

Ein Todesstrahl durchdrang das Eis, doch er ging ins Leere. Die Kreaturen waren offenbar nicht mehr imstande, ein Ziel anzuvisieren, denn obwohl sie weiterfeuerten, war es mit ihrer graueneinflößenden Unfehlbarkeit vorbei.

»Es wirkt«, sagte Garald staunend. »Aber wie? Warum?«

»Die Panzer – die ›Kreaturen‹, wie ihr sie nennt – töten, indem sie ihre Laserwaffe auf alles richten, das sich bewegt oder Wärme abgibt«, erklärte Joram. »So machen sie ihr Ziel aus. Das Eis schirmt uns ab, also sind sie jetzt wirklich *blind* und feuern auf gut Glück.«

Der Prinz beschattete die Augen gegen das reflektierte Sonnenlicht und spähte durch den Eiswall auf die Kreaturen.

»Dann sind wir in Sicherheit«, meinte er aufatmend.

»Nicht für lange«, schränkte Joram ein. »Wir gewinnen nur eine Galgenfrist. Das hier wird sie nicht lange aufhalten.«

»Die Zeit reicht in jedem Fall, um mit den *Thon-li* Verbindung aufzunehmen und sie zu veranlassen, die Transversalen wieder zu öffnen.« Dankbar fühlte Garald, wie neue Energie ihn durchströmte. »Du hast uns gerettet! Wir beginnen mit dem Rückzug ...«

»Nein, Prinz!« Joram griff nach Garalds zerrissenem, blutbefleckten Hemd und hielt ihn fest, als er gehen wollte. »Kein Rückzug, noch nicht. Ihr müßt kämpfen. In einer Beziehung hat mein Onkel recht gehabt – es gibt keine Rettung, keinen sicheren Ort. Wenn es Euch nicht gelingt, ihnen hier Einhalt zu gebieten, werden sie die ganze Welt erobern.«

»Ihnen Einhalt gebieten? Das ist unmöglich!« Garalds Blick kehrte zu den Kreaturen zurück. Wohl in dem Versuch, sich auf die neue Situation einzustellen, hatten einige von ihnen sich zusammengerottet und versuchten, mit ihren Lichtstrahlen das Eis zu schmelzen. Mit geringem Erfolg: Die Magier erneuerten es einfach. Andere Kreaturen feuerten weiter in die Festung hinein, trafen hin und wieder einen der Verteidiger, richteten aber im großen und ganzen wenig Schaden an. Die silbrigen Gestalten der fremdartigen Menschen hatten sich in ihrer Nähe versammelt, als suchten sie bei ihnen Schutz.

Doch Garald wußte selbstverständlich, daß die Kraft seiner Magier und Zauberer begrenzt war. Schon jetzt ließen sie erste Anzeichen von Schwäche erkennen; das magische Leben, das nötig war, um den Eiswall zu erhalten, verbrauchte sich allmählich. Sobald es zu Ende ging, waren sie der Gnade der

Eisenkreaturen und der silberhäutigen Menschen ausgeliefert.

»Unsere Magie vermag gegen sie nichts auszurichten«, gab er zu bedenken. »Du hast es gesehen ...«

»Nur weil Ihr sie nicht kennt, Prinz«, fiel Joram ihm ungeduldig ins Wort. »Ihr wißt nicht, wie man sie bekämpft!«

»Dann mußt du es mir erklären! Ich muß Bescheid wissen, bevor ich eine Entscheidung treffen kann.«

Joram ballte aufgebracht die Fäuste, und Garald fühlte sich lebhaft an den hitzköpfigen, überheblichen Halbwüchsigen erinnert, der Mann aber beherrschte sich und schluckte hinunter, was sich ihm an gereizten Worten auf die Lippen drängte. Während dieses innerlichen Ringens um Gelassenheit rieb er mit den Fingern über die Ledergurte, die sich auf seiner Brust kreuzten. Vielleicht halfen sie ihm, sich zu beruhigen. Als er sprach, klang seine Stimme gelassen.

»Seht mich an.«

Zögernd tat ihm der Prinz den Willen. Bei dem ersten vollen Blick in das Gesicht, das er kannte und das ihm trotzdem fremd war, kam ihm zu Bewußtsein, wie peinlich er es vermieden hatte, den Mann anzusehen, um sich nicht mit dieser unerklärlichen, beunruhigenden Veränderung auseinandersetzen zu müssen.

»Wer bin ich? Sagt meinen Namen.«

Garald wollte den Blick abwenden, aber die braunen Augen hielten ihn fest. »Joram«, antwortete er schließlich widerstrebend. »Du bist – Joram.«

»Wie lange ist es her, seit ich diese Welt verlassen habe?«

»Ein Jahr.« Garald stockte. Die Erkenntnis traf ihn wie ein Schlag. Er mußte die Tatsachen akzeptieren, daß er sich nur ein paar hundert Tage zuvor mit einem Jungen auf einer Lichtung im Fechtkampf geübt hatte und jetzt einem Mann gegenüber stand, der genauso alt war wie er selbst, vielleicht sogar älter.

»Ich verstehe das nicht!« rief er unwillig.

»Für mich sind *zehn* Jahre vergangen«, sagte Joram. »Wir haben jetzt nicht die Zeit, alles ganz genau zu erklären. Sollte ich umkommen, sucht Pater Saryon in Merilon auf. Er ist im Besitz meiner Lebensgeschichte. Was ich Euch jetzt erzählen werde, mag Euch phantastisch vorkommen, aber Ihr müßt Vertrauen haben – vor allem wegen der Tat, von der ich seinerzeit glaubte, es sei meine letzte: Der Verzicht auf dies Schwert, das ich mit eigenen Händen erschuf, und der freiwillige Gang in den Tod.«

Jorams Züge spiegelten den Schmerz der Erinnerung wider, die Finger umkrampften die Ledergurte und drückten sie über dem Herzen tief in die Haut.

Garald rief sich alles ins Gedächtnis, was ihm von Jorams letztem, schrecklichen Tag zu Ohren gekommen war, und auch die letzte Spur von Argwohn verflog. Er versuchte, Worte zu finden, aber sie entzogen sich ihm. Joram enthob ihn auch der Notwendigkeit zu reden, indem er die Hände des Prinzen ergriff und drückte.

»Ich glaubte, in den Tod zu gehen, aber das Jenseits ist nicht das Reich des Todes«, begann er seinen Bericht. »Dort ist Leben! In unserer Verblendung hielten wir uns für sicher, durch die magische Grenze vor dem Rest des Universums geschützt, als hätten wir eine Tür zugeschlagen und verriegelt. Nach dem Exodus aus unserer früheren Heimat hofften wir, die Alte Welt würde uns vergessen, wie wir sie vergaßen.«

Jorams Blick verlor sich in Weiten, die nur sein Auge geschaut hatte. »Sie vergaßen uns jedoch nicht«, sagte er leise. »Sie vermißten die Magie und suchten danach, denn sie wußten, daß sie noch irgendwo existierte.« Joram lächelte, aber es war ein düsteres Lächeln, das Garald einen Schauer über den Rücken jagte. »Ich habe vorhin gesagt, das Jenseits wäre nicht das Reich des Todes. Andererseits ist es genau das: ein Reich ohne magisches Leben. Die Welten des Jenseits sind bevölkert von solchen ohne Leben. Ein wenig Magie gibt es wohl, aber verstreut wie Atome im Weltraum.«

Atome, Weltraum ... Fremdartige, bedeutungslose Worte. Garald schaute wie Joram zum Himmel auf. Statt endlich klarer zu sehen, wurde er immer verwirrter und auch seine Furcht wuchs. Die Alte Welt, in der sie verfolgt, gefoltert und getötet worden waren, bis es ihnen schließlich gelang zu entrinnen, suchte nach ihnen? Fast rechnete er damit, triumphierende Gesichter aus dem wolkenlosen Blau auf sich herabgrinsen zu sehen.

»Es tut mir leid. Ich weiß, es ist für Euch schwer zu verstehen.« Jorams Blick kehrte aus der Ferne zurück und richtete sich mit fast beschwörender Intensität auf Prinz Garald. »Wie soll ich es erklären?« Er verstärkte den Griff um die Hand des Prinzen, als könnte er durch Berührung vermitteln, was durch Worte mitzuteilen ihm nicht gelang. »Sie – die ohne Leben, wenn Ihr so wollt – bezeichnen dieses Truppenkontingent als ›Expeditionskorps‹. Es hat den Auftrag, diese Welt zu erkunden, zu erobern, zu unterwerfen und für die Okkupation vorzubereiten.«

»Was?« Garald schwankte zwischen Fassungslosigkeit und aufwallendem Zorn. Erobern und unterwerfen – das waren Worte, die er kannte, mit denen er etwas anfangen konnte. Er zwang sich zu größter Aufmerksamkeit. »Aber warum wollen die ohne Leben, wie du sie nennst, Thimhallan erobern?«

Joram ließ den Prinzen los und schob seine Hand in den weiten Ärmel des hemdähnlichen Gewandes, das er trug. Die Temperatur in der eisumschlossenen Festung sank, es wurde langsam, aber stetig kälter.

»Sie haben vor, die Grenzen aufzuheben und das ganze Universum mit der angestauten Magie zu überfluten«, erwiderte er. »Die Bewohner wird man gefangennehmen und ins Jenseits transportieren.«

»Aber wenn das ihr Plan ist«, wandte Garald ein, »warum töten sie alles und jeden, sogar Zivilisten?« Seite weitausholende Armbewegung umfaßte alles Land ringsum. »Sie machen keine Gefangenen! Nur ein paar Katalyten scheinen sie mitzunehmen.«

»Tatsächlich?« Der Blick, den Joram Garald zuwarf, drückte Überraschung aus.

»Ja! Wie der Adel Sharakans sind auch die Edelleute Merilons in ihren glitzernden fliegenden Karossen herbeigeströmt, um einem Spiel beizuwohnen. Diese Kreaturen haben sie ermordet!« Wieder beugte sich Garald über den Leichnam des Mannes aus der verbrannten Kutsche, drehte ihn herum und starrte in die grinsende Fratze eines Totenschädels. »Ist das die Art, wie man im Jenseits kämpft?« fragte er voll Abscheu. »Werden dort auch die abgeschlachtet, die sich nicht wehren können?«

»Nein«, antwortete Joram nachdenklich und offenbar beunruhigt. »Die Leute dort sind nicht mordlüstern und grausam wie die Zentauren. Sie haben keine Freude am Töten. Es sind Soldaten, die nach festen Regeln Krieg führen. Ich verstehe das nicht. Es hieß doch, der Gegner sollte nach Möglichkeit geschont werden.« Ein Schatten fiel über sein Gesicht. »Außer ...« Er sprach nicht weiter.

Garald schüttelte den Kopf. »Das mußt du mir genauer erklären.«

»Wenn ich es nur könnte!« Die leise gesprochenen Worte schienen mehr für ihn selbst bestimmt zu sein. »Ich glaubte, sie zu kennen. Jetzt erfahre ich durch Zufall, daß sie mir etwas vorgemacht haben. Steckt da noch mehr dahinter . . .?«

Garald, der ihn aufmerksam betrachtete, hörte die alte, wohlbekannte Verbitterung aus Jorams Tonfall heraus – einen Widerhall von Schmerz und Enttäuschung.

»Um so mehr Grund, sie zu bekämpfen«, meinte Joram plötzlich. Seine Stimme war kalt wie der frostige Hauch, der von dem Eiswall ausging. »Wir müssen ihnen zeigen, daß Thimhallan nicht eine reife Frucht ist, die ihnen einfach in die Hand fällt. Sie sollen uns fürchten lernen! Wir müssen ihnen eine solche Niederlage bereiten, daß sie auch später nie mehr wagen zurückzukommen!«

»Aber mit was für Waffen bekämpfen wir sie?« fragte Garald ratlos. »Eis?«

»Eis, Feuer, Luft. Magie, Hoheit. Leben wird unsere Waffe sein, magisches Leben und – dessen Widerpart!«

Er zog das Dunkle Schwert über die Schulter hinweg aus der Scheide. »Viele Jahre sind vergangen, seit ich es erschuf. Und doch träume ich oft von jener Nacht im Dorf der Nigromanten, als ich es schmiedete und Saryon ihm Leben gab.« Joram drehte das Schwert hin und her und studierte es genau. Dem Mann lag es besser in der Hand als dem Knaben, aber es war immer noch schwer und plump, eine ungeschlachte Waffe. »Erinnert Ihr Euch?« fragte er Garald mit seinem typischen matten Lächeln. »An den Tag, als wir uns zum ersten Mal begegneten? Als ich auf Euch losgehen wollte? Damals sagtet Ihr, dieses Schwert sei das häßlichste, das Euch je unter die

Augen gekommen wäre.« Joram richtete den Blick auf die Waffe an Garalds Seite. Die Sonne glitzerte auf dem kunstvoll gearbeiteten, mit Gravuren versehenen Griff aus blankem Silber, das stumpfschwarze Metall des Dunklen Schwertes dagegen verschlang das Licht und gab nichts davon wieder her.

Er seufzte.

»Obwohl ich damals nichts von der Prophezeiung ahnte, war mir bewußt, daß ich mit diesem Schwert etwas Böses in die Welt brachte. Saryon wußte es auch – er bat mich, es zu zerstören, bevor es mich zerstörte. Seither habe ich viel darüber nachgedacht und bin zu der Erkenntnis gelangt, daß nicht ich es war, der mit diesem Schwert das Böse in die Welt brachte.« Er sah auf die Waffe nieder und strich mit dem Finger über den kantigen, unförmigen Griff. »Das Schwert ist das Böse in der Welt.«

»Warum es dann behalten?« Garald fröstelte.

»Weil es wie jede Klinge zwei Schneiden hat«, gab Joram zur Antwort. »Heute, so der Almin will, kann es mir helfen, uns zu retten. Was ist nun – werdet Ihr kämpfen, Hoheit?«

Immer noch zögerte der Prinz. »Warum willst du das für uns tun, Joram? Falls es stimmt, daß wir dieses Schicksal selbst auf uns herabbeschworen haben, weshalb willst du uns helfen, es abzuwenden? Nach allem, was wir dir angetan haben . . .«

»Ihr habt gesagt, ich sei ohne Leben«, wiederholte Joram halblaut die Worte, die er an jenem Tag am Gestade gesprochen hatte, bevor er ins Jenseits hinausschritt. »Doch ihr seid es, die gestorben sind. Diese Welt ist tot.«

Er starrte auf das Schwert, düster und bedrohlich in seiner Hand.

»Zehn Jahre war ich fort. Ich kam zurück in der

Hoffnung, Thimhallan verändert zu finden, mit der Absicht zu ...« Stirnrunzelnd unterbrach er sich. »Aber das ist nicht mehr wichtig. Es muß genügen zu sagen, daß ich bei meiner Rückkehr feststellen mußte, daß Thimhallan sich *nicht* verändert hatte. In der Gier nach Macht habt ihr einen Hilflosen gepeinigt und gequält. Ich gab meine Pläne, meine Hoffnungen auf und durchwanderte das Land, verzehrt von Bitterkeit. Überall sah ich nur die Anzeichen von Tyrannei und Ungerechtigkeit.

In meinem Zorn faßte ich den Entschluß, ins Jenseits zurückzukehren, als ich entdecken mußte, daß man mich dort ebenfalls hintergangen hatte.« Sein Mund verzog sich zu dem freudlosen, schiefen Lächeln, das Garald schon früher oft bei ihm gesehen hatte. »Für mich gab es offenbar keine Heimat, und ich war bereit, euch alle eurem Schicksal zu überlassen und keinen Finger zu rühren. Es scherte mich keinen Deut, wer siegte oder unterlag.

Dann erinnerte mich ein sehr weiser Mann an etwas, das ich vergessen hatte. ›Es ist leichter zu hassen als zu lieben.‹« Joram schwieg, sein Blick wanderte über die glitzernde Eismauer, die Bäume, die umliegenden Berge, den blauen Himmel, die strahlende Sonne. »Ich begriff, daß *diese* Welt meine Heimat ist. Dieses Volk ist mein Volk. Und deshalb ist es falsch von mir, in der zweiten Person zu sprechen. Ich sage, ›ihr‹ habt Saryon gequält, aber richtig ist ›ich‹ habe ihn gequält. Wäre ich nicht gewesen, hätte er nicht leiden müssen.«

Geistesabwesend fuhr er sich mit den gespreizten Fingern durch das schwarze, widerspenstige Haar. »Und es gibt noch einen anderen Grund.« Eine unaussprechliche Traurigkeit überschattete sein Gesicht. »Wie Anja, von der ich lange Jahre glaubte, sie sei meine Mutter, konnte ich die Schönheit Merilons nicht vergessen.«

Er sah Garald fragend an. »Es ist leichter zu hassen als zu lieben. Ich bin nie den leichteren Weg gegangen. Kämpfen wir um Thimhallan – Hoheit?«

»Wir kämpfen!« sagte der Prinz. »Und nenn mich Garald«, fügte er mit einem wehmütigen Lächeln hinzu. »Die ›Hoheit‹ kommt dir heute noch so schwer über die Lippen wie damals.«

Die Engel des Untergangs

Die Überlebenden erzählten später, Engel des Untergangs hätten sie in die Schlacht geführt.

Konfuse Gerüchte über Joram begannen sich unter den Magi auszubreiten, die im Innern der Festung aus Stein und Eis um ihr Leben bangten. Wenige kannten seine wahre Geschichte – Mosiah, Garald, Radisovik und die Hexe. Fast alle jedoch hatten hie und da etwas munkeln hören, und diese Gerüchte waren es, die in der kurzen Feuerpause unmittelbar nach der Errichtung des Eiswalls in Windeseile die Runde machten.

Einige der Katalyten waren bei Jorams Urteilsvollstreckung zugegen gewesen. Von ihnen wiederum hatten einige dicht bei Prinz Garald gestanden, als der Fremde so plötzlich auftauchte, hörten ihn den Namen aussprechen und erinnerten sich. Xaviers Worte: *Die Prophezeiung hat sich erfüllt. Das Ende der Welt ist gekommen,* wurde flüsternd wiederholt, verbrämt von Schilderungen (so viele Katalyten – so viele Versionen) der Ereignisse des schrecklichen Tages, an dem dieser Mann – dieser Joram – sein Heil im Jenseits gesucht hatte.

»Er ist einer ohne Leben.«

»Er besitzt ein Schwert aus Dunkelheit, das seinen Opfern das Leben aussaugt ...«

»Er hat viele getötet, aber nur die Bösen, so wird erzählt. Man hat ihn fälschlich angeklagt, und jetzt ist er aus dem Reich der Toten zurückgekommen, um Vergeltung zu üben ...«

»Xavier ist ihm tot zu Füßen gefallen! Ihr habt's gesehen! Was für Beweise braucht ihr noch? Daß der alte Kaiser damals spurlos verschwand, kam dem

DKarn-Duuk'est sehr gelegen. Na und? Was macht es aus, wenn mich jemand verhört? Xavier ist tot, und ich wette, *er* kommt nicht zurück ...«

»Die Prophezeiung? Ich kenne eine Geschichte, in der eine Prophezeiung vorkommt. Etwas über den alten Zauberer Merlin und einen König mit glänzendem Schwert, der zurückkehren wird, um seinem Volk beizustehen in der Stunde der Not ...«

Joram trug sein Schwert, aber es glänzte nicht. Als er zum Kampf rief und die Menschen sich um ihn versammelten, kam es ihnen vor, als hielte er einen Splitter der Nacht in seiner Hand. Sein Gesicht war düster und hart wie das Metall der Waffe, und aus seinen Worten klangen weder Trommelwirbel noch Siegesfanfaren.

»Dies ist kein Tag, den man in Geschichten und Liedern besingen wird. Wenn wir nicht siegen, wird es keine Lieder mehr geben ...«

Er war gekleidet in das weiße Gewand derer, die die Verstorbenen zu ihrer letzten Ruhestätte geleiten – das Gewand eines Sargträgers. Die Magi und die Katalyten, die ihn an jenem Tag sprechen hörten, wußten, daß sie ohne Hoffnung auszogen, genauso, wie er damals ins Jenseits gegangen war.

»Ihr steht einem Feind gegenüber, der nicht von dieser Welt ist. Ihr steht einem Feind gegenüber, der ohne magisches Leben ist, einem Feind, der mit der Schnelligkeit eines Blitzschlags zu töten vermag. Eure einzige Waffe ist euer Leben. Nutzt es klug, denn wenn es verbraucht ist, seid ihr ihnen wehrlos ausgeliefert.«

Nachdem eer geendet hatte, gab es keinen Jubel. Schweigen lastete über der Menge, nur unterbrochen von dem Zischen der Todesstrahlen, die sich durch das Eis fraßen und dem furchteinflößenden Grollen der Kreaturen aus Eisen. Schweigend wandten sie sich ab, und schweigend traten sie den Gang ins Ungewisse an.

Gemäß Jorams Anordnungen wurde der Wall aus Eis aufgegeben. Ihn aufrechtzuerhalten kostete zuviel Energie, die jetzt anderweitig gebraucht wurde. Jeder Hexer, jede Hexe und jeder Zauberer war von diesem Augenblick an selbst verantwortlich für ihren Schutz vor den tödlichen Lichtblitzen.

Wie Joram es ihnen geraten hatte, machten sich einige von ihnen unsichtbar. Auch wenn sie das nicht davor bewahrte, getroffen zu werden, meinte er, gaben sie doch kein erkennbares Ziel mehr ab und konnten sich unbemerkt an den Feind heranschleichen. Andere schützten sich vor den ›Wärmefühlern‹ der Kreaturen, indem sie sich mit einer Eishülle umgaben oder ihre Körpertemperatur drastisch absenkten. Noch andere verwandelten sich in Werwesen, furchteinflößende Geschöpfe, die sich auf ihre Opfer stürzten, bevor diese wußten, wie ihnen geschah.

Die Katalyten wurden wie in alter Zeit verwandelt, in kleine Tiere, die den Magier begleiten und sich leicht im Gebüsch, auf Bäumen oder unter Steinen verbergen können.

Mit Hilfe der Transversalen, die freizugeben Prinz Garald die verstörten *Thon-li* gezwungen hatte, gelangten die Magi auf das Schlachtfeld, trennten sich, schwärmten aus, kämpften in kleinen Gruppen. Für die Planung einer komplizierten Strategie hatte die Zeit nicht mehr gereicht. Joram und Prinz Garald waren in den Transversalen unermüdlich von einer Gruppe zur anderen unterwegs und gaben Ratschläge, wie dem unheimlichen Feind am besten beizukommen war.

Joram zeigte den *Duuk-tsarith,* wie sie ihre Blitze schleudern mußten, damit sie die Kreaturen töteten, statt von den eisernen Schuppen abgelenkt zu werden wie bisher.

»Seht ihr die Stelle, wo der Schädel am Rumpf befestigt ist? Wie der weiche Bauch eines Drachen ist das der Punkt, wo die Kreaturen am verwundbarsten sind. Dorthin müßt ihr die Blitze lenken, nicht auf die Panzerung.«

Die Hexenmeister befolgten den Rat und sahen erstaunt, wie die Ungetüme explodierten, in Flammen aufgingen und ausbrannten.

»Wendet den Giftzauber an«, riet Joram seiner alten Feindin, der Hexe. »Die Kreaturen haben eine Schwachstelle an der Oberseite des Kopfs. Bedeckt sie mit der grünen Flüssigkeit und wartet ab.«

Auch wenn es ihr absurd vorkam – das Gift zersetzte lebendes Fleisch, nicht Metall –, tat die Hexe, wie ihr geheißen. Ein Wink ihrer feingliedrigen Hand, und der ätzende Schleim überzog den Kopf der Eisenkreatur mit einer grünen Kappe. Verwundert beobachtete die Hexe, wie er plötzlich barst und die Fremden vor Schmerz brüllend heraussprangen. Gesicht, Schultern, Arme waren bedeckt von dem zähflüssigen Gift, das offenbar durch die Fugen einer Ausstiegsluke ins Innere getropft war.

Die Druiden schickten den Wald in die Schlacht. Riesige Eichen wuchteten sich aus der Erde und stapften auf die Walstatt. Wo sie einer der Kreaturen habhaft wurden, umfaßten sie sie mit ihren mächtigen Wurzeln und zerknackten sie wie eine Nuß. Auf Befehl der Steinbildner tat sich unter den Kreaturen der Boden auf und schloß sich über ihnen – unwiderruflich. Die *Sif-Hanar* beschworen Regen und Hagel auf den Feind herab, blendeten ihn mit undurchdringlichem Dunkel und gleich darauf mit gleißender Helligkeit.

»Wenn ihr gegen die Fremden kämpft, denkt immer daran, daß der silbrige Überzug *nicht* ihre Haut ist«, belehrte Joram seine Getreuen, »sondern eine Art Rüstung, wie sie von den Rittern in den alten Märchen der HausMagi getragen werden. Es gibt Lücken in dieser Rüstung, die größte liegt zwischen Halsöffnung und Helm.«

In der Gestalt eines Werwolfs sprang Mosiah einen der Fremden an und schlug die spitzen Reißzähne in die ungeschützte Kehle. Mit einem Schlag der mächtigen Tatze zerquetschte ein Bär den Helm seines Gegners, eine Wertigerin zerfetzte die silberne Haut mit den Krallen und ließ von dem blutüberströmten Körper erst ab, als kein Funke Leben mehr in ihm war.

»Diese Menschen wissen kaum etwas über Magie. Was mit Zauberei zu tun hat, ist ihnen unheimlich und flößt ihnen Angst ein. Nutzt sie aus, besonders die Ängste des Unterbewußtseins, die unseren ganz ähnlich sind.«

Illusionisten erschufen gigantische Taranteln mit glutrot schillernden Facettenaugen und dicken, haarigen Beinen, die sich aus dem Geäst der Bäume fallen ließen. Grashalme verwandelten sich in aufgebäumte, zischende Kobras. Die Erde spie vermoderte Skelette aus, die in Knochenhänden geisterhaft leuchtende Schwerter hielten.

»Ruft die Geschöpfe *unserer* Welt auf, uns beizustehen!«

Zentauren stürzten sich in blindwütiger Mordlust auf die Fremden, rissen sie in Stücke und labten sich anschließend an dem rohen Fleisch der Opfer.

Drachen schwebten aus dem Himmel herab und brachten mit sich Finsternis und Feuer. Die todbringenden Augen der Eisenkreaturen erloschen unter dem nicht weniger tödlichen Blick der Basisilisken; der Schlangenschweif einer Chimäre fegte peitschend zwischen die Angreifer, von denen viele zerschmettert liegenblieben, während andere von den zehn Häuptern der Hydra verschlungen wurden.

Das merkwürdigste Erlebnis dieses Tages hatten einige Zauberer, die mitten im freien Feld plötzlich Pilze aus der Erde sprießen sahen, in einem großen, gleichmäßigen Kreis, einem Elfenring. Fremde, die hineingerieten, mußten feststellen, daß es kein Entkommen mehr gab. Einer nach dem anderen versanken sie in der Tiefe. Die Zauberer berichteten schaudernd, das letzte, was sie gehört hätten, sei das johlende Gelächter und schadenfrohe Keckern des Elfenvolks gewesen ...

Am Morgen dieses Tages hatte es nach einem leichten Sieg für die Fremden ausgesehen. Am späten Nachmittag hatten sie einen hohen Tribut gezahlt, auch wenn es den Verteidigern Thimhallans nicht gelungen war, die Flut aufzuhalten. Immer neue Eisenkreaturen rückten nach, die Armeen silberhäutiger Menschen drohten die bedrängte Magie allein durch ihre Überzahl hinwegzuschwemmen. Sie wurden schwächer, ihr Leben versiegte, ihre Katalyten sanken entkräftet zu Boden. Die Eisenkreaturen dagegen ermüdeten nie, langsam, aber unaufhaltsam krochen sie über den Boden und versandten ihre tödlichen Lichtstrahlen.

Dann geschah das Wunder, wie man es später immer und immer wieder erzählte. Der Engel des Todes selbst gewann den Tag, so hieß es. In seinen Händen hielt er ein Schwert aus dem Dunkel der Nacht, und dieses Schwert zwang den Feind schließlich in die Knie. In Wahrheit war niemand mehr erstaunt über das, was geschah, als eben dieser Engel des Untergangs, aber dieser Teil der Geschichte blieb ein Geheimnis zwischen Joram und Prinz Garald.

Die beiden hatten eines der eisernen Ungetüme außer Gefecht gesetzt, als sie von einer Schwadron der Fremden eingekreist wurden. Garalds Magie war nahezu aufgebraucht. Er zog sein Schwert und stellte sich mit grimmiger Hoffnungslosigkeit dem Feind, wohl wissend, daß die Strahlen tödlichen Lichts, die diese geheimnisvollen Wesen aus der hohlen Hand abfeuerten, ihn töten würden. Auch Joram zog sein Schwert, bereit, an der Seite des Freundes zu sterben. Auch er wußte, daß es eine lächerliche, bedeutungslose Geste war, gegen diesen Feind mit einem Schwert anzutreten. In wenigen Sekunden würden sie tot sein, aber wenigstens starben sie mit der Waffe in der Hand ...

Doch als Joram das Dunkle Schwert in der Hand wog, begann das Metall bläulich-weiß zu leuchten, heller und heller. Er musterte es verwundert. Erst einmal hatte er dieses Phänomen gesehen, als die Waffe das für den Scharfrichter bestimmte Leben in sich aufnahm. Folglich entzog das Schwert auch jetzt irgend jemandem oder irgend etwas die magische Energie. Aber wem oder was? Bestimmt nicht den Feinden, die ebenso ohne Leben waren wie Joram selbst. Katalyten befanden sich nicht in der Nähe. Prinz Garald hatte Radisovik befohlen, bei den Verwundeten in der Festung zu bleiben. Wessen Leben verleibte es sich ein?

Ein Angreifer hob die Hand, zielte auf Joram und feuerte.

Der Lichtstrahl zuckte aus der Handfläche des Mannes, traf aber nicht sein Ziel, sondern wurde von der Klinge des Dunklen Schwerts aufgesogen, deren pulsierender Glanz Joram blendete. Die Waffe vibrierte in seiner Hand und sandte schmerzhafte Energieströme durch seinen Körper; er war kaum fähig, sie festzuhalten, schon gar nicht vermochte er damit zu kämpfen. Er konnte nichts sehen und erfuhr erst nachher von Garald, daß auch die Fremden geblendet ihre Augen beschirmen mußten, während sie sich verbissen bemühten, die tödlichen Strahlen ins Ziel zu bringen. Vergeblich.

Das Dunkle Schwert sog die Energie aus den Waffen der Toten, wie es das Leben Thimhallans einsog. Die Lichtstrahlen wurden blasser und erloschen, das Schwert lebte, loderte wie eine weiße Flamme und verströmte ein triumphierendes, bedrohliches Summen. Die Fremden warfen ihre nutzlos gewordenen Waffen von sich, damit sie beide Hände frei hatten, um die Flucht zu ergreifen.

Jene, die diesen Kampf aus der Ferne beobachtet hatten, verbreiteten die Nachricht, daß der Engel des Untergangs die Macht besaß, die Sonne auszulöschen.

Als die Nacht über Thimhallan hereinbrach, war die Schlacht geschlagen. Die Magi hatten gesiegt, oder wenigstens schien es so. Die Kreaturen aus Eisen, und die seltsamen Fremden, die mit ihnen gekommen waren, machten kehrt und zogen sich zurück, wohin, wußte man nicht genau. Verworrene Meldungen berichteten, es wäre beobachtet worden, wie die Eisenkreaturen von den Leibern noch gigantischerer Ungetüme aufgenommen wurden, die anschließend stracks in den Himmel aufstiegen und verschwanden.

Kein Mensch glaubte diese Phantastereien. Kein Mensch, bis auf Joram, der grimmig zum Himmel schaute und den Kopf schüttelte. Doch er bewahrte Stillschweigen. Später war Zeit genug, sich damit zu befassen. Vorläufig gab es genug anderes zu tun.

Thimhallan hatte den Sieg teuer erkauft.

Mosiah eilte über das gespenstisch ruhige Schlachtfeld, als er die tote Hexe fand. Sie lag inmitten getöteter Feinde, aber die Übermacht war zu groß gewesen. Mosiah bückte sich und bedeckte sanft das schöne, kalte Gesicht mit dem schwarzen Stoff der Kapuze, dann hob er sie hoch und trug sie auf seinen Armen zur Festung zurück.

Dort begrub man die vielen Toten unter Steinhügeln. Kardinal Radisovik sprach die Totengebete mit einer von Tränen und Zorn erstickten Stimme. Die Leichen derer, die auf dem Schlachtfeld gefallen waren, blieben unbestattet. Es gab Proteste, aber Joram blieb fest. Er wußte besser als alle anderen, da er eine Zeitlang im Außenland gelebt hatte, wie schändlich die Zentauren und andere Bestien die Gefallenen zurichten würden, aber er wußte auch, daß die Bestattungen zuviel Zeit in Anspruch nehmen würden.

Die einzigen, die auf das Schlachtfeld zurückkehren durften, waren die *Duuk-tsarith.* Sie hatten ein spezielles Interesse an den Toten. Nicht an den Toten ihres Volkes – an denen des Feindes. Geschäftige schwarze Gestalten im Schutz der Nacht, nahmen sie ihnen alles ab, von Waffen bis zu persönlichen Gegenständen, dabei vermieden sie es, die Dinge zu berühren, sondern transportierten sie mittels Levitation in ihre geheime Basis, um sie später dort gründlich zu studieren. Sobald die *Duuk-tsarith* ihre Nachlese beendet hatten, wurde auch ihnen von Joram befohlen, nach Merilon zurückzukehren.

»Was gibt es denn noch zu fürchten?« fragte Garald matt. Er war so erschöpft, daß er sich kaum noch auf den Beinen halten konnte. »Wir haben sie vertrieben ...«

»Vielleicht«, erwiderte Joram weniger zuversichtlich. »Sicherheit haben wir erst, wenn unsere Kundschafter zurückkommen und Bericht erstatten.«

»Ach was! Sie haben Thimhallan für immer verlassen.«

»Das glaube ich nicht. Ihr Rückzug war schnell und geordnet. Es war keine kopflose Flucht. Ich würde sagen, daß sie den Angriff abgebrochen haben, um die Situation einzuschätzen und eine neue Strategie zu entwerfen.«

Sie standen mitten in dem Festungsring und unterhielten sich mit gesenkter Stimme. Die Magi kehrten via Transversale nach Merilon zurück, als letzte Gruppe nach den Verwundeten und Sterbenden und den Katalyten.

Manche waren so müde, daß sie mit letzter Kraft in das Tor stolperten und zusammenbrachen. Andere waren gar nicht mehr imstande zu gehen und mußten getragen werden.

Die Evakuierung ging im Schutz der Dunkelheit vonstatten, deshalb mußten die ermatteten *Sif-Hanar* bis zuletzt arbeiten. Joram duldete nicht einmal Sterne am Himmel, die unerwünschten Beobachtern verraten konnten, was hier vorging.

Der düstere Tonfall des Freundes und seine Vorsicht beunruhigten Garald immer mehr. »Eins ist uns wenigstens gelungen«, meinte er, »wir haben ihnen Angst eingejagt. Wir haben ihnen gezeigt, daß sie nicht den Tod säen können, ohne selbst zu der bitteren Ernte beizutragen.«

»Ja.« Joram nickte, aber seine Miene hellte sich nicht auf, und er beobachtete auch weiterhin den Himmel und die Umgebung.

»Was werden sie jetzt tun?« fragte Garald leise.

»Wenn wir Glück haben, sind sie verwirrt, vielleicht

sogar untereinander zerstritten. Dann besteht die Möglichkeit, daß sie Thimhallan tatsächlich verlassen. Doch wenn nicht, wissen sie beim nächsten Angriff, womit sie zu rechnen haben. Sie werden vorbereitet sein. Deshalb ist es besser, wenn auch wir mit dem Schlimmsten rechnen.«

Nach und nach waren die Magi alle verschwunden. Joram und der Prinz blieben allein in den Ruinen der Felsenfestung auf dem Feld der Ehre zurück.

Allein – wenn man die Gefallenen nicht mitrechnet, dachte Garald.

Während er den Grabhügel betrachtete, der aus Steinen und Trümmern der eingebrochenen Mauer aufgeschichtet worden war, dachte er beinahe mit Selbsthaß an den Beginn dieses Tages zurück, an seine Träume von ruhmreichen Taten, daran, wie bereitwillig er der Faszination des reizvollen Spiels erlegen war.

Reizvolles Spiel!

Ohne Jorams Hilfe läge er jetzt unter diesem Hügel. Nein, niemand wäre mehr am Leben gewesen, um ihn zu bestatten.

»Bitte laß es gut sein! Verschone uns!« flehte er zum Almin. »Schenke uns Friede, und ich gelobe, daß ich ...«

Doch noch während seines stummen Gebets zum Almin entließ eine Transversale die dunkle Gestalt eines *Duuk-tsarith,* der sich Joram näherte. Er sagte nichts, sondern deutete mit ausgestrecktem Arm auf die gebirgige Region im Norden.

Joram nickte wortlos und schaute zu Garald, der sich niedergeschlagen abwandte und vorgab, nichts gemerkt zu haben. Er brauchte nicht zu hören, was der Hexer zu berichten hatte. Jorams Voraussage war eingetroffen: Der Feind hatte Thimhallan nicht verlassen, sondern bereitete in einem Versteck den nächsten Angriff vor.

Was geschieht jetzt ? fragte sich Garald trostlos.

Eine Hand berührte seinen Arm. Joram stand neben ihm. Gemeinsam traten sie in die Transversale und überließen die Festung der Nacht und den Toten.

Jenseits

Ich übergebe diese Aufzeichnungen Pater Saryon, für den Fall, daß ich die erste Konfrontation mit dem Feind nicht überlebe.

Der Feind ...

So nenne ich sie, aber wie viele von ihnen sind in den vergangenen zehn Jahren meine Freunde geworden? Ich denke an sie zurück, besonders an jene, die sich so liebevoll um meine Frau gekümmert haben und mir während der ersten schweren Monate zur Seite standen, als auch ich fürchtete, den Verstand zu verlieren. Wenn sie erfahren, was ich tue, werden sie mich aber verstehen, das weiß ich. Denn sie bekämpfen ihn*, den Magier, schon viel länger als ich.*

Auf diesen Seiten habe ich alles niedergeschrieben, was mir widerfahren ist. Ich frage mich, wer es lesen wird. Mein alter Freund, Prinz Garald? Meine alten Widersacher: Xavier, Bischof Vanya? Vermutlich ist es nicht wichtig, da Ihr im Kampf gegen einen gemeinsamen Feind alle auf derselben Seite stehen werdet. Deshalb will ich meine Erlebnisse ausführlich schildern und so gut erklären, wie es mir möglich ist. Es ist wichtig, daß Ihr über den Gegner Bescheid wißt, falls ich in der Stunde der Entscheidung nicht bei Euch sein kann.

Beginnen wir mit dem Anfang, oder vielleicht sollte ich sagen, mit dem Ende ...

Von meinen Gedanken und Gefühlen, als ich in den vermeintlichen Tod ging, gibt es nicht viel zu berichten. Zuzeiten überkommt mich eine Verfinsterung der Seele, eine Schwermut, der ich hilflos ausgeliefert bin. In der Welt, die ich von nun an Jenseits nennen werde, hat man diesen Zustand als eine Form der Psychose diagnostiziert – der

Ausdruck für eine Verwirrung des Gemüts, die keine körperlichen Ursachen hat.

Kurz nach meiner Rückkehr wollte Pater Saryon von mir wissen, ob ich bewußt an die Prophezeiung gedacht hätte, als ich den Entschluß faßte, in den Tod zu gehen. Wollte ich sie wahrmachen, um mich an dieser Welt zu rächen ?

Ich rufe mir die Worte der Prophezeiung ins Gedächtnis. Wie man sich vorstellen kann, ist sie unauslöschlich in mein Herz eingegraben, wie Bischof Vanya einst drohte, mir das Abbild des Dunklen Schwerts in die steinerne Brust meißeln zu lassen.

Dem Herrscherhaus wird ein Sohn geboren werden, der tot ist und doch lebt, der sterben wird und wieder leben. Und wenn er zurückkehrt, trägt er in seinen Händen das Ende der Welt . . .

In mancher Hinsicht spräche es für mich, wenn ich Saryons Frage mit Ja beantworten könnte. Es wäre ein Beweis für klares und folgerichtiges Denken. Leider ist es nicht so gewesen. Wenn ich bedenke, wie ich damals war – arrogant, stolz, ichbezogen –, kommt es mir wie ein Wunder vor, daß ich die Kraft besaß zu überleben. Zum großen Teil habe ich es wohl Pater Saryon zu danken, dessen Einfluß auf mich größer war, als ich es mir eingestehen wollte.

Die Stunden vor der Wandlung verbrachte ich allein in einer Gefängniszelle. Dort erlag meine Seele der Finsternis, die in mir lauert und auf eine Gelegenheit wartet, hervorzukommen und von mir Besitz zu ergreifen. Angst und Verzweiflung überwältigten mich. So plötzlich von meiner wahren Herkunft zu erfahren und an das furchtbare Schicksal zu denken, das ich erleiden sollte, um zu verhindern, daß eine Prophezeiung sich erfüllte – all das machte mich fast wahnsinnig. Als ich am nächsten Tag zur Hinrichtung geführt wurde, nahm ich kaum wahr, was um mich herum vorging. Ich hätte ebensogut bereits zu Stein geworden sein können.

Das großherzige, edelmütige Opfer Pater Saryons entzündete einen hellen Funken im Dunkel meiner Seele. In diesem Licht sah ich, wieviel Unglück ich über mich und die, die ich liebte, gebracht hatte. Überwältigt von Trauer um einen Mann, den zu lieben und zu bewundern ich erst gelernt hatte, als es zu spät war, und angeekelt von der Verderbtheit der Welt, war mein einziger Wunsch, diese Welt von dem Bösen zu befreien, das ich ihr aufgebürdet hatte. Ich legte das Dunkle Schwert in Saryons versteinerte Hände und ging in den Tod.

Ich merkte nicht, daß Gwendolyn mir gefolgt war. Zwar kann ich mich erinnern, ihre Stimme gehört zu haben, als der Nebel mich umfing, wie sie mich bat zu warten, aber meine Liebe zu ihr war selbstsüchtig – wie auch alles andere in meinem Leben. Ich verbannte sie aus meinen Gedanken und dachte erst wieder an sie, als ich sie auf der anderen Seite bewußtlos am Boden liegend fand.

Die andere Seite.

Ich kann beinahe das Pergament in Euren Händen zittern sehen, während Ihr dies lest.

Die andere Seite.

Ich war lange unterwegs. Wie lange genau, weiß ich nicht, denn die Zeit wird von dem magischen Feld, das unsere Welt umgibt, verfälscht und verzerrt. Nichts anderes war mir bewußt, als daß ich Schritt um Schritt weiterging, daß ich festen Boden unter den Füßen spürte und in einem grauen Limbus herumirrte.

Angst hatte ich nicht, ich fühlte mich abgestumpft und wie betäubt. Von anderen, die denselben Weg gegangen sind, erfuhr ich allerdings, es sei für mich so glimpflich abgegangen, weil ich ohne Leben bin. Für den, der über Magie verfügt, ist es eine schreckliche Erfahrung. Die wenigen, die es überstanden haben, ohne den Verstand zu verlieren, reden nicht gerne davon. Und ich werde nie das Grauen und Entsetzen in Gwendolyns Augen vergessen, als sie im Jenseits aus der Ohnmacht erwachte. Wahrscheinlich wäre ich in meiner dumpfen Verzweiflung weiter blindlings durch das graue Nichts gelaufen, bis mich schließlich die Kräfte verlassen hätten. Aber dann, mit buchstäblich atemberaubender Plötzlichkeit, hatte der Alptraum ein Ende. Wie man aus einem Streifen dichten Nebels hinaus ins helle Sonnenlicht tritt, so fand ich mich unversehens auf einer grasbewachsenen Ebene wieder.

Es war eine klare, wunderschöne Nacht. Der Himmel über mir war tiefschwarz und übersät mit funkelnden Sternen. Ich hatte nicht geahnt, daß es so viele Sterne überhaupt gab. Die Luft war frisch und kalt, ein voller, leuchtender Mond übergoß die Landschaft mit silbernem Licht. Ich holte tief Atem, stieß ihn aus, atmete wieder ein und aus. Lange stand ich einfach da, fühlte mich wie befreit und genoß das Gefühl der Weite. Die Dunkelheit hob sich von meiner Seele. Ich dachte an das, was ich getan hatte, und zum erstenmal in meinem Leben war ich sicher, richtig gehandelt zu haben.

Während meiner trostlosen Kindheit lernte ich nichts über Religion. Als ich älter wurde, hatte ich keinen Glauben an die Menschheit oder an mich selbst, folglich glaubte ich auch nicht an den Almin. Ich hatte kaum einen Gedanken an ein Leben nach dem Tod verschwendet, die Vorstellung machte mir höchstens Angst. Für mich war das Leben nur eine Last. Weshalb sollte ich mir wünschen, es zu verlängern? In jenem Augenblick damals glaubte ich, im Himmel zu sein. Die wundervolle Nacht, die Stille, der Frieden, das Gefühl, allein zu sein …

Meine Seele hatte nur den Wunsch, sich emporzuschwingen und sich zwischen den Sternen zu verlieren. Mein Körper jedoch beharrte darauf weiterzuleben und mahnte durch ein Gefühl der Schwäche, das mich plötzlich überkam, seine Rechte an. Ein kalter Wind wehte durch das Gras. Ich trug kein Hemd, nur eine zerschlissene Hose hatte ich von den Duuk-tsarith *im Gefängnis bekommen. Bald zitterte ich am ganzen Leib. Außerdem war ich hungrig und durstig, da ich während meiner Gefangenschaft Essen und Trinken verweigert hatte.*

Das war der Moment, in dem ich mich fragte, wo ich mich befand und wie ich hergekommen war. Wo ich auch hinschaute, sah ich nur das scheinbar endlose Grasland und seltsamerweise ein kleines rotes, blinkendes Licht in ungefähr dreißig Metern Entfernung. Bestimmt blinkte es schon die ganze Zeit, aber mein Geist, der in höheren Sphären schwebte, hatte es nicht wahrgenommen.

Wenn ich mich recht entsinne, hatte ich die vage Idee, daß es sich um ein glimmendes Feuer handeln könnte, und ich ging darauf zu. Wäre ich bei klarem Verstand gewesen, hätte ich daran gedacht, daß kein Feuer mit solcher Regelmäßigkeit auflodert und wieder zusammensinkt. Das Feuer war allerdings vergessen, als ich Gwen entdeckte.

Sie lag bewußtlos im Gras. Ich kniete nieder, nahm sie in die Arme und drückte sie an mich, erst dann stellte ich mir die Frage, wie sie hergekommen war und weshalb. Ich erinnerte mich daran, sie rufen gehört zu haben, als ich meinen Weg durch die Nebelzone begann, und es kam mir vor, als hätte ich aus den Augenwinkeln ihr weißes Kleidflattern gesehen. Vielleicht waren wir die ganze Zeit nur ein paar Schritte voneinander entfernt gewesen und hatten es in dem dichten Nebel nicht bemerkt. Aber das war alles ganz unwichtig. Nur daß sie hier bei mir war, zählte.

Meine Berührung weckte sie aus der Ohnmacht. Der Mond schien auf ihr Gesicht, und kaum daß sie die Lider angehoben hatte, sah ich das Flackern des Wahnsinns in ihren Augen. Ich erkannte es sofort als das, was es war – wie auch nicht? Meine gesamte Kindheit und Jugend hatte ich damit gelebt. Doch es vergingen viele Monate, bis ich die Kraft fand, mir die unabänderliche Tatsache einzugestehen. Damals wollte ich es nicht wahrhaben.

»Gwendolyn!« flüsterte ich und wiegte sie in den Armen.

Beim Klang meiner Stimme erlosch der irrlichternde Glanz ihrer Augen. Sie schaute mit dem Blick rückhaltloser Liebe zu mir auf den sie mir schon in ihres Vaters Garten geschenkt hatte.

»Joram?« fragte sie leise und hob die Hand, um mein Gesicht zu berühren.

Ich sah mein Spiegelbild in ihren Augen, aber dann verschwamm es und zerfloß, als das Entsetzen und das Grauen mich aus ihrem Bewußtsein verdrängten. Ich umschlang sie fester, als könnte ich sie damit zwingen, bei mir zu bleiben, aber während ich ihren Körper festhielt, spürte ich und sah es an ihrem leeren Blick, wie ihr Geist sich der Realität entzog und in eine andere, unbegreifliche Welt hinüberwechselte.

Der Wind wurde stärker. Grelles weißes Licht erhellte die Nacht, gefolgt von einem gewaltigen Donnerschlag. Ich hob den Kopf und sah aufziehende Dunkelheit die Sterne verschlingen wie ein gewaltiges Ungeheuer, das sich gefräßig über den Himmel schob. Blitze fuhren wie Dolche vom Himmel zur Erde. Obwohl das Unwetter noch ziemlich weit entfernt war, mußte ich mich ducken, um von den Böen nicht umgeworfen zu werden. Die schwarze Wolkenwand kam näher, der Mond verschwand, ein feiner Sprühregen wehte mir ins Gesicht.

Die Plötzlichkeit des Wetterumschwungs, die Gewalt des Sturms waren kaum zu glauben. Von Panik erfüllt, sah ich mich nach allen Seiten um. Nirgends eine Möglichkeit, Unterschlupf zu finden. Wir waren dem Gewitter schutzlos preisgegeben. Ein Blitz schlug so dicht neben uns ein, daß die Gewalt der Entladung mir den Atem raubte und ich anschließend fast taub war. Große Brocken Erde wurden in die Luft geschleudert. Der Wind steigerte sich zum Orkan, der uns heulend und pfeifend umtobte. Regen jagte in

Sturzbächen vom Himmel. Binnen Sekunden waren Gwen und ich naß bis auf die Haut, obwohl ich sie mit meinem Körper schützte so gut es ging.

Ich mußte Hilfe finden! Blitze umtanzten uns, Eiskörner schlugen in mein Gesicht. Es war stockfinster, bis auf die kurzen Intervalle blendender Helligkeit, wenn Blitze die tiefhängenden schwarzen Wolkenmassen zerrissen. Dann plötzlich erblickte ich durch den Regenvorhang das blinkende Licht. Vielleicht saßen dort Menschen um ein durch Magie in Gang gehaltenes Feuer. Ich hob Gwen vom Boden auf und ging mit ihr auf das Licht zu, dabei sprach ich das erste selbstlose Gebet meines Lebens – daß der Almin jemanden schicken möge, um sie zu retten.

Wen hoffte ich bei jenem Feuer anzutreffen? Ich wußte es nicht. Weder Engel noch *Teufel wären eine Überraschung gewesen, und weder die einen noch die anderen hätten mich davon abgehalten, mir einen Platz am Feuer zu sichern. Wir konnten in diesem Sturm nicht lange überleben. Er nahm immer noch an Heftigkeit zu, und mir kam in dem tranceartigen Zustand, wie er manchmal in Zeiten größter Bedrängnis auftritt, der absurde Gedanke, daß das Feuer an den Grenzen der Welt rüttelte und versuchte, sie niederzureißen.*

Es gab Momente, in denen ich gegen die ungeheuere Gewalt des Orkans keinen Schritt vorwärts kam; Momente, in denen ich alle Kraft aufwenden mußte, um nicht von den Füßen geweht zu werden, und Gwendolyns kalten, reglosen Körper fest an mich drückte, während Regen und Eis wie spitze Nadeln in meine nackte Haut stachen.

Nur der Wille trieb mich an weiterzugehen, bis ich endlich das rote Licht erreicht hatte. Es war kein Feuer. Kein Mensch war zu sehen, kein Engel, kein Teufel. Niemand. Das Blinken stammte von einem merkwürdigen Ding, das aus dem aufgeweichten Boden ragte. Man konnte sich nicht einmal daran wärmen. Enttäuschung und Hoffnungslosig-

keit überwältigten mich. Meine Beine gaben nach, und ich sank mit Gwendolyn auf den Armen zu Boden.

Im selben Augenblick vernahm ich durch das Tosen des Sturms ein dröhnendes Geräusch, das rasch lauter wurde. Unter meinen Knien spürte ich, wie die Erde vibrierte.

Die Blitze kamen fast ohne Unterbrechung. Ich blinzelte gegen den Regen an und entdeckte in dem flackernden Licht ein Ungeheuer, das auf uns zukam: ein gedrungener Koloß mit zwei großen, brennenden Augen, und er näherte sich mit unglaublicher Schnelligkeit!

Das ist also das Ende, *dachte ich. In Stücke gerissen von irgendeiner blutdürstigen Bestie. Ich ergab mich der Dunkelheit in meinem Innern, und mein letzter bewußter Gedanke galt Gwendolyn, die ohnmächtig war und in den Tod hinübergleiten würde, ohne diese letzten Momente der höchsten Angst durchleiden zu müssen.*

Man sagte mir, ich sei bei Bewußtsein gewesen, als man uns fand. Offenbar habe ich zu ihnen gesprochen, und sie glaubten aus meinen Worten, die sie nicht verstehen konnten, zu entnehmen, daß ich um mein Leben kämpfen wollte. Sie merkten auch, daß ich nicht einmal imstande gewesen wäre, ein Kind abzuwehren. Ich leistete nur schwachen Widerstand, dann verlor ich die Besinnung.

Meine schwache Erinnerung setzt erst zu dem Zeitpunkt wieder ein, an dem ich erwachte und Stimmen hörte. Erst überfiel mich Entsetzen, dann wurde ich ruhiger. Es war nur ein Traum! Die Hoffnung ließ mein Herz schneller schlagen. Der Prozeß, das Urteil, die Vollstreckung, der Sturm – es war alles ein Traum gewesen, und sobald ich die Augen aufschlug, würde ich mich in meinem Zimmer in Lord Samuels' Haus wiederfinden. Zuversichtlich öffnete ich die Augen – und starrte in helles Licht, das mich schmerzhaft blendete. Mein Bett war hart und unbequem, und ein vorsichtiger Blick aus zusammengekniffenen Augen sagte mir, daß ich mich in einer Kammer mit Wän-

den aus Eisen befand. Wir bewegten uns, denn das eiserne Ding schaukelte unangenehm hin und her. Mein Traum hatte sich als nur allzu wahr herausgestellt. Doch ich hörte immer noch Stimmen. Ich setzte mich auf, beschirmte die Augen gegen das grelle Licht und versuchte, etwas zu erkennen.

Die Stimmen kamen aus unmittelbarer Nähe. Verschwommen sah ich zwei Gestalten, die in dem schwankenden Eisending geduckt und vorsichtig umhergingen. Sie wurden aufmerksam, als ich mich hinsetzte, und einer von ihnen kam zu mir.

Er redete mich in einer Sprache an, die ich nicht verstand, aber er schien sich dessen bewußt zu sein, denn er klopfte mir auf die Schulter, wie um ein Kind zu beschwichtigen, das sich fürchtete.

Ich fürchtete mich nicht. Beim Almin! Nach allem, was ich durchgemacht hatte, glaubte ich, nie wieder Furcht empfinden zu können. Meine einzige Sorge galt dem armen Mädchen, das alles für mich aufgegeben hatte. Wo war Gwen überhaupt? Ich sah mich um, konnte sie aber nirgends entdecken. Als ich Anstalten machte aufzustehen, drückte der Mann mich auf die Pritsche zurück – freundlich und ohne große Mühe, denn meine Kraft hätte nicht einmal gereicht, längere Zeit aufrecht zu sitzen.

Währenddessen redete die andere Person, die bei uns in dem Eisending war, zu einem Unsichtbaren, der mit krächzender, seltsam brüchiger Stimme Antwort gab.

Heute weiß ich natürlich, er sprach in ein Kommunikationsgerät, das sich in dem Geländewagen befand (ein Automobil genanntes Fahrzeug, das unseren Karossen gleicht, nur ist es ein Produkt der Schwarzen Kunst der Technologie. Ich höre immer noch, was der Mann sagte, auch wenn ich seinerzeit nichts damit anzufangen wußte. Monate danach, während meines Ringens gegen den Wahnsinn kamen die Worte immer wieder in meinen Alpträumen vor.

Wir haben den Alarm überprüft. Diesmal waren es zwei – ein Mann und eine Frau.

Danach erinnere ich mich an nichts. Der Mann, der neben mir kniete, drückte etwas Kaltes gegen meinen Arm, und ich sank in tiefen Schlaf.

Beim Erwachen stellte ich fest, daß es Gwendolyn und mich in eine neue Welt verschlagen hatte und wir vor der Aufgabe standen, ein neues Leben zu beginnen. Ich heiratete meine arme Gwen, um ihr soviel Schutz und Sicherheit zu bieten, wie es in meiner Macht stand. Jeden Tag verbrachte ich einige Zeit bei ihr an dem beschaulichen Ort der Ruhe und Fürsorge, wo sie lebte, während die Heiler der Welt Jenseits sich bemühten, einen Weg zu finden, um ihr zu helfen.

Zehn Jahre ist es her – zehn Jahre in unserer neuen Heimat –, seit sie das Wort an mich oder einen anderen lebenden Menschen gerichtet hat. Sie spricht nur zu denen, die allein ihre Augen wahrzunehmen vermögen. Sie spricht zu den wahren Toten.

Im Jenseits habe ich viele Menschen kennengelernt, einschließlich eines Mannes, der nicht von dort stammt, sondern aus unserer Welt. Sein Name ist Menju, doch er nennt sich der Magier, *und einen Großteil meiner Zeit während der verflossenen zehn Jahre habe ich darauf verwendet, seinen wahren Charakter zu ergründen und alles zu tun, um seinen Aufstieg zur Macht zu verhindern.*

Weder habe ich die Zeit, noch ist es der Zweck dieses Berichts, das Jenseits zu beschreiben. Jenseits ist eine Welt der Technologie, eine Welt buchstäblich jenseits *unseres Begriffsvermögens. Ihr würdet kaum etwas verstehen und noch weniger glauben von dem, was ich erzählen könnte. Wenn das Unglück es will, werdet ihr das alles nur zu bald und ungefragt kennenlernen . . .*

Abschließend einige Überlegungen, die unsere Welt im Verhältnis zum Rest des Universums betreffen. Wenigstens einer von Euch, so hoffe ich, wird die Weisheit besitzen zu begreifen und zu akzeptieren, statt die Augen zu verschließen, wie Ihr es so viele hundert Jahre lang getan habt.

Die Magi aus alter Zeit sahen sich, weil sie ›anders‹ waren, haßerfüllter Verfolgung ausgesetzt und flohen aus einer Welt, die nach ihrer Meinung zum Untergang verurteilt war – eine zu sehr von Technik abhängige Welt; eine Welt, die Magie leugnete und sogar fürchtete. Auf der Suche nach einem Ort, an dem sie in Frieden leben konnten, reisten die Ahnen durch Zeit und Raum. Die Ankunft in dieser Welt war kein Zufall, denn hier befindet sich der Ursprung aller Magie. Ihr Sirenenruf lockte unsere Vorfahren nach Thimhallan. Sobald sie an diesem freundlichen, einladenden Gestade gelandet waren, verbrannten sie ihre Schiffe und gelobten, nie wieder fortzugehen.

Nicht nur brachen sie jede Verbindung zu ihrer alten Heimat ab, sie errichteten eine Barriere um diese neue Welt, so daß es keinen Weg mehr gab, auf dem jemand von außen eindringen konnte. So perfekt war diese magische Barriere, das nicht nur das Universum aus –, sondern die Magie eingeschlossen wurde.

In dem unermüdlichen Bestreben, ihre Zukunft zu sichern, löschten die Ahnen ihre Vergangenheit aus. Statt die Erinnerung an die Alte Welt lebendig zu erhalten und damit auch die Erinnerung daran, daß es außer Thimhallan noch andere Welten gab, vernichteten sie Chroniken und propagierten das Vergessen, bis das Jenseits spätestens für Eure Generation ein Mythos geworden war, ebenso unwirklich wie das Reich der Elfen und Feen.

Und weil Ihr vergessen hattet, daß es da draußen noch etwas gab, fühltet Ihr Euch sicher und wart selbstgefällig genug, all jene auszustoßen, die Ihr in dieser Welt nicht bei Euch haben wolltet, nicht einmal im Tode. Daraus entwickelte sich der Brauch, Leute ins ›Jenseits‹ zu schicken, ein sauberes, einfaches Mittel, sich derer zu entledigen, die anders *sind. Man ist sie schnell und unwiderruflich los. Außerdem eignete sich diese Form der Strafe wegen ihrer grausamen Endgültigkeit sehr gut als wirksames Abschreckungsmittel. Nur ist Euch nie der Gedanke gekommen, Ihr könntet die Verurteilten nicht in den Tod geschickt haben, sondern ins Leben.*

Im Gegensatz zu uns hatte das Jenseits nichts vergessen. Der größte Teil der Magie war hier gebunden und erreichte sie zwar nicht, aber kleine Mengen entweichen hie und da, sickern durch Risse in der Barriere. Die jenseitige Welt hungerte nach magischem Leben, und sobald sie aufgrund ihrer fortgeschrittenen Technologie in der Lage waren, machten die Bewohner sich auf die Suche nach der verlorengegangenen Magie.

Sie fanden den Quell, ohne ihn jedoch erreichen zu können. Die magische Barriere vermochten sie nicht zu überwinden. Was sie fanden, waren diejenigen, die ausgestoßen worden waren und in dem Gebiet nahe der Grenze umherirrten. Es ist ein unwirtlicher Landstrich, der ständig von verheerenden Stürmen heimgesucht wird. Nur wenige Menschen wohnen dort, die Besatzung eines Außenpostens, mit dem einzigen Ziel, einen Weg zu finden, um die Magie zurückzugewinnen.

So fanden sie uns, so haben sie andere gefunden. Meldebogen – diese blinkenden roten Lichter – sind entlang der Grenze installiert, die alles entdecken, was sich bewegt. Wann immer es möglich war, haben sie Magier gerettet, und jetzt leben unsere Ausgestoßenen im Jenseits.

Die meisten haben den Verstand verloren – wie meine arme Gwen. Einige aber, ganz besonders dieser Magier Menju, sind durchaus gesund. Er hat oft und oft versucht, nach Thimhallan zurückzukehren. Er hält die Barriere für ein Energiefeld, das aus der magischen Lebenskraft Thimhallans sowie seiner Bewohner besteht. Aus diesem Grund ist die Rückkehr unmöglich; es verhält sich etwa wie bei gleichpoligen Magneten, die sich gegenseitig abstoßen. All die Jahre hat er darauf gewartet, daß Thimhallan einen Fehler macht, einen Fehler, der ihm die Tür öffnet.

Ich war der Fehler.

Einer ohne Leben passierte die magische Grenze. Der Zauber war gebrochen, das Schloß gesprengt. Für mich, der ich keinerlei magische Fähigkeiten besaß, war die Grenze kein Hindernis. Ich konnte zurückkehren. Und wenn ich es tat, zerstörte ich – so die Theorie – die Barriere. Ich würde die Tür hinter mir offenlassen.

Wie schon gesagt, der Magier zog diese Schlußfolgerung nach Monaten angestrengter Studien. Wir waren keineswegs von Anfang an Feinde, müßt Ihr wissen. Einst habe ich ihn bewundert und ihm vertraut . . .

Aber das ist eine andere Geschichte.

Den Machthabern gelang es, mich zu überzeugen, die beiden Welten müßten verschmelzen und eins werden. Ich glaubte, eine solche Entwicklung wäre segensreich für Thimhallan. Ich dachte, eine Vereinigung der beiden Welten würde dem Universum eine neue Ordnung bringen. Meine Träume waren hell, voller Hoffnung. Die Träume anderer waren düster und verzerrt.

Ich kehrte zurück. Sie folgten mir – und brachten den Krieg.

Sie haben mich getäuscht und hintergangen. Ich begreife jetzt, daß sie vorhaben, Thimhallan zu erobern, wie schon andere Welten zuvor.

Wird die Prophezeiung sich erfüllen? Treiben wir dem Untergang entgegen wie führerlose Boote auf einem reißenden Strom? Der Gedanke ist erschreckend, um so mehr, weil es scheint, daß wir keine andere Wahl haben, daß eine allwissende, aber gleichgültige höhere Macht seit undenkbaren Zeiten unser belangloses Dasein lenkt.

Gibt es keinen Ausweg? Ich glaube fast, nein. Die beiden einzigen guten und richtigen Taten in meinem Leben – der

Entschluß, Thimhallan zu verlassen und der Entschluß zurückzukehren, um es zu retten – haben offenbar nichts anderes bewirkt, als die Prophezeiung der Erfüllung näherzubringen.

Wenn das stimmt, wenn unser Schicksal uns zugeteilt wird wie die Karten beim Tarock, dann fange ich an, Simkin zu verstehen und seine Sicht der Dinge.

Das Spiel bedeutet nichts, nur wie man es spielt, darauf kommt's an!

Der Feind

Major James Boris, Kommandeur des 5. Bataillons der Luftstreitkräfte der Marine, wurde von seinen Männern vermutlich wegen seiner äußeren Erscheinung liebevoll Stumpen genannt, abgekürzt Stump. Er war verhältnismäßig klein, gedrungen und muskulös. Trotz seiner dreißig Jahre war er dank regelmäßigen Trainings in Topform, und bei der jährlichen Inspektion durch die höheren Chargen und Vertreter der Regierung pflegte Major Boris wagemutige junge Rekruten aufzufordern, sich in beliebiger Zahl auf ihn zu stürzen, um ihn niederzuringen.

Diejenigen, die James Boris schon länger kannten, noch aus seiner frühen Zeit als Rekrut, wußten um den wahren Ursprung des Spitznamens. Er stammte aus dem Klassenzimmer, nicht vom Kasernenhof.

»James Boris, Sie haben soviel Phantasie wie ein Baumstumpf!« bemerkte ein Instrukteur während des Unterrichts ätzend.

Der Name blieb hängen.

Weder die Kritik noch der Spitzname störten James Boris. Der ihm attestierte Mangel an Phantasie war seiner Ansicht nach einer der Gründe dafür, daß er schnell Karriere gemacht hatte. Major Boris war ein loyaler Offizier. Seine Wurzeln gründeten tief in dem festen Boden von Bestimmungen und Dienstanweisungen, ein sympathischer, beruhigender Wesenszug in den Augen seiner Truppe. Man brauchte sich nie zu fragen, wo James Boris in irgendeiner Frage stand. Wurde sie von seinen geschätzten Vorschriften abgedeckt, dann stand Major Boris dahinter, ohne zu weichen oder zu wanken, und nichts konnte ihn dazu in seine Welt zurückgekehrt sein, eine Welt aus Metall ... Seine Hände ballten sich auf der Platte zu Fäusten. Langsam und gründlich musterte er alles, was vor ihm lag und stand, von einer grünen Teekanne mit orangefarbenem Deckel (er konnte sich nicht erinnern, Tee bestellt zu haben; Tee war das letzte, was er jetzt gern getrunken hätte) zu den penibel aufgeschichteten Akten neben dem Feldcomputer (reguläre usw.). Ohne es zu merken, begann er nervös mit den Fingerknöcheln auf die Metallplatte zu trommeln, während sein Blick zu dem kleinen Plastikfenster in der Seite der Plastikkuppel wanderte.

Es war Nacht, lichtlos wie im Hyperraum, kein Mond, keine Sterne zu sehen. Mit einem Gefühl hilfloser Wut überlegte er, ob es sich diesmal um *wirkliche* Nacht handelte oder wieder um eine jener grauenerregenden magischen Nächte, die sich wie eine riesige, erstickende Decke über ihn und seine Männer gebreitet hatten. Ein rascher Blick: 2400 Uhr. Es *war* Nacht. Gleichzeitig mußte er denken: *Lieber Gott, wir sind erst seit achtundvierzig Stunden hier.*

Achtundvierzig Stunden. Das war der von den klugen Köpfen im Oberkommando kalkulierte Zeitraum, innerhalb dessen es gelungen sein sollte, die Bevölkerung von der Sinnlosigkeit jedes Widerstands zu überzeugen. Eine Bevölkerung, die angeblich kaum das finsterste Mittelalter hinter sich gelassen hatte. Achtundvierzig Stunden, nach deren Ablauf von Major Boris erwartet wurde zu melden, daß die Situation unter Kontrolle war, alle größeren Orte von seinen Truppen besetzt und der Boden bereitet für den Beginn der Verhandlungen für eine friedliche Koexistenz ...

Achtundvierzig Stunden. Die Hälfte seiner Männer war tot, mehr als die Hälfte seiner Panzer war zerstört

Der Feind

Major James Boris, Kommandeur des 5. Bataillons der Luftstreitkräfte der Marine, wurde von seinen Männern vermutlich wegen seiner äußeren Erscheinung liebevoll Stumpen genannt, abgekürzt Stump. Er war verhältnismäßig klein, gedrungen und muskulös. Trotz seiner dreißig Jahre war er dank regelmäßigen Trainings in Topform, und bei der jährlichen Inspektion durch die höheren Chargen und Vertreter der Regierung pflegte Major Boris wagemutige junge Rekruten aufzufordern, sich in beliebiger Zahl auf ihn zu stürzen, um ihn niederzuringen.

Diejenigen, die James Boris schon länger kannten, noch aus seiner frühen Zeit als Rekrut, wußten um den wahren Ursprung des Spitznamens. Er stammte aus dem Klassenzimmer, nicht vom Kasernenhof.

»James Boris, Sie haben soviel Phantasie wie ein Baumstumpf!« bemerkte ein Instrukteur während des Unterrichts ätzend.

Der Name blieb hängen.

Weder die Kritik noch der Spitzname störten James Boris. Der ihm attestierte Mangel an Phantasie war seiner Ansicht nach einer der Gründe dafür, daß er schnell Karriere gemacht hatte. Major Boris war ein loyaler Offizier. Seine Wurzeln gründeten tief in dem festen Boden von Bestimmungen und Dienstanweisungen, ein sympathischer, beruhigender Wesenszug in den Augen seiner Truppe. Man brauchte sich nie zu fragen, wo James Boris in irgendeiner Frage stand. Wurde sie von seinen geschätzten Vorschriften abgedeckt, dann stand Major Boris dahinter, ohne zu weichen oder zu wanken, und nichts konnte ihn dazu bringen, den Standpunkt zu wechseln. Wurde sie nicht von den Vorschriften abgedeckt ...

Müßige Spekulation. James Boris war nie mit etwas konfrontiert worden, wozu es keinen entsprechenden Paragraphen gab.

Bis jetzt.

Dieser Aspekt von Major Boris' Persönlichkeit – der völlige Mangel an Phantasie – hatte bei seiner Ernennung zum Leiter des Expeditionskorps nach Thimhallan eine entscheidende Rolle gespielt. Hohe Regierungsbeamte verfügten über Schilderungen dieser bizarren Welt, die sie den Auskünften zweier Männer verdankten: einer war bei sämtlichen Gästen des Kasinos als *der Adept* bekannt, den anderen kannten nur gewisse Abteilungen des staatlichen Geheimdienstes als Joram. Die hohen Beamten waren einhellig der Meinung, daß es eines nervenstarken, nüchtern denkenden Mannes bedurfte, um in Thimhallan zu überleben, ohne den Verstand zu verlieren.

Eine durchdachte, logische Schlußfolgerung, die sich aber als verhängnisvoller Irrtum erwies. Jeder, der sich aus der sicheren, geordneten Welt der Technik in die erschreckende, fremdartige Welt der Magie versetzt fand, hätte einen schweren Schock erlitten, allerdings wäre ein Kommandeur mit Phantasie vielleicht flexibel genug gewesen, sich auf die verwirrenden, unbegreiflichen Situationen einzustellen. Major Boris hingegen mußte erfahren, daß zum erstenmal in seinem Leben seine festverankerten Wurzeln mit Stumpf und Stiel aus der Erde gerissen worden waren. Jetzt lag er hilflos auf der Seite, die Wurzeln griffen ins Leere – ein mitleiderregender Anblick.

»Wollen Sie meinen Rat hören, Major?« brummte Captain Collin. »Wir sollten hier schnellstens verschwinden!«

oder unbrauchbar. Von den Überlebenden ging es etlichen nicht viel besser als dem wie im Schüttelfrost zitternden Captain Walters. Major Boris machte sich in Gedanken einen Vermerk, den Mann in die Obhut der Sanitäter zu geben und ihn für unfähig zu erklären, die Befehlsgewalt auszuüben.

Während Major Boris aus dem Fenster sah und seinen Gedanken nachhing, hörte er, wie seine Offiziere sich leise unterhielten. Sie sprachen über die Ereignisse der letzten achtundvierzig Stunden, schilderten sie zum hundertsten Mal in demselben heiseren, gepreßten Tonfall, als solle nur einer es wagen anzuzweifeln, was sie gesehen hatten. James Boris trieb schiffbrüchig auf der Oberfläche ihres Ozeans aus Worten dahin. Gelegentlich sah er das Trümmerstück einer Bestimmung oder Vorschrift vorüberschwimmen, schlug wild um sich und versuchte, es zu greifen, sich daran festzuklammern, doch es versank jedesmal, und er blieb hilflos zurück, zum Ertrinken verurteilt ... Major Boris war so verloren auf diesem trostlosen Meer, daß das lautlose Auftauchen eines neuen Besuchers gänzlich unbemerkt blieb.

Es lag wahrscheinlich an der Tatsache, daß der Neuankömmling nicht durch die Tür hereintrat, sondern sich einfach im Innern der Kuppel materialisierte. Es war ein hochgewachsener, breitschultriger, gutaussehender Mann, in einem teuren Kaschmiranzug mit Seidenkrawatte. Merkwürdige Kleidung für einen Kriegsschauplatz, aber sein Benehmen war fast noch merkwürdiger. Er hätte an der Bar eines vornehmen Restaurants darauf warten können, daß der Ober ihn zu seinem Tisch führte. In aller Ruhe zupfte er die Manschetten des weißen Hemdes zurecht; am Handgelenk funkelte ein juwelenbesetzter Manschettenknopf. In aller Ruhe musterte er Major James Boris.

Eine in Plastik eingeschweißte ID-Card mit seinem Konterfei stak peinlich korrekt an der Brusttasche der Anzugjacke. Quer darüber gestempelt war in Rot sein Name, Menju, und das eine Wort *Berater.*

Obwohl der Mann nichts sagte oder tat, um die Aufmerksamkeit auf sich zu lenken, versuchte er auch nicht, seine Anwesenheit zu verbergen.

Die Offiziere saßen mit dem Rücken zu ihm. Major Boris starrte mit gesenktem Blick auf die Schreibtischplatte. Der Neuankömmling lauschte interessiert dem Gespräch der Offiziere, hin und wieder strich er mit den Spitzen seiner bemerkenswert langen und feinfühligen Finger über die Plastikkarte, die seinen Namen und das Wort *Berater* trug. Dabei glitt ein Lächeln über sein Gesicht, als fände er das alles höchst amüsant.

»Es passierte, als wir die Festung attackierten, wo ...«, Captain Collins Stimme bekam einen ironischen Unterton, »die Bastarde in der Falle saßen. Eine meiner Panzerbesatzungen hatte eine Frau, eine *Frau,* im Visier, als dieses grüne Zeug durch die Ritzen der Einstiegsluke quoll. Ehe sie wußten, wie ihnen geschah, fraß sich dieser – dieser Schleim in ihre Haut! Sie fingen an zu leuchten, und nach ein paar Sekunden war von ihnen nichts mehr übrig als ein Klumpen grüner Gallert ...«

»Vor meinen Augen hat sich der Bursche in einen Werwolf verwandelt! Stürzte sich auf Rankin, warf ihn zu Boden und zerfetzte ihm die Kehle, bevor ich einen Finger rühren konnte. Gott helfe mir! Rankins Schrei werde ich nie vergessen ... Was sollte ich tun? Weglaufen? Ich bin gelaufen, gerannt, und die ganze Zeit fühlte ich den heißen Atem von diesem Vieh im Nacken und hörte es keuchen. Ich kann es immer noch hören ...«

»Wir haben drauf gefeuert, aber der Riese muß wenigstens zehn Meter groß gewesen sein. Unsere Laser machten ihm nichts aus, wir hätten ihn ebensogut mit Streichhölzern bewerfen können. Er hob einen Fuß, und das war das Ende von Mardec und Hayes. Es war unmöglich, die Leichen aus dem Wrack zu bergen ...«

»Ein Bursche in einem langen weißen Hemd steht plötzlich wie aus dem Boden gewachsen vor meinen Jungs und bedroht sie mit einem Schwert. Ja, mit einem Schwert. Sie wollen ihn mit ihren Phasern in Stücke schneiden, aber das Schwert ...«

»... lenkt die Strahlen ab?«

»Ablenken? Es saugt sie auf! Ich habe mir die Waffen angesehen. Jede einzelne war völlig leer, dabei wurden sie alle vor dem Einsatz aufgeladen. Von Rechts wegen hätten wir damit einen ganzen Monat lang draufhalten können, aber der Kerl in dem komischen Hemd hat dasselbe mit einem Panzer gemacht.«

»Nein ...«

»Ich schwör's! Ich hab's gesehen. Die Mannschaft hat durchgegeben, ihre Instrumente würden verrückt spielen und dann zeigten sie plötzlich überhaupt nichts mehr an. Aber dieser Kerl mit seinem Schwert stand vor ihnen, in dieser gespenstischen Aura aus blauem Licht. Das letzte, was die Jungs meldeten, war ein greller Blitz ... Es gab eine Explosion und dann ein Loch im Boden, und den Panzer hatte es halbwegs bis zur Hölle gerammt ...«

Der von unkontrolliertem Zittern geschüttelte Captain Walters ergriff überraschend das Wort. »Halb Mensch, halb Pferd. Fell im Gesicht, aber ich sehe ihre Augen, gräßliche Augen und Hufe – scharfe Hufe ...« Er sprang auf. »Sie zerstampfen Jamesson! Haltet sie auf! O mein Gott! Sie haben ihn ... Sie reißen ihm die

Arme aus! Er – er lebt noch! Mein Gott! Seine Schreie! Erschießt ihn doch! Aufhören! Aufhören!« Er hielt sich die Ohren zu und schluchzte.

»Schafft ihn hier raus«, ordnete Major Boris an.

Die übrigen Offiziere verstummten. Während sie schweigend dasaßen, gaben sie sich alle Mühe, ihren verstörten Kameraden nicht anzusehen. Der Major beugte sich vor und wollte nach dem Sergeant rufen, der in einem kleineren Anbau des Hauptquartiers sein Büro hatte, aber im selben Moment nahm er die Anwesenheit des *Beraters* wahr.

Major Boris überlief es eiskalt, und er zitterte fast so heftig wie der bedauernswerte Captain. Die Offiziere bemerkten den starren Blick ihres Vorgesetzten. Von bösen Ahnungen erfüllt, schauten sie sich um. Nachdem sie gesehen hatten, wer hinter ihnen stand, drehten sie sich wieder nach vorn und warfen ihrem Major verstohlen unbehagliche Blicke zu.

Sie verlieren das Vertrauen zu mir, kam es James Boris schmerzlich zu Bewußtsein. Aber kann man es ihnen verdenken? Schließlich habe ich ja auch kein Vertrauen mehr, weder zu mir noch zu der sogenannten Realität! Sein Blick glitt widerstrebend zu dem weinenden Captain. Nicht mehr lange, und ich bin genauso verrückt wie der arme Walters. Ich muß mich zusammenreißen.

Er gab sich einen Ruck, setzte eine grimmige Miene auf, schob das Kinn vor und rief nach dem Sergeant.

Die Tür öffnete sich, der Sergeant trat herein. »Sir?«

»Ich habe Befehl gegeben, niemanden hereinzulassen. Was tut dieser Mann hier? Haben Sie geschlafen?« Der Sergeant sah den Besucher an, seine Augen wurden groß, sein Gesicht grau. »Nein, Sir! Ich habe ihn nicht hereingelassen! Ich habe meinen Schreibtisch den ganzen Abend nicht verlassen, Sir!«

Der *Berater* lächelte.

James Boris mußte gegen den Wunsch ankämpfen, die weißen, gleichmäßigen Zähne dieses Lächelns in den von einer Seidenkrawatte geschmückten Hals zu rammen. Seine Finger zuckten begehrlich, und er mußte die Hand wieder zur Faust ballen. Der Major wußte ganz genau, wie Menju hereingekommen war, er hatte den Trick schon einmal gesehen, erst vor ein paar Stunden. Nur war es kein Trick, kein Zauberkunststück, bei dem Kinder aufschrien und Erwachsene staunend den Kopf schüttelten. Hier wurde nicht mit Spiegeln gearbeitet. Was Menju zeigte, war real, zumindest so real wie alles andere in dieser irrealen Welt.

»Schon gut, Sergeant.« Es entging Major Boris nicht, daß seine Offiziere zunehmend nervös wurden. »Rufen Sie die Sanitäter.« Er deutete auf den hysterischen Walters. »Man soll ihm ein Attest schreiben, daß er aus gesundheitlichen Gründen bis auf weiteres dienstunfähig ist .... Ich befördere Lieutenant ... Lieutenant ...« Dem Major stieg die Verlegenheitsröte ins Gesicht. Er hatte immer seinen Stolz darein gesetzt, die Namen aller seiner Offiziere im Kopf zu haben. Jetzt konnte er sich nicht an einen Lieutenant erinnern, einen Mann, der seit einem Jahr unter ihm diente. »Verflixt, wer immer als nächster an der Reihe ist. Er soll sich hier bei mir in einer halben Stunde melden.«

»Ja, Sir. « Der Sergeant wandte sich zum Gehen.

»Sergeant!« brüllte der Major.

»Sir?« Der Mann fuhr herum.

»Nehmen Sie den verdammten Tee weg. Ich trinke das Zeug nie, das sollten Sie wissen. Wie sind Sie überhaupt auf die Idee gekommen, mir das zu bringen?«

Der Sergeant betrachtete die Teekanne mit verwundert gekrauster Stirn. *Ich bin das nicht gewesen, Sir,* war das erste, was sich ihm auf die Lippen drängte. Ein Blick in das grimmige Gesicht seines Majors genügte jedoch, daß er sich darauf beschränkte zu murmeln: »Tut mir leid, Sir«, die Kanne vom Tisch nahm und damit in sein Büro verschwand.

»Vielen Dank, meine Herren, daß Sie gekommen sind«, sagte James Boris müde. Es waren Bestimmungen und Vorschriften, die aus ihm sprachen, er selbst hätte von sich aus keinen vernünftigen Satz zustande gebracht. »Ich werde Ihre Vorschläge in Erwägung ziehen. Sie können gehen.« Stuhlbeine scharrten über den Plastikfußboden, als die Offiziere aufstanden und zur Tür gingen. Sie taten es schweigend – ein schlechtes Zeichen, wie James Boris wußte.

Er schaltete den Computer ein und starrte mit gespieltem Interesse auf den Schirm, ohne etwas wahrzunehmen. Auf keinen Fall wollte er jetzt noch mit irgendeinem von ihnen reden, sie anschauen oder ihnen in die Augen sehen müssen. Er spürte die schrägen Blicke, die ihm galten, und die fragenden, zweifelnden, die sie untereinander austauschten.

Was wird er tun? Ruft er die Transporter? Befiehlt er den Rückzug? Und was hat er überhaupt befohlen? Selbstverständlich brodelte auch schon die Gerüchteküche: der Major hatte längst nicht mehr die Befehlsgewalt inne; als sich die Niederlage abzuzeichnen begann, war sie ihm von Menju dem Magier entrissen worden.

Major Boris hörte den Sergeant ins Telefon brüllen, er versuchte, das Lazarett zu erreichen. Das Kommunikationssystem hatte Macken, wegen der unberechenbaren, elektrisch aufgeladenen Atmosphäre dieses Thimhallan, sagten die Techniker. Collins, einer der Offiziere, hatte Walters beim Arm genommen und führte ihn hinaus. Als auch der letzte gegangen war, stieß der Sergeant mit dem Fuß die Tür ins Schloß.

»Nun, was wollen Sie?« knurrte Major Boris, ohne den Blick von dem Schirm zu nehmen und seinen Besucher anzusehen.

Menju trat vor den Schreibtisch. Aus den großen Augen des Magiers strahlte ein entwaffnender Charme. Er war braun gebrannt, das Gesicht glatt rasiert. Das volle, dichte silbergraue Haar trug er modisch zurückgekämmt, ein faszinierender Kontrast zu dem braunen Teint, der im Rampenlicht besonders wirkungsvoll zur Geltung kam. Er stützte die Fingerspitzen auf die Schreibtischplatte und blickte auf den Major hinunter, der verglichen mit ihm grobschlächtig aussah. »Es wird gemunkelt, daß Sie sich mit dem Gedanken an Rückzug tragen?« Die Stimme des Mannes paßte zu seiner Erscheinung – ein tiefer, klangvoller Bariton.

»Und wenn es so ist? Schließlich habe ich hier das Kommando!«

Mit einer schroffen Handbewegung schaltete Major Boris den Computer aus und merkte erst, als der Schirm erlosch, daß er wie gebannt auf einen längst nicht mehr aktuellen Vermerk betreffs eines Verstoßes gegen die militärische Kleiderordnung durch weibliche Offiziere gestarrt hatte. Er fluchte leise vor sich hin. Im nächsten Moment begann er richtig zu fluchen, weil er sich unversehens die Hand an etwas verbrannt hatte.

»Was zum Teufel – Sergeant!« brüllte er wütend.

Niemand antwortete. Der Major stemmte sich aus seinem Stuhl, marschierte mit dröhnenden Schritten zur Tür und riß sie auf. »Sergeant!« donnerte er. »Diese verdammte Teekanne . . .«

Das Zimmer war leer. Er nahm den Telefonhörer auf und hielt ihn ans Ohr. Knacken, Knistern, Zischen drangen ihm entgegen. Offenbar war das Kommunikationssystem ganz zusammengebrochen. Dem Sergeant war anscheinend nichts anderes übriggeblieben, als sich persönlich auf die Suche nach einem Sanitäter zu machen. Major Boris hätte sich gern mit weiteren Flüchen Luft verschafft, aber er beherrschte sich mühsam. Er hielt sich den schmerzenden Bauch, stapfte in sein Büro zurück, fiel krachend in seinen Stuhl und fixierte erbost den Gegenstand seines Mißvergnügens – die grüne Teekanne mit dem orangefarbenen Deckel.

»Zur Hölle damit! Ich dachte, ich hätte ihm befohlen, mir das Ding aus den Augen zu schaffen!«

»Das haben Sie auch«, bestätigte Menju, der in sämtlichen hochklassigen Varietés aller größeren Sonnensysteme als *Der Magier* bekannt war. Er hatte sich mit lässiger Eleganz auf der Schreibtischkante niedergelassen und betrachtete die Teekanne mit größtem Interesse. »Das haben Sie auch«, wiederholte er bedächtig. »Nein, nicht anfassen.« Er streckte die flinke, schmale Hand aus, um den Major abzuwehren, der die Kanne nehmen wollte.

Die schlanken Finger des Magiers schlossen sich um Boris' Handgelenk.

»Sprechen wir über diesen unüberlegten Rückzug, den Sie vorhaben«, meinte er liebenswürdig.

»Unüberlegt . . .«

»Allerdings. Und nicht nur in bezug auf Ihre weitere militärische Laufbahn, sondern auch hinsichtlich Ihres Lebens und des Lebens Ihrer Männer. Nein, versuchen Sie es lieber erst gar nicht, Major.«

James Boris, hochrot vor Zorn, wollte sich mit einer raschen Drehung dem Griff des Magiers entwinden.

Dessen verbindliches Lächeln blieb unverändert, auch als Knochen knackten und der Major vor Schmerz aufstöhnte. »Sie sind stark, aber ich bin stärker.« Der Druck von Menjus Fingern verstärkte sich unbarmherzig. Außer sich vor Wut packte der Major den Arm des Zauberers und wandte seine gesamte legendäre Körperkraft auf, um sich zu befreien. Er hätte ebensogut versuchen können, das stählerne Rohr der Laserkanone an einem seiner Panzer zu verbiegen.

»Vor achtundvierzig Stunden noch hätte ich deine armseligen Hühnerknöchelchen zerknicken können wie rohe Spaghetti!« stieß er zwischen zusammengebissenen Zähnen hervor und starrte seinem Peiniger herausfordernd ins Gesicht. Um keinen Preis wollte er sich anmerken lassen, wieviel Angst er hatte. »Ist das wieder so ein Zauberkunststückchen?« Er spie das Wort aus.

»In der Tat, Major James Boris. Genau wie das hier!« Indem er ein fremdartig klingendes Wort sprach, hob Menju den Arm des Majors in die Höhe.

Mit einem Aufschrei entriß der Major seine Hand dem stählernen Griff des Magiers, der ihn lachend freigab. James Boris sackte gegen die Rückenlehne seines Stuhls. Die Augen quollen ihm aus den Höhlen. Seine Hand war verschwunden. An ihrer Stelle befand sich eine hornige, gelbliche Hühnerkralle.

Ein Glucksen, das von der Teekanne zu stammen schien, veranlaßte Menju, ihr einen schnellen, prüfenden Blick zuzuwerfen, aber sie verhielt sich jetzt wieder mucksmäuschenstill, nur ein Dampfwölkchen kräuselte sich aus der Tülle.

»Gib mir meine Hand zurück!« James Boris umklammerte seinen Unterarm, die Hühnerkralle zuckte konvulsivisch. »Ich will meine Hand wieder haben!« Seine Stimme schnappte über.

»Kein Wort mehr von Rückzug«, sagte Menju kalt.

»Verdammt noch mal!« Dem Major trat der Schweiß auf die Stirn. »Wir sind geschlagen! Wir kommen nicht an gegen diese – diese ...« Er suchte vergeblich nach Worten. »Sie haben meine Leute gehört! Werwölfe! Riesen! Ein Bursche mit einem Schwert, das unseren Schußwaffen die Energie entzieht ...«

»Ich habe es gehört.« Menju winkte, ein Klappstuhl sauste über den Boden und blieb dicht hinter ihm stehen. Er setzte sich bequem zurecht und zupfte die Bügelfalte der Kaschmirhose zurecht, ohne den Major aus den Augen zu lassen, der immer noch fassungslos auf seine verzauberte Hand stierte. »Auch von dem Mann mit dem Schwert habe ich gehört. Das war übrigens der einzige Punkt, der auch nur im geringsten mein Interesse erregte. Von Furcht kann gar nicht die Rede sein.«

Eine Geste der schlanken Finger und ein unverständliches Wort, dann hatte der Major seine Hand zurück. Mit einem Frösteln der Erleichterung untersuchte er sie angstvoll und rieb heftig über die Haut, wie um sich ihrer Realität zu vergewissern. Dann wischte er sich den Schweiß von der Oberlippe ab und blickte aus schmalen Augen, in deren Tiefen Furcht und Abscheu flackerten, zu dem Magier auf.

»Nehmen Sie sich gefälligst zusammen, Major«, wies Menju ihn zurecht. »Sie kennen selbstverständlich die Identität des Mannes mit dem Schwert.«

Die Ellenbogen auf den Tisch gestützt, ließ James Boris den Kopf mit dem vorschriftsmäßigen Bürstenhaarschnitt in die Hände sinken. »Nein«, sagte er hohl. »Ich kenne ihn nicht.«

»Joram.«

»Joram?« Er sah auf. »Aber man hat mir gesagt, er wäre neutral ...« Seine Lippen verzogen sich bitter.

»Ich verstehe. Er wäre neutral geblieben, wenn wir nicht angefangen hätten, sein Volk abzuschlachten!«

»Vermutlich.« Menju zuckte mit den Schultern. »Wenn ich ehrlich sein soll, ich habe immer daran gezweifelt, ob er der Eroberung seiner Heimatwelt tatenlos zusehen wird. Er ist jetzt überflüssig geworden, auch wenn er seine Rolle gut gespielt hat. Tatsächlich hat die Partie durch ihn zusätzlichen Reiz bekommen!«

Der Magier verzog das Gesicht, was ihm eine Aura der Bedrohung verlieh – wenigstens kam es James Boris so vor, der ihn wie unter Zwang, mit morbider Faszination beobachtete.

»Es ist Joram gelungen, das Dunkle Schwert wieder in seinen Besitz zu bringen«, bemerkte Menju nach einer Pause. »Verdammt!« Obwohl ihm eine gewisse Erregung anzumerken war, klang seine Stimme immer noch ruhig und beherrscht. »Wir müssen uns eine Probe von diesem Metall beschaffen, um es zu analysieren. Arkanum! Nach Jorams Angaben nährt es sich von der magischen Energie dieser Welt. Jetzt sieht es aus, als besäße es auch die Fähigkeit, die physische Energie *unserer* Welt in sich aufzunehmen. Stellen Sie sich das vor, Major!« Gedankenverloren und mechanisch rückte Menju die Krawatte zurecht und zupfte an den Ärmelmanschetten. »Ein Erz mit der Eigenschaft, geeigneten Quellen Energie zu entziehen, zu speichern und für den geeigneten Gebrauch zu nutzen! Diese Waffe in unserem Besitz und der Sieg ist uns gewiß. Nicht nur in dieser Welt, sondern auch in jeder anderen, die uns lohnend erscheint. Also, Major, wie lange wird es dauern, bis Verstärkung eintrifft?«

»Verstärkung?« Major Boris zwinkerte verständnislos. »Es kommt keine Verstärkung! Wir sind ein Expeditionskorps, unsere Mission ist – oder war friedlich.«

»Ganz recht, wir kamen in friedlicher Absicht, aber man hat uns hinterhältig überfallen und unsere Truppen erbarmungslos niedergemetzelt.« Menju betrachtete wohlgefällig seine polierten Fingernägel.

»*Das* ist also Ihr Spiel«, meinte James Boris tonlos.

»Das ist das Spiel.« Sein charismatisches Gegenüber breitete die Hände aus. »Angeführt von diesem Joram, der uns überhaupt erst zu dem Unternehmen verleitet hat, lagen die Eingeborenen auf der Lauer und fielen ohne Vorwarnung über uns her. Wir haben uns nach Kräften verteidigt, aber jetzt sitzen wir in der Falle und brauchen Hilfe.«

»Und sobald die Verstärkung eintrifft, übernehmen Sie das Kommando, genau wie bei mir und meinen Leuten«, sagte Major Boris in demselben ausdruckslosen, unbeteiligten Tonfall.

»Ja! Auf meinen Befehl werden sie jeden Mann, jede Frau und jedes Kind in Thimhallan töten, ausgenommen natürlich die Katalyten, die fleißig dabei sind, meine magischen Kräfte zu verstärken.«

»Das ist Genozid!« Vor Empörung stieg dem Magier das Blut in den Kopf. »Bei Gott, Sie reden davon, eine ganze Welt zu entvölkern! Warum?«

»Warum?« Der Magier lächelte das gewinnende Lächeln, das sein Publikum auf allen Welten dazu verführte, den schillernden Hokuspokus, mit dem er sie blendete, für Wirklichkeit zu nehmen. »Ist das nicht offensichtlich? Ich allein werde magische Kräfte besitzen. Ich und meine Söhne und Töchter. Ich benötige im übrigen einige junge Frauen zu Fortpflanzungszwecken, aber darum werde ich mich persönlich kümmern. Mit Hilfe der Magie werden meine Familie und ich das Universum beherrschen! Und es werden keine Magier mehr am Leben sein, die mir Einhalt gebieten!«

»Ich werde mich von Ihnen nicht für Ihre Pläne mißbrauchen lassen! Ich werde Sie bloßstellen! Ich werde Sie zerbrechen! Ich...« James Boris beugte sich vor und schüttelte drohend die Fäuste. Die Worte erstarben ihm auf den Lippen, als der Magier sich gemächlich erhob und beiläufig mit einem Finger auf seine rechte Hand deutete.

Totenbleich riß der Major sie zurück und verbarg sie unter dem Tisch.

»Weil gerade die Rede davon ist, Leute zu zerbrechen, Major, möchte ich Sie daran erinnern, daß es nur einiger Worte von mir bedürfte, um *sie zu* zerbrechen. Knochen für Knochen. Es gibt mehr als zweitausend Knochen im menschlichen Körper? Ich hab's vergessen, aber es wäre, könnte ich mir vorstellen, eine besonders schmerzhafte Art zu sterben.«

»Meine Leute werden nicht bereit sein, Unschuldige ...«

»Aber das haben sie bereits, Major Boris«, unterbrach ihn Menju schulterzuckend. »Ihre Männer haben Angst vor den Bewohnern dieser Welt. Wie pflegte Joram doch immer zu sagen? ›Was sie nicht verstehen, fürchten sie. Was sie fürchten, töten sie.‹ Noch so ein Fiasko, und sie werden mehr als bereit sein, dieses Hexengezücht auszurotten. Nun aber, ich habe Ihnen eine Frage zum Eintreffen der Verstärkung gestellt. Wie lange?«

Der Major fuhr sich mit der Zunge über die Lippen. Er mußte einige Male schlucken, bevor es ihm gelang, ein Wort herauszubringen. »Zweiundsiebzig Stunden, mindestens.«

Menju schüttelte nachdenklich den Kopf. »Zweiundsiebzig Stunden! Das wird nicht gehen, fürchte ich. Die Magi greifen früher an, Joram wird ihnen keine Ruhe lassen.«

»Nicht einmal Ihre Zauberkunst kann daran etwas ändern, Menju!« James Boris lächelte grimmig. »Wir müssen die Nachricht durchgeben, aber wir haben Ärger mit dem Kommunikationssystem. Die Sternenbasis ist in Bereitschaft, aber die Truppen müssen erst Verpflegung bunkern und dann an Bord gehen. Verwandeln Sie mich und all meine Männer in Brathähnchen, wenn Sie wollen«, fügte er hinzu, als er sah, wie das glatte, braune Gesicht des Magiers sich umwölkte. »Das wird nicht helfen, die Sache zu beschleunigen.«

Menju starrte James Boris durchdringend an, aber der Major hielt dem Blick trotzig stand. Es gibt Grenzen, bis zu denen man einen Menschen treiben kann. Menju hatte sie offenbar erreicht. »Dann müssen wir eben versuchen, Zeit zu gewinnen«, sagte er glatt und wandte sich von dem schwitzenden, verkniffen dreinschauenden Majar ab. »Und wir müssen dieses Schwert haben!«

James Boris stemmte mit einem dumpfen Stöhnen die Ellenbogen auf den Tisch und stützte den schmerzenden Kopf in die Hände.

In Gedanken versunken, schaute der Magier blicklos auf die Teekanne, die sich äußerst sittsam und ruhig verhielt. Kein Dampf stieg aus der Tülle, das Gluckern in ihrem Bauch hatte aufgehört. Ein Lächeln breitete sich über das Gesicht ihres Bewunderers. »Ich habe einen Plan«, sagte er halblaut. »Frieden – wir sind in Frieden gekommen; ganz wie Sie gesagt haben, Major.« Er umfaßte die grüne Kanne mit dem orangefarbenen Deckel mit beiden Händen und hob sie hoch. »Nun, alles hängt davon ab, daß wir unsere Karten geschickt ausspielen. Wir brauchen einen Boten, der unsere Nachricht einem frommen, heiligen Mann überbringt, der gern bereit sein wird, uns zu helfen.«

Von großem Wert

Es war nicht mehr Frühling in Merilon.

Winter herrschte in der Kristallstadt, wie in dem nicht unter einer magischen Kuppel geborgenen Umland. Nicht etwa, daß für diesen Tag Winter vorgesehen gewesen wäre oder daß die *Sif-Hanar* ihre Pflichten vernachlässigt hätten. Der Winter war ungebeten gekommen, weil zu wenige *Sif-Hanar* übriggeblieben waren, um die Jahreszeiten je nach Laune zu beherrschen. Die wenigen, die die Schlacht auf dem Feld der Ehre überlebt hatten, waren zu schwach, daß ihr Atemhauch kaum die eiskalte Luft trübte; davon, die rosigen, bauschigen Wolken des Frühlings herauszubeschwören, konnten sie nur träumen.

Es schneite in der Stadt, zum erstenmal seit selbst die ältesten Einwohner sich erinnern konnten. Angefangen hatte es mit Regen; die Ausdünstungen Tausender menschlicher Körper überfrachteten die in der Stadt gefangene Luft. Ohne das regulierende Eingreifen der *Sif-Hanar* stieg der Feuchtigkeitsgehalt unter der Kuppel, bis die Luft selbst zu weinen begann – aus Trauer um die Gefallenen, hieß es. Gegen Abend verwandelte sich der Regen in Schnee, und inzwischen lag die Stadt unter einer weißen Decke begraben ...

»... wie ein Leichnam«, bemerkte Lord Samuels, der am Fenster stand, melancholisch.

Der winterliche, verschneite Garten, in den er kummervoll hinausschaute, war nicht derselbe, in dem seine Gwendolyn spazierenzugehen pflegte. Es war nicht der Garten, in dem ihre Liebe zu Joram erwachte und wuchs. Es war nicht derselbe Garten, wo Saryon, gequält von seinem dunklen Geheimnis, versucht hatte, die Blüte zu schützen, indem er die Pflanze ausriß. Nein, dieser Garten war viel großartiger, viel prächtiger als jener andere, der so viele Träume in seiner dunklen Scholle genährt hatte.

Auch das Haus war prächtiger, wie der Garten in luxuriösem Maßstab angelegt. Für Lord Samuels und Lady Rosamund war ein Traum endlich wahr geworden. Sie gehörten nun endlich zum Adel Merilons. Der Preis war nicht höher gewesen, als sie kalkuliert hatten – ihre Tochter. Doch zu spät erkannten sie, daß sie eine kostbare Perle gegen wertlosen Tand eingetauscht hatten.

Nach dem Verschwinden seiner Tochter war es Lord Samuels zur Gewohnheit geworden, an den verhängnisvollen Ort zurückzukehren und sie zu suchen. Jeden Tag, nach seiner Arbeit in der Gilde, ließ er sich von der Transversale in die öden, trostlosen Grenzlande bringen, irrte am Gestade entlang und rief ihren Namen, bis es zu dunkel wurde, um etwas sehen zu können. Erst dann gab er müde und verzweifelt auf.

Er schlief unruhig. Manchmal erwachte er mitten in der Nacht und behauptete, Gwendolyn habe nach ihm gerufen und er müsse sie holen. Er aß wenig oder überhaupt nichts. Mit seiner Gesundheit ging es bergab. Die *Theldara* – dieselbe resolute Heilerin, die seinerzeit Pater Saryon behandelt hatte – sagte Lady Rosamund unverblümt, daß ihr Mann sich in einem Zustand befand, der zum Tode führen konnte.

In dieser Krise war Lady Rosamund die Ehre eines Besuchs von Seiner Königlichen Majestät Xavier I. zuteil geworden. Der Kaiser war ganz Leutseligkeit und Verständnis. Ihm sei zu Ohren gekommen, Lord Samuels lege neuerdings ein etwas absonderliches Benehmen an den Tag, das in unliebsamer Weise das öffentliche Interesse an einem zutiefst bedauerlichen Vorfall wachhielt. Niemand konnte den Schmerz eines um sein Kind trauernden Elternpaares besser nachempfinden als er, Xavier. Aber es war an der Zeit, daß Lord Samuels die Dinge aus der richtigen Perspektive betrachtete. Es war geschehen, nichts konnte daran etwas ändern. Die Wege des Almin sind wunderbar. Man muß den Glauben haben.

Die letzten Worte intonierte der Kaiser mit ernster Stimme und tätschelte dabei Lady Rosamunds Hand. Weshalb ihr sein wohlwollendes Gebaren ein solches Grauen einflößte, hätte sie nicht zu erklären vermocht. Vielleicht war es der Blick der kalten, ausdruckslosen Augen. Sie entzog dem Kaiser die Hand, preßte sie auf ihr unregelmäßig schlagendes Herz und murmelte geistesabwesend, die *Theldara* habe einen Wechsel empfohlen – einen Wechsel der Umgebung.

Ausgezeichnete Idee! hatte der Kaiser geäußert. Das wäre auch seiner Ansicht nach das beste. Wie es sich fügte, war er in der Lage, einen schätzenswerten Vasallen mit einem kleinen Landgut zu belehnen. Lord Samuels würde seinem Monarchen eine große Freude machen, wenn er sich bereitfinden könnte, diese bescheidene Gabe anzunehmen. Das Gut bestand aus einem kleinen FeldMagi-Dorf, einer Burg im selben Bezirk sowie einem Haus in der Stadt. Alles war ziemlich vernachlässigt worden, seit dem Ableben des Besitzers, der keine Erben hinterlassen hatte. Es geziemte Lord Samuels als einem treuen Diener der Krone, sich der Sache anzunehmen und den heruntergewirtschafteten Besitz wieder in die Höhe zu bringen. Es gab da noch eine Kleinigkeit zu regeln, wegen rückständiger Steuern, aber ein Mann in Lord Samuels Position ...

Lady Rosamund war es nur mühsam gelungen, die

Contenance zu wahren. Überwältigt stammelnd, versicherte sie, diese Aufgabe sei genau das Richtige, um ihren Gatten von seinem Kummer abzulenken und auf andere Gedanken zu bringen. Xavier hatte ihren Dank mit einem vornehmen Neigen des Hauptes entgegengenommen, und als er sich anschickte zu gehen, bemerkte er beiläufig, ihr Gemahl sei in Zukunft wahrscheinlich zu beschäftigt, um weiterhin diese nächtlichen Ausflüge in die Grenzlande zu unternehmen. Außerdem sei er überzeugt, die neuen Pflichten würden Lord Samuels mit angenehmerem Gesprächsstoff versorgen als den müßigen Spekulationen über das Schicksal Jorams.

Zum Abschied legte Xavier Lady Rosamund noch eine kleine Lebensweisheit ans Herz: Ein Mann, der rückwärts geht und in die Vergangenheit schaut, ist in Gefahr zu stolpern und sich zu verletzen.

Von dieser Nacht an hatte es mit Lord Samuels Besuchen im Grenzland ein Ende. In der folgenden Woche übersiedelten er und seine Familie nach Burg Devon. In dem dazugehörigen Stadthaus wohnten sie nur an Feiertagen und während der Wintersaison, wie es in Adelskreisen üblich war. Sie besaßen alles, wonach sie je gestrebt hatten: Reichtum, hohen Rang und die Anerkennung der besseren Gesellschaft.

Von Gwendolyn wurde nicht mehr gesprochen. Ihre Besitztümer hatte man ihren Kusinen geschenkt, aber diese gutherzigen Mädchen konnten die hübschen Kleider und den Schmuck nicht anschauen, ohne in Tränen auszubrechen, und packten alles in eine Truhe. Dem kleinen Bruder und dem Schwesterchen brachte man bei, nicht nach ihrer Gwen zu fragen.

Lord Samuels und Lady Rosamund nahmen an allen wichtigen höfischen Ereignissen und Gesellschaften teil. Wenn es ihnen an Begeisterung zu mangeln schien, so befleißigten sie sich jedenfalls der angemessenen vornehmen Indifferenz. Sie fügten sich perfekt in ihre neuen Lebensumstände ein.

Lord Samuels war mit seiner Familie erst vergangene Nacht von Burg Devon in Merilon eingetroffen. Beunruhigende Nachrichten vom Kriegsgeschehen hatten sie bewogen, in der Stadt Zuflucht zu suchen. Es gereichte Lord Samuels zur Ehre, daß er nicht geflohen war, bevor er sich vergewissert hatte, daß die Bauern, die für ihn arbeiteten, angemessen beschützt wurden. Weil er sich an Jorams Erzählungen von dem harten Leben der FeldMagi erinnerte und sich mit eigenen Augen von den traurigen Zuständen in dem zu seinem Besitz gehörenden Dorf überzeugen konnte, hatte er sich nach Kräften bemüht, die Bedingungen zu verbessern und dafür sein eigenes Vermögen und seine eigene magische Energie aufgewendet. Jetzt zählte es zu den wenigen Freuden in seinem leer gewordenen Leben zu sehen, wie in die früher stumpfen, glanzlosen Augen der Leute ein Ausdruck von Dankbarkeit und Respekt trat.

»Glaubst du, daß es stimmt, was wir gehört haben?« fragte Lady Rosamund ihn leise, nachdem sie sich vergewissert hatte, daß keiner der HausMagi sie hören konnte.

»Was meinst du, Liebes?« fragte er und drehte sich zu ihr herum.

»Nun – den Krieg und den Tod des Kaisers. Du hast dich den ganzen Vormittag in deinem Arbeitszimmer eingeschlossen. Ich hörte dich mit jemandem reden, und dann sind die Ariels gekommen. Was für Nachrichten haben sie gebracht?«

Lord Samuels seufzte. Er nahm die Hand seiner Frau und zog sie an sich. »Keine guten. Ja, es stimmt. Ich hätte es dir erzählt, aber ich wollte abwarten, bis

Marie und die Kinder und die Dienstboten sich für den Nachmittag zurückgezogen haben.«

»Worum geht es?« Lady Rosamunds Gesicht war blaß geworden, aber sie wirkte gefaßt.

»Der Mann, mit dem du mich reden gehört hast, war Rob.«

»Rob!« Lady Rosamund sah ihn erstaunt an. »Unser Verwalter? Bist du noch einmal zur Burg zurückgekehrt? Obwohl man uns gewarnt hat ...«

»Nein, Liebes. Rob ist hier in Merilon. All unsere Leute sind hier. Die *Duuk-tsarith* haben sie heute morgen in die Stadt gebracht. Und nicht nur die unseren, sondern auch die FeldMagi aus den umliegenden Dörfern.«

»Im Namen des Almin!« Lady Rosamund schmiegte sich enger an ihren Mann, der schützend den Arm um sie legte. »Seit den Eisenkriegen hat es das nicht mehr gegeben! Was ist denn geschehen? Sharakan war doch einverstanden, den Krieg auf dem Feld der Ehre auszutragen. Warum haben sie ihren Schwur gebrochen ...«

»Es ist nicht Sharakan, Liebes«, unterbrach sie Lord Samuels.

»Aber ...«

»Ich weiß. Das ist, was Bischof Vanya uns glauben machen will. Doch es gibt zu viele, die die Wahrheit kennen und hergekommen sind, um sie zu verkünden. Der Feind soll aus dem Jenseits gekommen sein. Man sagt, Prinz Garald habe Seite an Seite mit Kaiser Xavier gegen die neue Bedrohung gefochten.«

»Warum belügt Bischof Vanya uns dann?«

»Das ist eine Frage, auf die viele von uns gern eine Antwort wüßten«, antwortete Lord Samuels mit gerunzelter Stirn. »Er will nicht einmal öffentlich zugeben, daß Xavier tot ist, obwohl Augenzeugen bereits die Kunde verbreitet haben. Unser Bischof – der Almin möge mir verzeihen – ist alt und gebrechlich. Die Verantwortung dieser Situation ist zuviel für ihn, fürchte ich. Das ist meine Ansicht und die Ansicht manch anderer, aus den Briefen zu schließen, die ich erhalten habe. Heute abend findet im Palast eine Versammlung statt, um zu beschließen, was getan werden soll. Ich habe vor, daran teilzunehmen.«

Lord Samuels schaute bei dem letzten Satz seine Frau prüfend an. Ihre Finger gruben sich in seinen Arm.

»Wer hat die Versammlung einberufen?« fragte sie ahnungsvoll. Seine unschlüssige Miene war ihr nicht entgangen.

»Prinz Garald, Liebes«, antwortete er ruhig.

Sie hielt den Atem an, wollte protestieren, aber ihr Mann ließ sie nicht zu Wort kommen.

»Ja, ich weiß. Vanya wird das vermutlich als Hochverrat brandmarken. Aber es muß etwas geschehen. Die Atmosphäre ist gespannt, besonders in der Unterstadt. Man hat in Merlyns Hain Notunterkünfte für die FeldMagi errichtet, aber die armen Leute sind da zusammengedrängt wie die Karnickel in einem Bau. Es hat schon immer Unzufriedenheit und Rebellion unter ihnen gegeben. Jetzt sind sie aus ihrem Dorf geführt, hierhergebracht und in einer Art Getto zusammengepfercht. Es kursieren schon Gerüchte, daß man sie mutieren und als Schlachtvieh an die Front schicken will wie in der Vergangenheit die Zentauren. Sie planen eine Revolte.«

»Gütiger Almin!« murmelte Lady Rosamund bang.

»Unter den einfachen Leuten von Merilon herrscht eine ähnliche Stimmung. Wilde Gerüchte gehen um. Ich habe gehört, daß sie sich vor der Kathedrale versammeln und nach Bischof Vanya rufen. Selbst Familien von Stand, die Angehörige verloren haben, sind erzürnt und fordern eine Erklärung. Aber der Bischof hat sich in seinen Gemächern in der Kathedrale eingeschlossen und will niemanden empfangen, nicht einmal den Herzog d'Chambray oder andere Mitglieder des Hochadels. Prinz Garald und sein Gefolge sind Gäste des Herzogs . . .«

»Des Herzogs?« Lady Rosamund rang nach Atem. »Hier in Merilon? Gäste?«

»Liebes«, gab Lord Samuels zu bedenken, »die Lage ist ernst, fast möchte ich sagen, verzweifelt. Ich will dich nicht beunruhigen, aber du mußt darauf vorbereitet sein, der Wahrheit ins Auge zu sehen. Aus der Nachricht des Herzogs geht hervor, daß Merilon selbst in Gefahr ist.«

»Unsinn«, sagte Lady Rosamund im Brustton der Überzeugung. »Die Stadt ist noch nie erobert worden, nicht einmal während der Eisenkriege. Nichts vermag die magische . . .«

Lord Samuels machte Miene, seine Frau über den wahren Sachverhalt aufzuklären, als in einem entfernten Teil des weitläufigen Hauses die Glocke läutete.

»Die Vordertür«, meinte Lady Rosamund, legte den Kopf schräg und lauschte. »Wie außerordentlich seltsam. Irgend jemand ist in diesem Sturm unterwegs! Erwartest du Besuch?«

»Nein«, erwiderte Lord Samuels verwundert. »Nicht einmal die Ariels konnten es wagen, in diesem Wetter zu fliegen. Sie sind per Transversale gekommen. Ich frage mich . . .«

Keiner von ihnen sagte mehr etwas, beide warteten schweigend und nervös auf das Erscheinen des Haus Magus.

Endlich öffnete ein Diener mit hochrotem Kopf hastig und unzeremoniell die Tür. »Mylord«, meldete er aufgeregt, »Prinz Garald von Sharakan und ein Katalyt namens Saryon wünschen Euch in einer besonders wichtigen Angelegenheit zu sprechen.«

»Wir lassen bitten«, sagte Lady Rosamund matt. Prinz Garald! Hier, in ihrem Haus! Ihr blieb kaum genug Zeit, einen raschen, fragenden Blick mit ihrem Mann zu tauschen, der wortlos zu verstehen gab, daß auch er nicht mehr wußte als sie, dann wurden die Besucher schon hereingeführt. Dem Prinzen folgten wie zwei schwarze Schatten die allgegenwärtigen *Duuk-tsarith.*

»Hoheit.« Lady Rosamund verbeugte sich, allerdings nicht ganz so tief, wie es für den verblichenen Kaiser Xavier schicklich gewesen wäre. Schließlich und endlich war der Prinz der Feind ... Oder war es vor achtundvierzig Stunden noch gewesen ... Ach, das war alles so konfus und so besorgniserregend.

»Hoheit.« Lord Samuels verneigte sich. »Wir fühlen uns geehrt ...«

»Vielen Dank«, fiel Prinz Garald dem Hausherrn ins Wort, nicht aus Unhöflichkeit oder auch nur absichtlich, sondern schlicht wegen Müdigkeit und Erschöpfung. »Darf ich Euch Pater Saryon vorstellen?«

»Pater«, murmelten Mylord und Mylady.

Doch als der Katalyt die Kapuze zurückschob, zuckte Lord Samuels zurück und starrte ihn in fassungslosem Entsetzen an.

»Ihr!« rief er mit hohler Stimme.

»Mylord, es tut mir aufrichtig leid.« Saryons Gesicht war hager und von Kummer gezeichnet. »Ich vergaß, daß Ihr mich wiedererkennen würdet, von – von der Wandlung her. Wenn ich daran gedacht hätte, wäre ich rücksichtsvoller gewesen ...«

Lady Rosamund war totenblaß geworden. »Wer ist

dieser Mann?« rief sie und umklammerte den Arm ihres Gatten.

»Lord Samuels, Lady Rosamund«, sagte Prinz Garald ernst, »vielleicht sollten wir erst einmal Platz nehmen. Die Neuigkeiten, die wir haben, sind schwer zu überbringen, und sie entgegenzunehmen erfordert große Seelenstärke. Es ist bedauerlich, daß wir Euch so unvorbereitet damit konfrontieren müssen, aber die Zeit drängt.«

»Ich verstehe nicht!« Lord Samuels blickte von einem zum anderen, er war ebenfalls bleich geworden. »Was sind das für Neuigkeiten?«

»Es geht um Gwen!« rief Lady Rosamund mit der Hellsichtigkeit einer Mutter. Sie wankte, Prinz Garald sprang hinzu und geleitete sie zu einem Diwan; ihr Mann, der den Blick nicht von Saryon losreißen konnte, war absolut unfähig, seiner Frau zu helfen.

»Schickt nach der HausKatalytin!« wies Garald einen der *Duuk-tsarith* halblaut an, der augenblicklich gehorchte. Im nächsten Augenblick war Marie schon mit einer Schale aromatischer, heilender Kräuter an der Seite ihrer Herrin. Nachdem sich auf seinen Wink einige Sessel um den Kamin gruppiert hatten, überredete der Prinz Lord Samuels, sich hinzusetzen.

Nach ein oder zwei Schlückchen Cognac hatte Mylord seine Fassung einigermaßen wiedergewonnen, und Mylady war soweit erholt, um mit tiefem Erröten zur Kenntnis zu nehmen, daß der Prinz ihnen aufwartete. Sie bat Seine Gnaden, sich ans Feuer zu setzen und die nassen Kleider zu trocknen.

»Vielen Dank, Lady Rosamund. Wir sind mit einer Karosse gekommen«, erzählte Prinz Garald, der bemerkte, wie Lord Samuels' Gesicht wieder Farbe bekam, es aber dennoch für angebracht hielt, vorläufig unverfängliche Konversation zu machen. »Trotzdem bin ich naß bis auf die Haut. Des Herzogs Equipagen sind nicht für solches Wetter eingerichtet, und heute morgen befand sich niemand im Schloß, der Magie genug gehabt hätte, um sie entsprechend zu transformieren. Als wir hier eintrafen, hatte sich zentimeterhoch der Schnee auf dem Boden der Karosse gesammelt.« Er schaute reuevoll an seinem eleganten, bordeauxfarbenen Gewand hinunter. »Ich fürchte, ich hinterlasse Wassertropfen auf Eurem Teppich.«

Mylady bat den Prinzen, sich deswegen um des Almins willen keine Gedanken zu machen. Das Wetter war in der Tat abscheulich. Wie der Garten aussah ... Ihre Stimme erstarb. Sie konnte nicht weitersprechen. Auf dem Diwan liegend hielt sie Maries Hand umklammert und sah ängstlich zu dem Prinzen auf. Garald wechselte einen Blick mit Saryon, der leicht mit dem Kopf nickte und sich erhob. Er trat vor Lord Samuels hin, in den Händen eine Schriftrolle.

»Mylord«, begann er, doch beim Klang seiner Stimme gab Lady Rosamund einen erstickten Laut von sich.

»Ich kenne Euch«, rief sie, richtete sich halb auf und schob Maries beschwichtigende Hand zur Seite. »Ihr seid Pater Dunstabel! Aber Euer Gesicht ist verändert.«

»Ja, ich bin der Mann, den Ihr als Pater Dunstabel gekannt habt. Ich hielt mich in der Maske eines anderen in Eurem Haus auf.« Saryon neigte beschämt den Kopf. »Ich hoffe, Ihr werdet mir vergeben. Damals nahm ich die äußere Erscheinung eines anderen Katalyten an, weil ich in eigener Gestalt erkannt und von den Schergen Bischof Vanyas ergriffen worden wäre. Wieviel von meiner Geschichte und der Jorams ist euch bekannt, Mylord?« wandte Saryon sich an Lord Samuels.

»Sehr viel«, antwortete dieser. Er hatte sich wieder in der Gewalt, seine Stimme klang ruhig und fest. Er hielt immer noch den Blick auf Saryon gerichtet, aber nicht mehr voller Entsetzen, sondern mit etwas wie freudloser Hoffnung. »Genaugenommen wußte ich zuviel, jedenfalls nach Xaviers Ansicht. Ich weiß über Joram Bescheid. Ich kenne seine wahre Herkunft. Ich weiß sogar von der Prophezeiung.«

Bei diesen Worten fiel ein Schatten über Prinz Galds Gesicht. »Nur Ihr? Oder wissen noch andere davon?« warf er abrupt ein.

»Von der Prophezeiung?« Lord Samuels richtete den Blick auf den Prinzen. »Ja, Hoheit, ich glaube schon. Obwohl es als Staatsgeheimnis gilt, habe ich hin und wieder Minister und andere einflußreiche Mitglieder des Adels in Andeutungen davon reden hören. Es waren, wie Ihr Euch sicherlich erinnert, zahlreiche Katalyten an jenem Tag anwesend ...«

»Das Baptisterium hat Augen und Ohren und einen Mund«, murmelte Saryon. »Diakon Dulchase ... Er war bei dem Gerichtsverfahren anwesend, das Vanya für Joram inszenierte.« Er lächelte schwach, während er den Schriftrollenbehälter in den Händen drehte. »Dulchase war nie berühmt für seine eiserne Verschwiegenheit.«

»Das macht die Angelegenheit bedeutend einfacher, Lord Samuels«, meinte Prinz Garald, »wenigstens soweit es Euch betrifft. Was es später für Folgen haben wird, ist schwer zu sagen.«

Er schaute gedankenverloren in die Flammen. Der Feuerschein tanzte über sein Gesicht, ohne es zu erhellen, er ließ es düsterer erscheinen, eine Schattenmaske der Sorge und Verantwortung. Er gab dem Katalyten ein Zeichen. »Es tut mir leid, daß ich Euch unterbrochen habe. Sprecht weiter, Pater.«

»Lord Samuels!« Saryon zog das Pergament hervor und reichte es dem Mann, der es anstarrte, aber nicht entgegennahm. »Wir haben Nachrichten, die Euch sehr erschüttern werden. Seid stark, Mylord!« Der Katalyt bedeckte die zitternde Hand von Gwendolyns Vater mit der seinen. »Wir haben überlegt, wie wir Euch darauf vorbereiten können, und nach langem Nachdenken beschlossen Prinz Garald und ich, Euch das Dokument zu geben, das ich hier in der Hand halte. Derjenige, von dem es stammt, ist einverstanden. Werdet Ihr es lesen, Lord Samuels?«

Lord Samuels streckte die Hand aus, aber sie zitterte so stark, daß er sie wieder in den Schoß fallen ließ. »Ich kann nicht! Lest Ihr es mir vor, Pater«, meinte er leise.

Saryon warf Garald einen fragenden Blick zu, er nickte. Nachdem er das Pergament vorsichtig entrollt und glattgestrichen hatte, begann er laut vorzulesen:

> *Ich übergebe diese Aufzeichnungen Pater Saryon, für den Fall, daß ich die erste Konfrontation mit dem Feind nicht überlebe ...*

Während Jorams Beschreibung von seinem Weg ins Jenseits schaute Saryon hin und wieder von dem Text auf, um Lord Samuels Reaktionen zu beobachten und die seiner Frau. Er sah auf ihren Gesichtern erst Verblüffung, dann wachsendes Verständnis und schließlich widerwilliges, angstvolles Begreifen.

> *Von meinen Gedanken und Gefühlen, als ich – wie ich glaubte – in den Tod ging, gibt es nicht viel zu berichten ...*

Ein Stöhnen entrang sich Lady Rosamund bei diesen Worten, begleitet von dem steten Strom tröstlichen Gemurmels der HausKatalytin. Lord Samuels sagte gar nichts, aber der Ausdruck von Kummer und Gram und Ratlosigkeit auf seinem Gesicht berührte Saryon zutiefst.

Er sah Garald an. Der Prinz starrte ins Feuer. Er wußte, was in dem Dokument stand; Joram hatte es ihm nach ihrer Rückkehr vom Schlachtfeld gestern nacht gegeben. Er hatte es viele Male gelesen, und Saryon fragte sich, ob er es wirklich verstand, wirklich begriff. Wohl nicht. Es war zu ungeheuerlich. Er wußte, daß jedes einzelne Wort der Wahrheit entsprach, immerhin hatte er den Beweis mit eigenen Augen gesehen. Trotzdem war alles so irreal.

Ich merkte nicht – so betäubt war ich von meinem eigenen Elend –, daß Gwendolyn mir gefolgt war. Zwar kann ich mich erinnern, ihre Stimme gehört zu haben, als der Nebel mich umfing, wie sie mich bat zu warten . . .

Lord Samuels stöhnte auf – es war ein tief aus der Brust kommendes, qualvolles Stöhnen. Er barg das Gesicht in den Händen. Rasch erhob sich Prinz Garald, kniete neben ihm nieder, legte die Hand auf seinen Arm und wiederholte freundlich: »Seid stark, Mylord!«

Lord Samuels gab keine Antwort, doch er schob seine Hand über die des Prinzen und schien mit einem schwachen Nicken anzudeuten, daß Saryon fortfahren solle. Der Katalyt las weiter; an einer Stelle brach seine Stimme, er mußte eine Pause machen und sich räuspern.

Beim Erwachen stellte ich fest, daß Gwendolyn und ich in eine neue Welt geraten waren und vor der Aufgabe standen, ein neues Leben zu beginnen. Ich heiratete meine arme Gwen, um ihr soviel Schutz und Sicherheit zu bieten, wie es in meiner Macht stand, und jeden Tag verbrachte ich einige Zeit bei ihr an jenem beschaulichen Ort der Ruhe und Fürsorge, wo sie lebte, während die Heiler der Welt Jenseits sich bemühten, einen Weg zu finden, ihr zu helfen.
Zehn Jahre ist es her – zehn Jahre in unserer neuen Heimat ...

»Mein Kind!« rief Lady Rosamund klagend. »Mein armes Kind!« Marie umarmte sie tröstend, ihre Tränen vermischten sich mit denen ihrer Herrin. Lord Samuels saß vollkommen still, er hob nicht einmal den Kopf. Saryon, der ihn einen Moment lang besorgt gemustert hatte, las ohne Unterbrechung weiter bis zum Ende.

Das Spiel bedeutet nichts, nur wie man es spielt, darauf kommt's an!

Er verstummte. Seufzend rollte er das Pergament zusammen.

Draußen vor dem Fenster dämpfte der Schnee alle Geräusche. Er schien Merilon mit einem lastenden, weißen Schweigen zu bedecken. Das Rascheln des Pergaments wirkte unnatürlich laut und störend. Verlegen hielt er inne.

In die Stille hinein sagte Prinz Garald leise: »Mylord, sie sind hier, in Eurem Haus.«

Lord Samuels hob ruckartig den Kopf. »Hier? Meine Gwen ...«

Lady Rosamund faltete in banger Erwartung die Hände.

»Sie warten im Vorraum. Ihr solltet Zeit haben, Euch mit dem Gedanken vertraut zu machen«, fuhr Garald in beschwörendem Ton fort und hielt Lord Samuels zurück, als er aufspringen wollte. »Denkt daran! Für sie sind zehn Jahre vergangen! Sie ist nicht mehr das Mädchen, das Ihr gekannt habt! Sie ist verändert …«

»Sie ist meine Tochter, Prinz«, entgegnete Lord Samuels heiser und machte sich los. »Und sie ist nach Hause gekommen!«

»Ja, Mylord«, erwiderte der Prinz, leise, bekümmert. »Sie ist heimgekommen. Pater Saryon …«

Der Katalyt entfernte sich wortlos. Lady Rosamund trat gefolgt von Marie neben ihren Gatten. Er legte den Arm um seine Frau; sie wischte sich die Tränen aus dem Gesicht und glättete ihr Haar. Dann ergriff sie mit der einen Hand die ihres Mannes, mit der anderen zog sie Marie näher zu sich heran.

Saryon kehrte zurück, begleitet von Joram und Gwen, die zögernd an der Tür stehenblieben. Beide waren in lange Pelzumhänge vermummt und hatten die Kapuzen aufbehalten, um von den Dienstboten nicht erkannt zu werden. Im Nähertreten schob Joram die Kapuze zurück und enthüllte ein Gesicht, das auf den ersten Blick kalt und starr aussah, wie aus Stein gemeißelt. Als er Lord Samuels und Lady Rosamund erblickte, glänzten aber Tränen in den braunen Augen. Er schien etwas sagen zu wollen, doch die Stimme versagte ihm. Fürsorglich wandte er sich seiner Frau zu und half ihr, sich der Kapuze zu entledigen.

Gwens goldenes Haar glänzte im Feuerschein. Die leuchtend blauen Augen in dem blassen, lieblichen Gesicht wanderten neugierig durch das Zimmer.

»Mein Kind!« Lady Rosamund wollte durch die Luft zu ihrer Tochter schweben, aber ihre Magie ließ sie im Stich.

»Mein Kind! Meine Gwendolyn!« Sie eilte mit unsicheren Schritten durchs Zimmer, umarmte ihre Tochter, drückte sie an sich und lachte und weinte zur gleichen Zeit.

Gwen machte sich freundlich, aber bestimmt von ihrer Mutter frei, um das Wort an einen dem Augenschein nach leeren Stuhl zu richten. »Das müssen die Leute sein, von denen Ihr mir erzählt habt, Graf Devon!«

Von Salzstreuern und Teekannen

Obwohl es erst später Nachmittag war, brachte der Schneefall vorzeitige Dunkelheit über die Stadt. Von der Magie der Bediensteten in Lord Samuels' eleganter Villa zum Leben erweckt, verbreiteten Lichter freundliche Helligkeit in dem freudlosen Salon, wo Lady Rosamund mit Marie und ihrer Tochter saß. Lichtkugeln erhellten Gästezimmer, die geraume Zeit verschlossen gewesen waren und in denen die Haus-Magi jetzt eifrig dabei waren, Leinzeug und Plumeaus zu lüften, Bettflaschen zu verteilen und Rosenblätter auszustreuen, um den muffigen Geruch aus den lange unbenutzten Räumen zu vertreiben. Während der Arbeit erzählten sie sich gegenseitig im Flüsterton Geschichten von Leuten, die von den Toten auferstanden waren.

Der einzige Raum im ganzen Haus, der unbeleuchtet blieb, war Lord Samuels Studierzimmer. Die Männerrunde, die dort beisammensaß, bevorzugte das verschwörerische Halbdunkel, in dem sich der düstere Tenor ihrer Gespräche widerspiegelte.

»So sieht es aus. Das ist die Situation, mit der wir konfrontiert sind, Lord Samuels«, schloß Joram, der aus dem Fenster starrte und die Schneeflocken beobachtete, die lautlos vom Himmel schwebten. »Der Feind plant, Thimhallan zu erobern und die Magie wieder ins Universum zu entlassen, allerdings haben wir ihm eine Lehre erteilt und gezeigt, daß dieses Ziel nicht so ohne weiteres und nur mit großen Verlusten zu erreichen ist.«

Während der letzten halben Stunde hatte er so

genau wie möglich über die Schlacht auf dem Feld der Ehre berichtet. Lord Samuels lauschte in sprachlosem Staunen. Leben im Jenseits. Kreaturen aus Eisen, die mit einem Blick zu töten vermochten. Menschen mit einer Haut aus Metall. Saryon, der von Joram zu Lord Samuels blickte, konnte sehen, daß der Mann sich alle Mühe gab, das Unbegreifliche zu begreifen, aber nach dem ratlosen Ausdruck auf seinem Gesicht zu urteilen, fühlte er sich wie jemand, der Nebelschwaden zu fassen versucht.

»Was – was tun wir jetzt?« fragte er verwirrt.

»Wir warten ab«, erwiderte Joram. »Es gibt ein Sprichwort im Jenseits: aufs Beste hoffen und aufs Schlimmste gefaßt sein.«

»Und was ist das Beste?«

»Nach den Berichten der *Duuk-tsarith,* die ihnen gefolgt sind, haben die Invasoren sich panikartig zurückgezogen. Es war eine planlose Flucht – unter Umständen ein günstiges Omen. Sie scheinen uneins zu sein, und es zeichnet sich ein Nachlassen der Disziplin ab. Ich kenne den Offizier, dem man die Führung dieser Expedition übertragen hat, einen Major James Boris. In jeder anderen Lage wäre er ein guter Offizier; er verläßt sich auf Logik und gesunden Menschenverstand. Gerade das macht ihn aber ungeeignet für eine Aktion in dieser Welt. Jemand wie er ist hier verraten und verkauft. Er wird versagen in einem Krieg, der ihm vorkommen muß wie ein Kapitel aus einem Schauerroman. Ich wette, er gibt auf und zieht sich mit seinen Truppen aus Thimhallan zurück.«

»Und dann?«

»Dann müssen wir eine Möglichkeit finden, die Grenze wieder ein für allemal zu schließen. Das sollte nicht gar zu schwierig sein ...«

»Die *Duuk-tsarith* suchen bereits nach einer Lösung

für dieses Problem«, sagte Garald. »In jedem Fall erfordert es einen großen Aufwand an Leben. Vermutlich wird jeder Lebende in Thimhallan einen Beitrag leisten müssen.«

»Und was wäre das Schlimmste, auf das wir gefaßt sein müßten?« fragte Lord Samuels nach einer Weile.

Joram preßte die Lippen zusammen. »Boris wird Verstärkung anfordern. Wir haben nicht mehr die Zeit und auch nicht die Energie, sie an der Grenze aufzuhalten, deshalb bleibt uns nichts anderes übrig, als Merilon zu befestigen. Wir müssen die Stadt aus ihrem Zauberschlaf aufwecken und den Bürgern klarmachen, daß die sorglosen Zeiten vorüber sind.«

»Erst muß jemand den feigen Dickwanst, der sich in seiner Kristallkathedrale verkriecht und zum Almin winselt, ihn zu beschützen, die Macht aus den Händen reißen«, sagte Prinz Garald. »Ihr müßt verzeihen, Pater Saryon.«

Der Katalyt schüttelte mit einem matten Lächeln den Kopf.

»Ihr habt ganz recht, Hoheit, aber wem werden die Leute zu folgen bereit sein?« Lord Samuels beugte sich vor. Hier ging es um Politik, davon verstand er etwas. »Es gibt einige, d'Chambray zum Beispiel, die intelligent genug sind, Standesunterschiede und alte Fehden zu vergessen, um dem gemeinsamen Feind geschlossen entgegenzugehen. Leider gibt es auch andere – wie Sir Chesney, den alten, sturen Dickkopf. Ich bezweifle, daß er irgend etwas von diesem ›Geschwätz‹ über andere Welten glauben würde. Gütiger Almin!« Er fuhr sich mit der Hand durch das ergrauende Haar. »Ich kann's ja selbst kaum glauben, dabei habe ich den Beweis vor Augen . . .«

Sein Blick wanderte aus dem Arbeitszimmer in den angrenzenden Salon, in dem die Frauen saßen. Aus dem steifen, eleganten Raum mit dem repräsentativen Mobiliar drang Gwendolyns Stimme herüber. Ihr melancholischer, versponnener Redefluß war eine passende Untermalung – so empfand es Saryon – für diese Gespräche von Krieg und Tod.

»Bitte mißversteht mich nicht«, erklärte Gwendolyn ihrer bestürzten und untröstlichen Mutter, »Graf Devon ist durchaus einverstanden mit den Veränderungen, die Ihr in seinem Haus vorgenommen habt. Nur findet er sich gar nicht mehr zurecht, mit den neuen Möbeln und allem. Und es sind so *viele* Möbel! Er fragt sich, ob das wirklich sein muß. Besonders diese kleinen Tische.« Gwendolyn machte eine anmutige Handbewegung. »Wohin er sich auch wendet, überall steht so ein Tischchen im Weg. Nachts stößt er immer dagegen. Und gerade als er glaubte, sich daran gewöhnen zu können, habt Ihr die Porzellanvitrine umgestellt. Sie stand jahrelang an derselben Stelle, an der Nordwand des Speisezimmers, nicht wahr?«

»Sie – sie hat das Morgenlicht von den Ostfenstern abgehalten ...«, murmelte Lady Rosamund kraftlos.

»Eines Nachts ist der alte Mann prompt dagegengelaufen«, fuhr Gwendolyn fort. »Er hat einen Salzstreuer zerbrochen, aus Versehen, wie er beteuert. Aber wäre es vielleicht möglich, die Vitrine wieder auf den alten Platz zurückzustellen?«

»Mein armes Kind!« flüsterte Lord Samuels. Mit einer abrupten Handbewegung bewirkte er, daß die Tür zwischen Arbeitszimmer und Salon sich leise schloß. »Wovon redet sie eigentlich?« verlangte er dann zu wissen. »Uns, ihre Eltern, erkennt sie nicht, aber sie weiß von der – der *Porzellanvitrine* und dem Salzstreuer! Der Salzstreuer. Mein Gott! Wir nahmen an, einer der Diener hätte ihn zerbrochen!«

»Wie war der Name des vorherigen Eigentümers

dieser Villa?« fragte Joram. Auch er hatte seine Frau gehört; der Schmerz, mit dem er seit vielen Jahren lebte, verriet sich im Tonfall seiner Worte.

Saryon wollte Trost spenden, aber Lord Samuels antwortete bereits auf Jorams Frage, und der Katalyt verzichtete darauf, etwas zu sagen. Er bewegte sich ruhelos in seinem Sessel und massierte die verkrümmten Finger, als ob sie schmerzten. Was konnte er denn an Trost bieten? Leere Worte, sonst nichts.

»Der vorige Besitzer? Er ist tot. Sein Name war ...« Lord Samuels verstummte und sah Joram betroffen an. »Graf Devon!«

»Das habe ich versucht, Euch klarzumachen«, meinte Joram seufzend. »Sie spricht mit den wirklich Toten. In dieser Welt würde man sie eine Nekromantin nennen.«

»Aber es gibt keine Nekromanten mehr! Sie sind in den Eisenkriegen umgekommen!« Lord Samuels Blick irrte von Joram zu der geschlossenen Tür des Salons. Man hörte immer noch gedämpft Gwendolyns Stimme.

Joram fuhr sich geistesabwesend mit den gespreizten Fingern durchs Haar. »In der Welt Jenseits hält man sie für verrückt. Dort glaubt man nicht an Nekromantie. Die Theorie der Heiler lautet, sie hätte ein furchtbares Trauma erlitten und sich in ein von ihr selbst geschaffenes Reich der Phantasie geflüchtet, in dem sie sich geborgen fühlt. Nur ich glaube, daß ihr Wahn mit Vernunft gepaart ist, daß sie *wahrhaftig* mit den Toten sprechen kann.«

»Nicht nur du allein«, berichtigte ihn Saryon düster.

Joram zog die schwarzen Brauen zusammen. »Ihr habt recht, Pater. Ich stehe nicht allein damit. Menju der Magier – der Mann, den ich in meinem Bericht erwähnt habe – glaubt ebenfalls, daß sie eine Nekromantin ist. Als er begriff, wie wertvoll diese Gabe ihm sein konnte, versuchte er, Gwendolyn zu entführen. Das öffnete mir die Augen, und ich erkannte seine wahre Natur.«

»Wertvoll?« Garald mischte sich in das Gespräch. Er hatte am Schreibtisch des Hausherrn gesessen und die Karten Thimhallans studiert, aber mittlerweile war es zu dunkel geworden, um noch etwas zu erkennen, deshalb wandte er seine Aufmerksamkeit wieder der Unterhaltung zu. »In welcher Beziehung? Was haben die Toten den Lebenden zu bieten?«

»Habt Ihr Euch nie mit den Aufgaben der Nekromanten befaßt, Hoheit?« fragte Saryon.

»Nur flüchtig«, gestand der Prinz gleichgültig. »Sie besänftigten die Seelen der Toten – leisteten Wiedergutmachung für begangene Missetaten, führten zu Ende, was der Tod unterbrochen hatte und so weiter. Nach dem, was in den Geschichtsbüchern steht, war ihr Verschwinden nach dem Ende der Eisenkriege kein großer Verlust.«

»Erlaubt, daß ich widerspreche, Hoheit«, wandte Saryon höflich ein. »Die Kirche stellte es so dar, als wäre das Erlöschen ihrer Kaste kein großer Verlust gewesen. Ich bin anderer Meinung. Ich habe viele Stunden mit Gwendolyn verbracht und zugehört, wie sie sich mit denen unterhielt, die nur sie allein sehen und hören kann. Die Toten besitzen etwas von unvergleichlichem Wert – etwas, das den Lebenden auf ewig vorbehalten bleiben wird.«

»Und das wäre ... ?« fragte Garald mit kaum verhohlener Ungeduld. Offenbar hätte er das Gespräch gern wieder auf ein ihm wichtiger erscheinendes Thema gebracht, war aber zu höflich, den Katalyten vor den Kopf zu stoßen.

»Absolutes Verstehen, Hoheit! Im Tode werden wir

eins mit dem Schöpfer. Wir erkennen die Struktur des Universums! Der kosmische Plan wird uns offenbart!«

Garalds Interesse war geweckt. »Glaubt Ihr das?« fragte er.

»Ich – ich weiß nicht genau.« Saryon wurde rot, senkte den Blick und starrte auf seine Schuhe. »So wird es gelehrt«, fügte er schwerfällig hinzu. Die quälenden Zweifel an seinem Glauben, von denen er gehofft hatte, daß sie mit Jorams ›Tod‹ ausgeräumt wären, begannen wieder an ihm zu nagen.

»Angenommen es ist so«, beharrte Garald. »Könnten die Toten dieses Wissen um die Zukunft an die Lebenden weitergeben?«

»Ob man nun daran glaubt oder nicht, Hoheit«, ein unfrohes Lächeln glitt über Saryons Gesicht. »Die Welt der Toten entzieht sich unserem Verständnis, so wie es uns nicht möglich ist, die fremde Welt zu begreifen, die Joram uns geschildert hat. Wir sehen die Zeit durch ein einziges Fenster, das nur den Ausblick in eine Richtung ermöglicht. Die Toten sehen durch Hunderte von Fenstern in alle Richtungen.« In dem Bemühen, das Ungeheure dieser Vision zu verdeutlichen, breitete der Katalyt die zernarbten Hände aus. »Wie also sollten sie beschreiben können, was sie sehen? Aber sie können Ratschläge geben, Hinweise. Und sie taten es – durch die Nekromanten. In früheren Zeiten gab man den Toten Gelegenheit, den Lebenden hilfreich zur Seite zu stehen. Die Menschen verehrten ihre Toten, sie erhielten die Verbindung mit ihnen aufrecht und hatten den Nutzen von ihrer Einsicht in das *eine* Bewußtsein. Das ist uns verlorengegangen, Hoheit.«

»Ich verstehe.« Garald schaute sinnend auf die geschlossene Verbindungstür.

Saryon schüttelte den Kopf. »Nein, Prinz«, sagte er

ruhig, »sie kann uns nicht helfen. Soviel wir wissen, versucht dieser unglückliche Graf vielleicht, mit seinem Gerede von Vitrinen und Salzstreuern unsere Aufmerksamkeit auf etwas erheblich Wichtigeres zu lenken. Doch selbst wenn es so wäre, könnte Gwendolyn uns nicht als Mittlerin dienen. Sie hat sich schon zu weit von den Lebenden entfernt.«

Der Prinz schien das Thema weiterverfolgen zu wollen, aber Saryon gab ihm mit einem bedeutungsvollen Blick erst auf Lord Samuels und dann auf Joram zu verstehen, daß es für zwei von ihnen ein schmerzliches Gespräch war. Der Vater starrte auf die geschlossene Tür, sein Gesicht war eine Maske aus Hilflosigkeit und Gram. Der Ehemann sah mit der Miene bitterer Resignation in den toten, unter einer Schneedecke begrabenen Garten hinaus. Prinz Garald räusperte sich und kam übergangslos auf etwas anderes zu sprechen.

»Wir waren uns einig, daß Merilon eine Leitfigur braucht, einen Mann an der Spitze, der die Leute aufrüttelt und dem zu folgen sie bereit sind«, meinte er sachlich. »Wie schon gesagt, scheint mir nur einer geeignet . . .«

»Nein!« Joram fuhr herum und ballte die Faust.

»Joram, hör mir zu!« Garald beugte sich lebhaft vor. »Du bist bei weitem der . . .«

Plötzlich tat sich mitten im Zimmer eine Transversale auf. Vier Augenpaare musterten sie überrascht, aber im ersten Moment war nichts zu sehen. Saryon hörte nur dumpfe Stimmen und das Geräusch eines Handgemenges.

»Nimm die Pfoten weg! Tölpel! Du hast den Samt zerdrückt! Jetzt habe ich mindestens eine Woche lang die Spuren deiner Finger an meinem Ärmel! Ich . . .«

Simkin stolperte in leuchtend grüner Hose und mit

orangefarbenem Hut aus der Transversale und sank als Häufchen Elend zu Boden. Ihm folgten Mosiah in der Kluft eines Bogenschützen von Sharakan sowie zwei ganz in Schwarz gewandete *Duuk-tsarith.*

Offenbar selbst peinlich berührt von seinem alles andere als geglückten Auftritt, raffte Simkin sich auf, vollführte einen anmutigen Kratzfuß, schwenkte zierlich das orangefarbene Seidentüchlein und verkündete: »Hoheit, Ihr könnt mir gratulieren. Ich habe sie gefunden!«

Ohne Simkin zu beachten, der sich mit seiner neuesten Großtat brüstete, wandte Mosiah sich an den Prinzen: »Euer Gnaden, wir haben *ihn* gefunden. Er befand sich im Lager des Feindes. Eurem Befehl gehorchend, fingen die *Thon-li,* die Hüter der Transversalen ihn ein und brachten ihn zu mir. Mit ihrer Hilfe gelang es mir, ihn herzuschleppen.«

»Dabei war ich ohnehin auf dem Weg hierher!« protestierte Simkin beleidigt. »Oder ich wäre es gewesen, hätte ich gewußt, wo *hier* ist. Ich habe über und all gesucht, verehrter Prinz, geradezu verzehrt von Sehnsucht nach Euer Hochwohlgeboren edlen Zügen. Seht Ihr, ich bin im Besitz ungemein wichtiger Informationen ...«

»Die *Thon-li* sagten, er wäre auf dem Weg zur Kathedrale gewesen«, unterbrach ihn Mosiah rachsüchtig.

Simkin schniefte indigniert. »Nur weil ich annahm, Seine Durchlauchtigkeit wären dort. Jeder, der jemand ist, befindet sich in der Kathedrale. Die guten Leutchen vom Lande veranstalten dort einen richtig netten Aufstand ...«

»Aufstand?« Prinz Garald blickte fragend zu den *Duuk-tsarith.*

»So ist es, Hoheit«, antwortete einer von ihnen.

»Wir waren auf dem Weg, Euch darüber zu berichten, als Mosiah uns um Hilfe bat. Die FeldMagi sind von Merlyns Hain zur Kathedrale gezogen und verlangen den Bischof zu sehen.« Die schwarze Kapuze senkte sich ein wenig, die verschränkten Hände lösten sich zu einer entschuldigenden Geste. »Wir konnten sie nicht aufhalten, Hoheit. Obwohl sie nur wenige Katalyten haben, ist ihre Magie ungeschwächt, wir hingegen sind entkräftet.«

»Ich verstehe. « Prinz Garald tauschte einen besorgten Blick mit Lord Samuels, dann schauten beide zu Joram, der mit dem Rücken zu ihnen stand und wieder in den Garten hinaussah, obwohl in der hereinbrechenden Dunkelheit gar nichts mehr zu erkennen war. »Und was tut der Bischof?«

»Er weigert sich, sie zu empfangen, Hoheit. Er hat angeordnet, die Tore der Kathedrale durch Magie zu versiegeln. Angehörige unseres Ordens, die noch stark genug sind, Zauber zu wirken, halten dort Wache.«

»Dann ist die Kathedrale vorläufig sicher?«

»Ja . . .«

»Sie werden nicht angreifen, Hoheit!« rief Mosiah dazwischen. »Sie wollen niemandem etwas zuleide tun! Sie haben Angst, und sie wollen Antworten auf ihre Fragen!«

»Ist dein Vater bei ihnen, Mosiah?« fragte Prinz Garald ruhig.

»Ja, mein Prinz.« Mosiah lief rot an. »Mein Vater ist ihr Anführer. Er weiß, was in der Schlacht gestern wirklich geschehen ist. Ich habe es ihm gesagt. Vielleicht war das falsch«, sagte er halb trotzig, halb schuldbewußt, »aber sie haben das Recht, die Wahrheit zu erfahren.«

»Das Recht haben sie«, meinte Garald, »und ich

hoffe, wir werden Gelegenheit haben, sie ihnen zu sagen – die ganze Wahrheit.« Er warf einen Blick auf Joram, der unverwandt in die Nacht hinausstarrte. Sein Gesicht war hart und ausdruckslos. Prinz Garald schob die Karten zur Seite, stand auf und begann mit auf dem Rücken gefalteten Händen im Zimmer auf und ab zu gehen. »Nun, Simkin«, wandte er sich plötzlich an den in grünen Samt gehüllten jungen Mann, »du bist also im feindlichen Lager gewesen?«

»Meiner Treu! Aber selbstverständlich!« Simkin schnippte mit den Fingern, und ein Diwan materialisierte sich neben ihm. »Ihr entschuldigt hoffentlich«, meinte er träge und streckte sich darauf aus, unbekümmert um die Tatsache, daß er dem Prinzen den Weg versperrte. »Und stört es womöglich, wenn ich mir eine andere Garderobe zulege? Dies Grün trage ich jetzt schon seit Stunden, und es macht mich einfach zu blaß. Ich sehe aus, als hätte ich die Gelbsucht.«

Noch während er sprach, verwandelten sich Beinkleid und Wams in einen Hausmantel aus rotem Brokat, mit Ärmelstulpen und Kragen aus dickem, schwarzem Pelz. Weiche rote Schuhe mit aufgebogenen Spitzen zierten seine Füße. Simkin war begeistert und hob einen Fuß, um seine Kreation zu begutachten.

»Der Feind?« erinnerte ihn Garald.

»O ja! Nun, was sollte ich denn anderes tun, Hoheit? Eine Zeitlang spazierte ich über das Schlachtfeld und unterhielt mich ausgezeichnet, das muß ich sagen, bis mir zu Bewußtsein kam, daß ich Gefahr lief, einer höchst unerwünschten Erleuchtung teilhaftig zu werden. Ein Loch im Kopf entspricht nicht unbedingt meiner Vorstellung von illuminierenden Einsichten. Wie auch immer«, Simkin pflückte das orangefarbene

Schnupftuch aus der Luft und betupfte sich vornehm die Nase, »ich war entschlossen, meinem Vaterland zu dienen. Deshalb kam ich auf den Gedanken, mich – ungeachtet des großen Risikos für Leib und Leben als Spion zu versuchen!«

»Weiter«, forderte ihn Garald auf.

»Selbstverständlich. Übrigens, Joram, alter Freund«, Simkin lehnte halb aufgerichtet an einem Berg seidener Kissen, »habe ich schon gesagt, wie es mich freut, dich bei uns zu haben?« Er schwenkte sein Tuch. »Du siehst gut aus. Bist du lange krank gewesen?«

Joram antwortete nicht auf die alberne Frage. »*Wenn* es stimmt, daß du im Lager des Feindes gewesen bist, dann erzähl uns, was du in Erfahrung gebracht hast!« sagte er nüchtern.

»Oh, es stimmt durchaus«, meinte Simkin und strich mit dem kleinen Finger affektiert über sein Oberlippenbärtchen. »Beweise gefällig, mein König? Schließlich habe ich mich doch schon zu Beginn des Spiels zu deinem Narren ernannt. Erinnerst du dich? Zwei Todeskarten? Daß du zweimal sterben wirst? Damals haben sie mich ausgelacht«, er warf Mosiah und Saryon einen schlauen Blick zu, »aber jetzt ist ihnen das Lachen, scheint's, vergangen. Es war teuflisch schwer, in das Lager hineinzukommen. In den Transversalen wimmelt es von schwarzen, greulichen Gestalten. Damit wird es übrigens ein Ende haben.« Er hauchte auf seine Fingernägel und rieb sie im Pelzrevers des Hausmantels blank. »Ein alter Freund von dir, Handschuh der Magier oder so ähnlich, hat die Transversalen versiegelt ...«

Joram wurde so bleich, daß Saryon eilig zu ihm trat und ihm begütigend die Hand auf den Arm legte. *Nun ist es also geschehen,* dachte er. *Was er die ganze Zeit befürchtet hat, ist eingetroffen.*

»Menju«, sagte Joram mit kaum vernehmlicher Stimme.

»Was hast du gesagt? Menju? Genau! Schauderhafter Name, aber ein charmanter Bursche. Hat sich mit einem ungehobelten Knaben zusammengetan – ein kleiner, dicker Kasernenschreck, der keinen Tee mag. Trotzdem plazierte ich mich als Teekanne auf seinem Schreibtisch, aber der Banause befahl einem Sergeanten, mich wegzuschaffen. Zum Glück war der Mann ein plumper Einfaltspinsel, völlig unfähig, mich daran zu hindern, bei der erstbesten Gelegenheit auf meinen Horchposten zurückzukehren. Sag mal, alter Junge, hörst du mir überhaupt zu?«

Joram antwortete nicht. Er machte sich von Saryon los und ging wie in Trance zum Kamin, wo er stehenblieb, den Sims umklammerte und blind in das ersterbende Feuer starrte.

»Er ist hier!« sagte er endlich. »Natürlich, ich habe damit gerechnet. Aber wie hat er es bewerkstelligt? Ist er entkommen, oder hat man ihn befreit?« Er wandte den Kopf und musterte Simkin mit Augen, die hitziger brannten als die schwelende Glut. »Beschreibe den Mann. Wie hat er ausgesehen?«

»Ein fescher Teufel. Mindestens sechzig, auch wenn er gern für neununddreißig gehalten werden will. Groß, breitschultrig, graues Haar, schöne Zähne. Was er anhatte, war schlicht trostlos . . .«

»Das ist er!« sagte Joram halblaut und schlug in plötzlich aufwallendem Zorn mit der Faust gegen den Kaminsims.

»Und er hat das Sagen, alter Freund. Unser Major Boris schien nach seinem Kurzurlaub hier fest entschlossen zu sein, auf kürzestem Weg in die heimatlichen Gefilde zurückzukehren. Es gab da eine lustige kleine Episode, die ich euch unbedingt erzählen muß.

Der Magier verwandelte die Hand des Majors in einen Hühnerfuß! Das Mienenspiel des Ärmsten – köstlich, einfach köstlich, sage ich euch! Man muß wohl dabeigewesen sein, um das lustig zu finden, wo war ich stehengeblieben? Ach ja. Der Major war bereit, seine Siebensachen zu packen und nach Hause zu gehen, aber dieser Menju verwandelte die Hand von Freund Boris in das, womit der Hahn auf dem Mist scharrt, und sein Widerspruchsgeist war dahin.«

»Und?«

»Was und? Ach so. Die Idee mit dem Rückzug wurde ad acta gelegt. «

»Joram . . .«, wollte Garald einwerfen.

Der junge Mann hob abwehrend die Hand. »Was haben sie vor?« fragte er.

»Sie hatten da so ein Wort.« Simkin kraulte nachdenklich seinen Bart. »Ein Wort, das ihre Pläne sehr treffend beschreibt. Gleich hab' ich's – Genozid!«

»Genozid?« wiederholte Garald perplex. »Was heißt das?«

»Völkermord«, antwortete Joram grimmig. »Natürlich. Das ergibt einen Sinn. Menju muß uns alle töten.«

Der Almin sei uns gnädig

»Nicht so laut, Joram!« zischte Mosiah.

Es war zu spät. Die Verbindungstür öffnete sich, und Lady Rosamund erschien. Ihr Gesicht war totenblaß, offenbar hatten sie und Marie Jorams Worte gehört. Nur Gwendolyn blieb ruhig sitzen und plauderte mit dem verstorbenen Grafen Devon.

»Ich habe ihnen erklärt, wie es sich verhält, und ich bin ganz sicher, man wird die Vitrine an den alten Platz zurückstellen«, sagte sie gerade. »Gibt es sonst noch etwas? Mäuse? In der Dachkammer? Sie nagen an Eurem Porträt, das man dort oben verstaut hat? Ich werde es zur Sprache bringen, aber ...«

Der Hysterie, nahe blickte Lady Rosamund von ihrer Tochter zu ihrem Gatten. »Mäuse, Vitrinen ... Aber was habe ich hier drinnen jemanden sagen hören? Man wird uns töten? Warum? Wie ist das alles möglich?« Sie schlug die Hände vors Gesicht und brach in Tränen aus.

»Liebes, beruhige dich doch!« Lord Samuels eilte zu ihr, nahm sie in die Arme und streichelte beschwichtigend ihr Haar. »Denk an die Kinder«, flüsterte er. »Und an das Personal.«

»Ich weiß.« Lady Rosamund biß auf ihr Taschentuch und bemühte sich, ihr Schluchzen zu unterdrücken. »Ich werde stark sein, bestimmt! Es ist nur – alles zuviel! Mein armes Kind! Mein armes, armes Kind!«

»Meine Herren, Hoheit«, sagte Lord Samuels mit einem um Verständnis heischenden Blick auf die am Kamin versammelte Runde, »bitte entschuldigt uns. Komm, Liebes«, er stützte seine Frau, »ich bringe dich in dein Zimmer. Alles wird gut. Marie, du bleibst bei meiner Tochter.«

»Das ist nicht nötig, Mylord«, meldete Saryon sich zu Wort. »Ich werde auf Gwendolyn achten. Marie sollte bei ihrer Herrin sein.«

Lord Samuels führte seine Frau die Treppe hinauf, Marie folgte ihnen.

Saryon zog einen Stuhl heran, setzte sich zu Gwendolyn und betrachtete sie forschend, um zu sehen, ob die Neuigkeiten auch sie erschreckt hatten. Anscheinend nicht. Ganz zu Hause in der Welt der Toten war sie blind und taub für alles, was in der Welt der Lebenden geschah.

»Pater«, Joram drehte sich um und schaute von seinem Platz am Kamin durch die offenstehende Tür in den Salon, »bitte kommt etwas näher, damit Ihr hören könnt, was gesprochen wird. Ich brauche Euren Rat.«

Was für einen Rat kann ich geben? fragte sich der Katalyt verbittert. Joram hat dieses Unglück über die Frau gebracht, die er liebte, über ihre Eltern, über ganz Thimhallan. Über sich selbst.

Aber hatte er die Wahl? Hatten wir sie?

Er streichelte Gwendolyn, die mit dem Grafen über die Anschaffung einer Katze sprach, über die Hand und rückte mit seinem Stuhl näher an die Tür zwischen Studierzimmer und Salon. Das Herz lag ihm unerträglich schwer in der Brust. Was wird er jetzt tun? fragte er sich, den Blick auf Joram gerichtet. Was wird er tun?

Als hätte er die unausgesprochene Frage gehört, hob Joram den Kopf und sah ihn an. Saryons Herz sank wie ein Bleilot in lichtlose Tiefen. Die tiefen Linien, von Schmerz und Kummer in das steinerne Gesicht gegraben, waren glattgeschliffen worden, und Joram zeigte der Welt wieder eine glatte, harte, undurchdringliche Fassade, hinter der die blutende Seele sich verkroch. »Völkermord. Das erklärt alles«, sagte Joram stoisch. »Das Abschlachten der Zivilisten, das Verschwinden der Katalyten ...«

»Joram, hör mir zu«, unterbrach ihn Prinz Garald unwillig. Er deutete auf Simkin, der sich mit geschlossenen Augen auf dem Diwan räkelte. »Wie kann er wissen, worüber sie gesprochen haben?«

»Beim Almin!« fluchte Joram gedämpft. »Das stimmt!« Er starrte Simkin aus zusammengekniffenen Augen an. »Woher willst du wissen, was sie gesagt haben? Du verstehst ihre Sprache nicht!«

»Nein?« Simkin riß maßlos überrascht die Augen auf. »Potztausend, wenn mir das jemand früher gesagt hätte! Da verschwende ich meine kostbare Zeit, hocke auf dem Schreibtisch eines wenig geistreichen Majors, lasse mich von einem groben Sergeant durch die Gegend schleppen, höre zu, wie sie Verstärkung anfordern und daß es zweiundsiebzig Stunden dauert, bis sie eintrifft, und jetzt erzählt ihr mir, daß ich kein einziges Wort verstanden habe? Ich muß schon sagen!« Simkin blickte ungehalten von einem zum anderen. »Man kann doch wohl verlangen, daß einem so etwas vorher mitgeteilt wird!«

Er wischte sich geräuschvoll die Nase mit dem orangefarbenen Schnupftuch, sank in die Kissen zurück und starrte verdrossen zur Decke.

»Zweiundsiebzig Stunden«, murmelte Joram vor sich hin. »Das entspricht der Transferzeit von der nächstgelegenen Sternenbasis ...«

»Du glaubst ihm?« fragte Garald mit hochgezogenen Augenbrauen.

»Es bleibt mir nichts anderes übrig«, erwiderte Joram schroff. »Und dir auch nicht. Ich kann es nicht erklären, aber er hat den Magier gesehen. Die Beschreibung stimmt, auch die von Major Boris! Und was er gehört zu haben behauptet, klingt durchaus wahrscheinlich. Boris ist nicht mit der Order hergekommen, uns auszurotten! Er kam, um uns durch eine Demonstration seines militärischen Potentials so zu beeindrucken, daß wir auf jeden Widerstand verzichten und uns kampflos unterwerfen. Aber Menju hat andere Pläne. Er will die Magie. Man hat ihn aus dieser Welt ausgestoßen. Er will zurückkehren und die Macht übernehmen. Und er will jeden, der ihm möglicherweise gefährlich werden könnte, tot sehen!«

»Deshalb hat er die Katalyten gefangengenommen!« Saryon wurde manches klar. »Er braucht sie, damit sie ihm magisches Leben gewähren ...«

»... das er dann benutzt, um Major Boris einzuschüchtern und die Transversalen zu versiegeln.«

»Das glaube ich einfach nicht! Das ist lächerlich!« In einem dunklen Winkel hatte Mosiah mitangehört, was Simkin erzählte. Jetzt trat er vor und schaute beschwörend von dem Prinzen zu Joram und zu Saryon. »Simkin hat das alles erfunden. Sie können uns nicht alle umbringen – jeden Bewohner Thimhallans. Das wären Millionen von Menschen!«

»Sie können und sie werden«, sagte Joram schlicht. »Es wäre nicht das erste Mal. Auf ihrer eigenen Welt hat es im Lauf der Zeit mehrere solcher Völkermorde gegeben, und als sie sich zu den Sternen hinauswagten und dort Leben entdeckten, schreckten sie nicht davor zurück, intelligente Wesen abzuschlachten, deren einziges Verbrechen darin bestand ›anders‹ zu sein. Sie haben hocheffiziente Methoden des Tötens entwickelt – Waffen, denen es ein leichtes ist, binnen Minuten ganze Völkerschaften auszulöschen. Hier auf unserer Welt werden sie allerdings keinen Gebrauch davon machen. Menju ist darauf angewiesen, daß die

Magie Thimhallans intakt bleibt, rein und stark. Er kann es nicht riskieren, eine Energiewaffe einzusetzen, die vielleicht den Born der Magie zerstört ...«

Garald schüttelte den Kopf, offenbar überfordert von der Schreckensvision, die Joram heraufbeschwor. »Ich stimme mit Mosiah überein. Es ist unmöglich!«

»Nein, das ist es nicht!« fuhr Joram zornig auf. »Begreift das doch endlich. Seht der Gefahr ins Auge! Hier leben Millionen Menschen, ja. Aber in der Welt Jenseits gibt es Millionen und Abermillionen. Ihre Armeen sind gewaltig. Die Zahl der Soldaten, die sie aufbieten können, ist dreimal so hoch wie die Bevölkerungszahl Thimhallans!«

»Wir kämpfen. Wir verteidigen unsere Städte.« Joram zuckte mit den Schultern. »Am Ende müssen wir unterliegen, erdrückt von der schieren Übermacht. Alle, die Belagerungen und Schlachten überlebt haben, wird man zusammentreiben und hinrichten: Männer, Frauen, Kinder. Ein paar hundert Katalyten wird Menju verschonen, um den Fortbestand ihrer Gabe zu sichern, aber das ist auch alles. Er wird sich diese Welt mitsamt ihrer Magie zu eigen machen, und er und die wenigen seiner Art in der jenseitigen Welt werden unüberwindlich sein.«

»Das Ende der Welt ...« Die Worte waren heraus, ehe Garald sie zurückhalten konnte. Saryon bemerkte, daß ihm das Blut ins Gesicht stieg, und er warf einen raschen Blick auf Joram, um dessen Reaktion zu sehen. »Verdammt!« sagte der Prinz unvermittelt und schlug mit der flachen Hand auf den Tisch. »Wir müssen sie aufhalten! Es muß einen Weg geben!«

Joram antwortete nicht gleich. Das Feuer loderte auf, der Katalyt sah in dem ungewissen Licht die Lippen des Mannes sich zu einem düsteren, schattenhaften Lächeln verziehen, und plötzlich war er nicht mehr in Lord Samuels' Haus in dem verschneiten Merilon. Er stand wieder in der Schmiede im Dorf der Nigromanten; er sah, wie der feurige Glanz der Kohlen sich in dunklen Augen spiegelte, wie ein junger Mann ein weißglühendes Stück Metall auf den Amboß legte; wieder sah er den verbitterten, auf Rache sinnenden Jüngling das Dunkle Schwert schmieden ...

Noch jemand sah vor seinem inneren Auge diesen jungen Mann am Amboß stehen und erinnerte sich. Mosiah blickte auf den Mann, der vor einem Jahr noch sein bester, einziger Freund gewesen war.

Er sah einen völlig Fremden.

In der Aufregung und Gefahr des vergangenen Tages und der Nacht hatte Mosiah es vermeiden können, Joram genau zu betrachten – zurückgekehrt aus einer anderen Welt, deren Schrecken und Wunder Mosiah weder zu begreifen noch sich vorzustellen vermochte. Jetzt in der verstörten, angstvollen Stille kam Mosiah nicht umhin, das Gesicht zu studieren, das er so gut kannte und das ihm jetzt so fremd geworden war. Seine Augen wurden feucht, und er machte sich Vorwürfe, weil er von Rechts wegen nur Gedanken für die größere Tragödie haben sollte, die bevorstehende Vernichtung seiner Welt.

Aber das war zu ungeheuerlich. Ihn beschäftigte sein eigenes, kleineres, persönliches Drama, auch wenn er sich dabei selbstsüchtig vorkam. Wenn Joram sprach, glaubte er, einen Toten reden zu hören. Für Mosiah war es, als spräche der Geist seines Freundes durch den Mund dieses Fremden.

Ging es Saryon ebenso? Mosiah schaute den Priester an, dessen Blick unverwandt an Joram hing.

Sorge, Mitgefühl, Stolz und Liebe malten sich auf den Zügen des Katalyten, und Mosiah fühlte sich plötzlich sehr einsam. Nein, die väterliche Liebe Saryons zu dem Mann war nicht weniger groß und unerschütterlich als die zu dem Jungen. Und weshalb auch nicht? Immerhin hatte er sein Leben dafür geopfert.

Und Garald? Bei ihm war es anders. Dem Prinz mußte es leichtgefallen sein, in dem erwachsenen Mann den Schüler zu erkennen, als den er Joram seinerzeit betrachtet hatte. Damals hatte der Unterschied an Jahren und Reife einer wirklichen Freundschaft im Weg gestanden. Jetzt endlich waren sie ebenbürtig. Garald hatte Mosiahs Platz eingenommen.

Blieb noch Simkin. Mosiah bedachte ihn mit einem geringschätzigen Blick. Joram hätte als Salamander zurückkommen können, und es hätte diesen Schwachkopf nicht im geringsten interessiert. Sonst gab es niemanden, der zählte. Lord Samuels und Lady Rosamund waren viel zu erschüttert, um etwas anderes zu empfinden als Ratlosigkeit, Trauer und Angst.

So war auch Mosiah anfangs zumute gewesen, aber jetzt fühlte er sich nur noch beklommen und leer, ein Gefühl, das sich sofort verstärkte, wenn Joram ihn ansah. In den dunkelbraunen, fast schwarzen Augen spiegelte sich Mosiahs schmerzliches Bewußtsein eines unwiderbringlichen Verlusts. Keiner von ihnen würde je wiederfinden, was er einst besessen hatte. Für Mosiah war Joram gestorben, als er die Grenze überschritt. Es würde nie wieder sein, wie es gewesen war.

Endlose Minuten vergingen. Das einzige Geräusch in der Stille war Gwendolyns Stimme, deren melodischer Singsang wie ein übermütiges Kind durch die

Zimmer huschte. Auf merkwürdige Art schien sie Mosiah ein Teil oder sogar die Verkörperung der Stille zu sein. Sollte die Stille je zu sprechen beginnen, würde es mit ihrer Stimme sein. Dann war plötzlich auch das nicht mehr zu hören. Unbemerkt von Saryon, der freudlosen Erinnerungen nachhing, glitt sie lautlos aus dem Zimmer.

Statt dessen hörte man eine Wasseruhr die Sekunden zählen; das Tröpfeln verrinnender Zeit sandte kleine Wellen über die glatte Oberfläche der Stille. Draußen regnete es inzwischen – monoton trommelte der Regen auf das Dach. Eine kleine Lawine rutschte polternd vom Dach und landete vor dem Fenster im Garten. So still war es im Zimmer und so angespannt die Nerven der Menschen, daß alle zusammenzuckten, sogar die disziplinierten, ansonsten unerschütterlichen *Duuk-tsarith.* Die schwarzen Kapuzen bebten, verschränkte Finger zuckten.

Endlich brach Joram das Schweigen. »Uns bleiben zweiundsiebzig Stunden«, sagte er mit fester, entschlossener Stimme. »Zweiundsiebzig Stunden, um ihnen anzutun, was sie uns antun wollen.«

»Nein, Joram!« Saryon sprang auf. »Das meinst du nicht ernst!«

»Ich versichere Euch, Pater, ich meine es ernst. Darin liegt unsere einzige Hoffnung«, antwortete Joram kalt.

Der spärliche Schein des erlöschenden Kaminfeuers hob sein weißes Gewand als hellen Fleck aus dem grauen Zwielicht, das rasch der völligen Dunkelheit entgegendämmerte. »Wir müssen den Feind vernichten. Keiner darf leben bleiben, um in die Welt Jenseits zurückzukehren. Sobald uns das gelungen ist, können wir die Grenze neu befestigen und uns für alle Zeit gegen den Rest des Universums abriegeln.«

»Ja!« stimmte Garald ihm nachdrücklich zu. »Wir müssen schnell zuschlagen, das Überraschungsmoment ausnutzen!«

Joram trat an den Schreibtisch und beugte sich über eine Karte. »Hier hat der Feind sich festgesetzt.« Er tippte mit dem Zeigefinger auf einen bestimmten Punkt und zeichnete dann verschiedene Anmarschrouten nach. »Die Position ist für uns recht günstig. Von Zith-el können wir Magi Bellorum heranführen, vom Außenland Riesen und Zentauren. Die örtlichen Gegebenheiten für einen Angriff sind ...« Er hob ungeduldig den Kopf. »Ich kann nichts sehen. Wir brauchen Licht.«

Sofort flammten Lichtkugeln auf, von den *Duuk-tsarith* zum Leben erweckt und unter der Zimmerdecke plaziert, um die Schatten der Nacht zu vertreiben.

»Auch die FeldMagi werden in den Kampf ziehen!« meldete sich Mosiah zu Wort und trat zu Joram und dem Prinzen an den Schreibtisch.

»Wir werden den Plan bei der Versammlung heute nacht den Edelleuten unterbreiten.« Der Prinz rollte die Karte zusammen. »Da wir gerade davon sprechen – es wird Zeit, daß wir uns auf den Weg machen.«

»Wie bald können wir aufbrechen?«

»Morgen abend. Bis dahin sind unsere Truppen ausgeruht. In der Nacht können wir losschlagen.«

»Und wir töten sie alle! Keine Gefangenen!«

»Parbleu, wie spannend!« Simkin war aufgewacht. »Ich habe auch genau das passende Outfitt dafür: *Blut und Bries!*«

»Möge der Almin ihrer Seele gnädig sein«, meinte Prinz Garald mechanisch und bedeutete einem der *Duuk-tsarith,* ihm Schwert und Mantel zu bringen.

»Der Almin!« Saryons heiserer Ausruf kam völlig überraschend. Joram und Mosiah drehten sich um,

Garald blickte über die Schulter. »Ich bitte um Vergebung, Pater«, sagte er entschuldigend. »Ich wollte Eure religiösen Gefühle nicht durch ein Sakrileg beleidigen.«

»Sakrileg? Begreift ihr Narren denn nicht? Wie könnt ihr so blind sein! Es gibt keinen Almin. Niemand wird ihnen oder uns gnädig sein. Bis zu diesem Moment hatte ich nicht die Kraft, es mir einzugestehen.« Saryon redete hastig und wie im Fieber; sein Blick war in weite Ferne gerichtet. »Aber ich weiß es schon lange, sehr lange.

Ich wußte es, als ich Vanya den kleinen Säugling für tot erklären hörte. Ich wußte es, als ich Joram seinen Weg ins Jenseits antreten sah. Ich wußte es, als ich Tag für Tag auf die wogenden Nebelschwaden starrte, während Xaviers Handlanger ihre Meißel in mein versteinertes Fleisch trieben und meine Finger brachen, um mir das Dunkle Schwert zu entreißen! Ich wußte es, als ich Zeuge war, wie die Kreaturen aus Eisen über unsere Welt rumpelten.«

Saryon faltete die Hände wie zum Gebet, aber durch seine verkrümmten Finger wurde die fromme Geste zu einer mitleiderregenden Parodie. »Und jetzt höre ich euch von noch größerem Blutvergießen, von noch größerem Gemetzel reden. Es gibt keinen Almin! Oder wenn es ihn gibt, ist ihm unser Schicksal gleichgültig! Man hat uns hier allein gelassen, verstrickt in ein sinnloses Spiel!«

»Pater!« Mosiah eilte durchs Zimmer und legte Saryon vorwurfsvoll die Hand auf den Arm. »So etwas dürft Ihr nicht sagen!«

Unwillig schüttelte Saryon ihn ab. »Kein Almin! Keine Gnade!« rief er schrill.

Ein lautes Krachen und Klirren aus einem der anderen Räume unterbrach den ketzerischen Wortschwall des Katalyten. Erschreckte Rufe der Dienerschaft veranlaßten alle, vom Arbeitszimmer in den Speisesaal zu laufen; nur Simkin nutzte die Aufregung, um schnell und unauffällig zu verschwinden.

»Gwendolyn!« Joram beugte sich zu seiner Frau hinunter und umfaßte ihre Schultern. »Was ist mit dir? Pater, kommt rasch! Sie hat sich verletzt!«

Die Vitrine war umgestürzt und auseinandergebrochen; Porzellan und Kristall lagen in Splittern und Scherben auf dem Boden. Inmitten der Trümmer kniete Gwendolyn und hielt einen Glasscherben in der Hand. Blut tropfte von ihren Fingern.

»Es tut mir leid, wirklich«, sagte sie und schaute mit ihren strahlend blauen Augen von einem zum anderen. »Aber hier hat sich soviel verändert, daß er sein eigenes Heim nicht wiedererkennt.«

Der Sohn des Kaisers

Das Rumoren der Menschenmenge draußen drang als gedämpftes Brausen ins Innere der Kathedrale wie Meereswogen, die an der Kristallfassade emporbrandeten.

Bischof Vanya, der neben seinem Sessel stand und auf die Hunderte von Menschen hinabschaute, die sich in der regenverhangenen Abenddämmerung versammelt hatten, ballte in ohnmächtiger Wut die rechte Hand, während die linke kraftlos an seiner Seite hing. Seit dem verhängnisvollen Tag vor einem Jahr verweigerte sie ihm den Dienst.

»Was wollen die Leute von mir?« fragte er und richtete die kleinen, kalten Augen auf den Kardinal, der unwillkürlich zurückzuckte. »Was erwarten sie, das ich tue?«

»Vielleicht zu ihnen sprechen, ein paar Worte sagen ... Ihr könntet ihnen versprechen, daß der Almin bei ihnen ist«, schlug der Kardinal in einschmeichelndem Ton vor.

Der Bischof stieß die Luft so heftig durch die Nase, daß der ohnehin von Nervosität geplagte Kardinal sich erschrocken ans Herz griff. Seine Heiligkeit war im Begriff, dem Kardinal auseinanderzusetzen, was er von diesem Einfall hielt, als das plötzliche Verstummen der Menge die Aufmerksamkeit der beiden Zuschauer erregte.

»Was denn nun?« knurrte Vanya und beugte sich vor. Der Kardinal folgte seinem Beispiel. »Seht Ihr?« Der Bischof schnaufte wieder. »Was habe ich Euch gesagt?«

Prinz Garald war auf einem schwarzen Schwan

über den Menschenmassen aufgetaucht, begleitet von Joram. Beim Anblick des weißgekleideten Mannes lief eine Welle der Erregung über die Menge. Der Bischof hörte die Rufe der Leute.

»Engel des Untergangs!« wiederholte er bitter. Er warf seinem bebenden Minister einen gehässigen Blick zu. »Ihr wollt, daß ich ihnen sage, der Almin sei mit ihnen, Kardinal? Ha! Sie werden angeführt vom Prinzen der Ketzer, dem Teufel in Menschengestalt, der sich verbündet hat mit einem ohne Leben! Er treibt sie in das sichere Verderben! Und sie drängen begierig vorwärts und stürzen sich in den Abgrund!«

Mit zornig gespitzten Lippen wandte der Bischof sich wieder dem Geschehen vor der Kathedrale zu.

Prinz Garald, der vom Rücken des Schwans gestiegen war, betrat eine marmorne Plattform, die über den Köpfen der Menschen in der Luft schwebte. Er schob die Kapuze zurück, stand barhäuptig im Regen und gebot mit erhobenen Händen Schweigen. Joram folgte ihm langsamer. Er schien sich unbehaglich zu fühlen auf der regennassen, glatten Fläche, so hoch über dem Boden.

»Bürger Thimhallans, hört mir zu!« rief der Prinz.

Seinen Worten folgte ein knisterndes, aufgebrachtes Schweigen, fast lauter als das Getöse zuvor.

»Ich weiß«, fuhr Garald in die Stille hinein fort. »Ich bin euer Feind. Oder sagen wir lieber, ich war euer Feind, denn ich bin es nicht mehr!«

Vanya murmelte etwas vor sich hin.

»Heiligkeit?« fragte der Kardinal, der nicht verstanden hatte.

Der Bischof, der angestrengt den Worten des Prinzen lauschte, die nur gedämpft durch die Kristallmauer drangen, winkte ihm unwillig zu schweigen.

»Euch allen sind die Gerüchte über die gestrige

Schlacht zu Ohren gekommen«, sagte der Prinz. »Ihr habt von den Eisenkreaturen gehört, die mit einem Blick ihrer flammenden Augen töten, und von den seltsamen Menschen, die den Tod in der Hand tragen.« Niemand brach das Schweigen, aber es kam Bewegung in die Menge, als man sich gegenseitig anschaute und zustimmend nickte.

»Nun, es sind keine Gerüchte, es ist die Wahrheit!« Garald erhob die Stimme. »Wahr ist auch, daß Kaiser Xavier tot ist!«

Diesmal antwortete ihm wütendes Geschrei, und hier und da wurden Fäuste geschwungen.

»Wenn ihr mir nicht glaubt«, rief Garald, »schaut nach oben, und die Wahrheit wird euch offenbar!« Er deutete – nicht zum Himmel – sondern auf Bischof Vanya.

Dicht an der transparenten Außenwand und von den Lichtern in seinem Arbeitszimmer umrahmt, war der Bischof für aller Augen deutlich zu erkennen. Zu spät versuchte er, sich den Blicken zu entziehen. Sein linkes Bein war zwar nicht gelähmt, aber seit dem Schlaganfall nur noch bedingt belastbar. Vanya blieb nichts anderes übrig, als stehenzubleiben und von seiner hohen Warte auf die Leute hinunterzustarren. Das feiste Gesicht war verzerrt von der Anstrengung, den in seinem Innern tobenden Zorn zu beherrschen. Ihm war unschwer anzusehen, daß Garald die Wahrheit gesagt hatte: die bleichen Hängebacken, das verfallene Gesicht, die zuckenden Lippen verrieten es. Wegen der Regenkaskaden, die an der Fassade hinunterfluteten, entstand der Eindruck, die Gestalt des Bischofs würde schmelzen und zerfließen. Die Menschen tauschten unbehagliche Blicke und wandten sich wieder dem Prinzen zu.

»Es *ist* ein Feind dort draußen«, fuhr Prinz Garald

mit lauter Stimme unerbittlich fort, »ein Feind, der schrecklicher ist, als ihr ihn euch vorstellen könnt. Dieser Feind hat die Grenze überschritten! Er kommt aus dem Jenseits, aus dem Reich des Todes! Er will unser Verderben!«

Der Aufschrei der Menge übertönte seine Worte.

Bischof Vanya schüttelte den Kopf, ein höhnisches Lächeln kräuselte seine Lippen. »*Und dem Herrscherhaus wird ein Sohn geboren werden, der tot ist und doch lebt, der stirbt und wieder zum Leben erwacht, und wenn er wiederkehrt, hält er in seinen Händen das Ende der Welt* ...«, rezitierte er leise. »Folgt ihm, ihr Narren. Folgt ihm!«

»Wir müssen uns verbünden gegen diesen Feind!« rief Garald aus, und die Menge jubelte. »Ich habe mit den Edelleuten eures Stadtstaats gesprochen. Sie stimmen mit mir überein. Werdet ihr kämpfen?«

»Ja, wir kämpfen! Aber wer wird uns führen?«

Die Frage ertönte aus den vorderen Reihen. Gestellt hatte sie ein Mann in der einfachen, schäbigen Tracht eines FeldMagus', der jetzt offenbar von gleichgesinnten Freunden nach vorn geschoben worden war. Er drehte den zerknautschten Hut in den Händen und schien vor Ehrfurcht so überwältigt zu sein, daß er kein Wort herausbrachte. Doch als er vor der Plattform in der Luft stand, richtete er sich auf, straffte die Schultern und sah den Prinzen und seinen weißgekleideten Begleiter mit ruhiger Würde an.

In diesem Moment erhob sich ein junger Mann, der bisher still und unbemerkt auf dem Rücken des Schwans gesessen hatte, in die Luft und schwebte zu dem FeldMagus, der allem Anschein nach zum Sprecher erkoren worden war.

»Prinz Garald«, sagte er, »erlaubt mir, Euch meinen Vater vorzustellen.«

»Ich bin geehrt«, antwortete der Prinz und verbeugte sich auf seine unnachahmliche Art. »Euer Sohn ist ein tapferer Mann, der gestern an meiner Seite gegen den Feind gekämpft hat.«

Der FeldMagus errötete vor Freude über das seinem Sohn zuteil gewordene Lob, ohne sich jedoch von seinem Anliegen ablenken zu lassen. Er räusperte sich mehrmals, schaute zu seinen Anhängern zurück, und schließlich sprach er Garald an:

»Bitte um Vergebung, Euer Gnaden. Ihr sagt, Ihr seid nicht mehr unser Feind. Ihr sagt, da draußen ist ein Feind, den unsereiner sich gar nicht vorstellen kann. Das hat wohl seine Richtigkeit. Wir haben alle gehört, was mein Junge hier erzählt hat und die anderen, die mit Euch da draußen waren. Wir sind also bereit, diesen Feind zu bekämpfen, wer er auch sein mag und woher er auch kommt.«

Das Stimmengewirr wurde lauter, beifällige Zurufe ertönten aus der Menge.

»Aber«, fuhr der FeldMagus fort, während er die Hutkrempe mit den schwieligen, verarbeiteten Händen knetete, »auch wenn ich viel Gutes über Euch gehört habe, Ihr seid für uns ein Fremder. Ich glaube, ich spreche nicht nur für uns vom Lande, sondern auch für die einfachen Leute hier in der Stadt, wenn ich sage, daß wir leichteren Herzens jemandem folgen würden, der einer von uns ist. Jemand, von dem wir wissen, daß er uns als Menschen betrachtet und nicht als Vieh, das er nach Gutdünken zur Schlachtbank führen kann.«

Joram trat auf der schlüpfrigen Plattform ein paar vorsichtige Schritte nach vorn. »Ich kenne Euch, Jakobias. Und Ihr kennt mich, auch wenn Ihr Euch vielleicht nicht erinnert. Ich schwöre euch ...«, er breitete die Arme aus und wandte sich der Menge zu, »... ich schwöre euch allen, daß ihr diesem Mann, Prinz Garald von Sharakan, euer Leben anvertrauen könnt! Wir kommen eben von einer Versammlung der *Albanara.* Sie haben Prinz Garald zu ihrem Befehlshaber gewählt. Ich habe ihm Gefolgschaft geschworen, und ich bitte euch ...«

»Nein, nein! Sharakan folgen wir nicht!«

»Wir wollen einen von uns!«

Mosiah war rot im Gesicht und stritt hitzig mit seinem Vater. Garald warf Joram einen Blick zu, der unmißverständlich ausdrückte ›Ich hab's dir gleich gesagt.‹ Joram wich diesem Blick aus und versuchte, sich Gehör zu verschaffen, als eine einzelne Stimme aus der Mitte des Gedränges den Tumult übertönte:

»Du mußt sie führen, mein Sohn!« Es wurde still. Die Stimme kam vielen bekannt vor. In den Worten schwangen soviel Stolz und Schmerz, daß sie in den Herzen lauter widerhallten als ein Schrei.

»Wer hat das gesagt?« Die in der Luft schwebten, blickten auf den Platz vor der Kathedrale, denn von dort schien die Stimme gekommen zu sein.

»Er dort! Der alte Mann! Macht ihm Platz! Er soll reden!«

Man hatte ihn entdeckt und machte sich gegenseitig auf ihn aufmerksam. Die Umstehenden wichen zurück, bald stand er allein in einem immer größer werdenden Kreis. Er schien wirklich hochbetagt zu sein und schwebte nicht in der Luft wie die meisten anderen. Kein Katalyt war bei ihm, keine Freunde, keine Angehörigen. Seine Kleider waren fadenscheinig und zerlumpt, kaum mehr als Fetzen. Er hielt sich gebückt, und es kostete ihn einige Anstrengung, den Kopf zu heben, um zu der Plattform hinaufzuschauen. Regentropfen fielen ihm in die Augen, und er mußte blinzeln.

Ein paar aus der Menge, die ihn genauer gemustert hatten, schnellten plötzlich in die Höhe und flüsterten ihren Nachbarn etwas zu. Ein ehrfürchtiges Raunen machte die Runde.

»Der Kaiser! Der alte Kaiser!«

Der Kreis um den alten Mann erweiterte sich noch mehr, die Leute verrenkten sich die Hälse, um besser zu sehen. Bischof Vanya, der seinen früheren Souverän erkannte, errötete erst, dann wurde er bleich vor Zorn. Der Kardinal rang hörbar nach Luft.

Prinz Garald warf einen raschen Blick auf Joram, um zu sehen, wie er reagierte, aber Joram betrachtete den alten Mann nur schweigend und ausdruckslos. Der Prinz gab den *Duuk-tsarith* ein Zeichen, worauf die Plattform langsam zu Boden sank.

Nachdem die Plattform auf dem Pflaster gelandet war, winkte Prinz Garald dem Greis, der sich mit schlurfenden Schritten näherte. Garald schaute ihm prüfend ins Gesicht, dann verneigte er sich. »Euer Majestät«, sagte er leise.

Der Kaiser nickte geistesabwesend, ohne ihm einen Blick zu schenken. Vor Joram blieb er stehen und streckte die Hand aus, um ihn zu berühren, aber Joram, der mit unbewegtem Gesicht einen Punkt über seines Vaters Kopf fixierte, trat einen Schritt zurück. Mit einem traurigen Lächeln nickte der Kaiser und ließ die Hand fallen.

»Ich kann es dir nicht verdenken«, meinte er leise. »Einst, vor vielen Jahren, habe ich dir den Rücken zugewendet, und man brachte dich weg, damit du stirbst.« Er hob den Blick zu Joram. Obwohl er sich auf einer Höhe mit ihm befand, zwang ihn sein krummer Rücken, mit schräggeneigtem Kopf in das Gesicht des hochgewachsenen Mannes auf der Plattform zu schauen. »Heute ist das fünfte Mal, daß ich dich sehe, mein Sohn. Mein Sohn ...« Er schien den Worten nachzulauschen. »Gamaliel. Das hätte dein Name sein sollen. Es ist ein Wort aus vergangener Zeit und bedeutet ›Gabe Gottes‹. Du solltest unser Geschenk sein, das deiner Mutter und meins.« Der Kaiser stieß einen schweren Seufzer aus. »Statt dessen nannte die wahnsinnige Frau dich Joram – ›das Gefäß‹. Aus Stolz und Angst verstießen wir dich. Die bedauernswerte Frau fing dich auf und goß in dich allen Schmerz dieser Welt.«

Der Kaiser forschte im Gesicht seines Sohnes, der sich immer noch weigerte, ihn anzusehen.

»Ich erinnere mich an den Tag in der Kathedrale. Ich erinnere mich an die Tränen, die deine Mutter vergoß, Tränen aus Kristall, die auf deinem Körper zerschellten. Blut rann über deine Haut. Ich kehrte mich von dir ab und verurteilte dich damit zum Tode. Meine Schuld? Die Schuld der Kirche?«

Er richtete sich zu fast seiner früheren Größe auf und warf einen gebieterischen Blick über die Menge. Einen Moment lang trug er wieder eine königliche Miene zur Schau, war der gebeugte Mann ein stolzer, mächtiger Herrscher. »Meine Schuld?« wiederholte er laut. »Was hättet ihr getan, Bürger von Merilon, hätte man euch gesagt, daß ein Kind ohne Leben euer nächster Kaiser sein würde?«

Die Leute wichen unbehaglich zurück und warfen einander dunkle Blicke zu. Das Wort ›verrückt‹ lief durch die Reihen, Köpfe nickten ernsthaft. Doch es gab niemanden, der fähig gewesen wäre, dem alten Mann in die Augen zu sehen. Unbewußt griff Joram sich an die Brust, als hätte er Schmerzen.

»Ja, mein Sohn«, der Kaiser bemerkte die Geste, »man hat mir gesagt, daß du auf der Brust die Narben von damals trägst und daß man daran erkannt hat, wer du wirklich bist. Ich brauchte die Narben auf deiner Brust nicht zu sehen. Ich sah die Narben auf deiner Seele. Weißt du noch? Es war der Tag im Haus von Lord Samuels, der Tag, an dem ich kam, um Simkin vor den Folgen seines jüngsten Schelmenstreichs zu retten. Ich sah dein Gesicht im Sonnenschein. Ich sah dein Haar.« Der Blick des Kaisers richtete sich auf Jorams tiefschwarzen, regennaß glänzenden Schopf. »Da wußte ich, daß der Sohn, den ich achtzehn Jahre zuvor gezeugt hatte, am Leben war! Aber ich tat nichts. Ich sagte nichts. Ich hatte Angst! Angst um mich, aber noch mehr um dich. Glaubst du mir?«

Joram preßte die Lippen zusammen, die Hand auf seiner Brust verkrampfte sich – das einzige Zeichen, daß er die Worte seines Vaters vernommen hatte.

»Das nächste Mal sah ich dich im Kristallpalast, bei dem Ball anläßlich deines Todestages. Gamaliel. Mein Geschenk! Dein Name brannte in meinem Herzen. Du tratest vor deine Mutter ... Deine Mutter – eine Leiche; das Leben, das durch ihre Adern strömte – ein Hohn. Und du – lebendig und doch ohne Leben. Ja, du warst meine Gottesgabe ...«

Joram wandte das Gesicht ab, ein erstickter Schrei entrang sich seiner Kehle. »Schafft ihn weg!«

Die *Duuk-tsarith* schauten fragend zu Prinz Garald, der den Kopf schüttelte. Er legte dem Freund die Hand auf die Schulter, aber Joram machte sich mit einem Ruck frei und versuchte etwas zu sagen, brachte aber kein Wort heraus. Sein Vater sah um Verständnis heischend zu ihm auf.

»Das letzte Mal sah ich dich bei der Wandlung«, fuhr er fort, so leise wie das stete Tröpfeln des Regens. »Ich sah die Hoffnung in deinen Augen dämmern, als du meiner ansichtig wurdest. Ich wußte, was du dachtest ...«

»Warum hast du dich nicht zu mir bekannt?« Zum erstenmal schaute Joram seinem Vater ins Gesicht; in seinen Augen brannte die Glut des Schmiedefeuers. »Den Sohn des Kaisers hätte Vanya nicht zum lebenden Tod verurteilen können! Mein Leben lag in deiner Hand!«

»Nein, mein Sohn«, antwortete der Kaiser müde. »Wie sollte ich dich retten, wenn ich nicht einmal fähig war, mir selbst zu helfen?« Er senkte den Kopf. Die eben noch aufrechte Gestalt sank in sich zusammen; der ehemalige Kaiser Merilons verwandelte sich wieder in einen gebrechlichen, zerlumpten alten Mann.

»Ich kann nicht bleiben! Ich kann nicht atmen!« Joram krampfte die Hände zusammen und wandte sich zum Gehen.

»Mein Sohn!« Der alte Mann streckte eine zitternde Hand aus. »Mein Sohn! Gamaliel! Ich kann dich nicht bitten, mir zu vergeben.« Er starrte auf Jorams Rücken. »Aber vielleicht kannst du ihnen vergeben. Sie brauchen dich jetzt ... Du wirst *Ihre* Gottesgabe sein ...«

»Schweig!« Wieder versuchte Joram, zu entfliehen, aber es war zu spät. Menschen umdrängten ihn, stellten Fragen, forderten Antworten, schoben den alten Mann aus dem Weg. Die letzten Worte des Kaisers gingen ungehört im Lärmen der Menge unter.

»Der vertrottelte alte Idiot«, knurrte Bischof Vanya von hoch oben. »Xavier hat recht gehabt. Wir hätten für sein rechtzeitiges Ableben sorgen müssen ...«

Der Kardinal schnappte entrüstet nach Luft.

Bischof Vanya drehte den Kopf und musterte sein Faktotum spöttisch. »Verschont mich mit diesem frömmelnden Gewäsch. Ihr wißt, was im Namen des Almin alles getan worden ist. Ihr habt fest die Augen zugekniffen und Eure Gebete gemurmelt, aber Ihr werdet sie hurtig aufmachen, sobald ich fort bin und es gilt, die Profite einzuheimsen!«

Da er sich wieder abwandte, um die Vorgänge draußen zu verfolgen, entging ihm der feindselige, haßerfüllte Blick, den sein getreuer Vasall ihm zuwarf.

Es wurde dunkel. Unter der schwarzen Decke der dahinziehenden Wolken schloß eine frühe Nacht ihre Finger um die Stadt. Hier und dort ließen Zauberer in der Menge magische Lichter aufflammen. Eingerahmt von dieser vielfarbigen Helligkeit trat Mosiahs Vater Jakobias wieder vor Prinz Garald hin.

»Ist das die Wahrheit, Euer Gnaden?« fragte er.

»Ja«, antwortete der Prinz. Mit erhobener Stimme, so daß alle ihn verstehen konnten, wiederholte er: »Ja, was ihr gehört habt, ist wahr – zur Schande eines jeden einzelnen von uns in Thimhallan. Unsere Ängste waren es, die dazu führten, daß dieser Mann« – er legte Joram die Hand auf die Schulter – »zum Tode verurteilt wurde. Joram ist der leibliche Sohn des früheren Herrscherpaares von Merilon. Xavier, sein Onkel, wußte davon und versuchte, sich seiner zu entledigen. Mit dem Einverständnis und Beistand Bischof Vanyas!«

Hunderte von Augenpaaren richteten sich auf das erleuchtete Rechteck, hinter dem man das Arbeitszimmer des Kirchenfürsten wußte. Mit einem letzten giftigen Blick auf die Menge griff Vanya nach der Zugschnur und entrollte den Gobelin, der die Kristallfassade verhüllte.

Er konnte die Augen ausschließen, aber nicht die Stimmen zurückdrängen.

»Der Almin hat Joram in der Stunde der Not zu uns geschickt«, sprach Prinz Garald. »Ein Beweis, daß Er mit uns ist! Werdet ihr Joram folgen – dem Sohn eures

Kaisers und rechtmäßigen Herrscher Merilons?« Die Menge antwortete mit ohrenbetäubendem Jubel.

Bischof Vanya lugte durch einen winzigen Spalt im Vorhang und bemerkte, daß Joram nicht an den Rand der Plattform trat, um die Huldigungen entgegenzunehmen, sondern mit dem Rücken zu den Leuten stand. Prinz Garald neigte sich zu ihm und sprach drängend auf ihn ein, bis Joram endlich aufblickte und sich langsam, widerwillig herumdrehte. Sein weißes Gewand schimmerte unwirklich im Licht der magischen Fackeln.

Die Menschen feierten ihn mit lautstarker Begeisterung, sie umringten ihren neuen Kaiser, versuchten ihn zu berühren und baten um seinen Segen. Augenblicklich formierten die *Duuk-tsarith* sich zu einem Kordon. Die auf Prinz Garalds Befehl in die Höhe steigende Plattform zog einen Schwarm jubelnder und applaudierender Leute hinter sich her, nur der alte Mann besaß nicht die magische Energie, ihnen zu folgen, und blieb allein auf dem Boden zurück.

»Die Prophezeiung!« murmelte Vanya. »Sie ist eingetroffen! Es gibt keine Rettung!« Schweißperlen traten ihm auf die Stirn. Vom Kardinal gestützt, tat er ein paar unsichere Schritte und sank in einen Sessel.

»Meiner Treu! Keine Rettung! Was für eine defätistische Attitüde! Na, wenn das kein rührendes Wiedersehen ist, Eminenz. Freudentränen und Regen – ich bin fast ertrunken!«

Die Stimme ertönte im Rücken Seiner Heiligkeit. Der Bischof zuckte heftig zusammen und drehte stöhnend den Oberkörper, um zu sehen, wer da in seine Privatgemächer eingedrungen war.

»Ungeheuerlich! Was hat das zu bedeuten?« ereiferte sich der Kardinal.

Ein junger Mann mit einem flaumigen, adrett

gestutzten Bart trat wie selbstverständlich aus einer Transversale. Er trug einen tiefroten Hausmantel aus Brokat. Die langen, aufgebogenen Spitzen seiner roten Schuhe wippten, ein Tüchlein aus orangefarbener Seide flatterte zwischen Daumen und Zeigefinger einer Hand wie ein gefangener Schmetterling.

»Auf Ehre, alter Knabe«, schwatzte der Neuankömmling unbekümmert weiter, während er herankam und bei jedem zweiten Schritt über seine absurden Schuhe stolperte, »mir deucht, Ihr seht gar nicht wohl aus! Ihr da, Kardinal, einen Cognac bitte. Gut eingeschenkt. So ist's recht.« Er hob den Schwenker, prostete, leerte ihn auf einen Zug und drückte ihm den Kardinal in die Hand. »Noch einen, wenn's beliebt.«

Er bückte sich und schaute dem Bischof ins Gesicht. »Na, wer sagt's denn – Ihr seht schon viel besser aus. Noch ein Glas und Ihr werdet mir vorkommen wie ein Mensch. Wer ich bin? Aber Ihr kennt mich doch, mein Bester. Simkin, der gute alte Simkin. Warum ich hier bin? Weil, Euer Rundlichkeit, ich zwei neue Freunde habe, die den Wunsch äußerten, Euch vorgestellt zu werden. Ich bin überzeugt, sie gefallen Euch. Sie sind – im wahrsten Sinne des Wortes – nicht von dieser Welt.«

Dona Nobis Pacem

»Wir kamen in friedlicher Absicht, Bischof Vanya«, erklärte Menju der Magier mit seinem samtweichen Bariton. »Es war ein Zufall, ein unglücklicher Zufall, daß wir mitten in euer ... Kriegsspiel hineingeraten sind. Man hat uns angegriffen – ein Mißverständnis, nach Euren Worten. In Unkenntnis der Zusammenhänge mußten wir annehmen, daß Joram, ein in unserer Welt gesuchter Krimineller, von unseren Plänen erfahren und einen Hinterhalt gelegt hat.« Menju seufzte tief auf. »Wirklich ein höchst bedauerlicher Zwischenfall. Diese schrecklichen Verluste auf beiden Seiten, beklagenswert. Finden Sie nicht auch, Major Boris?«

Bischof Vanya warf einen Blick auf den Soldaten, der mit steifem Rücken auf der äußersten Kante eines gepolsterten Stuhls saß und ins Leere starrte. Simkin hatte die Tarnung aufgehoben, in der die Fremden durch die Transversale gereist waren, und der Major trug wieder die Uniform seines Standes.

»Finden Sie nicht auch, Major?« wiederholte Menju.

Der Major gab keine Antwort. Er hatte während der ganzen Zeit, die er, Simkin und dieser Mann mit dem Beinamen ›der Magier‹ sich in dem Arbeitszimmer des Bischofs aufhielten, noch kein Wort gesprochen. Vanya bemerkte das kurze Aufflackern von Haß und Auflehnung in den hellen Augen des blonden Offiziers. Die kantigen Kinnbacken des Mannes waren so verkrampft, daß an dem bulligen Hals die Adern und Sehnen wie Stricke hervortraten.

Vanyas Blick flog zu dem Magier, um zu sehen, was er tun würde. Menju hob die rechte Hand, öffnete und schloß sie mehrmals und bog dann wie unbeabsichtigt die Finger zur Nachahmung einer Vogelkralle. Mit nicht geringem Interesse nahm Vanya zur Kenntnis, daß der Major bei diesem Anblick erbleichte. Der haßerfüllte Blick trübte sich, die muskulösen Schultern sanken herab, und der Mann sackte förmlich in seine unkleidsame Uniform hinein.

»Finden Sie nicht auch, Major?« wiederholte Menju seine Frage erneut.

»Ja«, antwortete Major Boris knapp und preßte wieder die Lippen zusammen.

»Der Major fühlt sich fremd in dieser von Magie beherrschten Welt und hat Schwierigkeiten, sich zu akklimatisieren«, übernahm es Menju, seinen Begleiter zu entschuldigen. »Obwohl er die Landessprache einigermaßen beherrscht und recht gut versteht, was wir sagen, hat er noch eine gewisse Scheu, sich an einem Gespräch zu beteiligen. Ich hoffe, Ihr habt Verständnis für seine Einsilbigkeit.«

»Gewiß, gewiß.« Der Bischof winkte mit der gesunden Hand, die andere blieb unter der Platte des massiven Schreibtischs verborgen, an dem Seine Heiligkeit saß.

Der Bischof hatte sich schnell von dem Schock erholt, Gäste zu empfangen aus einer Welt, von deren Existenz er vor einer Stunde noch nichts geahnt hatte. Der Schlaganfall hatte ihn keineswegs seiner genauen Beobachtungsgabe und Menschenkenntnis beraubt, mit deren Hilfe es ihm gelungen war, so lange an der Macht zu bleiben. Während er mit dem Major über die Unterschiede und Ähnlichkeiten ihrer Muttersprachen plauderte, versuchte er in Wirklichkeit, seine Besucher einzuschätzen und die Motive für ihr Auftauchen zu erraten.

Sehr exotisch waren sie nicht, dafür, daß sie aus

einer anderen Welt zu stammen behaupteten. Allerdings war der Major völlig ohne Leben, und Menju hatte nach einer Anzahl von Jahren ohne Magie die frühere Kunstfertigkeit noch nicht ganz wiedererlangt.

Den Major strich Vanya gleich als unerheblichen Posten von seiner Rechnung. Unflexibel und stur hatte der Mann ganz offensichtlich den Boden unter den Füßen verloren und drohte in diesen tiefen Gewässern unterzugehen. Er mußte sich vorkommen wie in einem Alptraum, und er fürchtete Menju, an dessen Fäden er tanzte. Unter dem Strich blieb also nur der Magier als ernstzunehmender Gegner übrig.

Menju log, wenn er behauptete, in friedlicher Absicht gekommen zu sein; das stand für Bischof Vanya außer Zweifel. Der Mann erinnerte sich vielleicht nicht mehr an Vanya, aber Vanya erinnerte sich an ihn und auch an seinen Fall. Als geheimer Anhänger der Schwarzen Künste hatte Menju versucht, sich mittels seiner unheiligen Fähigkeiten zum Herren einer Grafschaft in der Nähe von Zith – 1 zu machen. Man entdeckte das Komplott, er wurde von den *Duuk-tsarith* ergriffen, vor ihr Tribunal gestellt und zur Höchststrafe verurteilt – dem Weg ins Jenseits. Die Angelegenheit ging ohne viel Aufhebens über die Bühne, der größte Teil der Bevölkerung erfuhr gar nichts von dem Vorfall. Wie lange war das inzwischen her? Vier Jahre? Damals war Menju zwanzig gewesen, jetzt schien er ungefähr sechzig zu sein, und er hatte wie er Vanya erzählte, vierzig Jahre in der Welt Jenseits gelebt.

Wie das zugehen sollte, war dem Bischof ein Rätsel, obwohl der Magier sich geduldig bemüht hatte, es zu erklären, es hing mit der Geschwindigkeit des Lichts und Toren zwischen den Dimensionen zusammen.

Die Wege des Almin sind wunderbar, sagte sich der Bischof und tat die Sache als belanglos ab. Viel interessanter war, daß dieser Mann jetzt vor ihm stand und etwas sagen wollte. Was? Und welche Zugeständnisse war er eventuell bereit zu machen? Das waren die wirklich wichtigen Fragen.

Was er wollte, glaubte der Bischof ziemlich sicher zu wissen: Magie. Vierzig Jahre ohne Leben hatten an Menju dem Magier gezerrt. Vanya sah den Hunger in seinen Augen. In die Heimat zurückgekehrt, hatte er das Elixier Thimhallans gekostet, sich am Überfluß gelabt und war fest entschlossen, niemals wieder zu darben.

Seine friedlichen Absichten sind Lüge, dachte Vanya bei sich. Der Angriff auf unsere Truppen war kein Versehen. Er erfolgte zu schnell, zu präzise. Den Berichten der *Duuk-tsarith* zufolge, ist das Heer der Fremden in ernsthaften Schwierigkeiten. Unsere Magi haben ihnen schwere Verluste zugefügt und sie zum Rückzug gezwungen. Weshalb ist dieser Menju hier? Was hat er vor? Wie kann ich ihn für meine Zwecke einspannen ...?

»Da wir gerade von Sprachen reden: Ich bin überrascht, daß Simkin fähig war, sich die unsere so schnell anzueignen«, bemerkte Menju.

»Bei Simkin überrascht mich gar nichts«, grollte Vanya mit einem unfreundlichen Blick auf die rot gekleidete Gestalt. Bequem auf dem Sofa ausgestreckt, war der junge Mann eingedöst und schnarchte laut.

»Joram hat eine Theorie über ihn«, sagte Menju beiläufig, obwohl der Bischof glaubte, ein Funkeln in den Augen des Mannes zu entdecken, den Blick eines Kartenspielers, der herauszufinden versucht, was sein Gegner auf der Hand hat.

»Er behauptet, Simkin wäre die Personifizierung dieser Welt – Magie in ihrer lautersten Form.«

»Ein unschöner Gedanke und typisch für Joram«, antwortete Vanya säuerlich. Dieses plötzliche Interesse an Simkin behagte ihm nicht. Der Narr war immer eine unberechenbare Karte, und der Bischof dachte bereits seit einer guten Stunde darüber nach, wie er sich seiner am unauffälligsten oder gewinnträchtigsten entledigen konnte. »Ich hoffe doch, daß wir als Volk einen besseren Repräsentanten verdienen als diesen undisziplinierten, amoralischen, gefühllosen …«

»Hallo, hallo!« Simkin richtete sich auf, blinzelte und schaute verschlafen in die Runde. »Hat da jemand meinen Namen genannt?«

Vanya schnaufte. »Wenn du dich langweilst, warum verläßt du uns nicht?«

»Mon dieu!« Gähnend ließ Simkin sich zurückfallen. »Geht die Diskussion noch weiter? Wenn ja, gehe ich wirklich und suche mir eine unterhaltsamere und interessantere Umgebung …«

»Nein, nein.« Menju ließ in einem gewinnenden Lächeln die Zähne blitzen. »Ich bitte um Vergebung, Simkin, daß ich so wenig Rücksicht auf Euch genommen habe. Linguistik ist ein Steckenpferd von mir«, wandte er sich an Bischof Vanya, »und mit einem so umfassend gebildeten Menschen wie Euch über Aprosdokese und Idiolekt zu diskutieren, ist wirklich ein großes Vergnügen. Ich hoffe, wir werden in Zukunft noch oft dazu Gelegenheit haben – wenn es Euch recht ist, Eminenz?« Vanya nickte steif. »Aber Simkin hat ganz recht, wenn er uns mahnt, daß die Zeit drängt. Wir müssen dieses angenehme Thema vorläufig zurückstellen und uns mit weniger erfreulichen Dingen befassen.« Das attraktive Gesicht wurde ernst. »Ich weiß, Ihr habt wie der Major und ich den Wunsch, diesen tragischen und irrtümlichen Krieg zu beenden, bevor der Schaden so groß ist, daß friedliche Beziehungen zwischen unseren beiden Welten nicht mehr möglich sind.«

»Amen!« sagte der Kardinal inbrünstig.

Vanya schreckte auf; er hatte die Anwesenheit seines Ministers völlig vergessen und gab ihm mit einem frostigen Blick zu verstehen, daß seine Einmischung nicht erbeten war. Der Kardinal wand sich schuldbewußt. Simkin öffnete wieder den Mund zu einem abgrundtiefen Gähnen, legte die Füße auf die Armlehnen des Sofas und bewunderte die spiralförmig eingeringelten Spitzen seiner Schuhe, wobei er dermaßen schrill und falsch vor sich hinpfiff, daß es jedem der Anwesenden an den Nerven zerrte.

»Was den Wunsch nach Frieden betrifft, stimme ich durchaus mit Euch überein«, sagte Bischof Vanya zurückhaltend. Seine fleischige Hand kroch spinnengleich über die Schreibtischplatte. »Aber es gab leider hohe Verluste. Unter anderem betrauern wir den Tod unseres geliebten Kaisers Xavier. Er wird von der Bevölkerung schmerzlich vermißt – hör auf damit!« Die letzten Worte galten Simkin, der eine Trauerweise in Moll improvisierte. »Bitte um Verzeihung«, sagte er demütig. »Meine Gefühle für den Verblichenen haben mich übermannt!«

Er legte sich ein Kissen aufs Gesicht und begann herzzerreißend zu schluchzen.

Vanya sog schnaufend die Luft durch die Nase, bewegte schwerfällig die Leibesfülle in den weichen Polstern und biß die Zähne zusammen, um nicht etwas zu sagen, das er später möglicherweise Grund hatte zu bedauern. Er bemerkte, daß Menju wissend lächelte. Offenbar kannte er Simkin . . .

Aber weshalb sollte mich das überraschen? überlegte er resigniert und ließ den angehaltenen Atem prustend entweichen. Jeder kennt Simkin!

»Ich begreife die Trauer Eures Volkes«, erklärte Menju, »aber ich bin sicher, auch wenn wir nichts tun können, um den geliebten Herrscher zurückzubringen, daß es eine Möglichkeit gibt, angemessene Wiedergutmachung zu leisten.«

»Mag sein, mag sein.« Vanya seufzte. »Aber so sehr ich auch Eurer Meinung bin, ich fürchte, die Angelegenheit liegt nicht in meinen Händen. Joram, der notorische Verbrecher, hat nicht nur Euer Volk hinters Licht geführt, sondern auch das meine. Es gibt sogar Gerüchte, daß Joram für des Kaisers Tod verantwortlich ist . . .« Menju lächelte; er begriff sofort, worauf Vanya hinauswollte.

Der Bischof kehrte die Handfläche nach oben, als hätte er sich widerstrebend entschlossen, den Gegenspieler seine Karten sehen zu lassen. »Auf jeden Fall hat Joram sich zum neuen Kaiser von Merilon ausrufen lassen. Er und der aufgeblasene Prinz Garald, der Kronprinz von Sharakan, sind entschlossen, den Krieg fortzuführen . . .«

Der Magier und der Major tauschten einen Blick – den feindseligen und mißtrauischen Blick widerwilliger Bundesgenossen, die aufeinander angewiesen waren, ohne sich zu lieben.

»Ich weiß, daß wir theoretisch Feinde sind, Bischof Vanya«, sagte Menju gedehnt, »aber um des Friedens willen – wenn Ihr uns über ihre Pläne informieren könntet, ließe sich vielleicht ein Weg finden, sie aufzuhalten, weiteres Blutvergießen zu verhindern . . .«

Bischof Vanya runzelte die Stirn, die Hand auf der Schreibtischplatte ballte sich zur Faust. »Ich bin kein Verräter . . .«

»Morgen abend wollen sie angreifen«, warf Simkin träge ein. Er hatte das Sofakissen weggelegt und schneuzte sich in das orangefarbene Seidentuch. »Joram und Garald planen die Vernichtung der feindlichen Truppen bis zum letzten Mann. Nichts soll von der gesamten Streitmacht übrigbleiben, nicht einmal die Leichen.« Er warf das Seidentuch spielerisch in die Luft, und es verschwand.

»Es war Jorams Idee. Wenn eure Heimatwelt nichts mehr von euch hört, wird man hoffentlich das Schlimmste annehmen. Die Schale geknackt, das Küken tot: Der Kuckuck wird sich hüten, noch ein Ei in dieses Nest zu legen. Inzwischen haben wir natürlich den Hühnerstall repariert – Verzeihung, die magische Grenze wieder instandgesetzt. Raffiniert, nicht wahr?«

»Verräter! Warum hast du es ihnen gesagt?« schrie Bischof Vanya ergrimmt und schlug mit der flachen Hand auf den Tisch.

»Ausgleichende Gerechtigkeit«, antwortete Simkin treuherzig. »Schließlich«, er hob einen Fuß hoch und befahl der Schuhspitze, sich zu entringeln, »habe ich Joram ihre Pläne verraten – Verstärkung, zweiundsiebzig Stunden und so weiter. Genau, wie man es mir aufgetragen hat.«

»Verstärkung! Simkin aufgetragen! Was hat das zu bedeuten?« verlangte Vanya aufgebracht zu wissen. »Ihr habt behauptet, in friedlicher Absicht zu kommen! Jetzt erfahre ich, daß Ihr neue Truppen erwartet. Ihr benutzt sogar Simkin als Spion! Vielleicht ist das der Grund, weshalb Ihr hergekommen seid! Ich werde die *Duuk-tsarith* rufen!«

Die unverbindliche, glatte Maske des Magiers bekam einen winzigen Riß. Dem wachsamen Bischof entging weder das Aufblitzen heißer Wut in Menjus

Augen noch der Blick, den er Simkin zuwarf ... Hätte er zur Kaste der *Duuk-tsarith* gehört, wäre Simkin jetzt nur noch ein dunkler Fleck auf dem Polster gewesen. Sieh an, dachte Vanya selbstgefällig, also kennt Menju den Narren doch nicht so genau, wie er sich eingebildet hat.

»Bitte handelt nicht übereilt«, versuchte Menju die Wogen zu glätten. »Sicher werdet Ihr einsehen, daß wir Maßnahmen ergreifen müssen, um uns zu schützen. Die zusätzlichen Truppen, die wir angefordert haben, werden nur dann kämpfen, falls es erneut zu Feindseligkeiten von seiten Thimhallans kommt.«

Major Boris' Stiefel scharrten über den Boden. Vanya sah bei einem unauffälligen Blick in seine Richtung, daß der Offizier unruhig auf seinem Stuhl hin und her rückte.

»Und was den Vorwurf des Spionierens betrifft, wir haben diesen Burschen erwischt, wie er in unserem Hauptquartier spionierte und ...«

Simkin lächelte und sah zu, wie die Schuhspitze sich wieder einrollte. »Was kann ich sagen?« meinte er bescheiden. »Ich habe mich gelangweilt.«

»...als wir feststellten, daß er Vernunftsgründen zugänglich war«, fuhr der Magier fort, einigermaßen irritiert wegen der Unterbrechung, »schickten wir ihn zu Joram zurück, in der Hoffnung, ihn durch Einschüchterung soweit zu bringen, daß er in Friedensverhandlungen einwilligt.«

Menju schwieg, dann beugte er sich vor und stützte eine Hand auf Vanyas Schreibtisch. Als er weitersprach, klang seine Stimme leise und beschwörend. »Seien wir offen zueinander, Heiligkeit. Joram ist die Ursache für diesen furchtbaren Krieg. Eine solch finstere und leidenschaftliche Natur, gepaart mit einem scharfen Verstand, macht ihn zwangsläufig zu einem

Verbrecher, einem Außenseiter in jeder Gesellschaft.« Ein Schatten fiel über das glatte Gesicht des Magiers. »Wenn ich recht verstehe, hat er sich auf dieser Welt des Mordes schuldig gemacht. Wegen Mordes und noch schlimmeren Dingen wird er auch bei uns gesucht.«

Bischof Vanya wiegte zweifelnd den Kopf.

»Joram war zehn Jahre von Thimhallan fort. Warum, glaubt Ihr, ist er zurückgekommen? Aus Sehnsucht?« Der Magier stieß ein kurzes Lachen aus. »Ihr und ich, wir wissen es besser! Oft hat Joram sich vor mir damit gebrüstet, wie es ihm in seiner Heimat gelungen ist, sich der gerechten Strafe zu entziehen. Ebenso ist er vor dem bei uns über ihn verhängten Urteil geflohen. Er ist zurückgekehrt, weil er verfolgt wird! Er ist zurückgekommen, um Rache zu nehmen! Um dafür zu sorgen, daß die Prophezeiung sich erfüllt!«

Major Boris sprang auf. Die Hände in den Hosentaschen marschierte er mit abgehackten Schritten zum anderen Ende des Zimmers. Über dem engen Hemdkragen färbte der breite Nacken sich rot. An der transparenten Außenwand angekommen, hob Boris die Hand, um den Gobelin beiseite zu schieben.

»Ich würde das an Eurer Stelle nicht tun«, warnte Bischof Vanya kühl. »Die *Duuk-tsarith* stehen Wache vor der Kathedrale. Sollten sie Euch entdecken, könnte ich nichts tun, um Euch zu schützen.«

»Es ist zu verdammt heiß hier!« sagte der Major heiser und zerrte an seinem Hemdkragen.

»Major Boris leidet manchmal an Klaustrophobie«, begann Menju zu erklären.

»Es ist nicht nötig, sich für den Major zu entschuldigen«, unterbrach ihn der Bischof. »Ich kenne Leute seines Schlages.«

Menju lehnte sich auf seinem Stuhl zurück und musterte den Bischof abschätzend unter halbgesenkten Lidern hervor. Major Boris wischte sich mit dem Taschentuch über den Kopf und fuhr mit dem Zeigefinger zwischen Hals und Kragen entlang. Der Kardinal bemerkte den unauffälligen Wink seines Herrn und Meisters, erhob sich lautlos, trat neben den Major und begann eine schleppende, einseitige Konversation.

Bischof Vanya schaute zu Simkin, aber ein lautes Schnarchen verriet, daß der junge Mann wieder eingeschlummert war.

Seine Heiligkeit betrachtete Menju mit angemessenem Ernst. »Um größeres Unglück zu verhindern, will ich mir anhören, was Ihr zu sagen habt. Allerdings halte ich es für unnötig, das Militär einzubeziehen. Man hat dort so wenig Verständnis für die hohe Schule der Verhandlungskunst und Diplomatie.«

Der Magier vollführte eine zustimmende Bewegung mit seiner grazilen Hand. »Ich bin da ganz Eurer Meinung, Heiligkeit.«

»Also gut. Mein einziger Wunsch ist, daß wir diesen unseligen Krieg beenden. Und auch ich glaube, daß Joram der eigentlich Schuldige ist. So weit – so gut. Nun sagt mir, was Ihr von mir wollt.«

»Joram – und seine Frau. Lebend.«

»Unmöglich.«

»Warum?« Menju zuckte die Schultern. »Bestimmt könnt Ihr ...«

Vanya schnitt ihm das Wort ab. »Joram wird von den *Duuk-tsarith* bewacht. Ihr seid lange fortgewesen, aber an sie könnt Ihr Euch noch erinnern, nicht wahr?«

Menju war anzusehen, daß er sich erinnerte. Sein Gesicht wurde eine Schattierung blasser, und er mußte sich beherrschen, nicht eine gereizte Antwort zu geben. »Wenn ich nicht irre, habt ihr Katalyten einen *Duuk-tsarith* in euren Diensten, der ausschließlich eure Interessen vertritt.«

»Ah, der Scharfrichter.« Vanya nickte. Menju wurde noch etwas blasser und atmete schwer.

»Ihr werdet doch nicht auch einen Anfall von Klaustrophobie haben, geschätzter Freund?« erkundigte sich Vanya teilnahmsvoll.

»Nein«, antwortete der Magier mit einem verzerrten Lächeln. »Es ist nur – alte Erinnerungen.« Er zupfte an seinen Manschetten.

»Der Scharfrichter könnte sich als nützlich erweisen«, überlegte Vanya und verbarg seine Genugtuung über das Unbehagen Menjus hinter einem geistesabwesenden Stirnrunzeln. »Das Baptisterium hat Ohren, Augen und einen Mund. Joram ist jetzt der Liebling der Massen. Ich kann es mir nicht leisten ...«

»Wenn man fragen darf«, mischte sich eine unendlich schleppende Stimme ein, »was habt Ihr eigentlich mit Joram vor?«

Der Bischof schaute den Magier an, der Magier den Bischof. Beider Blicke richteten sich auf Simkin, der auf dem Sofa lag und sie gelangweilt beobachtete.

»Er wird nach Jenseits zurückgebracht, um seine gerechte Strafe zu empfangen«, antwortete Menju.

»Und seine Frau?«

»Sie wird die Pflege erhalten, die sie braucht. Es gibt Heiler bei uns, die für die Behandlung von Geisteskrankheiten ausgebildet sind. Joram hat sich bisher geweigert, irgendeinen von ihnen an seine Frau heranzulassen.«

»Joram wird also in *Eure* Welt zurückkehren«, fuhr Simkin träumerisch fort, »während alle anderen auf *dieser* Welt ...«

»... ihr Leben fortführen wie bisher, nicht länger bedroht von den Machenschaften Jorams des Erzfeindes, genau wie wir es vorhin besprochen haben«, führte Menju den Satz zu Ende, ohne Simkin aus den Augen zu lassen.

»Ent-zük-kend«, meinte Simkin und rollte sich auf den Rücken.

»Tatsächlich«, wandte Menju sich wieder an den Bischof, nachdem er Simkin noch einen Moment lang prüfend angesehen hatte, »kann ich dafür sorgen, daß Jorams Prozeß auf diesen Planeten übertragen wird. Damit stellen wir eine Verbindung zwischen unseren beiden Welten her. Ich glaube, Ihr werdet fasziniert sein, Eminenz. Wir haben große Kästen aus Metall, die wir hier in Eurem Arbeitszimmer aufstellen können. Man braucht nur einige Drähte und Kabel anzubringen, und schon könnt Ihr in dem Kasten sehen, was auf unserer Welt geschieht. Millionen Meilen entfernt ...«

»Metallkästen! Drähte und Kabel! Ketzerwerk!« donnerte Vanya. »Befreit uns von Joram, und dann verlaßt Thimhallan!«

Menju lächelte, hob die Schultern und ließ sie wieder fallen. »Wie Ihr wünscht, Heiligkeit. Womit wir erneut bei dem Problem Joram wären ...«

»Sapperlot!« rief Simkin plötzlich und fuhr auf. »Wißt Ihr eigentlich, daß Mittag vorbei ist? Und ich habe den ganzen Tag noch nichts zu beißen gehabt! All das Gerede von *Duuk-tsarith* und Scharfrichtern – nicht sehr appetitanregend.« Das Seidentuch kam leuchtend orange von der Zimmerdecke in Simkins Hand geflattert. »Ihr wollt Joram haben? Nichts leichter als das. Ihr, Meister Bleckzahn« – er schwenkte das Tuch in Richtung des Magus – »seid doch wohl in der Lage, ihn beim Schlafittchen zu kriegen.«

»Natürlich. Aber wir müssen ihn überrumpeln. Er darf keinen Verdacht schöpfen.«

»Nichts leichter als das. *Ich* habe einen Plan«, verkündete Simkin großartig. »Überlaßt alles mir.«

Sowohl der Magier als auch der Bischof musterten ihn argwöhnisch.

»Verzeiht«, sagte Menju höflich, »wenn ich zögere, Euer liebenswürdiges Angebot zu akzeptieren. Aber ich weiß von Euch nur das, was Joram erzählt hat, und wir alle wissen doch, daß er ein Lügner und Betrüger ist. Kann ich Euch vertrauen?«

»Ich würd's nicht tun«, bekannte Simkin offenherzig und glättete sein Schnurrbärtchen. »Kein Mensch ist so einfältig – nur einer.« Vor sich hin summend, drehte er das orangefarbene Seidentuch zu einem Strang.

»Und der wäre?«

»Joram.«

»Joram! Weshalb sollte er Euch trauen?«

»Weil er ein Querkopf ist.« Simkin knüpfte aus dem Seidenstrang eine Schlinge. »Weil ich ihm nie einen Grund gegeben habe, mir zu trauen. Ganz im Gegenteil. Und doch tut er's. Es ist für mich ein steter Quell der Belustigung.«

Er hielt sich die fachmännisch geknotete Henkersschlinge vors Gesicht und blinzelte dem Magier zu.

Menju runzelte die Stirn. »Ich muß protestieren, Heiligkeit. Dieser Plan gefällt mir nicht.«

Simkin gähnte. »Na na, seid ehrlich. Es ist nicht der Plan, der Euch mißfällt. Ich bin's.« Schniefend betupfte er sich die Augen. »Ich bin zutiefst beleidigt.« Er schien in sich hineinzuhorchen. »Oder wäre es, wenn ich nicht so scheußlichen Kohldampf hätte.«

Bischof Vanyas ersticktes Hüsteln klang fast wie ein mühsam unterdrücktes Lachen. Als Menju zu ihm herumfuhr, sah er den Hohn im Gesicht des Bischofs und errötete.

»Er gibt zu, daß wir ihm nicht trauen können!« sagte er mit einiger Schärfe.

»Das ist nur seine Art«, antwortete Vanya gönnerhaft. »Simkin ist früher schon für uns tätig gewesen und stets zu unserer Zufriedenheit. Wie aus Euren Worten zu entnehmen, habt auch Ihr bereits seine Dienste in Anspruch genommen. Die Zeit ist knapp. Habt Ihr einen besseren Vorschlag?«

Menju fixierte den Bischof kühl und nachdenklich. »Nein«, erwiderte er.

»Aha!« Simkin lachte heiter. »Wie die Gräfin d'Longevine ausrief, als ihr sechster Gemahl sterbend vor ihren Füßen zu Boden sank: ›Endlich, Endlich!‹ Jetzt aber zum Geschäft.« Er rieb sich aufgeregt die Hände. »Das wird ein herrlicher Spaß! Wann vollbringen wir die Tat?«

»Morgen«, sagte Menju. »Wenn er tatsächlich vorhat, bei Anbruch der Dunkelheit loszuschlagen, müssen wir ihn vorher ergreifen. Das getan, können wir mit den Friedensverhandlungen beginnen.«

»Da wäre noch eine kleine Bedingung.« Der Bischof war bemüht, seiner Forderung einen Anstrich von Nebensächlichkeit zu geben. »Ihr könnt Joram behalten und mit ihm tun, was Euch beliebt. Aber das Dunkle Schwert bleibt hier in Thimhallan.«

»Ich fürchte, das kommt überhaupt nicht in Frage«, entgegnete der Magier liebenswürdig.

Vanya funkelte ihn an. »Dann gibt es nichts mehr zu sagen! Eure Bedingungen sind unannehmbar!«

»Ihr seht das falsch, Heiligkeit! Immerhin sind wir diejenigen, die von euren Truppen bedroht werden! Wir müssen uns absichern! Wir behalten das Dunkle Schwert!«

Die Miene des Bischofs verfinsterte sich weiter. »Warum? Was kann es Euch denn bedeuten?«

Menju zuckte die Schultern. »Das Dunkle Schwert ist für Euer Volk zum Symbol geworden. Sein Verlust und die Entdeckung, daß ihr jüngst erkorener ›Kaiser‹ in Wirklichkeit ein gewöhnlicher Mörder ist, wird auf die Leute demoralisierend wirken. Was soll dieses Zögern wegen einer Kleinigkeit, Eminenz? Es ist nur ein Schwert, oder nicht?« fragte er sanft.

»Es ist eine Waffe des Bösen!« antwortete Vanya streng. »Ein Werkzeug des Teufels!«

»Dann solltet Ihr begrüßen, daß man Euch davon befreit!« Menju streckte die Arme aus und zog die Hemdmanschetten aus den Jackenärmeln – diesmal allerdings nicht als Geste unbehaglicher Nervosität, sondern in der Haltung selbstbewußter Überlegenheit. »Im Gegenzug für dieses Zeichen guten Willens von Eurer Seite, werde ich Major Boris veranlassen, eine Nachricht an unsere Welt zu senden und die Bitte um Verstärkung zurückzuziehen. Dann sind alle Hindernisse für erfolgreiche Friedensverhandlungen aus dem Weg geräumt. Seid Ihr einverstanden?«

Die Nasenflügel des Bischofs vibrierten. Er starrte sein Gegenüber schweigend an, die stumpfen Finger der feisten Hand krümmten sich wie die aufgebogenen Spitzen von Simkins extravaganten Schuhen. »Wie es scheint, bleibt mir keine andere Wahl.«

»Das wäre geklärt. Habt Ihr vielleicht einen Vorschlag, was das Wo und Wie von Jorams Gefangennahme angeht?«

Der Bischof setzte sich bequemer zurecht, dabei glitt der gelähmte linke Arm von seinem Schoß. Während er mit der gesunden Hand danach griff, warf er einen verstohlenen Blick auf Menju, um sich zu vergewissern, ob der Zauberer etwas bemerkt hatte. Er hält mich für einen Dummkopf, sagte er zu sich selbst und legte den Arm wieder in möglichst natürlicher Haltung zurecht. Also ist er hinter dem Schwert her! Warum? Was kann er davon wissen?

Nach außen gab er sich uninteressiert. »Joram zu ergreifen, bleibt einzig und allein Euch und Simkin überlassen. Ich verstehe nichts von niedrigen Dingen. Immerhin bin ich ein Mann der Kirche.«

»Also wirklich!« Simkin verdrehte die Augen. »Das dauert mir allmählich viel zu lange! Übrigens wieder ein Ausspruch der Gräfin, als ihr sechster unverhältnismäßig lange brauchte für seinen letzten Atemzug. Ich habe doch bereits gesagt, daß mein Plan fix und fertig ist.«

Er breitete sein Tuch auf Vanyas Schreibtisch aus und ließ mit einem lässigen Wedeln der Hand Buchstaben auf der orangefarbenen Seide erscheinen.

»Pst!« zischte er, als Menju laut vorlesen wollte. »Das Baptisterium hat Augen, Ohren und einen Mund! Treffpunkt hier« – er deutete auf den Namen des Ortes – »morgen um 12 Uhr mittags. Da kriegt Ihr Joram und seine Frau.«

Bischof Vanya warf einen Blick auf den Ortsnamen und wurde kreidebleich. »Nicht dort! Auf gar keinen Fall!«

»Warum nicht?« fragte Menju kalt.

»Bestimmt kennt Ihr die Geschichte dieses Ortes!« Vanya sah ihn ungläubig an.

»Pah! Ich glaube nicht mehr an Geister, seit ich fünf bin! Es ist ziemlich lange her, daß ich etwas darüber gelesen habe, aber soweit ich mich erinnern kann, eignet sich der Platz ganz ausgezeichnet für unser Vorhaben. Außerdem schwant mir inzwischen, wie Simkin es anfangen will, Joram dorthin zu locken, ohne sein Mißtrauen zu erregen. Wirklich genial, mein Freund.«

Er musterte Vanya mit hochgezogenen Augenbrauen. »Das ist doch nicht etwa ein Vorwand, Euch aus unserer Abmachung herauszuwinden, Eminenz?«

»Ganz und gar nicht!« protestierte Vanya. »Mir liegt ausschließlich Eure Sicherheit am Herzen, Menju.«

»Ich bin gerührt, Eminenz.« Der Magier stand auf.

»Vergeßt nicht, daß Ihr gewarnt worden seid. Ihr nehmt die Sache in die Hand?« Der Bischof nutzte das Privileg seines hohen Ranges und blieb sitzen. So konnte er vor den Fremden seine Behinderung geheimhalten.

»Gewiß, Eminenz.«

»Dann, glaube ich, ist unser Gespräch beendet.«

»Richtig, doch ein Punkt bedarf noch der Klärung.« Menju wandte sich an Simkin. »Ihr habt Euch das Anrecht auf eine großzügige Belohnung verdient. War das nicht überhaupt der Beweggrund für Eure Hilfsbereitschaft?«

»Nein, nein«, wehrte Simkin zutiefst gekränkt ab. »Patriotismus. Ich bedaure, daß ich nur einen Freund habe, den ich zum Wohl des Vaterlandes ans Messer liefern kann.«

»Ich bestehe darauf, daß Ihr etwas annehmt!«

»Das verbietet mir meine Ehre«, erwiderte Simkin hochmütig, doch unter halbgesenkten Lidern huschte sein Blick verstohlen zu Menju.

»Meine Welt und diese hier« – der Magier vollführte eine weit ausholende Handbewegung – »sind Euch zu ewigem Dank verpflichtet.«

»Ganz reizend, danke. Da fällt mir übrigens ein, daß es doch eine winzige Kleinigkeit gibt, die ...«

»Ihr braucht es nur zu sagen. Juwelen? Gold?«

»Aber nein! Was soll mir schnöder Mammon! Ich erbitte nur eins – nehmt mich mit in Eure Welt.«

Der Magier wirkte ehrlich verblüfft.

»Meint Ihr das ernst?« fragte er.

»So ernst, wie ich alles meine«, antwortete Simkin leichthin. »Nein, Moment. Ich nehm's zurück. Meine innere Stimme sagt mir, ich meine es sogar ernster. «

»Gut, gut. Ist das alles? Euch mitnehmen?« Menju lachte schallend. »Nichts leichter als das! Eigentlich ist es sogar eine brillante Idee! Ihr werdet einen Riesenerfolg haben, als Teil meiner Nummer. Man wird Euch im ganzen Universum feiern. Ich sehe schon die Plakate.« Er hob beide Hände. »DER GROSSE MENJU und Simkin!«

»Hmm ...« Der junge Mann zwirbelte nachdenklich seinen Bart. »Das müßten wir noch ausdiskutieren. Jetzt wird es aber Zeit, daß wir uns auf den Weg machen. Holt Euren Magier her, legt die Verkleidung an und kehrt zu diesen bemerkenswert häßlichen Gebäuden zurück, in denen ihr merkwürdigen Leute euch nicht entblödet zu wohnen.«

Sein roter Brokatmantel leuchtete wie eine Flamme im hellen Licht des bischöflichen Arbeitszimmers, als Simkin sich gemächlich in die Luft erhob und zu der mit einem Gobelin verhangenen Kristallwand schwebte.

Als er an Menju vorübertrudelte, wehte diesen ein versonnenes Flüstern an: »DER GROSSE SIMKIN und Menju der Magier.«

Das Auge am Himmel

Die Regenwolken lösten sich auf, ein klarer Nachthimmel kam zum Vorschein, und der junge Mond ging auf. Zu einem maliziösen Grinsen verzogen, lachte er vielleicht über die Torheiten der Menschheit, auf die er hinuntersah ...

Der Magier hält mich für einen Dummkopf.

Nachdem Simkin und seine ›Freunde‹ gerade verschwunden waren, saß Bischof Vanya hinter seinem Schreibtisch und starrte den leeren Stuhl an, auf dem Menju der Magier gesessen hatte.

Der Bischof hatte gelächelt, zumindest bis seine Gäste gegangen waren. Sobald jedoch die sich schließende Transversale den nimmermüden Redefluß Simkins abgeschnitten hatte, erstarrte die lächelnde Hälfte zu derselben audruckslosen Maske wie die gelähmte linke.

»Das Dunkle Schwert! Darauf hat er es abgesehen«, knurrte Vanya, und der Kardinal starrte mit angewiderter Faszination auf die fleischige Hand, die rastlos über die Tischplatte kroch. »Ein Beweis des guten Willens! Daß ich nicht lache! Er kennt die Wahrheit, kennt das Geheimnis. Joram muß es ihm gesagt haben. Menju kannte schließlich auch Simkin, er wußte von der Wandlung, wußte von Jorams Gang ins Jenseits. Ja! Er weiß auch über das Schwert Bescheid!

Du bist der Narr, Menju, wenn du glaubst, daß ich es mir wegnehmen lasse!« Im Kopf des Bischofs brodelten und gärten die Pläne. Schweiß glänzte auf seiner Stirn.

»Magier! Anbeter der Schwarzen Künste! Kein Wunder, daß du keine Furcht hast vor den Dämonen an jenem verfluchten Ort, den du zum Schauplatz deiner verbrecherischen Tat erkoren hast. Du bist selbst ein Dämon! Aber du kannst ebensogut mir dienen wie einem dunkleren Herrn. Befreie mich von der Prophezeiung. Befreie mich von Joram. *Ihn* mache ich zum Märtyrer, *dich* werfe ich Prinz Garald vor und dem Mob, der nach deinem Blut schreien wird. Sie bekommen dich und deine erbärmliche Armee, um ihr Mütchen zu kühlen. Ich bekomme das Dunkle Schwert . . .«

Plötzlich erschien das Lächeln wieder auf der gesunden Gesichtshälfte.

»Laßt den Scharfrichter kommen«, befahl Bischof Vanya.

»Der fette Priester hält mich für einen Narren«, bemerkte Menju der Magier gleichmütig.

Er begutachtete kritisch sein Aussehen in dem Spiegel, den er herbeigezaubert hatte, zog die Krawatte gerade und schnippte Stäubchen von den Revers. Er und James Boris waren ins Hauptquartier zurückgekehrt und saßen im Büro des Majors. Der von Simkin erdachten Tarnung hatte er sich gleich nach Verlassen der Transversale entledigt, auch wenn Simkin sich die Fingerspitzen geküßt und ihm versichert hatte ›Dieser weinrote Brokat ist wie geschaffen für Euch!‹.

»Meiner Meinung nach sind Sie verrückt!« sagte Major Boris tonlos.

»Was haben Sie gesagt, James?« fragte Menju, obwohl er sehr gut verstanden hatte.

»Ich habe gesagt, daß ich Ihre Taktik nicht begreife«, antwortete der Major schwerfällig. »Sie haben nichts anderes erreicht, als unsere Lage noch zu verschlimmern. Warum haben Sie Joram unsere Pläne verraten? Sie müssen doch gewußt haben, daß er gezwungen sein würde anzugreifen, ehe die Verstärkung eintrifft ...«

»Ihr Scharfsinn ist bewundernswert«, meinte der Magier kühl und kämmte sein dichtes, welliges Haar.

»Aber weshalb?«

»Major, überlegen Sie doch. Wir schicken einen verzweifelten Hilferuf an die Basis, uns Verstärkung zu schicken. Die Verstärkung trifft ein und findet ein Bild tiefsten Friedens vor. Wir sitzen gemütlich herum und faseln etwas von Riesen und Drachen und daß wir uns keinen Schritt vor die Tür wagen, weil draußen der Buhmann lauert! Sie werden sich totlachen!« Nachdem er sich überzeugt hatte, daß sein gewohntes makelloses und untadeliges Aussehen wiederhergestellt war, klatschte er in die Hände, und der Spiegel verschwand. Selbstzufrieden drehte er sich zu dem Major herum. »Statt dessen sehen sie uns gegen Ungeheuer und mordgierige Zauberer um unser Leben kämpfen. Sie werden eingreifen, ohne Gnade töten und keine Skrupel haben, die gesamte Dämonenbrut auszurotten.«

»Und indem Sie Joram provozieren, uns anzugreifen, haben Sie auch mir keine andere Wahl gelassen, als zu kämpfen«, sagte Boris, der mit blinden Augen in die Nacht hinausstarrte.

»Sie müssen nicht glauben, daß ich Ihnen nicht traue, mein Bester.« Menju beugte sich ein wenig vor und tätschelte Boris' rechte Hand. Den Major überlief ein Schaudern, er riß die Hand zurück und steckte sie tief in die Hosentasche. »Ich wollte nur eine Rückversicherung haben. Ich halte es ohnehin für ziemlich einfältig von Ihnen zu glauben, Joram würde Sie und ihre Truppen ungeschoren davonkommen lassen. Sie haben doch gesehen, wie in Merilon mobilgemacht wurde ...«

Major Boris hatte es gesehen und erinnerte sich ungern daran. Bevor seine Gäste ihn verließen, hatte Bischof Vanya das Zimmer verdunkelt und sie eingeladen, einen Blick auf das prächtige Merilon zu werfen.

Wegen der Kriegsvorbereitungen hatte man die Nacht zum Tage gemacht – zahllose grelle, flimmernde Sonnen erleuchteten die Straßen. Das grimmige Gesicht des Majors wurde noch grimmiger beim Anblick der einem Alptraum entsprungenen geflügelten Monstrositäten und der Legionen von Skeletten, die unten vorübermarschierten. Er konnte sich an die spöttischen Worte des Bischofs erinnern und sich wieder und wieder einreden, daß es nur Truggestalten waren, Illusionen, die nicht die Macht hatten zu verletzen oder zu töten. Aber wer sagte das seinen Männern, die diesen Wesen auf dem Schlachtfeld gegenübertreten mußten? Und wenn er es ihnen sagte, würden sie ihm glauben? Besonders, wenn sie eben erst miterlebt hatten, wie ihre Kameraden von den Schnäbeln sehr realer Basilisken in Stücke gerissen wurden und echte Riesen ihre stolzen Panzer unter den Füßen zerquetschten, als wäre es Spielzeug. In dieser grauenhaften Welt war es so gut wie unmöglich, Trug von Wahrheit zu unterscheiden.

Furcht nagte an Boris wie Zentauren an den bluttriefenden Gebeinen ihrer Opfer. Seine rechte Hand zitterte in der Tasche seines Kampfanzuges. Er mußte sich beherrschen, sie nicht herauszuziehen und sich zu überzeugen, daß es noch eine *Hand* war ...

»Meine Leute mögen der Köder in ihrer Falle sein«, sagte er mit düsterer Entschlossenheit, »aber auf keinen Fall warten wir ab, bis diese Teufel über uns herfallen. Morgen greifen wir ihre Stadt an. Womöglich gelingt es uns, sie zu überrumpeln.«

Menju zuckte mit den Schultern. »Sie können tun, was Sie wollen, Major, solange Sie mir nicht bei meinen Plänen mit dem Dunklen Schwert in die Quere kommen.«

»Da können Sie beruhigt sein. Ich brauche das verdammte Schwert, wissen Sie noch? Ich habe vor, morgen gegen Mittag anzugreifen. Kann ich mich darauf verlassen, daß Joram bis dahin aus dem Weg geschafft ist?«

»Sie haben mein Wort.« Menju stand auf, um zu gehen. »Wenn Sie mich jetzt entschuldigen wollen, Major, ich habe auch noch einiges zu bedenken.«

Der Major schien ihn nicht gehört zu haben. »Was ist mit diesem – Simkin? Ich traue ihm nicht.«

»Dieser Narr?« Menju hob die Achseln. »Er wird tun, was er versprochen hat. Schließlich will er ja seine Belohnung kriegen.«

»Aber Sie haben nicht vor, ihn mitzunehmen, oder?« Auch Major Boris stand auf, allerdings behielt er die Hände in den Taschen. »Er mag ein Narr sein, aber er ist gefährlich. Nach allem, was ich gesehen habe, ist er ein besserer Zauberer, als Sie je werden können!«

Der Magier bedachte Boris mit einem langen, kalten Blick. »Ich hoffe, nach dem Seitenhieb fühlen Sie sich besser, James. Nun können Sie schlafen gehen und sich einbilden, wenigstens einen Rest Ihrer Würde gerettet zu haben. Nicht, daß ich Ihnen eine Erklärung schuldig wäre, aber um ehrlich zu sein, ich habe mit dem Gedanken gespielt, ihn mitzunehmen. Er wäre ganz zweifellos ein Gewinn für meine Nummer. Aber Sie haben recht. Er ist zu mächtig. Man müßte ihn ständig im Auge behalten. Nein, sobald er mir Joram in die Hände gespielt hat, wird Simkin dasselbe Schicksal erleiden wie jeder andere in dieser Welt.«

»Und was geschieht mit Joram?«

»Ich will ihn lebend. Er kann mir nützlich sein. Er wird mir die Eigenschaften des Dunklen Schwertes erklären und wie man noch mehr von diesen Waffen herstellen kann ...«

»Er wird kaum mitspielen.«

»Es wird ihm nichts anderes übrigbleiben. Ich habe seine Frau ...«

Der Mond wanderte über den Himmel, vielleicht suchte er ein wenig Zerstreuung.

Mit wenig Erfolg.

Nach einer höchst zufriedenstellenden Unterredung mit dem Scharfrichter begab sich Bischof Vanya in sein Schlafgemach. Dort ließ er sich von einem Novizen beim Auskleiden zur Hand gehen, in ein voluminöses Nachthemd hüllen und erklomm mit der Hilfe des Jungen seine Bettstatt. Wohlig in die Kissen geschmiegt, fiel ihm ein, daß er über all den Aufregungen seine abendlichen Gebete vergessen hatte. Er stand nicht wieder auf. Dies eine Mal würde der Almin ohne die Ratschläge und Instruktionen seines Vertreters auf Erden auskommen müssen.

In einem anderen Teil Thimhallans begab sich auch Major James Boris zu Bett. Auf seiner Pritsche versuchte er, zur Ruhe zu kommen, auch wenn er nicht wußte, welche Alternative er mehr fürchtete: die ganze Nacht wachzuliegen oder tatsächlich einzuschlafen. In jedem Fall würden ihn gräßliche Träume plagen.

Zwei Männer wachten noch: der Magier und der

Scharfrichter. Beide schmiedeten Pläne, wie sie sich am nächsten Tag ihrer Beute bemächtigten wollten.

Der Mond, den das wenig interessierte, war im Begriff unterzugehen, als er doch noch etwas Amüsantes entdeckte.

Ein Eimer mit orangefarbenem Bügel stand an einem unauffälligen Platz in der geodätischen Halbkugel, die das Hauptquartier der Armee aus einer fremden Welt beherbergte. Es war kein gewöhnlicher Eimer. Während er sich in einen Zustand rachsüchtiger Indignation hineinsteigerte, geriet er buchstäblich aus den Fugen.

»Menju, du Falschspieler! Lügner und Betrüger! Joram willst du mitnehmen in die schöne neue Welt und mich nicht!« Der orangefarbene Bügelgriff flog heftig von einer Seite zur anderen. »Wir werden sehen!« prophezeite der Eimer düster. »Wir werden sehen ...«

Per Istam – Sanctam ...

»Es tut Graf Devon aufrichtig leid wegen der Porzellanvitrine, aber das Unglück ist passiert, meint er, weil ihm die Sache mit seinem Porträt und den Mäusen nicht aus dem Kopf geht. Das Bild würde gern an den alten Platz an der Wand zurückkehren, wenn nur jemand es dazu aufforderte. Er hat es versucht, aber seine Stimme kann es nicht hören.

Er möchte nicht, daß das Bild zerstört wird, denn er braucht es, um nicht zu vergessen, wie er aussieht.

Die Mäuse machen ihm Sorgen. Er sagt, es sind viel zu viele. Der Grund ist, daß sie in der warmen, gemütlichen Dachkammer hausen, ohne einen Feind fürchten zu müssen. Die Mäuse führen ein bequemes Leben und sind mit der Zeit glatt und rund geworden, mit einer Vorliebe für Kunst. Und doch hat er bei seinen ruhelosen, einsamen Rundgängen (die Toten, die ihren Frieden haben, schlafen fest, wohingegen die anderen, die keinen Schlaf finden können, ständig umherwandern), viele kleine bepelzte Leichen in der Kammer entdeckt.

Die Mäuse sterben, und er weiß nicht warum. Ihre starren Körperchen liegen auf dem Boden, und täglich werden es mehr. Es gibt noch eine Merkwürdigkeit. Von einer Frau aus dem Haus gegenüber, die allem Anschein nach an Einsamkeit starb, hat er erfahren, daß die Mäuse in ihrer Dachkammer das gleiche Schicksal erleiden.

In ihrem sicheren, abgeschlossenen Refugium, sagt die alte Frau, müssen sie ersticken.«

Der Herrscher von Merilon

Die Nacht bemühte sich, Merilon in den Schlaf zu lullen, aber ihre besänftigende Hand wurde beiseite gestoßen. In der Stadt liefen die Vorbereitungen für den Krieg. Joram hatte die Regierungsgewalt übernommen und Prinz Garald zu seinem militärischen Befehlshaber ernannt. Er und der Prinz begannen sofort damit, die Bevölkerung zu mobilisieren.

Joram versammelte seine Untertanen in Merlyns Hain. Angesichts der Grabstätte des Zauberers, der sie in diese Welt geführt hatte, fragten sich zahlreiche Bürger Merilons beklommen, ob dieser fast in Vergessenheit geratene Geist sich vielleicht in seinem jahrhundertealten Schlaf regte. Nahte das Ende seines Traums und stand wieder ein magisches Königreich im Begriff unterzugehen?

»Dies ist ein wirklicher Krieg«, erklärte Joram den Leuten ernst. »Der Feind plant unser ganzes Volk auszulöschen und uns zu vernichten. Der ungerechtfertigte Angriff auf unschuldige Zuschauer auf dem Feld der Ehre ist ein Beweis für diese Absicht. Der Feind hat keine Schonung gewährt. Auch von uns hat er keine zu erwarten.« Er machte eine Pause. Das Schweigen, das durch die Reihen strömte, stieg wie eine schwarze Flut, bis man glauben konnte, sie seien alle darin ertrunken. Joram, der von der über dem Grabmal schwebenden Marmorplatte auf die Menge niederblickte, sagte langsam und mit der Betonung auf jedem Wort: »Jeder einzelne von ihnen muß sterben.«

Kein Jubel folgte ihm, als er den Hain verließ. Die Menge verlief sich, jeder kehrte zu seinen Pflichten zurück. Frauen übten sich an der Seite ihrer Männer im Kampf, nur die sehr alten und gebrechlichen sollten zurückbleiben und die Kinder hüten. Man rief nach den Magi Bellorum, die aus allen Teilen der Welt nach Merilon strömten. Sie übernahmen es, die Bürger Merilons sowie die FeldMagi darin zu unterweisen, wie sie mit ihren eigenen Katalyten gegen diesen neuen, unbekannten Feind kämpfen sollten.

Mosiahs Eltern nahmen ihren Platz neben dem greisen Pater Tolban ein, der seit vielen Jahren ihrem Heimatdorf Walren diente. Aufgrund seines hohen Alters hätte der bescheidene, gebeugte FeldKatalyt bei den Kindern zurückbleiben können, jedoch bestand er darauf, mit seinem Volk in den Krieg zu ziehen.

»Ich habe nie in meinem Leben etwas Bedeutendes geleistet«, vertraute er Jakobias an. »Dies ist meine letzte Chance.«

Obwohl die Welt draußen im Dunkeln und in tiefem Schlummer lag, strahlte Merilon in vollem Lichterglanz. Es hätte Tag sein können unter der magischen Kuppel - ein furchtbarer, von Angst beherrschter Tag, dessen Sonne die rote Glut der Schmiede war. Die *Pron-alban* hatten in aller Eile einen Platz für den Schmied erschaffen. Er, seine Söhne und Gehilfen wie Mosiah, schufteten im Schweiße ihres Angesichts, um beschädigte Waffen auszubessern und neue herzustellen. Obwohl viele in Merilon entsetzt waren, daß Nigromanten in ihrer Stadt die verbotenen Künste praktizierten, schluckten sie ihre abergläubische Furcht hinunter und halfen, wo sie konnten.

Die *Theldara* pflegten die Verwundeten, begruben die Toten und begannen unverzüglich damit, sowohl das Haus des Heilers als auch die Begräbniskatakomben zu erweitern. Die Druiden wußten, wenn am Ende des morgigen Tages der Mond aufging, würden sie viele zusätzliche Betten brauchen – und viele zusätzliche Gräber.

In der Unterstadt wimmelte es von Menschen: Magi Bellorum aus ganz Thimhallan, Katalyten aus dem Baptisterium, Flüchtlinge aus den Außenlanden. Die Straßen waren derart verstopft, daß es fast unmöglich war, voranzukommen, ob zu Fuß oder in der Luft. Studenten bevölkerten Cafes und Tavernen und sangen martialische Lieder. Allgegenwärtig patroullierten die *Duuk-tsarith* durch die Straßen wie Inkarnationen des Todes, sorgten für Ordnung, erstickten aufkeimende Panik und zogen unauffällig Studenten aus dem Verkehr, deren Eifer beim Ausprobieren selbst kreierter Zauberformeln mehr eine Bedrohung für sie darstellte als für den Feind.

In der Oberstadt herrschte ebenfalls lebhaftes Treiben. Nicht anders als die FeldMagi, übte sich auch die feine Gesellschaft in den Kampftechniken. Manche der adligen Herren waren in Begleitung ihrer Frau; die überwiegende Zahl der Damen hatte es sich zur Aufgabe erkoren, ihre großen Häuser den Flüchtlingen zu opfern oder die Verwundeten zu pflegen. Man konnte eine Gräfin sehen, die mit eigenen Händen Tee aufbrühte; eine Herzogin spielte Schwanenfalle mit einer Gruppe von FeldMagi-Kindern, um die Kleinen zu beschäftigen, während ihre Eltern sich auf die Schlacht vorbereiteten.

Joram wachte über allem. Wohin er kam, begrüßten ihn die Leute mit Jubel. Er war ihr Retter. Die romantisch verbrämten Halbwahrheiten, die Prinz Garald über Jorams Herkunft ausgestreut hatte, waren von den Leuten begeistert aufgegriffen und weiter ausgeschmückt worden, bis die Wahrheit unter all dem Zierat kaum mehr zu erkennen war. Joram versuchte zu protestieren, aber der Prinz hieß ihn schweigen.

»Die Menschen brauchen in dieser Situation einen strahlenden Helden – einen jungen, starken König, der ihnen mit seinem blitzenden Schwert in die Schlacht vorauszieht! Selbst Bischof Vanya wagt es nicht, dich anzugreifen. Was würdest du ihnen denn präsentieren?« Garald hob mißbilligend die Augenbrauen. »Einen ohne Leben, von dem prophezeit wird, daß er das Ende der Welt mit sich bringt! Du mußt siegen! Vertreibe den Feind aus Thimhallan! Beweise, daß die Prophezeiung nicht stimmt! Dann kannst du vor deine Untertanen hintreten und ihnen die Wahrheit sagen, wenn's denn sein muß.«

Widerstrebend sah Joram die Logik der Argumente ein. Garald wußte am besten, wie man solche Dinge handhabte. Ich kann mir Skrupel leisten, hatte der Prinz einmal zu ihm gesagt. Du nicht.

Nein, wahrscheinlich nicht, dachte Joram. Jedenfalls nicht, solange das Leben Tausender in meinen Händen liegt. Er lachte kurz auf. Die Wahrheit macht dich frei! Mir ist bestimmt, scheint es, mein Leben in Ketten zu verbringen!

Es ging auf Mitternacht zu. Joram spazierte allein durch den Garten von Samuels' Haus. Auf das Drängen Saryons hin hatte er dem Trubel der Stadt den Rücken gekehrt und sich hierher zurückgezogen, um sich zu erholen und frische Kräfte zu sammeln.

Er hätte in den Kristallpalast einziehen können. Wenn er den Kopf hob, konnte er durch die Zweige einer Myrte den Palast hoch droben am Himmel stehen sehen wie einen erloschenen Stern.

Joram schüttelte den Kopf und wandte hastig den Blick ab. Nein. Der Palast enthielt für ihn zu viele schmerzliche Erinnerungen. Dort hatte er zum erstenmal seine tote, von einem magischen Scheinleben beseelte Mutter gesehen. Dort hatte er die Geschichte von Anjas totgeborenem Kind gehört. Dort waren seine hochfliegenden Träume zunichte gemacht worden. Dort hatte er sich namenlos geglaubt, verstoßen, unerwünscht.

Namenlos.

»Ich wünschte beim Almin, ich wäre namenlos!« Unter den von der Schneelast niedergebeugten Zweigen eines Fliederbaums blieb er stehen und lehnte sich haltsuchend gegen den Stamm. Es machte ihm nichts aus, daß Schmelzwasser auf ihn herabtropfte und sein weißes Gewand durchnäßte. »Besser namenlos sein, als einen Namen zuviel haben!«

Gamaliel. Gabe Gottes. Der Name verfolgte ihn. Die Erinnerung an seinen Vater verfolgte ihn. Er glaubte immer noch, die Augen des alten Mannes zu sehen ... Als ihm zu Bewußtsein kam, daß er am ganzen Leib zitterte, setzte er sich wieder in Bewegung und wanderte die dunklen Gartenwege entlang.

Wenigstens regnete es nicht mehr. Einige *Sif-Hanar*, die gegen Abend per Transversale aus anderen Stadtstaaten eingetroffen waren, hatten der Flut Einhalt geboten. Einige Edelleute forderten gleich, nun könne es ja auch wieder Frühling werden, aber Prinz Garald lehnte ab. Die *Sif-Hanar* benötigten ihre Kräfte für die bevorstehende Schlacht. Sie sollten vorläufig dem Regen ein Ende machen und für gemäßigte Temperaturen sorgen, aber sonst nichts. Die Herrschaften von Geblüt murrten, aber Joram ›ihr neuer Kaiser‹, stimmte mit Garald überein, also mußten sie sich nolens volens bescheiden. Leider bestand für Joram kein Zweifel daran, daß es auch in Zukunft derartige Querelen geben würde.

Plötzlich stolperte er beim Gehen über seine eigenen Füße. Er war müde, nachdem er in der letzten Nacht wenig geschlafen hatte, gepeinigt von Visionen zweier Welten, die ihn beide nicht haben wollten. Noch lege ich Wert auf eine von diesen Welten, wurde ihm trübsinnig bewußt. Beide haben mich hintergangen. Beide haben mir nichts zu bieten als Lügen, Betrug und Verrat.

»Wenn das hier vorbei ist, und wir haben es lebend überstanden«, sagte er mit plötzlicher Entschlossenheit zu sich selbst, »trete ich zurück und setze Garald zum Herrscher von Merilon ein. Er ist ein guter Mensch, er wird dafür sorgen, daß die Stadt sich öffnet und ihren Hochmut ablegt.«

Wirklich? Würde er das? Konnte er das? So gut und ehrenhaft und edel er sein mochte, der Prinz war *Albanara,* geboren um zu herrschen, zu regieren. Diplomatie, das Feilschen um Kompromisse, war für ihn selbstverständlich, er liebte das Intrigenspiel bei Hofe.

»Mich soll das nicht kümmern«, sagte Joram matt. »Ich gehe fort von hier. Ich nehme Gwendolyn und Pater Saryon, und wir leben irgendwo auf dem Land, wo es ruhig ist und niemand sich dafür interessiert, wer ich bin.«

Während er in bedrückter Stimmung den Wegen folgte, in der Hoffnung, so müde zu werden, daß er schlafen konnte, fand er sich unversehens in der Nähe des Hauses wieder. Als er Stimmen hörte, hob er den Blick zu dem Fenster über ihm.

Es gehörte zu einem Raum im Erdgeschoß, den man als Schlafzimmer für Gwendolyn hergerichtet hatte. Sie saß in einem rosigen Nachthemd mit langen, weiten Ärmeln an ihrem Frisiertisch und gestattete Marie, ihr schönes blondes Haar zu bürsten, während sie sich lebhaft mit dem toten Grafen und einigen anderen Verstorbenen unterhielt, die von der Aussicht auf etwas Abwechslung angelockt worden waren.

Lord Samuels und Lady Rosamund befanden sich ebenfalls im Zimmer ihrer Tochter. Der Klang ihrer Stimmen hatte Jorams Aufmerksamkeit erregt. Sie standen dicht am Fenster und sprachen mit einer Frau, in der Joram die *Theldara* erkannte, die Pater Saryon während seiner Krankheit im Haus der Samuels behandelt hatte.

Darauf bedacht, in keine der Lichtbahnen zu geraten, die aus dem Haus in den Garten fielen, schlich Joram vorsichtig durch das nasse Buschwerk und nutzte das Schattenspiel von Bäumen und Sträuchern, um so dicht heranzukommen, daß er verstehen konnte, was gesprochen wurde.

»Dann könnt Ihr nichts für sie tun?« fragte Lady Rosamund bittend.

»Ich fürchte nein, Mylady«, antwortete die Theldara unumwunden. »In meinem Leben habe ich vielerlei Arten von Geisteskrankheiten erlebt, aber nichts, was mit dem hier zu vergleichen wäre. Falls es sich überhaupt um eine Geisteskrankheit handelt, woran ich meine Zweifel habe.«

Sie kramte und sortierte geschäftig zwischen den Päckchen, Dosen und Kräuterbündeln in dem großen Holzkasten, der dienstbeflissen neben ihr in der Luft schwebte.

»Was meint Ihr damit – keine Geisteskrankheit?« wollte Lord Samuels wissen. »Sie spricht mit toten Grafen, beklagt sich über Mäuse in der Dachkammer ...«

»Geisteskrankheit ist ein Zustand, in den man hineingerät, ob man will oder nicht«, erklärte die *Theldara,* reckte das Kinn vor und fixierte Lord Samuels mit einem energischen Blick. »Manchmal liegt es an Störungen der physischen Harmonien, manchmal an Störungen der Psyche. Und ich versichere Euch,

Mylord und Mylady, Eurer Tochter fehlt überhaupt nichts. Wenn sie mit den Toten spricht, dann nur, weil sie deren Gesellschaft momentan den Lebenden vorzieht, was ich ihr, nach allem, was mir von ihrem Schicksal zu Ohren gekommen ist, nicht einmal verdenken kann.«

Nachdem sie die Heilmittel zu ihrer Zufriedenheit geordnet hatte, rief die *Theldara* gebieterisch nach ihrem Mantel.

»Ich muß zurück zu den Häusern des Heilens und mich um die kümmern, die in der furchtbaren Schlacht verwundet worden sind«, sagte sie, während eine Dienerin ihr den Umhang über die Schultern legte. »Ihr habt Glück gehabt, daß ich ohnehin in diese Gegend gerufen wurde, sonst hätte ich keine Zeit gehabt, bei Euch hereinzuschauen. Das Leben zu vieler anderer hängt von mir ab.«

»Wir sind Euch dankbar, gewiß«, meinte Lady Rosamund und drehte nervös die Ringe an ihren Fingern, »aber ich verstehe das einfach nicht! Es muß doch etwas geben, das man tun kann!«

Beide folgten der *Theldara* zur Tür von Gwendolyns Zimmer, und Joram hielt das Ohr an die Fensterscheibe, um die Antwort der Druidin zu hören. Er hätte sich die Mühe sparen können, denn sie sprach mit klarer, lauter Stimme.

»Madam«, sagte sie und reckte den Zeigefinger in die Luft, als wäre er ein Fahnenmast, an dem sie ihre Worte zu hissen gedachte, »Eure Tochter hat bewußt entschieden, *wer* sie sein will und wo sie sein will. Es ist möglich, daß sie ihr ganzes Leben so verbringt. Oder ihr kommt morgen beim Frühstück in den Sinn, daß es ihr nicht mehr gefällt. Ich kann es nicht vorhersagen, und ich kann sie nicht zwingen, aus einer Welt heraus in eine andere zu kommen, die meines Erachtens auch nicht viel besser ist. Und jetzt gehe ich zu denen, die meiner wirklich bedürfen. Wenn Ihr meinen Rat wollt – tut, was Eure Tochter sagt. Hängt das Porträt von Graf Sowieso auf und kauft eine Katze.«

Die Transversale öffnete sich weit und verschlang die *Theldara* auf einen Sitz. Lord Samuels und seine Gattin schauten ihr ratlos hinterher, dann warfen sie einen betrübten Blick ins Schlafzimmer zurück, wo Marie Gwendolyn überreden wollte, sich hinzulegen und zu schlafen. Doch Gwendolyn ignorierte die Katalytin und fuhr fort, sich mit ihren unsichtbaren Besuchern zu unterhalten.

»Liebe Freunde, ihr seid alle so aufgeregt! Ich verstehe gar nicht weshalb. Ihr sagt, morgen werden schreckliche Dinge geschehen, aber morgen geschehen *immer* schreckliche Dinge. Ich kann nicht einsehen, warum wir uns heute abend schon deswegen Sorgen machen sollten. Trotzdem wache ich mit euch, wenn ihr glaubt, daß es nützt ... Nun, Graf Devon, erzählt uns allen von den Mäusen. Tot, sagt Ihr, und kein Blut, keine Verletzung ...«

»Tote Mäuse!« Lady Rosamund legte den Kopf an ihres Mannes Brust. »Ich wünschte, *sie* wäre tot, das arme Kind!«

»Na, so etwas darfst du nicht sagen!« mahnte Lord Samuels und zog seine Frau an sich.

»Es stimmt aber doch!« rief Lady Rosamund klagend. »Was ist denn das für ein Leben?«

Den Arm um die Schultern seiner Frau gelegt, führte Lord Samuels sie aus dem Zimmer der Tochter. Marie hatte sich einen Stuhl herangezogen und sich nicht weit vom Bett entfernt hingesetzt. Gwendolyn lehnte an den in ihrem Rücken aufgetürmten Kissen und plauderte ins Leere hinein.

Obwohl er bis ins Mark fror, blieb Joram in dem

nächtlichen Garten stehen und lehnte erschüttert die Stirn an die Fensterscheibe. Das einzige Brautgeschenk, das du ihr geben kannst, ist unendliches Leid …

Die Worte des Katalyten hallten schmerzlich in seiner Seele wider. Einst, vor langer Zeit, hatte Joram davon geträumt, ein Baron zu sein. All seine Schwierigkeiten und Probleme würden sich in Wohlgefallen auflösen, wenn er reich und mächtig war. Jetzt war er Kaiser von Merilon. Er war reich, unermeßlich reich, aber was sollte er kaufen? Das einzige von Wert, das er je besessen hatte, war ihm durch die Finger geglitten. Über Macht verfügte er und benutzte sie, um Krieg zu führen – einen Krieg, der zahllose Leben fordern würde.

Getötete Menschen im verbrannten Gras …

Meine Schuld! *Mein* Versagen! Die Prophezeiung erfüllte sich, was ich auch tue, um es zu verhindern! Vielleicht *kann* ich nichts tun, um es zu verhindern! Vielleicht habe ich keine Wahl. Vielleicht werde ich unaufhaltsam von einer übermächtigen, schicksalshaften Kraft zum Rand des Abgrunds gezogen!

»Sei verflucht!« Er sah zu dem schwarzen, gleichgültigen Himmel auf. »Warum tust du mir das an?«

In verzweifelter, bitterer Wut schlug er mit der Faust gegen den Stamm einer jungen Fichte.

»Uff!« stöhnte das Bäumchen und fiel um. Mit wedelnden Zweigen lag es vor Jorams Füßen.

Simkins frohe Botschaft

»Meiner Treu!« keuchte die Fichte. »Du hast mich gemordet!«

Die Umrisse des Baums begannen zu flimmern und verfestigten sich allmählich zu der ausgestreckten Gestalt Simkins. Er hielt sich den Bauch und wälzte sich auf dem Boden hin und her. Seine Kleider waren verrutscht und ramponiert, Blätter hingen in Haar und Bart, das orangefarbene Seidentuch hatte er um den Hals gewickelt.

»Simkin! Es tut mir leid!« Joram mußte gegen ein unbeherrschtes Lachen ankämpfen, während er dem zerrupften Freund auf die Beine half. »Entschuldige! Ich wußte nicht, daß der Baum – daß du der Baum ...«

Ein hysterisches Kichern stieg in seiner Kehle auf. Er zwang sich, es hinunterzuschlucken, konnte aber nicht verhindern, daß seine Lippen verdächtig zuckten, obwohl Simkin wahrhaftig als bemitleidenswerte Jammergestalt auf seinen Arm gestützt ins Haus wankte.

»Gütiger Almin!« rief Lady Rosamund, die ihnen im Flur entgegenkam. »Was ist geschehen? Simkin! Seid Ihr verletzt? Liebe Güte! Und die *Theldara* ist eben gegangen!«

Pathetisch rang Simkin nach Atem und bedachte die Hausherrin mit einem Blick aus schmerzverschleierten Augen. Dann formte er mit den Lippen tonlos das Wort *Cognac,* bevor ihm die Sinne schwanden und er zu Boden sank.

Joram, Mosiah und Prinz Garald griffen zu und verfrachteten den Bewußtlosen ins Wohnzimmer. Lady

Rosamund flatterte hinterdrein, rang die Hände, rief verzweifelt nach Marie und versetzte den ganzen Haushalt in Aufregung.

»Was ist mit ihm passiert?« fragte Garald und ließ Simkin ziemlich unsanft auf eine Chaiselongue fallen.

»Ich habe ihn geschlagen«, erklärte Joram grimmig.

»Zeit war's!« brummte Mosiah.

»Nicht mit Absicht. Er stand im Garten, getarnt als . . .«

»Ohhh!« jammerte Simkin, ließ einen Arm schlaff zu Boden hängen und warf sich den anderen übers Gesicht. »Ich sterbe, Ägypten, sterbe!«

»Du stirbst nicht!« sagte Garald angewidert, nachdem er den Patienten flüchtig untersucht hatte. »Dir hat's nur den Atem verschlagen, im wahrsten Sinne des Wortes. Setz dich hin, dann fühlst du dich besser.«

Simkin schob den Prinzen mit einer kraftlosen Bewegung zur Seite und winkte Joram heran.

»Ich vergebe dir!« wisperte er matt und schnappte wie eine aus dem Wasser gezogene Forelle nach Luft. »Was bedeutet schließlich ein Mord unter Freunden?« Er blickte sich aus trüben Augen im Zimmer um. »Lady Rosamund! Wo seid Ihr! Ich kann Euch nicht sehen. Es wird so dunkel! Mehr Licht!«

Er tastete mit ausgestreckten Armen nach Lady Rosamund, die neben ihm stand. Nach einem unsicheren Blick auf Prinz Garald und ihren herbeigeeilten Gatten, nahm sie Simkins Hand in die ihre.

»Ah!« hauchte er und legte ihre Hand auf seine Stirn. »Solcherart getröstet hinscheiden zu dürfen! Der Almin segne Euch, Lady Rosamund. Verzeiht, daß ich nicht umhin kann, Euer Wohnzimmer mit meinem Leichnam zu verunzieren. Lebt wohl!«

Seine Augen schlossen sich, der Arm sank herab, der Kopf fiel in die Kissen zurück.

»Liebe Güte!« Lady Rosamund wurde kreidebleich und ließ die leblose Hand fallen.

Simkin hob den Kopf und auch die Lider.

»Letzte Ölung – überflüssig.« Er bekam wieder Lady Rosamunds bebende Hand zu fassen. »Schon zu Lebzeiten ein – Heiliger. Bestimmt – selig gesprochen ... Zum letzten Mal – adieu!«

Die Augen verdrehten sich, der Kopf fiel so dramatisch nach hinten, daß der spitze Adamsapfel steil zur Decke wies. Die Hand erschlaffte.

»Ich bringe den Cognac, Mylady.« Marie kam ins Zimmer.

Ein Auge blinzelte. Finger zuckten. Eine Stimme hauchte ersterbend aus der Tiefe der Sofakissen:

»Heimisch oder importiert?«

»Es war ein Schock, kann ich euch sagen!« berichtete Simkin eine Stunde später. »Da stand ich nichts ahnend im Garten, um ein wenig Luft zu schnappen, und plötzlich haut mich was in den Magen – Wumm!«

Eingehüllt in Lady Rosamunds eigene Seidenstola, das vierte Glas Cognac (importiert) in Reichweite, saß er von vielen Kissen gestützt auf der Chaiselongue. Offenbar hatte er sich von seiner ›Begegnung mit dem Tod‹ völlig erholt.

»Ich habe doch gesagt, daß es mir leid tut«, bemerkte Joram und gestattete sich ein offenes, verkrampftes Lächeln, dessen Wärme sogar die düsteren Augen erreichte. Reuevoll zeigte er die aufgeschlagenen, zerschrammten Knöchel. »Ich habe mir selbst weh getan.«

»Du kannst froh sein, daß ich nicht ein kleiner grüner Kaktus war!« erwiderte Simkin und schlürfte genießerisch seinen Cognac.

Joram lachte, ein so außergewöhnliches Ereignis, daß Pater Saryon, der nach einem Besuch bei Gwendolyn ins Zimmer trat, seinen Schützling überrascht ansah. Zum erstenmal nach seiner Rückkehr schien Joram alle Sorgen vergessen zu haben und sich des Lebens zu freuen.

»Vergib dem Narren seine Sünden«, murmelte der Katalyt, der es sich nicht abgewöhnen konnte, mit seiner Gottheit zu reden, an die er nicht glaubte.

»Und ich nehme deine Entschuldigung an, alter Knabe«, meinte Simkin großzügig und tätschelte Jorams Knie. »Aber es war tatsächlich ein Schock«, fügte er gleich hinzu, verzog das Gesicht und tröstete sich mit dem nächsten Cognac. »Besonders in Anbetracht der Tatsache, daß ich eigens zu dem Zweck herbeigeeilt bin, um dir frohe Kunde zu bringen!«

»Was für frohe Kunde?« fragte Joram träge und zwinkerte Prinz Garald zu, der mit belustigter Nachsicht den Kopf schüttelte.

Es war mittlerweile sehr spät in der Nacht. Lady Rosamund war von Marie zu Bett gebracht worden, während die Herren auf Lord Samuels' Vorschlag hin im Wohnzimmer Simkin Gesellschaft leisteten, um einen Schlummertrunk zu nehmen und für eine kurze Zeit zu vergessen, was der Tag bringen mochte.

»Was für eine frohe Kunde?« wiederholte Joram. Müdigkeit stahl sich an ihn heran, legte ihm die weichen Hände über die Augen und raunte beschwichtigende Worte.

»Ich habe eine Möglichkeit entdeckt, Gwendolyn zu kurieren«, verkündete Simkin.

Joram fuhr ruckartig in die Höhe und verschüttete seinen Cognac.

»Das ist nicht komisch, Simkin«, sagte er mühsam beherrscht.

»Ich hatte nicht die leiseste Absicht, komisch zu sein ...«

»Hör auf damit, Simkin«, warf Prinz Garald mahnend ein und schaute von Joram zu Lord Samuels, der sein Glas mit zitternder Hand zur Seite geschoben hatte. »Ich wollte ohnehin vorschlagen, daß wir uns für die Nacht zurückziehen. Einige von uns konnten es schon nicht mehr abwarten, wie's scheint.« Er nickte zu Mosiah hin, der in seinem Sessel eingeschlafen war.

»Aber ich meine es ernst!« verteidigte sich Simkin gekränkt.

Garald verlor die Geduld. »Wir haben uns deinen Unsinn lange genug angehört. Pater, würdet Ihr ...«

»Es ist kein Unsinn!«

Simkin warf die Stola ab und richtete sich auf. Zwar sprach er zu Prinz Garald, sein Blick jedoch ruhte mit einem seltsam spöttischen Ausdruck auf Joram, wie um ihn herauszufordern, an seinen Worten zu zweifeln.

»Dann äußere dich genauer«, forderte Joram ihn auf, während er den Rest Cognac in seinem Glas schwenkte.

»Gwendolyn spricht mit den Toten. Sie ist offenbar eine Rückentwicklung zu den alten Nekromanten. Nun, wie es der Zufall will, mein kleiner Bruder Max – oder Moritz? – hatte dasselbe Leiden. Statt nachts zu schlafen, versammelte er eine Horde von Gespenstern und Ghoulen um sich, was meiner Mutter ziemliche Sorgen machte, ganz zu schweigen von der Belästigung durch den Lärm der klirrenden Ketten, knallenden Peitschen und das unirdische Kreischen und Heulen. Oder war das die Zeit, als Tante Betty und Onkel Ernst ihre Flitterwochen bei uns verbrachten?

Wie auch immer«, redete Simkin flugs weiter, als er

Jorams finsterer werdende Miene bemerkte, »einer der Nachbarn schlug vor, den armen kleinen Max – oder Moritz? Ich bin sicher, er hieß Max ... Wo war ich stehengeblieben? Nun, wir brachten den Racker zum Tempel der Nekromanten.«

Joram, der ungeduldig in sein Glas geschaut und nur mit halbem Ohr zugehört hatte, hob den Kopf und schaute Simkin an.

»Was hast du gesagt?«

»Da sieht man's wieder! Nie hört mir jemand richtig zu«, beschwerte Simkin sich resigniert. »Ich geruhte soeben zu bemerken, daß wir Mäxchen zum Tempel der Nekromanten brachten, der über dem Baptisterium auf dem Gipfel des Berges liegt. Natürlich wird er nicht mehr frequentiert, aber einst war er das Zentrum des Ordens der Nekromantie. Wie ich gehört habe, kamen die Toten von weit her, um sich den neuesten Klatsch erzählen zu lassen.«

Ohne Simkins letzten Worten Beachtung zu schenken, wandte Joram sich an Pater Saryon. Das Licht der Hoffnung in den dunklen Augen strahlte so hell, daß der Katalyt sich dafür haßte, die Flamme ersticken zu müssen.

»Mach dir keine falschen Hoffnungen, mein Sohn«, sagte er langsam. »Ja, den Tempel gibt es, aber es sind nur Säulentrümmer übriggeblieben und eingestürzte Mauern. Sogar der Altar ist geborsten.«

»Das bedeutet?« fragte Joram, der sich interessiert vorgebeugt hatte.

»Laß mich ausreden!« meinte Saryon mit ungewohnter Strenge. »Er ist zu einem unheiligen, verrufenen Ort geworden, Joram! Die Katalyten versuchten, die Stätte erneut zu weihen, aber sie wurden vertrieben, berichten die Chroniken. Die Katalyten erzählten nach ihrer Rückkehr furchtbare Geschichten. Einige blieben allerdings für immer verschwunden! Der Bischof erklärte schließlich, der Tempel sei verflucht, und sprach das Verbot aus, den Ort zu betreten.«

Joram wischte den Einwand beiseite. »Der Tempel befindet sich über dem Baptisterium, über dem Born des Lebens – dem Quell der Magie in dieser Welt! Einst muß die Macht dort stark gewesen sein!«

»Einst!« wiederholte Saryon mit Nachdruck. Er legte Joram die Hand auf den Unterarm und merkte erschreckt, wie eisenhart angespannt die Muskeln waren. »Mein Sohn, ich würde alles dafür geben, sagen zu können: Ja, an jener ehrwürdigen und weihevollen Stätte könnte Gwendolyn Heilung finden. Aber es stimmt nicht! Wenn dort je eine Macht wirkte, starb sie mit den Nekromanten.«

»Und jetzt ist eine Nekromantin wiedererstanden!« Freundlich machte Joram sich von dem Katalyten los.

»Mag sein, aber ungeschult, unerfahren und – verzeih, Joram – geisteskrank!«

»Den Gerüchten zufolge ist es ein schrecklicher Ort«, warf Lord Samuels bedächtig ein. In seinen Augen spiegelte sich Jorams Hoffnungsfunke. »Aber ich muß zugeben, es scheint eine gute Idee zu sein. Wir könnten zum Schutz die *Duuk-tsarith* mitnehmen.«

»Nein, nein!« Simkin schüttelte den Kopf. »Das wäre ganz falsch, fürchte ich. Diese unheimlichen Hexenmeister würden jedem ehrenwerten Gespenst eine Todesangst einjagen. Joram und Gwendolyn müssen allein gehen oder mit unserem lieben Pater hier, der bei den Mächten der Finsternis unter Umständen ein gutes Wort einlegen könnte, falls es zu Begegnungen der spukhaften Art kommen sollte.« Er winkte mit beiden Händen ab, als er die schlagartig ernst gewordenen Gesichter sah. »Ihr könnt mir glauben, es wird alles gutgehen. Der arme kleine Max war nachher auch kuriert.« Simkin seufzte schmerzlich. »Wenigstens glaubten wir das. Sicher wußten wir es nie. Er tanzte vor Freude ausgelassen zwischen den Felsen herum, dann glitt er plötzlich aus und stürzte in die Tiefe.«

Er trocknete sich die Augen mit dem orangefarbenen Schnupftuch und bemühte sich mannhaft, der Tränen Herr zu werden. »Ihr braucht mich nicht zu trösten«, sagte er erstickt. »Es ist schon gut. Ich kann es ertragen. Am besten geht ihr morgen mittag, wenn die Sonne genau über dem Berg steht.«

»Joram, ich rate dir ab!« warnte Saryon hartnäckig. »Die Gefahr ist . . .«

»Papperlapp!« Simkin legte sich herzhaft gähnend zurück. »Immerhin hat Joram ja auch noch das Dunkle Schwert.«

»Natürlich! Das Dunkle Schwert!« Joram sah den Katalyten triumphierend an. »Falls tatsächlich etwas Böses dort lauert, Pater, wird das Schwert uns beschützen.«

»Richtig! Und ihr müßt gleich morgen gehen, noch vor der Schlacht«, wiederholte Simkin, der angelegentlich mit den Fransen der Stola spielte.

»Weshalb unbedingt morgen?« erkundigte sich Garald mißtrauisch.

Simkin zuckte mit den Schultern. »Das ist doch leicht einzusehen. Falls Gwendolyn tatsächlich die Mäuse in *ihrem* Oberstübchen loswerden sollte, gelingt es ihr vielleicht, mit den lieben Verblichenen *und* mit uns Lebenden zu sprechen. Das könnte uns möglicherweise hilfreich sein. Und dann, Joram, könntest du in die Schlacht ziehen, mit der tröstlichen Gewißheit, bei der Rückkehr von einer liebenden Gemahlin empfangen zu werden, die in aller Regel keine Porzellanvitrinen zertrümmert.« Joram biß sich auf die Lippen, während er Simkins Wortschwall stumm über sich ergehen ließ; sein Gesicht war das Gesicht eines Menschen, der die Qualen der Verdammten erleidet. Auch sonst sprach niemand, und Schweigen erfüllte den Raum – ein unbehagliches, bedrückendes Schweigen.

Prinz Garald, der Simkin mit gerunzelten Brauen so eindringlich musterte, als würde er dessen in die Kissen gebetteten Kopf liebend gern mit Blicken durchbohren, öffnete den Mund, überlegte es sich anders und schloß ihn wieder. Pater Saryon wußte, was er hatte sagen wollen, es lag ihm selbst auf der Zunge: Was für ein Spiel spielt Simkin? Um welchen Einsatz? Und vor allem, welche Trümpfe hat er, von denen wir nichts ahnen?

Doch so sehr es den Prinzen auch drängte zu sprechen, er schwieg. Dies hier war eine rein persönliche Angelegenheit, die neben Joram auch Lord Samuels betraf, den Vater des armen Mädchens. Selbstverständlich konnte Garald Joram an seine Pflichten als Kaiser, die Verantwortung gegenüber seinem Volk erinnern. Doch Saryon wußte, so gut wie der Prinz, daß Joram keine Bedenken haben würde, all das in den Wind zu schlagen, um sowohl seine Frau zu heilen als auch sein Gewissen zu beschwichtigen.

Der Katalyt schaute Lord Samuels an, der mit gesenktem Kopf und bemüht ausdruckslosem Gesicht in sein Glas starrte, aus dem er noch keinen Schluck genommen hatte.

Für Saryon war er ein offenes Buch, deshalb kam es für ihn nicht überraschend, als Lord Samuels aufblickte, ihn ansah und sein Schweigen brach. »Ihr scheint über jenen Ort Bescheid zu wissen, Pater. Glaubt Ihr, daß dort Gefahr droht?«

»Ich bin sicher!« erwiderte Saryon im Brustton der Überzeugung. Er wußte, was Lord Samuels als nächstes fragen würde, und hatte die Antwort parat.

»Gibt es – Hoffnung?« fragte Gwendolyns Vater mit bebenden Lippen.

»Nein!« wollte Saryon sofort antworten. Doch als er den Mund auftat, um ihre Hoffnungen mit klarer Logik zu vernichten, überkam ihn ein seltsames Gefühl. Sein Herz zog sich schmerzhaft zusammen; die Kehle wurde ihm eng, er glaubte, nicht mehr atmen zu können. Es war fast, als würde er wieder zu Stein verwandelt. Diesmal war es allerdings keine magische Beschwörung, die ihn lähmte, vielmehr schien eine Faust im Innern seines Körpers ihn zu würgen und die Lüge abzuschnüren, bevor er sie über die Lippen bringen konnte. Er wehrte sich ohne Erfolg dagegen. Er vermochte nichts zu antworten.

»Dann gibt es also Hoffnung, Pater!« sagte Joram, der Saryon keinen Moment aus den Augen gelassen hatte. »Ihr könnt es nicht leugnen! Ich lese es in Eurem Gesicht!«

Der Katalyt starrte ihn beschwörend an und rang sich einen erstickten Laut ab, doch es war zu spät.

»Ich wage es«, verkündete Joram entschlossen. »Falls Ihr und Lady Rosamund einverstanden seid«, fügte er schnell hinzu, als der Hausherr mühsam Atem holte.

Lord Samuels zögerte, doch als er schließlich erklärte, welchen Entschluß er gefaßt hatte, geschah es mit ruhiger Würde. »Meine Tochter lebt schon jetzt mit den Toten. Was könnte ihr Schlimmeres zustoßen, außer daß sie sich zu ihnen gesellt. Wenn Ihr mich jetzt entschuldigen wollt, werde ich gehen und mit meiner Frau sprechen.« Er verbeugte sich und verließ das Zimmer.

»Dann ist es beschlossen.« Joram stand auf. Ein inneres Feuer strahlte aus den braunen Augen; die tief eingegrabenen Linien des Kummers und Leidens in seinem Gesicht schienen sich zu glätten. »Werdet Ihr uns begleiten, Pater?« fragte er.

Das stand außer Zweifel. Sein Leben war unauflöslich mit Jorams verbunden, seit er den winzigen, zum Tod verurteilten Säugling auf den Armen gehalten hatte ... Die Faust gab Saryon frei. Keuchend brachte der Katalyt nur ein stummes Nicken zustande.

»Morgen«, wiederholte Simkin zum drittenmal. »12 Uhr mittags!«

Das war für Prinz Garald zuviel, um es stillschweigend zu schlucken. Mit einem scharfen Blick auf Simkin erhob er sich und hielt Joram zurück, als er aus dem Zimmer gehen wollte. »Du hast jedes Recht, mir zu sagen, ich soll mich nicht einmischen ...«

»Dann laß es bleiben!«

»Ich fürchte, ich muß mich einwischen.« Garalds Miene war ernst. »Ich muß dich daran erinnern, Joram, daß du Thimhallan und seinen Bewohnern gegenüber eine Verantwortung trägst. Beim Almin, wir ziehen morgen in den Krieg! Ich fordere dich auf, deine Entscheidung noch einmal zu überdenken!«

Jorams Lippen verzogen sich spöttisch. »Thimhallan kann zum Teufel gehen ...«, setzte er an.

»... womit die Prophezeiung sich erfüllt hätte!« fuhr Garald für ihn fort.

Der Hieb saß. Joram holte zischend Atem, alle Farbe wich aus seinem Gesicht, die braunen Augen funkelten. Saryon fühlte sich bestürzt an den Jungen erinnert, der das Dunkle Schwert geschmiedet hatte. Er kam hastig in der Angst herbeigeeilt, Joram könnte den Prinzen schlagen, doch es war Simkin, der ein ernsthaftes Zerwürfnis verhinderte.

»Habt Erbarmen mit einem Schwerverletzten und prügelt euch irgendwo anders.« Er gähnte, daß man die Kiefer knacken hörte. »Es war ein ungemein anstrengender Tag und alles andere als magenfreundlich. Ich bin echt kaputt. Gute Nacht.« Sämtliche Lichter im Zimmer erloschen, Joram, Garald und Saryon standen in einem nur von den glosenden Scheiten des niedergebrannten Feuers erhellten Halbdunkel. »Beschränkt das Säbelrasseln bitte auf ein Minimum.«

Eine Nachtmütze aus orangefarbener Seide erschien aus dem Nichts, schwebte durch die Luft und stülpte sich auf Simkins Kopf. Behaglich inmitten der Sofakissen zusammengerollt, fiel der Schelm allem Anschein nach sofort in tiefen Schlummer.

Joram machte abrupt kehrt und ging zur Tür.

Garald schaute ihm einen Moment lang unschlüssig nach, schien etwas sagen zu wollen, konnte sich aber nicht überwinden. Erst nach einem Blick auf Pater Saryon, der eine drängende Handbewegung machte, folgte Garald dem Freund und stellte sich zwischen ihn und die Tür.

»Verzeih mir, Joram, aber ich kann die Sache nicht auf sich beruhen lassen. Ich habe selbstverständlich nur eine vage Vorstellung davon, welche Qualen du Tag für Tag erleidest, aber . . .«

Joram machte Anstalten, Garald aus dem Weg zu schieben.

»Hör mir doch zu!« beschwor ihn der Prinz, und Joram blieb tatsächlich stehen.

»Überleg doch nur!« fuhr der Prinz fort. »Warum ist Simkin plötzlich so an deinem und Gwendolyns Wohlergehen interessiert? Er hat sich vorher keinen Deut um irgend jemanden geschert. Warum beharrt er so stur darauf, daß du gehst und warum ausgerechnet morgen?«

»Das ist eben seine Art!« entgegnete Joram ungehalten. »Und er *hat* mir schon geholfen. Vielleicht hat er mir sogar bei einigen Gelegenheiten das Leben gerettet ...«

»Joram«, unterbrach ihn Garald bestimmt, »es könnte eine Falle sein. Da oben lauert vielleicht etwas viel Gefährlicheres auf dich als Geister. Denk darüber nach. Mir läßt es schon den ganzen Tag keine Ruhe. Wie *konnte* Simkin verstehen, was der Feind gesprochen hat? Es ist unmöglich, selbst für jemanden mit seinen ›Talenten‹. Wie konnte er es verstehen, außer man hat ihm *gesagt,* was er uns erzählen soll.«

Es war dunkel im Flur. Bevor sie sich für die Nacht zurückzogen, hatten die Dienstboten die magischen Lichter gedämpft. Die vereinzelten Kugeln in den spinnwebverhangenen Winkeln der hohen Decke verbreiteten ein weißes, kaltes Licht. Es sah aus, als wären Sterne wie Glühwürmchen durchs Haus geflogen und hätten sich in den Netzen der alteingesessenen Spinnen verfangen. In der Tiefe des Hauses ertönte ein Poltern und Krachen. Saryon fragte sich, ob der arme Graf Devon wieder das Haus durchstreifte.

Joram gab keine Antwort. Saryon, der ihm ins Gesicht schaute, das weiß und kalt aussah wie das Antlitz des Mondes, konnte an der grüblerischen Miene ablesen, daß dieses letzte Argument Eindruck gemacht hatte. Prinz Garald bemerkte es gleichfalls und war klug genug, sich ohne ein weiteres Wort zu entfernen.

Auch Saryon schwieg. Wie er sich selbst eingestand, hatte er Angst zu sprechen. Immer noch aufgewühlt wagte er nicht, Garalds Worten etwas hinzuzufügen. Er konnte nur hoffen, daß der Samen des Zweifels in Jorams Seele Wurzeln schlagen und reifen würde.

Zumindest schien er auf fruchtbaren Boden gefallen zu sein. Tief aufseufzend wollte Joram sich abwenden, als eine von Daunenkissen gedämpfte Stimme aus den Tiefen des Sofas ertönte:

»Vertrau deinem Hofnarren ...«

Einkehr

In Lord Samuels' Haus gab es wie in fast allen Häusern des Adels eine Kapelle. Obwohl sie sich in der Bauweise sehr ähnelten, waren die Unterschiede zwischen ihnen doch beträchtlich. In manchen Haushalten bildete die Kapelle unübersehbar den Mittelpunkt der Familie. Dort versammelten sich alle Bewohner tagtäglich unter der frommen Anleitung des HausKatalyten zum Gebet. Diese Kapellen atmeten magisches Leben. Das Holz glänzte vom vielen Gebrauch. Die bunten Fenster mit den Symbolen des Almin und der Neun Mysterien leuchteten in der Morgensonne. Nachts erfüllten winzige magische Lichter den Andachtsraum mit einer gedämpften Helligkeit, die dem stillen Gebet und der Meditation förderlich war. Man konnte sich leicht vorstellen, daß der Almin in einer solchen friedvollen und schönen Umgebung wohnte. Es war leicht, an einem solchen Ort mit ihm zu reden. Es war auch leicht, ihn antworten zu hören.

Der verstorbene Graf Devon, vor Lord Samuels Eigentümer des Hauses, war ein tiefreligiöser Mann gewesen. Nach seinem Tod wurde die Kapelle abgeschlossen, man löschte die Lichter, verhängte das Mobiliar mit schwarzen Tüchern und legte schwere Läden vor die Buntglasfenster. Als Lord Samuels einzog, öffnete er das Haus der Außenwelt, nur die Kapelle blieb verschlossen und verriegelt, allerdings nicht aus Zorn und Verbitterung über das Verschwinden seiner geliebten Tochter. Lord Samuels war nicht der Typ Mensch, der die Faust gen Himmel reckte und schwor, ›niemals wieder‹ mit Ihm zu sprechen. Vielmehr war etwas in seiner Seele gestorben. Von den Dienstboten gefragt, ob er wünsche, daß die Kapelle wieder geöffnet werde, ertappte er sich bei der Antwort: »Wozu?«

Und so blieb die Kapelle unbenutzt, die geschnitzten Rosenholztüren geschlossen, die Fenster schwarz und tot. Das magische Siegel an der Tür war ungewöhnlich stark, und Pater Saryon mußte beträchtlich viel magische Energie aufwenden, um sich Zutritt zu verschaffen. Er ging hinein, trat in die nächste Bank und setzte sich schwerfällig hin. Es war für ihn eine ungewohnte Anstrengung, soviel von seinem eigenen Leben zu verbrauchen.

Die Bänke waren mit einer feinen Staubschicht bedeckt, auch der Fußboden. Überall in der Kapelle lag Staub, bemerkte Saryon bei genauerem Hinsehen und wunderte sich. Er hielt seine kleine Lichtkugel näher an die Rückenlehne der Bank vor sich und stellte fest, daß es rötlicher, aromatisch duftender Staub war. Sofort begann sein analytischer Verstand zu arbeiten, froh darüber, sich mit diesem belanglosen kleinen Problem Ablenkung verschaffen zu können. Saryon streckte die Hand mit der Lichtkugel nach oben und erkannte trotz der nur zögernd weichenden Schatten, daß die Balken der Decke aus Zedernholz bestanden. Im Gegensatz zu den übrigen Holzgegenständen in der Kapelle hatte man sie roh und unbearbeitet belassen, vermutlich, um ihren Duft nicht zu beeinträchtigen.

Der Katalyt seufzte und rieb sich mechanisch die müden Augen, nur um es gleich zu bereuen, als ihm das körnige Gefühl hinter den Lidern verriet, daß Sand hineingeraten war. Blinzelnd wischte er sich mit dem Kuttenärmel die Tränen vom Gesicht.

Du solltest im Bett sein, tadelte er sich. Er war müde, und er wußte, daß er mit seinen Kräften haushalten mußte. Nur würde er einfach nicht schlafen können. Er hatte Angst zu schlafen. Furcht kroch langsam durch seinen Körper und lähmte ihn wie der schreckliche Zauber damals, der ihn Stück für Stück in Stein verwandelte. Angefangen hatte es mit der Faust, die ihn packte und daran hinderte, Joram zu raten, nicht zu dem Tempel hinaufzusteigen.

Es war dumm und gefährlich. Für Gwendolyn gab es keine Hoffnung. Die Nekromanten waren fort. Saryon bezweifelte ohnehin, daß sie imstande gewesen wären, ihr zu helfen. Bestimmt hätte er Joram überzeugen können. Garalds Argumente würden genügt haben, Joram davon abzubringen, sein Leben und das seiner Frau bei diesem törichten Unterfangen aufs Spiel zu setzen.

Bestimmt würde er sich anders besinnen! Er mußte sich anders besinnen.

Saryon umfaßte die Rückenlehne der Bank vor ihm und legte den Kopf auf die Hände. Furcht schüttelte ihn wie ein Krampf. Wie er den Staub analysiert hatte, versuchte er diese Furcht zu analysieren und suchte nach dem Ursprung.

Er fand keinen Ursprung. Es war ein gesichtsloses, namenloses Grauen, und je beharrlicher er versuchte, es ans Licht zu zerren, desto übermächtiger wurde es. Saryon hatte viele furchteinflößende Situationen durchlitten. Er entsann sich an das Entsetzen, das ihn überfiel, als er den ersten Anprall der Beschwörung fühlte, die sein lebendes Fleisch zu Stein verwandeln sollte.

Aber das war nichts gegen die Angst, die jetzt von ihm Besitz ergriff. Seinerzeit hatte er nicht dieses überwältigende Gefühl von Verlust und Hoffnungslosigkeit empfunden. Ganz im Gegenteil, überlegte er, während er in das süß duftende, schmeichelnde Halbdunkel der Kapelle starrte. Nachdem die erste Woge des Entsetzens verebbt war, erfüllten ihn Glück und vollkommene Zufriedenheit. Er hatte richtig gehandelt. Sein Opfer berührte Joram tief, das Licht seiner Liebe verdrängte die Finsternis aus der Seele des Jungen. Dieses Wissen stärkte den Katalyten in den Tagen und Nächten seiner endlosen Wache. War es ihm auch nicht gelungen, mit seinem Gott Frieden zu machen, so doch mit sich selbst.

Das glaubte er zumindest. Das Dunkle Schwert, das seinen versteinerten Körper zerschmetterte, hatte auch seinen trügerischen inneren Frieden zerstört.

Ihm kam zu Bewußtsein, daß seine Hände schmerzten; er hob den Kopf und sah, daß er sich an die Lehne klammerte wie ein Ertrinkender an einen Strohhalm. Er versuchte, sich zu entspannen, aber das Angstgefühl verließ ihn nicht.

»Es ist wegen der Schlacht morgen«, sagte er leise vor sich hin. »Soviel hängt von ihrem Ausgang ab. Unser Leben! Die Existenz unserer Welt! Nicht auszudenken, sollten wir unterliegen!«

»Und wenn ihr siegt – nicht auszudenken!«

Woher kam das? Saryon hörte die Worte so klar und deutlich wie nur je etwas in seinem Leben, doch konnte er schwören, ganz allein in der Kapelle zu sein. Schaudernd drehte er sich um und spähte forschend in die von unsteten Schatten erfüllten Winkel. »Ist da jemand?« rief er mit bebender Stimme.

Es kam keine Antwort. Vielleicht hatte er sich doch getäuscht. Niemand war hier bei ihm, und im Haus schlief alles.

»Ich bin übermüdet«, redete Saryon sich gut zu. »Jetzt bilde ich mir schon ein, Stimmen zu hören.«

Er wollte aufstehen und befahl seinem Körper, sich zu bewegen, aber die Faust drückte ihn nieder. Dann öffnete sie sich, machte ihm Zeichen, deutete irgendwohin, und er sah –

– die Auswirkungen der Schlacht: Alle, *alle* Fremden waren tot. Die *Pron-Alban* hoben mittels ihrer Magie ein riesiges Grab aus. Die Leichen fielen hinein und wurden mit Erde bedeckt. Jede Spur ihrer Existenz als menschliche Wesen war ausgelöscht. Nach hundert Jahren erinnerte sich in ihrer Heimat niemand mehr an sie.

Aber Thimhallan vergaß sie nicht. Kein Baum, keine Blume, kein Grashalm wuchs aus dem Massengrab. Unkraut, wuchernd und giftig, sproß in die Höhe. Es war ein verseuchtes Pestmal auf dem Angesicht des Landes, das sich schleichend und unaufhaltsam weiterfraß, bis es alles Gute und Schöne erstickt hatte.

»Aber was gibt es für eine Alternative?« rief Saryon laut. »Tod, Untergang? Das ist es, nicht wahr? Wir haben keine Wahl! Die Prophezeiung! Die Prophezeiung wird sich erfüllen! Du läßt uns keine Wahl!«

Die Faust war plötzlich fort, und Saryon wurde sich eines Etwas' bewußt, das sich zu ungeheuren Dimensionen ausdehnte und die Kapelle erfüllte, deren Mauern es zu sprengen drohte. Gleichzeitig war es winzig klein, enthalten in jedem Staubkörnchen, das von der Decke schwebte. Es war Feuer und Wasser, das ihn verbrannte und ihn kühlte. Es war ehrfurchtgebietend, und er verkroch sich vor der unfaßbaren Majestät. Es war voller Liebe, und er sehnte sich danach, sein müdes Haupt in die gütige Hand zu betten und Vergebung zu erflehen.

Vergebung für was?

Dafür, eine Karte in einem komischen Spiel zu sein, das ausschließlich der Belustigung eines einzigen Spielers diente?

Dafür, gepeinigt und verfolgt und über den Rand einer Klippe gestoßen zu werden?

Die Stimme ertönte wieder, streng und gebieterisch: »Du verstehst nicht. Du bist nicht fähig, den Plan Gottes zu begreifen.«

»Nein!« stieß Saryon hervor. »Ich verstehe nicht! Und ich werde mich nicht weiter von Dir und Deiner Unterhaltung mißbrauchen lassen! Ich sage mich los von Dir! Ich leugne Dich!«

Er stand taumelnd auf und stolperte aus der Kapelle. Draußen angelangt, schlug er die Tür zu, stemmte sich dagegen und rang schluchzend nach Atem. Doch während er dort stand und mit dem Rücken an der Tür lehnte, wußte er genau, daß es unmöglich war, das Etwas in dem Raum eingeschlossen zu halten. Er vermochte es ebensowenig zu leugnen wie seine eigene Existenz. Es war überall. Um ihn herum ...

In ihm ...

Saryon griff sich ans Herz und grub die Finger in sein Fleisch.

Das Zwinkern eines Auges

Saryon bemühte sich verzweifelt, aus einer tiefen Schlucht zu entkommen, in der er gefangen war. Lotrechte Felswände zu beiden Seiten schienen über seinem Kopf zusammenzustoßen und versperrten ihm den Blick zum Himmel. Ein reißender Fluß, der durch sein felsiges Bett toste, drohte ihn mit seinen Fluten davonzuschwemmen. Schlingpflanzen wanden sich um seine Beine; Äste und Zweige streckten ihre Krallenhände aus, um ihn festzuhalten. Allein und verlassen wanderte er immer weiter und suchte nach einem Weg hinaus. Plötzlich entdeckte er ihn! Ein Einschnitt in der steilen Wand, eine Ahnung von blauem Himmel und Sonnenschein. Der Aufstieg schien verhältnismäßig leicht zu sein, und mit frischen Kräften nahm er ihn in Angriff.

Anfangs *war* es leicht, und er hatte den Boden der Schlucht bald weit unter sich gelassen. Trotzdem kam er dem blauen Himmel kein Stück näher. Dann fiel ihm auf, daß die Felswand höher wurde, je weiter er stieg. Das Klettern wurde schwieriger. Schwarze Fledermäuse schwärmten aus Höhlen, strichen um seinen Kopf und brachten ihn mit plötzlichen Attacken aus dem Gleichgewicht, bis er fürchtete, den Halt zu verlieren und in den Abgrund zu stürzen. Verbissen kämpfte er sich weiter voran, und endlich langte er oben an. Mit einer letzten Kraftanstrengung schob er sich über die Kante und starrte in ein riesiges, lidloses Auge.

Verängstigt preßte er das Gesicht auf den felsigen Boden, doch gleichzeitig war ihm bewußt, daß es kein Versteck gab, wo es ihn nicht finden würde.

»Steigt hinauf, Katalyt!« rief eine Stimme.

Saryon hob den Kopf. Neben ihm stand ein Baum. Die Kutte geschürzt, kletterte er in die Laubkrone hinein. Von den grünen Blättern vor unberufenen Blicken geschützt, atmete er auf. Hier konnte das Auge ihn nicht sehen. Kaum hatte er das gedacht, als die Blätter sich braun färbten und eines nach dem anderen zu Boden sanken. Das Auge hatte ihn entdeckt. Dann brach ein Ast unter seinen Füßen. Und noch einer.

»Pater!« Jemand schüttelte ihn. »Zeit aufzustehen.«

Saryon schreckte hoch und tastete nach der Hand, als die Welt um ihn sich auflöste. Ihr Griff war sicher und stark. Dann ließ sie los, und Saryon fiel in die Kissen zurück, erschöpft und zerschlagen, als wäre er tatsächlich die ganze Nacht zwischen Felsen herumgeklettert.

Joram ging zum Fenster und stieß die Läden auf. Das kalte, unfreundliche Licht einer frostigen weißen Sonne strömte ins Zimmer, und Saryon zog frierend die Schultern hoch.

»Wie spät ist es?« fragte er und schaute blinzelnd in die grelle Helligkeit.

»Eine Stunde bis Mittag. Ihr habt den ganzen Vormittag verschlafen, Katalyt, dabei gibt es heute viel zu tun.«

»So lange? Wirklich? Es tut mir leid.« Saryon richtete sich benommen auf, wobei er es vermied, in die Sonne zu schauen. War das das Auge? Wurde er beobachtet?

Unsinn! Das ganze war nur ein Traum gewesen!

Saryon stand auf, wusch sein Gesicht mit kaltem Wasser und zog sich rasch an, während er Jorams ungeduldigen Blick im Nacken spürte. Voller Unbehagen stellte der Katalyt fest, daß sein Schützling, der ruhelos und mit einem ungewohnt erwartungsvollen

Ausdruck auf dem sonst harten, strengen Gesicht im Zimmer auf und ab ging, für einen Marsch gekleidet war. Über dem langen weißen Gewand trug er einen grauen Umhang, der das Dunkle Schwert verbarg, das Joram auf dem Rücken trug.

»Du hast dich entschlossen, zum Tempel zu gehen«, meinte Saryon leise, setzte sich auf die Bettkante und begann die Schuhe anzuziehen. Als er sich vorbeugte, wurde ihm schwindelig, und er blieb still sitzen, bis der Anfall vorüber war.

»Ich brauchte keinen Entschluß zu fassen. Daß ich gehen würde, stand von vornherein fest.« Joram sah, daß Saryon untätig auf dem Bett saß. »Beeilt Euch!« Mit einer gereizten Handbewegung deutete er auf das Fenster und die hochstehende Sonne. »Wir sollen *heute* zur Mittagsstunde dort sein, nicht erst morgen! Ihr habt Euch erboten, mit uns zu kommen. War das ernst gemeint? Oder dient dieses Herumtrödeln der Verzögerung?«

»Selbstverständlich komme ich mit«, antwortete Saryon schwerfällig. Er hob den Blick von seinen Schuhen zu Jorams Gesicht. »Das solltest du wissen, ohne zu fragen, mein Sohn. Welchen Grund habe ich dir gegeben, an mir zu zweifeln?«

»Ihr seid ein Priester. Ist das nicht Grund genug?« höhnte Joram und wandte sich zur Tür.

Saryon stand auf und ging ihm nach. »Joram, was ist mit dir?« forschte er und hielt ihn am Ärmel der weißen Kutte fest. »Du bist heute morgen nicht du selbst.«

»Ich wüßte wahrhaftig nicht, wer anderer ich heute morgen sein sollte, Katalyt!« Joram riß sich los, doch nach einem Blick in das bestürzte Gesicht des Priesters, besann er sich, blieb stehen und schüttelte niedergeschlagen den Kopf. »Vergebt mir, Pater«, meinte er aufseufzend. »Ich habe nicht gut geschlafen, und eine Ahnung sagt mir, daß es noch viele schlaflose Nächte geben wird. Mich treibt nur der eine Wunsch, in diesem Tempel der Nekromanten Hilfe für Gwendolyn zu finden. Seid Ihr fertig?«

»Ja, und ich weiß, was du fühlst, Joram, aber ...«

Joram schnitt ihm ungehalten das Wort ab. »Dafür ist jetzt keine Zeit, Pater! Wir müssen Gwendolyn holen und fort sein, bevor Garald oder einer der anderen wohlmeinenden Narren Gelegenheit findet, mich aufzuhalten!«

Sein Gesicht veränderte sich.

Saryon starrte ihn an und konnte die Veränderung nicht fassen. Und doch, weshalb bin ich eigentlich überrascht? fragte er sich betrübt. Ich habe es kommen sehen. Die Glut des Schmiedefeuers brennt wieder in seinen Augen. Fast könnte man glauben, all die dazwischenliegenden Jahre, Leid und Schmerz, aus denen er Mitleid und Verständnis lernte, wären von ihm abgefallen und der Fluch von damals hätte ihn nun doch noch eingeholt und zu Stein verwandelt.

Der Abgrund, dem Saryon sich entkommen wähnte, tat sich vor ihm auf. Jeder Schritt brachte ihn dem Verhängnis näher. Es mußte doch einen anderen Weg geben! Ich will umkehren und danach suchen!

Eine Hand umfaßte mit festem Griff seinen Oberarm. »Wohin geht Ihr, Katalyt? Es ist höchste Zeit!«

»Bitte überleg es dir!« Saryon schluckte und holte tief Atem. »Es muß einen anderen Weg geben, Joram!«

Die Flammen des Schmiedefeuers loderten ihm entgegen. »Ihr habt die Wahl, Pater«, sagte Joram schroff. »Entweder kommt Ihr mit, oder Ihr bleibt hier.«

Fast hätte Saryon laut aufgelacht. Die Wahl! Er sah jetzt den Weg, der von dem Abgrund fortführte –

blockiert von Felsblöcken, die schon vor Jahren dorthingerollt waren. Es gab kein Zurück.

»Ich komme«, sagte der Katalyt und folgte Joram mit gesenktem Kopf aus der Tür.

Das Gleißen der Wintersonne auf den vergänglichen Kristallen der tauenden Schneemassen erfüllte Lord Samuels' zum erstenmal seit vielen Tagen mit Licht – einem kalten, schneidenden Licht. Der Garten sah wunderschön aus unter seiner weißen Decke, aber es war eine morbide Schönheit. Die Pflanzen waren glashart gefroren, umhüllt von Schnee. Unter dem Gewicht des Eismantels knickten Äste; riesige Bäume brachen auseinander.

Trotz des kalten Winters drängten sich auf den Straßen vor und um Lord Samuels' Haus die Menschen, hofften einen Blick auf Joram zu erhaschen und bestürmten jeden, der aus der Tür kam, mit neugierigen Fragen. Seit den frühen Morgenstunden herrschte ein reges Kommen und Gehen von Magi Bellorum, Ariels, Gildemeistern, *Albanara* und anderen wichtigen Persönlichkeiten. Die letzten Vorbereitungen für die bevorstehende Schlacht waren in vollem Gange.

Drinnen waren Lord Samuels, der Prinz, Kardinal Radisovik, etliche Mitglieder der Aristokratie sowie die Magi Bellorum in einem der Ballsäle im oberen Stock zusammengekommen, den man hastig zu einem Kartenzimmer umfunktioniert hatte.

Anhand der auf einem langen Tisch ausgebreiteten Karten begann Prinz Garald den versammelten Kommandeuren die von ihm und Joram ausgearbeitete Strategie zu erläutern. Falls er spürte, daß die Atmosphäre im Zimmer fast ebenso frostig war wie draußen, ging er jedenfalls nicht darauf ein.

»Unser Angriff erfolgt nachts, während sie schlafen. Dadurch haben wir das Überraschungsmoment auf unserer Seite. Ihnen soll es vorkommen, als wären wir die Fortsetzung eines schrecklichen Alptraums, deshalb setzen wir zuerst die Illusionisten ein. Comte Marat, Ihr führt Eure Einheit dorthin . . .«, er zeigte auf eine Ansammlung halbkugeliger Gebilde, die durch Magie unter der Spitze seines Zeigefingers entstanden waren, ». . . und Ihr . . .«

»Vergebung, Prinz Garald«, unterbrach ihn der Comte überhöflich, »diese Eure Pläne sind gewiß ganz ausgezeichnet, aber Seine Majestät, der Kaiser, ist unser Feldherr. Ich kam heute morgen her, um von ihm meine Order zu erhalten. Warum ist er nicht hier?«

Prinz Garald warf, einen raschen Blick auf den *Duuk-tsarith,* der wie ein Eckpfeiler vergangener und künftiger Nächte im Hintergrund des Zimmers stand. Die weite Kapuze bewegte sich kaum merklich, und der Prinz wandte sich mit gerunzelter Stirn wieder dem Comte zu. Marat stand nicht allein mit seiner Kritik. Viele der sonst anwesenden *Albanara* nickten zustimmend.

»Seine Majestät hat in den letzten beiden Nächten kaum Schlaf gefunden«, erklärte Garald kühl. »Da es seine Pläne sind, die ich hier mit Euch zu besprechen versuche, hielt ich seine persönliche Anwesenheit bei diesem Kriegsrat nicht für zwingend erforderlich. Dennoch habe ich Mosiah nach ihm geschickt. Seine Majestät wird . . .«

Ein Klopfen an der magisch versiegelten Tür unterbrach ihn.

Garald nickte, und einer der *Duuk-tsarith* löste das Siegel. Sämtliche Anwesenden drehten sich zu der sich langsam öffnenden Tür um, die Edelleute stellten sich in Positur für eine tiefe Verbeugung vor ihrem Souverän. Aber nur Mosiah kam schüchtern herein – alleine.

»Wo ist Jor ... der Kaiser?« verlangte Garald zu wissen.

»Er hat mir eine Botschaft für Euch aufgetragen«, stotterte Mosiah und warf Prinz Garald einen beschwörenden Blick zu.

»Eine Botschaft aufgetragen, *Hoheit*«, berichtigte Kardinal Radisovik, aber Mosiah hörte ihn nicht. Er sah immer noch den Prinzen an.

»Es ist ... vertraulich, Hoheit.«

Prinz Garald, der über den Kartentisch gebeugt dagestanden hatte, richtete sich auf. »Eine Botschaft?« wiederholte er unwirsch. »Hast du ihm gesagt, daß er seit einer halben Stunde hier erwartet wird? Ist er nicht ... Na, schon gut. Wenn Ihr mich entschuldigen wollt ...«

Ohne den Meriloner Adel zu beachten, ging Mosiah mit raschen Schritten zu den hohen Rundbogenfenstern hinüber. Prinz Garald und Lord Saryon folgten ihm, mißtrauisch belauert von den *Albanara.*

»Hoheit«, sagte Mosiah in bedeutungsvollem Ton, »es ist beinahe Mittag!«

»Es interessiert mich nicht, wie spät es ist«, schnappte Garald, dann aber dämmerte ihm die wahre Bedeutung dieser Worte, und sein Blick wurde unwiderstehlich von dem magischen Zeitglas angezogen, das auf dem Sims eines der Kamine in dem eleganten Ballsaal stand. Die darin gefangene winzige Sonne hatte fast den höchsten Stand erreicht und strahlte hell auf ihrer zur Hälfte vollendeten Bahn über einer miniaturisierten Welt.

»Verdammt!« fluchte der Prinz gedämpft, faltete die Hände auf dem Rücken und schaute aus dem Fenster.

»Ich dachte, es wäre mir gelungen, ihn von diesem unvernünftigen Vorhaben abzubringen.«

»Vielleicht macht er nur einen Spaziergang im Garten?« meinte Lord Samuels.

»Ich habe nachgesehen. Da ist er nicht. Und Pater Saryon und Gwendolyn sind ebenfalls verschwunden.« Mosiah stellte sich neben den Prinzen und gab vor, äußerst interessiert in den Garten hinunterzusehen. »Das Schlimmste kommt noch«, flüsterte er. »Simkin ist auch weg!«

»Lord Samuels, Ihr befragt das Personal«, ordnete Prinz Garald mit halblauter Stimme an. »Versucht herauszufinden, ob irgend jemand heute morgen Joram oder Pater Saryon gesehen hat. Benehmt Euch, als wäre nichts Ungewöhnliches geschehen, und vermeidet es, Aufsehen zu erregen ...« Zu spät. Bevor er eine Bewegung machen konnte, um ihn zurückzuhalten, war der verzweifelte Lord durch den Ballsaal und aus der Tür gestürmt. Im Flur hörte man ihn nach den HausMagi rufen. Die Gesichter der Edelleute, die ihm hinterherschauten, wurden noch mißtrauischer und finsterer.

»Prinz Garald!« rief Comte Marat in überheblichem Ton. »Ich bestehe darauf zu erfahren, was hier vor sich geht! Wo ist der Kaiser?«

»Wo ist der Kaiser!« Der Ruf pflanzte sich fort. Plötzlich redeten alle durcheinander, und keinem gelang es, sich Gehör zu verschaffen.

»Ruhe!« brüllte Prinz Garald schließlich, und der Lärm erstarb. »Man könnte glauben, wir wären eine Horde außer Rand und Band geratenes Elfenvolk. Mosiah hat mir eben berichtet, daß der Gesundheitszustand der Gemahlin Seiner Majestät heute zu großer Besorgnis Anlaß gibt, deshalb möchte der Kaiser an ihrer Seite bleiben. Lord Samuels ist verständlicherweise besorgt und hat die Dienstboten nach der *Theldara* geschickt. Nun eine erfreulichere Nachricht: Mosiah sagt mir auch, daß ein Mittagessen vorbereitet ist. Ich schlage vor, daß wir die Unterbrechung nutzen, um eine Mahlzeit einzunehmen. Seine Majestät wird nachmittags am Kriegsrat teilnehmen. Mylords, bitte dort entlang. Die HausMagi werden Euch den Weg zeigen. Ich komme gleich nach.«

Murrend verließen die Vertreter der Meriloner Aristokratie nach und nach das Zimmer. Diejenigen, die Anstalten machten zu bleiben, wurden höflich, aber bestimmt, von den *Duuk-tsarith* des Prinzen hinausgeleitet. Sobald alle gegangen waren, befahl der Prinz mit einem Wink den *Duuk-tsarith*, die Tür zu verriegeln.

»Wartet draußen«, ordnete er an. »Laßt Lord Samuels eintreten, aber sonst niemanden.«

Die *Duuk-tsarith* verschwanden. Prinz Garald, Kardinal Radisovik und Mosiah befanden sich allein in dem zweckentfremdeten Ballsaal. Sonnenlicht fiel grell durch die zahlreichen Fenster, flutete über den Marmorfußboden und schien auf die ausgebreiteten Karten. Keiner sprach. Radisovik sah den Prinzen Auskunft heischend an, aber Garald, dessen Aufmerksamkeit scheinbar ganz von Maßstäben und Höhenlinien in Anspruch genommen war, vermied es, seinem Ratgeber in die Augen zu sehen. Mosiah bemühte sich, Ruhe zu bewahren und abzuwarten, doch er trat nervös von einem Fuß auf den anderen und rieb sich immer wieder die schweißfeuchten Hände an seiner Uniform trocken. Alle drei blickten erleichtert auf, als Lord Samuels erschien und ein aufgeregtes Hausmädchen mitbrachte. Eingeschüchtert von der Gegenwart des Prinzen, brachte sie zuerst nur unverständliches Gemurmel heraus. Es dauerte eine

Weile, bis sie sich dank der charmanten Art des Prinzen soweit beruhigt hatte, daß sie imstande war, seine Fragen zu beantworten.

Ja, sie hatte den Kaiser gesehen. Sie war damit beschäftigt gewesen, die Betten zu beziehen, als sie Joram in einem grauen Reiseumhang in das Zimmer Pater Saryons gehen sah. Einige Zeit später waren beide herausgekommen und den Flur hinuntergegangen. Sie sprachen über Lady Gwendolyn.

Ja, seine Majestät hatte einen bedrückten, sorgenvollen Eindruck gemacht. Auch Pater Saryon habe bedrückt ausgesehen. Er ging so schleppend, als ob er ins Jenseits verbannt werden sollte.

Nein, den aufgeputzten jungen Herrn mit dem Bart hatte sie nicht gesehen, und das war ihr auch lieber so.

»Vielen Dank, gutes Kind«, unterbrach Prinz Garald das Hausmädchen in ihrem Redeschwall und entließ sie mit einer freundlichen Handbewegung. Nach einem Knicks und einem verschmitzten Blick für Mosiah verließ sie das Zimmer. Hinter ihr verschlossen die *Duuk-tsarith* wieder die Tür. »Nun, dann wissen wir ja Bescheid«, meinte Garald mit einem Seufzer. »Joram ist zum Tempel unterwegs und hat seine Frau und Pater Saryon mitgenommen.«

»Tempel? Was für ein Tempel, Hoheit?« fragte Kardinal Radisovik verwirrt.

»Der Tempel der Nekromanten.«

»Der Almin sei mit ihnen!« sagte der Kardinal aus tiefstem Herzen und machte das Zeichen gegen das Böse.

»Vergebung, Heiligkeit, aber ich glaube nicht, daß der Almin allein genügt«, warf Mosiah ein. »Wir sollten auch mit ihnen sein. Das ist doch eine Falle, habe ich recht?«

»Ich weiß es nicht!« fauchte Garald, während er mit

Riesenschritten den Raum der Länge nach durchmaß. »Simkins Geschichte über den kleinen Max oder Moritz war ganz offensichtlich eine Lüge, doch sie enthielt genügend Wahres, um Joram wider alle Vernunft zu überzeugen. Und nicht nur ihn.« Er schaute Lord Samuels an, der ein Stück weit entfernt am Fenster stand und in den Garten hinaussah, ohne etwas wahrzunehmen.

»Falls meine Tochter eine Nekromantin ist, könnte der Tempel der einzige Ort auf der Welt sein, an dem sie möglicherweise Heilung zu finden vermag!« Er wandte dem Prinzen das zerquälte Gesicht zu. »Wenn wir uns einmischen, bringen wir sie vielleicht um ihre letzte Chance.«

»Oder wir retten ihnen das Leben«, gab Mosiah zu bedenken. »Wir könnten die Transversale benutzen, Hoheit, und nur eben nachsehen, ob alles in Ordnung ist. Schließlich war Simkin im Lager des Feindes!«

»Ich weiß!« Garald schlug mit der flachen Hand auf den Tisch. »Ich kenne Simkin! Ich weiß, daß er die Seelen sämtlicher Bewohner dieser Welt verspielen würde, wenn es ihm gerade in den Sinn kommt!«

»Auf jeden Fall«, sagte Radisovik leise, »schwebt Joram in wirklicher Gefahr. Vielleicht hat Mosiah recht . . .«

Eine schwarze Gestalt materialisierte sich mit der Plötzlichkeit eines Donnerschlags in der Mitte des Ballsaals. Der *Duuk-tsarith* hatte der Ordensregel entsprechend die Hände vor dem Leib gefaltet – aber so fest, daß die verkrampften Finger weiß geworden waren. Auch seine Stimme klang krampfhaft beherrscht.

»Hoheit, der Feind hat sich in Bewegung gesetzt!«

»Tatsächlich?« fragte Garald überrascht. »Er zieht ab?«

»Nein, Hoheit. Der Feind steht ...«

Ein grelles, blendendes Licht zuckte über den Himmel. Die Scheiben der großen Fenster zersprangen. Ein Hagelschauer von Glassplittern fegte durch den Raum. Bilder fielen von den Wänden, die Wände selbst bekamen Risse, manche stürzten ein. Ein mächtiger Deckenbalken knickte und senkte sich bedrohlich. Das gesamte Gebäude erzitterte vom Keller bis zum Dach.

Weitere Explosionen vollendeten die Botschaft, die der *Duuk-tsarith,* der unter den Scherben tot am Boden lag, nicht mehr hatte übermitteln können.

Der Feind stand vor den Toren. Merilon lag unter Beschuß.

Ein letztes Beben durchlief Lord Samuels' Haus. Das Zeitglas, das der ersten Druckwelle getrotzt hatte, kippte vom Kaminsims; der Glassturz zersprang in tausend Stücke. Aus dem Gefängnis befreit, rollte die winzige Sonne unter den Teppich, und die Miniaturwelt hüpfte in die kalte Asche der Feuerstelle.

Der Tempel der Nekromanten

Der Tempel der Nekromanten hatte einen besonderen Ehrenplatz – er stand auf dem Gipfel des Baptisteriums, des höchsten Berges in Thimhallan. Er war auf einem magisch geebneten Plateau errichtet worden, trotzdem sah es aus der Ferne aus, als klammere er sich an zerklüftete Felspfeiler, statt in festem Gestein zu gründen. Es war eine Täuschung des Auges, sagte man, verstärkt von der Tatsache, daß der Tempel und sein Garten die einzigen ebenen Fleckchen in dieser schwindelerregenden Höhe okkupierten.

Der Sage nach war der Tempel der Nekromanten von den Toten aus dem Gestein des Bergs geschaffen worden. Der Sockel des Gipfels bildete die grottenähnliche Rückwand; der magisch umgewandelte Gipfel selbst, der sich wie ein Schneckenhaus in den Himmel schraubte, bildete das Dach. Die beiden Seitenwände folgten den natürlichen Gegebenheiten des Berges und erhoben sich von den Graten steiler Klippen. Bischof Vanyas Garten, den die Menschen dieser Tage als den Gipfel des Berges betrachteten, lag in Wirklichkeit etwa zweihundert Meter tiefer.

Der Portikus öffnete sich nach Norden, auf eine kreisrunde, ebene Fläche hin. Hier waren Pflastersteine in Form eines Rades angeordnet worden. Neun Gehwege bildeten neun Speichen, die von der äußeren Umfassung zu einem riesigen Megalithen in der Mitte führten – der Radnabe. Jede Speiche war mit dem Symbol eines der Neun Mysterien gekennzeichnet, alle neun Symbole fanden sich in den Felsblock eingraviert wieder.

Die Anlage war früher einmal sorgfältig gepflegt gewesen. Ein Kreis bequemer Holzbänke umgab die Nabe. Zwischen den neun Speichen hatten Blumen geblüht, die durch die Kunst der Druiden auch in dieser unwirtlichen Höhe am Leben erhalten wurden. Zu diesem einst wunderschönen Garten und dem majestätischen Tempel pilgerten die Menschen aus Thimhallan, um von ihren Toten Antworten auf Fragen zu erhalten oder ihnen einen freundschaftlichen Besuch abzustatten. Die Negromanten agierten als Vermittler, trugen Botschaften von dieser Welt in die andere und wieder zurück.

Vor dem Ausbruch der Eisenkriege war der Orden der Nekromanten der einflußreichste in ganz Thimhallan gewesen. Ein Wort der Toten konnte Throne zerschmettern und Dynastien stürzen. Die *Duuk-tsarith,* die nichts Lebendes fürchteten, hatten gezittert, wenn sie sich dem Garten der Nekromanten näherten. Unter den Herrschern des Landes, ihren Hexen, Hexenmeistern und Katalyten hatte es manche gegeben, die den Orden mit feindseligen Blicken betrachteten.

Niemand wußte genau, wie es zugegangen war, daß die Nekromanten im Lauf der Eisenkriege spurlos verschwanden. Es war eine Zeit der Verwirrung. Unzählige verloren ihr Leben während des blutigen Konflikts. Die Nekromanten waren immer schon eine kleine Gemeinschaft gewesen; nur wenige wurden zum Mysterium des Übersinnlichen geboren, und noch weniger verfügten über die notwendige Disziplin und Hingabe, um ein Leben inmitten des Todes zu ertragen.

Nach dem Ende des Kriegs verkündeten die Katalyten jedenfalls, daß die Kaste der Nekromanten ausgelöscht sei. Die Schuld daran gaben sie den Anhängern der Schwarzen Künste, den Technologen, die auch jedes andere Unglück zu verantworten hatten, das Thimhallan in den letzten hundert Jahren heimgesucht hatte.

Kaum jemand vermißte die Nekromanten. Man war froh, die Erinnerung beiseite schieben zu können, um sich mit ganzer Kraft dem Neubeginn zu widmen und das eigene Leben wieder in Gang zu bringen.

Falls es irgendwem merkwürdig vorkam, daß keine Kinder mehr zum Mysterium des Übersinnlichen geboren wurden, hätte er sich an die Katalyten oder die *Duuk-tsarith* wenden können oder an die Eltern von Kindern, die gelegentlich Stimmen vernahmen, die nur sie hören konnten oder mit Freunden sprachen, die es gar nicht gab. In solchen Fällen entwuchsen die Kleinen entweder diesen seltsamen ›Phasen‹, oder sie verschwanden eines schönen Tages.

Was Pater Saryon über den Tempel erzählt hatte, stimmte – es war verboten, die Anlage zu betreten. Es stimmte allerdings *nicht,* daß auf dem Tempel ein Fluch lastete und daß eine Gruppe mächtiger Katalyten ausgezogen war, um den Fluch zu entkräften, und die niemals zurückkehrten.

Die Wahrheit war viel unromantischer – niemand interessierte sich für die einstige Weihestätte. Der einzige Fluch, der auf dem Tempel der Nekromanten ruhte, war der Fluch des Vergessens.

Umflattert von der roten Kutte, die er zur Tarnung übergezogen hatte, verließ Menju der Magier die Transversale und setzte zaghaft den Fuß auf den Boden der verfallenen Tempelanlage. Die *Thon-li,* die ihn hergebracht hatten, waren über sein Ansinnen erschüttert gewesen, und hatten ernsthaft versucht, ihn von seinem Vorhaben abzubringen. Nur indem er behauptete, es handele sich um einen militärischen Geheimauftrag, gelang es ihm, sie zu bewegen, für ihn eine Transversale zu etablieren.

Ihre Ängste hatten leider nicht dazu beigetragen, sein Selbstvertrauen zu stärken. Eine Phaserpistole in der schweißfeuchten Hand schaute Menju sich unbehaglich nach allen Seiten um. Ziemlich schnell hatte er den wahren Sachverhalt begriffen, atmete auf und ließ die Hand mit der Waffe sinken.

Die Sonne strahlte von einem wolkenlosen Himmel. Trotzdem hing eine Aura der Traurigkeit und Melancholie über dem Tempel. Gespenstisch still war es, ein unnatürliches unsichtbares Schweigen, als hielte eine Menschenmenge den Atem an und wartete, daß etwas geschah.

Menju fröstelte in der schneidend kalten Höhenluft, steckte den Phaser in die Tasche und lächelte nachsichtig über seine eigene Furcht.

Was hatte er denn eigentlich erwartet? wies er sich streng zurecht. Horden verwesender Gestalten, die brüllend aus der Dunkelheit hervorstürmten, um ihn für sein Eindringen zu bestrafen? Knochenhände, die nach ihm griffen? Gestalten in weißen, flatternden Laken und rasselnden Ketten, die mit Grabesstimme seinen schlechten Charakter beklagten und ihm drei gespenstische Besucher bis zum Morgen ankündigten?

»Humbug!« sagte er laut und brachte es fertig, über seinen kleinen Scherz zu lachen.

Während er sich den kalten Schweiß von der Stirn trocknete, nahm Menju sich einen Moment Zeit, um seine Fassung wiederzugewinnen und die Umgebung zu mustern. Er war absichtlich so früh gekommen, weil er Muße haben wollte, sich zu orientieren. Ihm blieb eine reichliche Stunde bis Mittag. Den Phaser in der Hand, machte er sich zu einem Erkundungsgang auf. Er inspizierte den Ort seines Hinterhalts mit aller Gründlichkeit, doch obwohl er überzeugt war, allein hier oben zu sein, hatte er auf Schritt und Tritt das Gefühl, daß jemand *ihn* inspizierte. Nachdem er sich jedoch umgesehen und nichts und niemanden gefunden hatte, verbannte er das Gefühl aus seinem Kopf.

Er kehrte dem Rand des Plateaus den Rücken und schlug einen der Pfade ein, die zu dem Megalithen im Mittelpunkt des Rades führten. Der Weg, für den er sich entschieden hatte, war der seines eigenen Mysteriums – der Technologie.

Tote Pflanzen reckten sich aus der gefrorenen Erde zu beiden Seiten des Gehwegs. Abgestorbene Ziersträucher lagen entwurzelt auf dem Boden, da die Winterstürme sie umgeweht hatten. Der Magier warf nur einen gleichgültigen Blick auf die trostlosen Überreste des Gartens. Bei dem Felsen angelangt, strich er mit den Fingerspitzen über die eingemeißelten Symbole der Neun Mysterien, dabei stellte er fest, daß es sich um ein ungewöhnliches Gestein handelte. Erzhaltig. Vielleicht Arkanum! dachte er, und ein erregter Schauer lief ihm über den Rücken. Während er den mächtigen Block genauer studierte, rief er sich ins Gedächtnis, was er an Sagen und Geschichten über den Megalithen gehört hatte. Daß er aus dem Born des Lebens unter dem Baptisterium herausgeholt worden war, daß er wie ein Stopfen in dem Born gesessen hatte, und daß dann die Magie hervorströmte wie Magma und die ganze Welt überflutete.

Das ergab einen Sinn, wurde ihm bewußt. Das Arkanum hatte den Born verschlossen! Ein faszinierender Gedanke.

Da er über dem Quell der Magie stand, fühlte

Menju, wie das magische Leben ihn durchpulste. Wie hatte er je vergessen können, wie berauschend dieses Gefühl war, wieder über magische Kräfte zu gebieten.

Er wandte seine Aufmerksamkeit wieder dem Steinklotz zu. Er war riesig und mindestens zweieinhalb Meter hoch. Mit ausgebreiteten Armen vermochte er ihn nicht halb zu umfassen. Wenn es sich tatsächlich um Arkanum handelte, war sein Wert unermeßlich! Menjus Hand, die flach auf dem dunkelgrauen Gestein lag, zitterte vor Erwartung.

»Joram dürfte wissen, ob es Arkanum ist oder nicht«, sagte er laut und lächelte versonnen. »Ich muß dafür sorgen, daß er bei Besinnung bleibt, um mir einige Fragen zu beantworten.« Er tätschelte den Stein liebevoll, dann setzte er seinen Rundgang fort und kam schließlich zu dem eigentlichen Tempelgebäude.

Neun Stufen führten zum Portikus hinauf. Neun von Rissen durchzogene Säulen stützten ein sehr schadhaftes Dach, das unter der spiralförmigen Bergspitze vorragte. Während er näher kam, sah Menju, daß Teile des Dachs eingestürzt waren. Große Trümmerstücke lagen auf dem Boden. Der Altar selbst schien von einem Deckenbalken zertrümmert worden zu sein. Menju erklomm die aus dem Felsen herausgehauenen Stufen und stellte zu seiner Befriedigung fest, daß man im Innenraum des Tempels kaum die Hand vor Augen sehen konnte.

Er nickte vor sich hin. Bei einem abschließenden Blick in die Runde schaute er über weite Ebenen in Richtung Norden, wo Merilon in der Sonne glitzerte. Als er die Augen zukniff, glaubte er, das Aufblitzen von Metall zu sehen. Waren das Major Boris' Panzer, die sich formierten, um Merilons magische Kuppel zu bombardieren? Oder war es ein reflektierter Sonnenstrahl auf der Oberfläche eines zugefrorenen Sees?

Genau konnte er es nicht erkennen. Mit einem Schulterzucken wandte er sich ab. War erst das Dunkle Schwert in seinem Besitz, wurde alles andere unwichtig. In der Zwischenzeit sollten Boris und seine Mannen ruhig ihren Spaß haben. Während er seine Muskeln spielen ließ, hörte der gute Major wenigstens auf zu grübeln, außerdem war ein ordentliches Vorgeplänkel bestens geeignet, die Soldaten aufzustacheln und Furcht und Haß zu schüren, bis sie schließlich keine Skrupel mehr hatten, sich als willige Henkersknechte mißbrauchen zu lassen. Die Sonne stand im Zenit. Auf dem Weg in das Versteck, das er sich ausgesucht hatte, überdachte Menju zum wiederholten Mal seine Pläne. Die Eroberung dieser Welt würde sich nicht von heute auf morgen bewerkstelligen lassen. Es war nicht damit zu rechnen, daß die Menschen hier ohne Gegenwehr in den Tod gingen. Zu schade, daß er nicht von diesen raffinierten Bomben Gebrauch machen konnte, die alle Lebewesen vernichteten, ohne Gebäude und sonstige Einrichtungen in Mitleidenschaft zu ziehen. Ob sie auch eine Gefahr für die Magie darstellten? Vermutlich nicht. Man mußte die Physiker fragen – oder vielleicht Joram.

Joram. Würde der junge Mann mit ihm zusammenarbeiten? Der Magier, der vom Portikus in den Tempel trat, gestattete sich ein selbstzufriedenes Lächeln. Sein Plan war narrensicher. Jorams Schwäche war die große Zuneigung zu seiner geisteskranken Frau. Wenn er sah, daß Menju Gwendolyn in der Gewalt hatte, würde er zur Mitarbeit bereit sein. Die Frau war vielleicht etwas wunderlich, aber trotzdem noch in der Lage, vernünftig zu denken.

Menju stellte den Modus des Phasers von ›töten‹ auf ›lähmen‹. Hinter einer Säule im dunklen Tempel lauerte Menju der Magier auf seine Beute.

Der Scharfrichter

Menjus Instinkt hatte ihn zu Recht gewarnt. Er *wurde* beobachtet. Die meisten Augenpaare, die jeder seiner Bewegung folgten, gehörten den Toten – mit einer Ausnahme. Noch jemand war zum Tempel der Nekromanten gekommen. Noch jemand wartete.

Das Auftauchen der Menschen versetzte die Toten in Aufregung, die an ihrer heiligen Stätte seit Jahrhunderten kein lebendes Wesen mehr gesehen hatten. Um ihren Tempel versammelt, beobachteten sie mit unsichtbaren Augen, lauschten mit tauben Ohren, sprachen mit stummen Mündern. Denn es gab niemanden, der sie verstand, niemanden, der sie hörte, deshalb waren sie enttäuscht und verbittert. Die Toten wußten um die Gefahr, ohne helfen zu können. Ihnen blieb nichts anderes übrig, als mit den beiden Männern zu lauern und zu warten.

Dieser zweite Beobachter war sehr früh am Morgen im Tempel der Nekromanten eingetroffen, als die blasse, kalte Sonne sich widerwillig über die Berggipfel schob. Selbst die Augen der Toten hätten die Ankunft des Mannes fast nicht bemerkt. Kaum aus der Transversale herausgekommen, war er sogleich wieder verschwunden.

Nicht ohne Mühe gelang es den Toten schließlich, ihn aufzuspüren oder zumindest seine spektrale Reflektion in ihrer Welt, denn der Mann war ein Meister seines Fachs. Kein menschliches Auge vermochte seinen Schild der Unsichtbarkeit zu durchdringen, und sogar den Toten fiel es schwer, sein Bild in ihrem Bewußtsein festzuhalten. Der Mann, den sie sahen, trug die formelle graue Robe mit den Symbolen der

Neun Mysterien. Viele der Toten erkannten ihn – den Scharfrichter – und zitterten vor ihm oder verfluchten ihn.

Einer der mächtigsten Katalyten Thimhallans, lebte der Scharfrichter im Baptisterium. Seine Loyalität galt ausschließlich den Katalyten, vor allem aber Bischof Vanya. Zum Lohn für seine Dienste wurde ihm unbegrenzt Leben gewährt und die Freiheit, dieses Leben nach eigenem Gutdünken zu nutzen. Dieses Privileg hatte ihm geholfen, seine Fähigkeiten auf dem Gebiet der Magie zu höchster Vollkommenheit zu entwickeln.

An diesem Tag jedoch hatte der Scharfrichter nicht vor, sich auf seine magischen Fähigkeiten zu verlassen. Wie sein nichtsahnender Kumpan trug er in der Tasche seiner grauen Robe ein *Werkzeug*, ein dömonisches Artefakt der Schwarzen Kunst der Technologie. Fasziniert von dem Gerät, in dessen Gebrauch er sich während der vergangenen Nacht geübt hatte, zog der Scharfrichter es erneut hervor, um es prüfend zu betrachten. Die Toten, die ihn von Neugier getrieben, umdrängten, musterten es voll Entsetzen und Grauen. Sie hatten eine ungefähre Vorstellung davon, welchem Zweck es diente, da sie eins mit dem Schöpfer waren.

Am Abend zuvor hatte Bischof Vanya den Scharfrichter zu sich gerufen. Während er ihm seinen Auftrag erläuterte, hatte Vanya sich bemüht, dem Hexer unmißverständlich klarzumachen, was von ihm erwartet wurde.

»Für seine böswillige Rückkehr ist das Todesurteil über diesen Mann Joram verhängt worden«, verkündete der Bischof mit sonorer Stimme. »Er hat die Bevölkerung dazu verführt, ihn zum Kaiser zu machen, deshalb sind die übrigen *Duuk-tsarith* durch strikten Eid verpflichtet, ihn mit ihrem Leben zu schützen. Ihr, der Scharfrichter, seid davon ausgenommen, weil die Kirche Jorams Tod beschlossen hat. Sogleich nach der Vollstreckung des Urteils werdet Ihr das Dunkle Schwert an Euch nehmen und zu mir bringen, bevor es noch weiteres Unheil anrichten kann.«

An dieser Stelle hatte der Bischof eine Pause eingelegt, um Atem zu holen und sich durch einen prüfenden Blick zu vergewissern, daß der Scharfrichter nur verstand, was er verstehen sollte und nicht etwa eigene Schlüsse zog.

»Ferner«, hatte Vanya weitergesprochen und sich schnaufend zurückgelehnt, »obwohl die Hinrichtung Jorams unzweifelhaft gerechtfertigt ist, halten Wir es für das beste, dem Volk den Eindruck zu vermitteln, ihr Kaiser habe durch Feindeshand den Tod gefunden. Ein Mann namens Menju der Magier, ein Krimineller, den Ihr selbst seinerseits ins Jenseits verbannt habt, hat mit Joram ein Treffen beim Tempel der Nekromanten vereinbart – übrigens ein klarer Beweis, daß der Kaiser vorhat, sein Volk zu hintergehen. Es wäre für alle Beteiligten segensreich, wenn es zwischen beiden, Joram und diesem Magier, zu einem Zerwürfnis käme, das mit dem Tod des Kaisers endet ...«

Der Scharfrichter, der genau verstand, hatte sich wortlos verneigt und war noch im selben Augenblick aus Bischof Vanyas Studierzimmer verschwunden, um mit den Vorbereitungen für die Ausführung seines Auftrags zu beginnen.

Per Transversale reiste der Hexenmeister durch Zeit und Raum zu den geheimen, unterirdischen Gewölben des Ordens der *Duuk-tsarith.* Sobald er den Oberen dort seine Wünsche zu verstehen gegeben hatte, gewährte man ihm unverzüglich Zutritt zu bestimmten Räumen, die nicht jedermann zugänglich waren. In diesen Räumen wurden die persönlichen Besitztümer der auf dem Feld der Ehre gefallenen Fremden einer genauen Inspektion unterzogen.

Verschiedene Angehörige der *Duuk-tsarith,* die damit beschäftigt waren, die Effekte zu ordnen und zu katalogisieren, verneigten sich ehrerbietig vor einem so ranghohen Mitbruder und machten ihm Platz, damit er die Objekte prüfen konnte. Er zeigte kein Interesse an den bemerkenswerten Zeitmeßgeräten, den plumpen Schmuckstücken oder dem Pergament mit den Abbildern von Frauen und Kindern. All diesen exotischen Schätzen gönnte der Scharfrichter kaum einen Blick. Sein Interesse galt ausschließlich den Waffen. Auch wenn er selbst nicht zum Neunten Mysterium geboren war, kannte der Scharfrichter sich mit den Artefakten der Schwarzen Künste aus, denn er hatte sie wie so vieles andere auch studiert. Aufmerksam musterte er das Sortiment unterschiedlicher Waffen, prüfte ein Stück nach dem anderen, sorgsam darauf bedacht, keins zu berühren. Hin und wieder stellte er den *Duuk-tsarith,* die in respektvoller Haltung neben ihm standen, eine Frage, nur um festzustellen, daß sie auch nicht mehr wußten als er, in manchen Fällen sogar weniger.

Er war nicht an der Schlacht beteiligt gewesen, hatte das Kampfgeschehen aber mit Interesse verfolgt, und ihm waren die unscheinbaren Waffen aufgefallen, die mit ungeheurer Schnelligkeit einen nadelfeinen, tödlichen Lichtstrahl verschossen. Diese Waffen nahm er als erste genauer in Augenschein. Klein genug, um in der Handfläche Platz zu Händen, gab es an dem Metallgehäuse keinen Anhaltspunkt dafür, wie man die Waffe bediente.

Der Scharfrichter war fast entschlossen, trotzdem sein Glück damit zu versuchen, als sein Blick auf etwas fiel, das ihm erheblich besser zusagte.

Eine Waffe zum Verschießen von Projektilen.

In den alten Aufzeichnungen über die Schwarzen Künste hatte er davon gelesen. Soweit bekannt, waren sie in Thimhallan nie hergestellt worden, aber man hatte sich Gedanken gemacht und Skizzen angefertigt. Diese Waffe hier war selbstverständlich erheblich komplexer als sämtliche Zeichnungen, die der Scharfrichter gesehen hatte, doch er nahm an, daß sie nach dem gleichen Prinzip funktionierte.

Nachdem er sie behutsam in ein Tuch gewickelt hatte, verstaute er die Waffe sowie eine große Anzahl der dazugehörenden Projektile in einem Kasten, den er verschloß und mit starken Runen gegen Feuer und Explosionen sicherte. Dann verließ er die düsteren und geheimen Katakomben der *Duuk-tsarith* und eilte durch die Transversalen nach Merilon.

Den Schmied durchfuhr ein heißer Schreck, als er eine graugekleidete Gestalt vor seiner provisorischen Werkstatt in Merilon aus einer Transversale heraustreten sah. Jeder in Thimhallan kannte den Scharfrichter. Der Schmied konnte nicht verhindern, daß ihm ein kalter Schauer über den Rücken lief, als der Hexenmeister näher kam.

Ein furchtbarer Gedanke schoß ihm durch den Kopf: Man gibt mir die Schuld für den Angriff auf die Stadt und will mich heimlich beseitigen. Er griff nach einem Hammer und bereitete sich darauf vor, sein Leben teuer zu verkaufen.

Der Scharfrichter sprach ihn an und versicherte mit einer ruhigen, tiefen Stimme, daß er es auf seinen Rat abgesehen hatte, nicht auf seinen Kopf.

Aus den Falten seiner Robe brachte er den Kasten

zum Vorschein, löschte die Runen, schlug das Tuch auseinander und zeigte ihm die Waffe.

Mit angehaltenem Atem hob der Schmied das Artefakt einer verfemten Kunst heraus und betrachtete es andächtig von allen Seiten. Vor Bewunderung für den Erfindungsreichtum und die handwerkliche Perfektion jener, die es erschaffen hatten, wurden ihm die Augen feucht. Der Scharfrichter riß ihn unsanft aus seiner Verzückung, indem er zu wissen verlangte, wie die Waffe funktionierte.

Durchaus möglich, daß der Scharfrichter zusammenzuckte, als der Schmied sich daranmachte, das kostbare Stück zu zerlegen. Möglich – aber zweifelhaft. Der Scharfrichter hatte einen hohen Grad unerschütterlicher Disziplin erreicht, und falls ihn jemals Gefühlsregungen bewegten, ließ er es sich nicht anmerken. Die ganze Zeit stand er unbewegt neben dem Schmied, das Gesicht im Schatten der Kapuze verborgen.

Es verging eine Stunde, bis der Schmied endlich verkündete: »Ich weiß jetzt, wie die Waffe funktioniert, Mylord, doch wie es ihnen gelungen ist, sich diese Kräfte dienstbar zu machen, bleibt mir ein Rätsel.«

»Das«, sagte der Scharfrichter, »ist mehr als ausreichend.«

Der Schmied behandelte die Waffe liebevoll, fast zärtlich, während er knapp ihre Handhabung erklärte.

»Richtet die Waffe auf das Ziel. Wenn Ihr mit dem Finger diesen kleinen Hebel betätigt, wird das Projektil ausgestoßen, und zwar mit solcher Gewalt, daß es ziemlich jedes Hindernis durchschlagen müßte.«

»Fleisch?« erkundigte sich der Scharfrichter beiläufig.

»Fleisch, Stein, Eisen.« Der Schmied musterte die Waffe mit sehnsüchtigem Verlangen. »Ich nehme an, Ihr legt keinen Wert darauf, daß ich die Wirkung demonstriere?«

»Nein. Eure Erklärung ist ausreichend.«

Der Scharfrichter legte die Waffe in den Kasten zurück, begab sich in die Transversale und verschwand. Seufzend nahm der Schmied den Hammer zur Hand und fuhr mit dem Zurichten einer schmucklosen, plumpen Speerspitze fort. Die Arbeit machte ihm keinen Spaß mehr.

In der Sicherheit und Abgeschiedenheit seiner eigenen Gemächer im Baptisterium machte der Scharfrichter selbst einen ersten Versuch mit der Waffe. Er richtete sie auf die Mauer, krümmte den Finger um den kleinen Hebel und drückte ab.

Der Knall war ohrenbetäubend, der Rückschlag stieß ihn fast um, und beinahe hätte er das hinterhältige Ding fallenlassen. Es dauerte einige Zeit, bis der Schmerz der geprellten Hand verging. Als er sich etwas erholt hatte und zur Mauer ging, um nachzusehen, konnte er zu seiner maßlosen Enttäuschung keine Einschußstelle finden. Die Mauer war glatt und unbeschädigt. Bei einer genaueren Überprüfung stellte sich allerdings heraus, daß die Schuld nicht bei dem Werkzeug lag, sondern bei dem, der das Werkzeug benutzte. Der Scharfrichter hatte sein Ziel um ein beträchtliches Stück verfehlt.

Unverzagt schützte er sich mit einem vorübergehenden Taubheitszauber, legte beide Hände um den Kolben der Waffe und versuchte sein Glück erneut. Nach ungefähr einer Stunde hatte er die Kunst des Schießens einigermaßen gemeistert. Als er die Löcher in der Mauer betrachtete, stellte er fest, daß die meisten innerhalb der gedachten Umrisse eines menschlichen Oberkörpers saßen. Das genügte für seine Zwecke. Ohnehin war es fast Morgen, und er wollte früh genug an Ort und Stelle sein – unbemerkt, unentdeckt und ohne Aufsehen zu erregen.

Beim Tempel der Nekromanten angekommen, nahm der Scharfrichter neben dem Megalithen Aufstellung, durch seinen Schild der Unsichtbarkeit vor allen Augen lebendiger Wesen geschützt. Von diesem Platz aus beobachtete er die Ankunft des Magiers und beobachtete interessiert, wie Menju sich auf die Suche nach einem geeigneten Versteck begab.

Der Scharfrichter warf einen Blick zur Sonne. Bald war es soweit. Im hellen Licht wartete der Scharfrichter auf den Delinquenten.

Zwölf Uhr mittags

Pater Saryon beäugte aus dem Schutz der Transversale mißtrauisch den Tempel der Nekromanten, fest entschlossen, erst dann seinen Fuß auf den Boden dieses verfluchten Ortes zu setzen, wenn er sich überzeugt hatte, daß alles still, friedlich und unverdächtig aussah.

»Nun kommt schon!«

Joram drängte sich an dem zögernden Katalyten vorbei auf die gesprungenen weißen Marmorplatten. Saryon folgte ihm, jeder Nerv in seinem Körper war zum Zerreißen angespannt. Er öffnete sein inneres Wesen den Schwingungen der Welt und tastete mit den Fingern der geistigen Wahrnehmung um sich, wie ein Blinder mit den Händen seinen Weg erfühlt. Er spürte Leben – die Magie war hier besonders stark, aber das konnte nicht überraschen. Immerhin standen sie unmittelbar über dem Born des Lebens. Er spürte auch den Hauch des Todes, aber das mochte an seiner überreizten Phantasie liegen.

Seine Befürchtungen waren offenbar grundlos. Der Tempel schien leer zu sein. Kein Laut der lebenden Welt tief unten drang bis in diese Höhe, um die Abgeschiedenheit zu stören. Die Stille war absolut.

Weshalb fürchtete er sich dann?

»Wir sind pünktlich«, meinte Joram, schaute zur Sonne und nickte zufrieden, dann rieb er sich die kalten Hände. »Es ist fast Mittag.« Er drehte sich um und schaute interessiert nach allen Seiten, während er ohne einen Blick, ohne ein Wort an seiner Frau vorbeiging, die eben aus der Transversale kam.

»Ich sehe keine Horden mordlüsterner Ghoule, die

nach Eurem Blut lechzen, Katalyt, Ihr etwa?« fragte Joram höhnisch.

»Nein, aber das muß nicht heißen ...«

Saryon verstummte und schaute ihm verdutzt hinterher.

Joram wandte ihm den Rücken zu. Die Falten des langen Umhangs schleppten hinter ihm über den Boden. Verborgen von diesem Umhang trug er das Dunkle Schwert. Die Waffe war gut getarnt. Keiner, der einen flüchtigen Blick auf Joram warf, hätte etwas Ungewöhnliches an ihm bemerkt. Aber Saryon war aufgefallen, daß Jorams Gang sich veränderte, wenn er das Schwert trug. Es mochte am Gewicht der Waffe liegen oder an einer Besonderheit des Schultergurts, jedenfalls wirkte Joram immer ein wenig gebückt.

Jetzt trug er keine Last. Er hielt sich aufrecht, sein Gang war federnd und unbeschwert.

Er hat das Schwert nicht bei sich ... Wir sind wehrlos! Saryons erster Gedanke war, in der Nähe der Transversale zu bleiben. Er hielt Gwendolyn fest, als sie Anstalten machte, sich zu entfernen.

Gutwillig ließ sie sich von ihm zurückhalten und betrachtete die Tempelanlage. Ihre abwesenden blauen Augen sahen nichts von dieser Welt, nahmen nichts von dem zur Kenntnis, was in dieser Welt geschah. Und jetzt führte sich auch noch Joram merkwürdig auf. Warum hatte er bloß sein Schwert nicht mitgenommen!

Auf keinen Fall machte er einen besorgten oder nervösen Eindruck. Er lehnte an dem Felsblock, als wartete er. Warum benahm er sich so eigenartig?

Obwohl Saryon nichts Bedrohliches sehen oder spüren konnte, wuchs seine Angst. Wahrscheinlich lag es an der bedrückenden Traurigkeit, die auf dem Tempel lastete – die hoffnungslose Traurigkeit derer, die seit langem vergessen sind. Oder es war die atemlose Stille hier. Alles schien auf der Lauer zu liegen.

Wir müssen fort. Zurück durch die Transversale. Irgendwie mußte er Joram davon überzeugen, daß Gefahr drohte. Saryon wollte sich auf den Weg machen, als sich Gwendolyn plötzlich von ihm losriß.

»Nein! Nein! Ihr seid zu viele!« kreischte sie und wich vor ihm zurück. »Faßt mich nicht an!« Ihr Blick war nicht auf den Katalyten gerichtet, sondern auf irgend etwas hinter ihm. Sie streckte die Arme aus, wie um unsichtbare Hände abzuwehren. »Ihr seid zu viele! Ich kann euch nicht verstehen! Hört auf zu schreien! Laßt mich in Ruhe! Laßt mich in Ruhe!«

Sie hielt sich die Ohren zu, als müßte sie sich vor unerträglichem Lärm schützen. Saryon starrte sie verständnislos an. Das einzige, was er in der stillen, klaren Luft hörte, war ihre überschnappende Stimme. Er streckte beruhigend die Hand aus, aber sie zuckte zurück, fuhr herum und ergriff die Flucht. Wie von Furien gehetzt, lief sie erst hierhin, dann dorthin, duckte sich und wich aus, so daß man fast glauben konnte, sie führte mit unsichtbaren Partnern einen bizarren Tanz auf.

»Ich kann nicht helfen! Warum bedrängt ihr mich? Ich kann nichts tun, glaubt mir! Gar nichts!«

Die Hände über die Ohren gelegt, schlug Gwendolyn den Weg zum Tempel ein, als hoffte sie, dort Zuflucht vor dem unsichtbaren Mob zu finden. Sie kam bis zu dem Felsblock. Dort stolperte sie über den Saum ihres langen Gewandes, fiel auf die Knie, duckte sich und kreuzte abwehrend die Arme über dem Kopf.

Saryon, der ihr nachgelaufen war, sah Joram keine zehn Schritt entfernt von seiner verschreckten Frau stehen. Er machte keine Anstalten, ihr zu helfen, vielmehr lehnte er an dem Felsen und betrachtete sie mit amüsiertem Interesse, als sei er dankbar, daß sie ihm mit ihrer Darbietung die Wartezeit verkürzte.

Saryon packte die Wut. Er wußte nicht, was in Joram gefahren war. Es kümmerte ihn auch nicht mehr. Sollte er doch sehen, wo er blieb! Saryon eilte zu Gwendolyn, bückte sich und griff sanft nach ihrer Hand.

Ein lauter, scharfer Knall zerriß die Luft.

Noch einer.

Und noch einer.

Und noch einer.

Saryon blieb das Herz stehen, das Blut erstarrte ihm in den Adern. Er konnte sich nicht rühren. Wie gelähmt hockte er am Boden, hielt Gwendolyn fest und horchte darauf, wie die ohrenbetäubenden Detonationen zwischen den Felsen widerhallten und von dem Tempelgebäude zurückgeworfen wurden.

Dann herrschte wieder Stille.

Angstvoll wartete Saryon auf den nächsten Knall, doch hörte er weiter nichts als leiser werdende Echos, die in der Tiefe verklangen.

Nichts regte sich, nirgends ein Laut. Es war, als hätte das furchtbare Krachen die Luft zerrissen, und jetzt strömte die Stille herein, um die Leere auszufüllen.

Der Katalyt war nur zu einem klaren Gedanken fähig: Er wollte diesen Ort so schnell wie möglich verlassen. Für ihn stand fest, daß es in diesem verfluchten Tempel keine Hilfe für Gwendolyn gab, die sich zitternd in seine Arme schmiegte. Viel eher bestand die Möglichkeit, daß dieser Ort und die Toten, die hier hausten, sie nur noch tiefer in den Wahnsinn trieben.

»Ich werde deine Frau nach Hause bringen ...«, begann Saryon mit schwankender Stimme und blickte zu Joram auf. Ihm stockte der Atem. »Joram?« flüsterte er, ließ Gwendolyn los und stand langsam auf. »Mein Sohn, was ist mit dir?«

Joram lehnte kraftlos an dem mächtigen Felsblock und betrachtete Saryon mit dem Ausdruck einfältiger Verwunderung. Die braunen Augen waren weit geöffnet. Seine Lippen öffneten sich, um etwas zu sagen, aber er brachte kein Wort heraus. Eine Hand hatte er an die Brust gedrückt, und darunter sah der Katalyt einen leuchtendroten Fleck. Drei weitere Flecke erschienen auf dem weißen Stoff von Jorams Gewand und breiteten sich unaufhaltsam aus.

Fast bedächtig hob Joram die blutige Hand vor die Augen und betrachtete sie mit versonnenem Staunen. Dann richtete er den Blick fragend auf Saryon, stieß sich von dem Felsen ab und trat einen Schritt auf den Katalyten zu.

Saryon fing ihn auf, als er zusammenbrach. Als er die Hand auf das Gewand legte, fühlte er die warme Feuchtigkeit von Jorams Blut, das durch seine Finger tropfte wie schwerer roter Wein.

Le mat est mort ...

Das Geräusch kam von irgendwo hinter ihm. Ein unterdrückter Fluch.

»Wer war das?« Saryon hob den Kopf. »Ist da jemand? Hilfe! Helft mir!«

Die Stimme schien aus der Richtung des Tempels gekommen zu sein.

»Wer ist da?« rief Saryon verzweifelt. Fürsorglich darauf bedacht, den Verwundeten in seinen Armen nicht zu bewegen, drehte er sich vorsichtig herum. Die Schatten unter dem Dach des Tempels der Nekromanten waren so leblos, düster und still wie das Reich, das sie hüteten.

Wieder nur Einbildung. Wer sollte auch da sein? fragte Saryon sich bitter.

Sein Blick glitt zu Gwendolyn, die neben ihm auf dem gepflasterten Weg kniete. Sie schaute sich gespannt um, als wartete sie auf etwas oder jemanden.

War es ihre Stimme gewesen? Hatte sie gesprochen? Sie liebte Joram. Liebte ihn immer noch, soweit Saryon es zu beurteilen vermochte.

»Gwendolyn.« Er sprach leise und freundlich, um sie nicht zu erschrecken. »Komm her! Gib auf Joram acht, während ich Hilfe hole.«

Beim Klang seiner Stimme wandte sie sich ihm zu. Ihr Blick huschte über Joram hinweg wie Schmetterlingsflügel und wanderte ziellos über die abgestorbenen Pflanzen des trostlosen Gartens. Die Toten mußten von den Ereignissen derart eingeschüchtert worden sein, daß sie sich ruhig verhielten, denn Gwendolyn benahm sich wieder ganz unbefangen. Sie schickte sich an aufzustehen. Plötzlich kam Saryon der Gedanke, daß auch sie beide womöglich in Gefahr schwebten! Was immer Joram auf diese rätselhafte und erschreckende Weise niedergestreckt haben mochte, wartete vielleicht nur auf eine günstige Gelegenheit, um wieder zuzuschlagen!

»Nein, Gwendolyn! Nicht aufstehen!« rief Saryon aufgeregt, und Gwendolyn gehorchte.

Der Pater suchte wieder mit Blicken den Tempel ab, den Garten, die Wege, die zerklüfteten Ränder des Plateaus, den steilen Gipfel, ohne etwas entdecken zu können.

»Nicht um mich habe ich Angst«, murmelte er und senkte den Kopf über den reglosen Körper in seinen Armen, während ihm die Tränen in die Augen stiegen. Zwar atmete Joram noch, aber er war nicht bei Bewußtsein. Liebevoll strich Saryon das dichte schwarze Haar aus dem totenbleichen Gesicht. »Ich habe genug von diesem Leben, genug von der Angst und dem Töten. Wenn Joram hier sterben muß, könnte ich mir keinen besseren Ruheplatz wünschen.«

Dann gab er sich einen Ruck, schüttelte zornig den Kopf und richtete sich auf. »Ergib dich der Verzweiflung, und du *bist* verloren. Und Joram und Gwendolyn. Sie darf nicht hierbleiben. Wenn es nur einen sicheren Ort gäbe ...« Der Tempel! Vielleicht ruhte immer noch ein wenig vom Segen des Almin auf der einst geweihten Stätte!

»Gwendolyn, lauf zum Tempel!« befahl er. Es kostete ihn Mühe, ruhig und eindringlich zu sprechen. »Schnell, mein Kind! Lauf zum Tempel!«

Gwendolyn regte sich nicht. Ihr Gesicht hatte immer noch diesen erwartungsvollen Ausdruck, und sie schien ihn gar nicht gehört zu haben.

»Bringt sie zum Tempel!« rief Saryon drängend den

Schatten in dem menschenleeren Garten zu. »Bringt sie zum Tempel! Beschützt sie!«

Schiere Verzweiflung brachte ihn zu diesem merkwürdigen Verhalten, aber niemand war erstaunter als er selbst, als unsichtbare Arme Gwendolyn auf die Füße stellten und sie stützten.

»Beeilt euch!« flüsterte er und wartete mit eingezogenem Kopf auf das furchtbare Krachen. Mit Gwendolyn in den Armen schwebten die Toten an ihm vorbei. Er sah Gwendolyns Kleid sich bauschen und ihr Haar flattern, als sie von einem geheimnisvollen Wind zum Tempel geweht wurde. Wenn sie stolperte, wurde sie aufgefangen und gestützt. Wenn sie stehenbleiben wollte, wurde sie angetrieben. Sie stieg die neun Stufen empor und verschwand in der Dunkelheit zwischen den Tempelmauern.

Der Katalyt seufzte erleichtert auf. Jetzt kam es darauf an, für Joram Hilfe zu holen. Er senkte den Blick auf den Mann in seinen Armen, und das Herz wurde ihm schwer, als der kalte, logische Teil seines Verstandes ihm sagte, daß es für Joram *keine* Hilfe mehr gab.

»Es muß eine Möglichkeit geben, ihn zu retten!« rief er trotzig.

Wie als höhnische Antwort auf sein ohnmächtiges Aufbäumen durchlief ein Schauer den Bewußtlosen; ein schmerzliches Stöhnen drang über die aufgesprungenen Lippen. Der Katalyt umschlang Joram fester, als könnte er das schwindende Leben aufhalten. »Wenn ich nur wüßte, was ihm zugestoßen ist!« klagte er laut.

»Wie sich das trifft!« antwortete eine matte Stimme. »Damit wären wir schon zwei.«

Verstört blickte Saryon wieder auf Joram hinunter, aber – verschwunden war das harte Gesicht mit den hohen Wangenknochen und dem trotzigen Kinn; statt dessen schaute er in ein Gesicht unbestimmbaren Alters mit spitzem Kinn und einem weichen Schnurrbart.

»Simkin!« rief Saryon überrascht auf.

»In Fleisch und Blut«, bestätigte Simkin und rang nach Atem. »Obwohl es mit letzterem neuerdings hapert ... Auch sonst fühle ich mich – ein wenig durchlüftet. Es – zieht so – um die Nieren ...«

»Aber wo – wo ist Joram?«

»Hier«, ertönte überraschend die Antwort.

Eine Gestalt in weißer Robe, den Kopf von einer Kapuze verhüllt, stand vor ihnen. Die Hand hielt das Dunkle Schwert. Joram kniete neben Simkin nieder, und obwohl er in barschem Ton gesprochen hatte, lag in seinem Benehmen keine Feindseligkeit. Er zeigte dem Verwundeten ein Stück orangefarbene Seide, das offenbar von einer scharfen Klinge durchtrennt worden war.

»Ah, kluger Junge, du hast dich befreit!« Simkin röchelte, und aus seinem Mundwinkel lief ein dünnes Blutrinnsal. »Aber wie stillos – meinen – kunstvollen Knoten einfach zu – durchschneiden ...« Sein Kopf fiel zurück, die Lider sanken herab.

»Was ist denn mit ihm?« erkundigte sich Saryon leise. Joram legte das Schwert hin und schob behutsam den blutdurchtränkten Stoff von Simkins weißem Gewand beiseite, um die Wunden in der Brust zu durchsuchen. Auf die Verletzung am Bauch warf er nur einen kurzen Blick und schüttelte den Kopf.

Simkin stöhnte, ein krampfhaftes Frösteln überlief ihn.

Jorams harte Züge wurden weicher. Er nahm das Seidentuch und betupfte sanft die schweißbedeckte Stirn. »Mein armer Hofnarr«, sagte er mitleidig.

»Können wir gar nichts tun?«

»Nichts. Ich weiß nicht einmal, was ihn so lange am Leben erhalten hat, außer seine Magie.«

Ich sollte beten. Ich sollte irgend etwas sagen, dachte Saryon benommen, obwohl die Vorstellung, Simkin auf den Flügeln des Gebets himmelwärts zu tragen, etwas Lächerliches hatte.

Er bettete den zitternden Körper vorsichtig auf den Boden, legte ihm die Hand auf die Stirn, neigte den Kopf und begann zu murmeln: »*Per istam sanctam unctionem indulgeat tibi, Dominas quidquid ...*«

»Wenn's recht ist, Geistlichkeit«, unterbrach ihn Simkins schwache, aber unverkennbar mißbilligende Stimme, »könntet Ihr mit Eurem *quidquid* woanders weitermachen? Meine Nerven ...«

»Warum hast du das getan, Simkin?« fragte Joram leise.

»Meiner Treu!« Simkin blickte mit fieberglänzenden Augen zu Joram auf. »Du bist – ganz verschwommen.« Er verzog das Gesicht. »Abscheuliches Spiel. Gar nicht – mein Gusto. Wo bist du, alter Knabe? Alles – dunkel ... Angst im Dunkeln. Wo? Wo bist du ...?« Er rang nach Atem und tastete ziellos durch die Luft.

Joram ergriff die blutige Hand und hielt sie fest. »Ich bin hier«, sagte er. »Und es ist dunkel, weil du diesen albernen Helm auf dem Kopf hast, der wie ein Eimer aussieht.«

Simkin lächelte, er war ruhiger geworden. »Ich bin gern ein – Eimer gewesen. Und ein verdammt guter ... Keiner hat's gemerkt. Deshalb wußte ich ...«

»Was?«

Die Augen irrten ab, richteten sich auf die blasse, kalte Sonne.

»›Schöne neue Welt‹ ... *Dich* wollten sie mitnehmen, nicht Simkin!« Ein Funke Leben, ein Aufblitzen der alten Schalkhaftigkeit glomm in den trüben

Augen. Langsam kehrte sein Blick zu Joram zurück. »Darum habe ich – *deine* Gestalt angenommen ... Grandioser Trick ... Ich hätte das Spiel ... gewonnen.« Sein Gesicht verzerrte sich. Mit letzter Kraft zog er Joram zu sich heran. »Trotzdem, es war eine schöne Zeit, stimmt's?« wisperte er. »Schöne Zeit – wie die Gräfin d'Longevine sagte ... bevor ihr letzter Ehemann – sie hängte ...«

Ein Lächeln erstarrte auf seinen Lippen. Die Stimme erstarb, die Hand wurde schlaff. Joram legte sie ihm behutsam auf die Brust und schob das orangefarbene Seidentuch unter die leblosen Finger.

»... *deliquisti. Amen.*« Saryon beugte sich vor und drückte dem Toten die Augen zu.

... ein Sohn geboren werden, der tot ist und doch lebt ...

»Joram, ich verstehe das alles nicht!« Saryon sah aus tränenblinden Augen auf Simkin nieder. »Was ist denn nur mit ihm geschehen?«

»Habt Ihr das laute Krachen gehört, bevor er zusammenbrach?«

»Ja! Es war furchtbar ...«

»Schießpulver. Wir haben in den alten Schriften der Adepten davon gelesen. Es treibt Bleigeschosse aus dem Lauf einer Waffe.« Joram suchte mit zusammengekniffenen Augen die Umgebung ab. »Habt Ihr jemanden gesehen? Wo kamen die Schußgeräusche her?«

»Von dort drüben, glaube ich«, antwortete Saryon zweifelnd und deutete auf den Rand des Plateaus. »Es war schwer zu beurteilen. Und gesehen habe ich nichts.« Er fuhr sich mit der Zunge über die trockenen Lippen.

»Joram, wer immer Simkin das angetan hat, wollte dich töten.«

»Ja. Und ich glaube, wir wissen, mit wem wir es zu tun haben.«

»Menju?«

»Selbstverständlich. Er versteckt sich wahrscheinlich zwischen den Felsen am Rand der Klippe. Aber warum sollte er einen Revolver benutzen? Das ist nicht sein Stil ...« Joram zog grübelnd die Brauen zusammen. »Ja, warum?« murmelte er. »Vielleicht ist er es gar nicht.«

»Wer sonst?«

»Jemand, der mich nicht nur als Kaiser fürchtet,

sondern auch wegen der Prophezeiung. Jemand, der verschlagen genug ist, meine Ermordung zu inszenieren, als wäre sie ein Werk des Feindes.«

»Vanya!« Saryon erbleichte.

Joram schaute sich hastig um, er hatte immer noch die Kapuze tief ins Gesicht gezogen. »Bleibt hier«, warnte er und hielt den Kalalyten am Arm fest. »Wir müssen einen Ausweg finden, solange er sich da draußen noch fragt, wer ich bin.«

»Vielleicht ist er weg«, meinte Saryon hoffnungsvoll. »Er muß doch glauben, sein Anschlag sei gelungen ...«

»Das bezweifle ich. Schließlich hat er nicht bekommen, worauf er es abgesehen hatte.«

Beide schauten auf das Dunkle Schwert, das neben dem Megalithen auf dem Boden lag.

»Er wird seinen Irrtum erkennen und es wieder versuchen.« Saryon fühlte sich plötzlich ganz ruhig. Wie bei der Konfrontation mit Blachloq im Dorf der Nigromanten glaubte er, abseits zu stehen und sich selbst zu beobachten, wie er seine Rolle in dieser tragischen Farce spielte.

»Nicht sofort. Er sah mich fallen und dann jemand anderen mit dem Schwert auftauchen. Damit konnte er nicht rechnen. Sein Plan ist fehlgeschlagen. Er muß sich etwas Neues einfallen lassen.« Joram zog Saryon zu Boden. »Wir bleiben besser hier unten.«

»Warum erschießt er uns nicht einfach? Mit diesem – diesem Revolver?«

»Das wird er auch irgendwann tun. Aber er ist kein guter Schütze. Er hat vier Schüsse gebraucht, um einen Mann zu töten. Ihm wird bald die Munition ausgehen, und dann muß er nachladen, falls er überhaupt Ersatz mitgebracht hat. Wahrscheinlich ist er ein *Duuk-tsarith.* Das gibt uns eine Chance.«

»Dann ist es der Scharfrichter«, vermutete Saryon. »Er ist der einzige, dem Vanya trauen würde. Aber wie kommst du darauf, daß es ein *Duuk-tsarith* ist?«

»Weil der Magier mich lebend will!« zischte Joram und umklammerte Saryons Handgelenk schmerzhaft fest. »Simkin versteckte sich im Hauptquartier der Fremden. Er hörte, daß sie *mich* in die ›schöne neue Welt‹ mitnehmen wollten. Er muß ganz sicher gewesen sein, daß man entschlossen war, mich lebend zu fangen, oder er wäre nicht auf diesen törichten Plan verfallen. Heute morgen kam er zu mir, und es gelang ihm tatsächlich, mich in eine Transversale zu locken. Er brachte mich an einen gottverlassenen Ort, fesselte meine Hände mit seinem idiotischen Seidentuch, und dann nahm er meine Gestalt an!«

»Er hatte vor, sich als Joram in die jenseitige Welt bringen zu lassen. Aber warum hat er nicht das Dunkle Schwert mitgenommen?«

»Das konnte er nicht. Es beeinträchtigt seine Magie. Menju will mich lebend, damit ich ihm das Schwert erkläre und ihm verrate, wo es noch Vorkommen von Arkanum gibt. Vanya ist derjenige, der mich tot sehen will. *Er* hat den Mörder geschickt.«

Langsam und vorsichtig zog Joram das Schwert zu sich heran.

»Was hast du vor?« fragte Saryon ängstlich.

»Wenn wir es tatsächlich mit einem *Duuk-tsarith zu* tun haben, verbirgt er sich hinter einem Unsichtbarkeitszauber. Ich will versuchen, seine Magie zu schwächen, damit wir ihn sehen können. Sonst müssen wir damit rechnen, daß es ihm gelingt, sich unbemerkt an uns heranzuschleichen. Und dann kommt es nicht mehr drauf an, ob er ein guter Schütze ist oder nicht.«

»Aber wenn du dich irrst!« Saryon hielt ihn fest.

»Wenn es doch kein *Duuk-tsarith* ist. Wenn Menju seine Meinung geändert hat ...«

»Per istam sanctam, Pater«, antwortete Joram grimmig. Er sprang auf und hob das Schwert.

Dürstend nach Leben, begann die Waffe sofort, die Magie aufzusaugen. Saryon fühlte, wie er ein wenig schwächer wurde. Als Katalyt besaß er gerade genug Magie, um kleine blaue Flämmchen zu wecken, die an der häßlichen, plumpen Klinge entlangzüngelten.

Je mehr Leben das Schwert in sich aufnahm, desto stärker wurde das bläulich-weiße Glühen des Metalls. Plötzlich schoß ein Lichtstrahl von hinten an Saryon vorbei. Als er sich erschrocken umdrehte, sah er, daß das Licht von dem Megalithen ausging! Der Fels verströmte ein durchscheinendes blaues Licht, die Symbole der Neun Mysterien glühten weiß. Ein zweiter Lichtbogen wölbte sich zwischen Stein und Schwert, gefolgt von einem dritten. Saryon schaute Joram an, ob er das Phänomen auch bemerkt hatte, aber der junge Mann stand mit dem Rücken zu dem Felsblock und versuchte in der klaren Luft über der Tempelanlage den unsichtbaren Feind zu entdecken. Dann tauchten flimmernde Umrisse auf und verdichteten sich zu der Gestalt eines Mannes in langer grauer Robe, der sich unter dem Schutz seines Unsichtbarkeitszaubers auf einem der Pfade näherte und kaum noch drei Meter von ihnen entfernt war. Als er sich entdeckt sah, hob der Scharfrichter die Hand.

»Pater, gebt acht!« schrie Joram.

Es ging so schnell, daß Saryon keine Gelegenheit hatte, auszuweichen. Er hörte einen Schuß, und Joram wurde wie von einem harten Schlag herumgestoßen und ließ aufstöhnend das Schwert fallen. Ein roter Fleck erschien auf dem weißen Stoff des rechten Ärmels. Der Scharfrichter stürzte sich auf die Waffe, aber Joram kam ihm zuvor. Er riß sie an sich und führte einen Hieb nach dem Gegner, aber der *Duuktsarith* griff mit der Kaltblütigkeit seiner hochdisziplinierten Kaste auf seine magischen Kräfte zurück. Mit dem Rest Leben, der ihm geblieben war, erhob er sich in die Luft und flog wie von einem Sturmwind getrieben zu den Felsbrocken am Rand des Plateaus, die ihm Deckung boten.

Joram zog Saryon mit sich hinter den Megalithen und zwang ihn, sich bäuchlings hinzulegen.

»Unten bleiben!« befahl er.

»Du bist verwundet!«

»Der Mann ist ein besserer Schütze, als ich ihm zugetraut hätte«, sagte Joram mit zusammengebissenen Zähnen. Er legte das Schwert neben sich und umklammerte mit der Hand den verletzten Arm. Dunkelrot quoll das Blut zwischen seinen Fingern hervor. »Der Bastard muß die ganze Nacht geübt haben! Verflucht, die Kugel steckt noch!« Er fluchte mit vor Schmerz heiserer Stimme. »Ich kann die Hand nicht bewegen.«

»Laß mich einen Blick ...« Saryon wollte sich aufrichten.

»Verdammt, Pater! Behaltet den Kopf unten!« fuhr Joram ihn zornig an. Er spähte an dem Felsen vorbei in die Richtung, in der ihr Feind verschwunden war. »Vorläufig sind wir sicher, aber wir dürfen hier nicht bleiben. Er wird sich im Schutz der Felsen eine bessere Position suchen, bis er uns wieder im Visier hat.«

Joram deutete mit einem Kopfnicken auf den Tempel. »Da drin wären wir in Sicherheit.«

»Und Gwendolyn ist dort!« entfuhr es Saryon plötzlich. Beschämt mußte er sich eingestehen, daß er sie in der Aufregung völlig vergessen hatte.

»Gwen!« Joram starrte den Katalyten aufgebracht

an. »Ihr habt zugelassen, daß Simkin sie hierherbringt?«

»Was konnte ich tun, Joram? Er war du. Er war so, wie du vor zehn Jahren gewesen bist: verbittert, arrogant, starrsinnig.«

»Und Ihr habt nicht daran gedacht, daß ich mittlerweile ein anderer bin ...«

»Verzeih mir, Joram«, Saryon holte tief Atem, »aber in letzter Zeit hast du dich zurückverwandelt. Ich habe gesehen, wie die Finsternis mehr und mehr von dir Besitz ergriff.«

Mit dem Rücken an den Megalithen gelehnt, dessen blaues Leuchten schwächer geworden war, stieß Joram einen lauten Seufzer aus. Sein blasses Gesicht war schweißüberströmt, seine Wangenmuskeln verkrampften sich. Er drehte den Kopf halb zur Seite, schaute Saryon an und versuchte ein Lächeln. »Ihr habt recht, Pater. Es war nicht Euer Fehler. Ich selbst habe Schuld. Schließlich hat Simkin mich so imitiert, wie er mich am besten kannte. Und ich verändere mich tatsächlich, ich merke es selbst.« Seine Züge verhärteten sich, die schwelende Glut erwachte in seinen Augen zu düsterem Leben. »Doch wie's scheint, muß ich wieder der werden, der ich war – um diese elende Welt zu retten.«

Er verstummte und sank in sich zusammen.

»Joram!« Saryon schüttelte ihn aus Angst, er könnte das Bewußtsein verloren haben. Der Katalyt fühlte sich von feindseligen Augen beobachtet. Jeden Moment rechnete er damit, wieder das furchtbare Krachen eines Schusses zu hören. »Joram!« sagte er drängend. »Wir können hier nicht bleiben! Es ist zu gefährlich!«

Benommen hob Joram den Kopf und nickte müde. »Ihr werdet das Schwert tragen müssen, Pater.«

Wenn wir es liegenlassen, nimmt es der Scharfrichter vielleicht und läßt uns in Ruhe, war Saryons erster unausgesprochener Gedanke. Die Worte lagen ihm auf der Zunge, aber er schluckte sie hinunter. Nein, das Schwert ist meine Verantwortung. Ich habe ihm Leben gewährt.

Saryon nahm die Waffe an sich.

Mühsam stand Joram auf und suchte Halt an dem Felsblock. »Ich gehe vor und ziehe sein Feuer auf mich. Keine Widerrede, Pater. Ihr seid durch das Schwert behindert.« Die vom Schmerz verdunkelten Augen sahen den Katalyten zwingend an. »Wenn ich falle, müßt Ihr mir versprechen, nicht stehenzubleiben. Nein, hört zu, alter Freund. Wenn mir etwas zustößt, kommt es auf Euch an. Ihr müßt das Schwert vernichten.«

»Vernichten? Wie denn?« fragte Saryon unwillkürlich.

»Woher soll ich das wissen!« stieß Joram gereizt hervor, dann übermannte ihn eine neue Woge des Schmerzes. Er schloß die Augen und legte den Kopf an den kühlen Stein. »Ich weiß es nicht«, wiederholte er ruhiger. Seine Lippen waren grau. »Schleudert es vom höchsten Gipfel in die Tiefe, schmelzt es ein. Das habt Ihr Euch doch seit dem Augenblick gewünscht, als ich die Gußform zerschlug und es auf den Amboß legte. Wenn ich getroffen werde, sorgt Ihr dafür, daß die Waffe nicht in Vanyas oder Menjus Hände fällt? Schwört Ihr das? Beim Almin?«

»Ich schwöre – beim Almin«, murmelte Saryon, während er geschäftig seine Kutte zusammenraffte, um besser laufen zu können. Außerdem war es ein guter Vorwand, Joram nicht ins Gesicht sehen zu müssen, während er den Eid sprach.

»Gut!« meinte Joram erleichtert. »Und jetzt laufen

wir. Zieht den Kopf ein. Fertig?« Er schaute Saryon fragend an. Der Katalyt nickte ergeben, und Joram setzte sich steifbeinig in Bewegung.

Obwohl er eingewilligt hatte, Joram einen Vorsprung zu lassen, hielt Saryon sich dicht hinter ihm. Er hatte nur eine sehr vage Vorstellung davon, was der Ausdruck bedeuten sollte ›das Feuer auf sich ziehen‹ und hielt es für selbstverständlich, nahe bei seinem Freund zu bleiben.

Und das Versprechen, Joram seinem Schicksal zu überlassen, sollte er getroffen werden? Nun, das hatte er beim Almin geschworen, und soweit es ihn anging, war ein solcher Schwur null und nichtig.

Die Entfernung zwischen dem Megalithen und dem Tempel war dem Katalyten recht gering vorgekommen – bis er wußte, daß sein Leben davon abhing, die Strecke so schnell wie möglich zu bewältigen.

Saryon lief so schnell er konnte, aber das war immer noch ziemlich langsam. Er war nach seiner Krankheit nie wieder ganz zu Kräften gekommen. Behindert von dem Schwert und der langen Kutte, die um seine Knöchel flatterte, geriet er schon nach den ersten paar Schritten außer Atem. Mehr als einmal fühlte er außerdem eine Marmorplatte nachgeben und mußte aufpassen, nicht das Gleichgewicht zu verlieren und zu stürzen. Die ganze Zeit über ließ er Joram nicht aus den Augen.

Doch dann ereilte Joram das Mißgeschick. Er blieb mit dem Fuß an einer aufgekanteten Marmorplatte hängen und fiel hin.

Mit einer Kraft, die er in seinem verbrauchten, alten Körper nicht mehr vermutet hätte, zerrte Saryon Joram trotz dessen wütender Proteste auf die Beine, und nach wenigen Schritten hatten sie die neun Stufen erreicht.

Ein hohes, zirpendes Geräusch, das wie das Surren einer zornigen Hornisse klang, huschte so dicht an Saryons Ohr vorbei, daß er fast sicher war, den Luftzug der Flügel gespürt zu haben. Einen Sekundenbruchteil später platzten Steinsplitter von einer der Säulen des Vorbaus. Der Katalyt war zu erschöpft und verstört, um die beiden Dinge miteinander in Zusammenhang zu bringen.

Nachdem sie mit letzter Kraft die Stufen bewältigt hatten, wankten die beiden in die kühle, schattige Sicherheit der Tempelmauern. Joram fiel zu Boden. Nach einer Weile rollte er sich auf den Rücken, sein Atem ging schnell und flach. Der rechte Ärmel seines Gewandes war blutgetränkt. Saryon ließ das Schwert fallen und sank neben ihm in die Knie. Erst jetzt kam ihm der Gedanke, daß das zirpende Geräusch von einem der todbringenden Geschosse verursacht worden war, aber nicht einmal das interessierte ihn im Moment wirklich. In seinen Ohren rauschte das Blut. Er war schwindelig, und in kurzen Abständen wurde ihm schwarz vor Augen.

Während er keuchend nach Atem rang, ließ er den Blick durch den Altarraum wandern.

»Gwendolyn?« rief er leise.

Er bekam keine Antwort, trotzdem entdeckte er sie gleich darauf. Kaum mehr als ein Schatten unter Schatten saß sie gelassen auf den Trümmern des Altars und musterte ihn und Joram mit ungewöhnlichem Interesse.

Da sie wohlbehalten zu sein schien, kümmerte Saryon sich erst um Joram, der offenbar das Bewußtsein verloren hatte. Als er sich über ihn beugte, um die Wunde zu untersuchen, zuckte Joram zusammen.

»Mir fehlt nichts!« Er schob Saryons Hand zur Seite und richtete sich schwerfällig auf.

»Ich glaube, die Blutung hat aufgehört«, meinte Saryon unsicher.

»Wo ist Gwendolyn? Geht es Ihr gut?«

Saryon wollte antworten, aber eine andere Stimme meldete sich zu Wort.

»Deine charmante Gemahlin ist in Sicherheit, Joram. Wunderlich wie immer, aber in Sicherheit: Und auch du bist hier sicher – vorläufig.

Wirklich, mein Bester«, fuhr die Stimme in der Sprache Thimhallans fort, »ich bin beeindruckt. Wieder einmal bist du von den Toten auferstanden. Hast du mal daran gedacht, als eine Art Messias auf Tournee zu gehen?«

Und hält in seinen Händen ...

Ein hochgewachsener Mann in einem schlichten schwarzen Aufzug kam hinter dem Altar und Gwendolyn zum Vorschein. Er war eine stattliche Erscheinung, befand Saryon, mit grauem Haar und einem gewinnenden Lächeln, das aber bei näherem Hinsehen wie die Maske eines routinierten Komödianten wirkte. »Ich glaubte wirklich, das Ende deiner irdischen Existenz miterlebt zu haben, mein Freund«, sprach der Mann weiter. Er blieb neben Joram stehen und musterte ihn prüfend. »Ich sehe förmlich die Leuchtreklame vor dem Theater: *Auf allgemeinen Wunsch von den Toten widerauferstanden!*« Joram würdigte ihn keines Blicks, doch der Mann lächelte.

»Nun komm schon. Du hast vier Schußwunden überlebt, von denen jede einzelne tödlich war. Meine Neugier ist geweckt – willst du einen Kollegen nicht einweihen? War es eine kugelsichere Weste? Oder vielleicht . . .«

Bei den letzten Worten schaute er Saryon an, der fast körperlich fühlte, wie er gleichsam seziert wurde.

». . . vielleicht seid Ihr es gewesen, der unseren Freund hier wieder ins Leben zurückgeholt hat, Pater Saryon. O ja, ich kenne Euch. Joram hat mir viel von Euch erzählt, und ich könnte mir denken, daß er Euch wiederum viel von mir erzählt hat. Ich bin Menju der Magier – ein ziemlich pompöser Titel, wie ich zugeben muß, aber er macht sich auf Varietéplakaten gut. Und falls Ihr tatsächlich Jorams Retter gewesen seid, Pater, spendiere ich Euch ein Zelt und so viele Klappstühle wie Euer evangelistisches Herz begehrt!«

»Wenn Ihr meint, ob ich Joram geheilt habe – ich bin

ein Katalyt, kein Druide.« Saryon sah den Abgrund aus seinen Träumen vor sich gähnen. Es kam jetzt darauf an, umsichtig Fuß vor Fuß zu setzen. »Wenn es stimmt, was Joram mir erzählt hat, habt Ihr lange genug in dieser Welt gelebt, um zu wissen, daß Katalyten nur in geringem Maße über die Gabe des Heilens verfügen und daß selbst Druiden nicht die Macht haben, Menschen von den ...«

»Laßt Euch von ihm nicht provozieren, Pater«, fiel Joram ihm barsch ins Wort. »Er weiß ganz genau, daß Ihr mich nicht geheilt habt.«

Menju gab sich stilvoll geschlagen. »Hab Mitleid mit mir. Befriedige meine Neugier. Ich schwöre, es hat mich betrübt, dich sterben zu sehen. Es war ein Schock.«

»Da bin ich sicher«, bemerkte Joram trocken. »Helft mir auf«, wandte er sich an Saryon, und ohne dessen Einwänden Gehör zu schenken, erhob er sich mühsam. An eine Säule gelehnt, betrachtete er Menju wachsam. »Ich bin es nicht gewesen, den es da draußen erwischt hat. Du hast doch gesehen, daß ich erst später aus der Transversale gekommen bin.«

»Vielleicht.« Menju ließ sich nicht aus der Ruhe bringen. Er studierte Jorams Gesicht. »Eine beängstigende Ähnlichkeit. Wer ...«

»Simkin.« Jorams Atem ging flach und schnell. Saryon trat fürsorglich näher.

Menju nickte. »Aha, ich fange an zu verstehen. Die Teekanne. Ich habe dich unterschätzt, mein Freund. Ein wirklich schlauer Plan, einen Doppelgänger vorauszuschicken. Hast du erraten, daß es eine Falle sein sollte? Oder hat er es dir gesagt? Ich hielt ihn für einen unzuverlässigen Bastard, genau wie diesen fetten Priester, Vanya, der seinen Handlanger geschickt hat, um mir die Beute vor der Nase wegzuschnappen. Er wird dafür noch bezahlen.« Der Magier zuckte mit den Schultern. »Sie werden alle bezahlen.« Jorams Schultern sanken herab, es sah aus, als würde er fallen, doch fing er sich gleich wieder und wehrte mit einem ärgerlichen Kopfschütteln Saryons Beistand ab.

»Du brauchst medizinische Versorgung, Joram«, stellte Menju fest, der ihn abschätzend musterte. »Glücklicherweise ist das dank der Transversale kein großes Problem. Ein Wort unseres guten Paters, und wir befinden uns wieder in meinem Hauptquartier. Katalyt, wenn ich bitten darf ...«

»Das ist unmög ...«, begann Saryon, als er von einem freudigen Ausruf unterbrochen wurde.

»Kommt herein! Fürchtet euch nicht!« Gwendolyn war von dem Altar aufgesprungen und lief zum Ausgang. Im Halbdunkel des Fensters sah man deutlich den unnatürlichen Glanz ihrer Augen.

»Gwen, nein!« Joram hielt sie fest. »Du darfst nicht hinausgehen ...«

Gwendolyn befreite sich ohne große Mühe aus dem kraftlosen Griff ihres Mannes, aber nicht, um nach draußen zu laufen. An der Schwelle zwischen Portikus und Innenraum blieb sie stehen und streckte die Hände aus. »Kommt herein! Kommt herein!« wiederholte sie – eine Hausherrin, die lang erwartete Gäste willkommen hieß.

»Habt keine Angst«, fuhr sie tröstend fort. »Leidet ihr noch Schmerzen? Sie werden vergehen. Denkt daran, es sind nur Erinnerungen des Teils eurer Seele, der noch dem Leben verhaftet ist. Klammert euch nicht daran, laßt es los, dann wird es leichter. Für euch ist die Schlacht zu Ende.«

»Schlacht? Von welcher Schlacht redet sie?« wandte Joram sich mißtrauisch an den Magier.

»Was weiß ich. Gettysburg?« Menju zuckte die

Schultern. »Waterloo? Vielleicht hält sie sich heute für Napoleon.«

»Rede keinen Unsinn!« Jorams Augen hatten einen fiebrigen Glanz, Schweiß rann über sein eingefallenes Gesicht. »Du weißt es besser. Sie spricht zu den Toten, die ... Mein Gott!« flüsterte er in plötzlichem Begreifen. »Du hast Merilon angreifen lassen!«

»Du darfst es dem Major nicht übelnehmen, Joram. Er ist schließlich Soldat, und man kann von ihm nicht erwarten, daß er sich einpferchen läßt wie ein Ochse im Schlachthof.«

»Er wird nichts ausrichten. Der magische Schild um die Stadt ist undurchdringlich.«

»Nun, da bist du vielleicht nicht ganz auf dem neuesten Stand, mein Bester. Dem Schlaukopf ist tatsächlich eine geniale Idee gekommen. Er hat die fliegenden Truppentransporter zu Schlachtschiffen umfunktioniert und benutzt ihre Feuerkraft, um die magische Kuppel zu zerstören und das magische Leben derer zu erschöpfen, die sie aufrechterhalten. Es wird nicht lange dauern, bis der Schutzschild zusammenbricht. Der Kristallpalast wird vom Himmel stürzen und diese Marmorplattformen mitreißen – wie heißen sie noch, die Drei Schwestern? Bedauernswerte Mädels. Auch sie werden auf dem Boden der nüchternen Realität zerschellen.«

»Das bedeutet den Tod von Tausenden!« rief Saryon fassungslos. Sein Blick suchte Merilon in der Weite Thimhallans, das sich am Fuß des Berges ausbreitete. Er sah ein flackerndes Wechselspiel aufzuckender Blitze, die glitzernden Reflexe des Sonnenlichts auf den metallenen Leibern der Kreaturen, die klein wie Ameisen die Stadt umkreisten. Das war alles, was er mit den Augen wahrzunehmen vermochte, doch in seiner Phantasie sah er viel, viel mehr.

Prinz Garald kämpfte wahrscheinlich tapfer, aber der gänzlich unerwartete Angriff hatte eine kopflose Panik ausgelöst, und er bemühte sich vergebens, eine wirksame Verteidigung zu organisieren. Lord und Lady Samuels, ihre beiden jüngeren Kinder und die zahllosen adligen Familien, deren Häuser auf den schwebenden Plattformen standen, starben einen schrecklichen Tod, zerschmettert von den herabregnenden Trümmern. Der Kristallpalast zerschellte auf dem Boden in Milliarden messerscharfer Splitter ...

»Entsagt dem Leben«, wiederholte Gwendolyn sanft.

»Wenn ich nur dort sein könnte!« rief Joram erstickt. »Ich könnte helfen ... was sage ich da?« Er lachte schneidend auf. »Mir haben sie das alles zu verdanken!« Er sank gegen die Säule und legte die blutige Hand vor die Augen.

»Die Zeit ist gekommen, Joram«, sagte Menju. »Die Prophezeiung wird sich erfüllen. Überlaß sie ihrem Schicksal. Wie hieß das bezaubernde Sprüchlein noch? ›Und hält in seinen Händen das Ende der Welt ...‹«

»... oder ihr Heil«, sagte Gwendolyn.

Joram schien sie in seiner Verzweiflung nicht gehört zu haben, aber Saryon merkte auf. Er drehte sich um und sah sie an. Auch sie blickte auf die belagerte Stadt, ein süßes, trauriges Lächeln auf den Lippen. Behutsam und sanft legte der Katalyt ihr die Hand auf die Schulter. »Was hast du gesagt, mein Kind?«

»Sie redet irre!« schnappte Menju ungeduldig. »Genug davon. Falls ihr es vergessen habt, da draußen lauert ein Meuchelmörder. Katalyt, öffnet eine Transversale ...«

Eine helfende Hand streckte sich Saryon entgegen, um ihn von dem Abgrund weg auf den rechten Weg zu führen. Er brauchte sie nur zu ergreifen ...

»Sprich weiter, Kind«, drängte er mit vor Aufregung bebender Stimme. Er mußte sich alle Mühe geben, ruhig zu bleiben und sie nicht anzuschreien und zu packen, um endlich Gewißheit zu haben.

Gwendolyn ließ träumerisch den Blick durch den Tempel schweifen. »Es ist jemand hier, ein alter, alter Mann, ein Bischof. Wo seid Ihr? Oh, ja. Dort hinten.« Sie deutete vage ins Halbdunkel. »Seit Jahrhunderten wartet er darauf, daß jemand kommt und ihm zuhört. Es war ein Fehler, sagt er, aus unserer Heimat wie trotzige, verwöhnte Kinder wegzulaufen. Dann kamen die Eisenkriege, und alles brach auseinander. Er betete, daß ihm offenbar werden möge, wie die Welt zu retten sei. Der Almin erhörte ihn in der Hoffnung, die Menschheit würde auf dem verhängnisvollen Weg umkehren, den sie eingeschlagen hatte. Aber der Bischof war alt und zu schwach. Er sah in die Zukunft. Er sah die drohende Gefahr. Er sah die versprochene Rettung. Überwältigt von der Vision, starb er. Die Verkündigung des Almin, die eine Warnung sein sollte, blieb unausgesprochen und unvollendet. Und die Menschheit machte in ihrer Furcht aus dieser Warnung eine düstere Prophezeiung.«

»Furcht ... Eine Warnung ...«, murmelte Saryon, und Licht erfüllte seine Seele. »Joram, verstehst du nicht?«

Joram blickte nicht einmal auf. Er hatte den Kopf gesenkt, das lange schwarze Haar verdeckte sein Gesicht. »Laßt gut sein, Pater«, sagte er heiser. »Es hat alles keinen Sinn mehr!«

»Aber doch!« Ekstatisch hob Saryon die Arme zum Himmel. »Mein Gott! Mein Schöpfer! Kannst du mir verzeihen? Joram, es gibt keinen Weg ...«

Ein Knall, ein schrilles Pfeifen. Steinsplitter stäubten auf.

Joram stieß Saryon zu Boden. Menju drückte sich gegen cinc Säule.

»Gwen!« Joram versuchte seine Frau zu erreichen. Von dem ohrenbetäubenden Krachen verstört, stand sie zwischen den Säulen und schaute sich hilfesuchend um. Doch ehe Joram bei ihr war, zogen unsichtbare Hände sie weg und schafften sie in Windeseile in die hinteren Gefilde des Tempels.

»Schon gut, Joram! Die Toten werden sie beschützen!« rief Saryon.

Ein zweiter Schuß peitschte durch den Tempel und schlug hinter ihm in eine Mauer.

»Wir müssen hier weg!« Menju zog den Phaser aus der Tasche, stellte ihn ein und feuerte einen Lichtstrahl in die Richtung des Megalithen. Als die Rauchwolke sich verzogen hatte, sah man eine verbrannte Schmarre in dem Felsblock.

Joram nutzte den Feuerschutz, den Menju ihm unbeabsichtigt gewährte, griff nach dem Dunklen Schwert und suchte Zuflucht hinter einer Säule neben dem Magier.

»Hier drüben, Pater! Bleibt unten!«

Saryon schob sich auf dem Bauch über den Steinboden zu der Säulenreihe, während Joram in den Garten hinausspähte. Ihr Feind war nirgends zu sehen. Menju feuerte und traf sein Ziel wieder nicht.

»Öffnet eine Transversale, Pater!« zischte er.

»Das ist unmöglich!« antwortete Saryon unglücklich.

Der nächste Knall zerriß die Luft. Menju zuckte zurück; Saryon machte sich so klein wie möglich. Joram schien am Ende seiner Kräfte zu sein. Er hatte die Hand mit dem Dunklen Schwert sinken lassen, als sei er bereit, sich aufzugeben. Die Wunde war aufgebrochen, der Blutfleck auf seinem Ärmel wurde größer. Sorgenvoll blickte der Katalyt von ihm zu Gwendolyn. Er entdeckte sie erst auf den zweiten Blick. Irgendwie war es den Toten gelungen, sie zu überreden, sich hinter dem zertrümmerten Altar in Sicherheit zu bringen. Ein staubiger Sonnenstrahl fiel durch einen Riß in der Decke auf ihr goldenes Haar und hob ihr schmales Gesicht aus den Schatten.

Menju folgte seinem Blick. »Sorgt dafür, daß wir unbeschadet hier wegkommen, Katalyt, oder ich richte meine Waffe gegen sie!« Er zielte mit der Waffe auf Gwendolyn. »Wenn du dich nicht schneller als Licht bewegen kannst, Joram, würde ich an deiner Stelle lieber nichts versuchen.«

»Joram, ganz ruhig.« Saryon legte dem Freund beschwichtigend die Hand auf den Arm und wandte sich an Menju. »Ich kann keine Transversale öffnen, weil es hier drin keine gibt.«

»Ihr lügt!« Der Magier hielt den Phaser unverwandt auf Gwendolyn gerichtet.

»Ich wünschte beim Almin, es wäre eine Lüge«, meinte Saryon aus tiefstem Herzen. »Es existiert keine Transversale im Tempel der Nekromanten. Dies war heiliger Boden, ein geweihter Ort, nur die Nekromanten durften ihn betreten. Sie gestatteten nie, daß hier eine Transversale errichtet wurde. Nur dort draußen neben dem Megalithen gibt es eine.«

»Und der Scharfrichter weiß es!« fügte Joram grimmig hinzu. Auf seiner Stirn perlte Schweiß, das feuchte Haar kräuselte sich um sein Gesicht. »Deshalb hat er dort Posten bezogen.«

Menju hatte Saryon nicht aus den Augen gelassen, und jetzt senkte er mit einem Fluch seine Waffe. »Also sitzen wir hier in der Falle!«

Der nächste Schuß traf die Säule, hinter der er stand. Ein Steinsplitter schrammte an seinem Gesicht lang. Er wischte sich mit dem Handrücken das Blut von der Wange und erwiderte das Feuer. Plötzlich hielt er inne und starrte gedankenverloren über die Ebene in Richtung Merilon. »Wir sitzen in der Falle«, wiederholte er und steckte suchend die Hand in die Tasche, »aber nicht mehr lange.«

Er brachte einen kleinen Metallgegenstand zum Vorschein und drückte mit dem Daumen dagegen. Ein Licht blinkte, und ein kratzendes Geräusch drang aus dem Innern des Gegenstandes. Für Saryon hörte es sich an, als versuchte ein Tier mit langen Krallen aus dem Kästchen zu entkommen. Menju hob das Metallding an den Mund und sprach hinein.

»Major Boris! Major Boris!«

Eine Stimme antwortete, aber durch das laute Rauschen waren die Worte kaum zu verstehen. Stirnrunzelnd schüttelte Menju das Gerät. »Major Boris!« rief er wieder.

Saryon betrachtete den Metallkasten entsetzt.

»Gütiger Almin!« flüsterte er Joram zu. »Hält er diesen Major Boris darin gefangen?«

»Nein«, antwortete Joram, der sich trotz allem eines Lächelns nicht erwehren konnte. »Der Major ist in Merilon. Er hat auch ein solches Gerät. Es würde zu weit führen, das genau zu erklären, aber zwischen den beiden besteht eine Verbindung, und deshalb können sie miteinander sprechen. Aber jetzt seid still. Ich will hören, was er redet.« Er deutete Saryon zu schweigen. Saryon konnte nicht verstehen, was Menju sagte, der Mann bediente sich seiner eigenen Sprache. Er forschte in Jorams Gesicht nach einem Hinweis darauf, was im Gange war.

Als er sah, wie sein Freund die Lippen zu einer schmalen, verbissenen Linie zusammenkniff, fragte er leise: »Was ist?«

»Er hat um Unterstützung gebeten. Sie ziehen eins der Schlachtschiffe von Merilon ab und schicken es hierher.«

»Ja, ich hätte gleich darauf kommen können«, bemerkte Menju zufrieden, schaltete das Gerät ab und schob es wieder in die Tasche. »Die Laserkanonen des Schiffs werden den ganzen Garten bestreichen und unseren Freund mit der Pistole in ein Häufchen Asche verwandeln. Dann gehen wir an Bord und fliegen weg. Sie bringen einen Sanitäter mit, Joram. Er gibt dir ein Stimulans, damit du nicht schlappmachst, sondern munter genug bist, um mir zu helfen, mit der Hilfe des Dunklen Schwerts Merilon zu erobern. Selbstverständlich eingedenk der Tatsache, daß deine bezaubernde Frau und auch der ehrenwerte Katalyt hier es büßen werden, falls du versuchen solltest, mich zu hintergehen.« Er schob den Ärmel zurück und warf einen Blick auf den silbernen Reif an seinem Handgelenk. »Nur ein paar Minuten, dann sind wir erlöst.«

Wenn Saryon die fremden Worte nicht verstand, so verrieten ihm doch Tonfall und Mimik des Sprechers, was sie zu bedeuten hatten. Er schaute Joram an. Dessen Gesicht war ausdruckslos, die Augen geschlossen. War er so verzweifelt, daß er sich in sein Schicksal ergab? War es, wie er gesagt hatte, sinnlos weiterzukämpfen?

Saryon versuchte zum Almin zu beten, versuchte das Gefühl aus der Kapelle herauszubeschwören, die Hand zu ergreifen, von der er soeben noch geglaubt hatte, daß sie sich ihm entgegenstreckte. Statt dessen ergriff wieder die alte Angst Besitz von ihm. Sie umklammerte seine Kehle mit Fingern aus Stein und erstickte seinen Glauben. Die Hand zerfloß und löste sich auf, und der Katalyt erkannte verbittert, daß er einer Illusion zum Opfer gefallen war.

... das Ende der Welt

Ein leises Summen wurde allmählich lauter und lauter. Saryon bemerkte einen zufriedenen Ausdruck auf Menjus Gesicht. Der Magier hielt den Blick erwartungsvoll zum Himmel gerichtet, Saryon faßte Mut und schob den Kopf hinter der Säule hervor. Dabei fiel ihm ein, daß in den letzten paar Minuten keine Schüsse mehr gefallen waren. Vielleicht hatte der Scharfrichter aufgegeben.

»Die Hoffnung eines Narren!« murmelte Saryon vor sich hin. Er suchte den klaren blauen Himmel ab, ohne jedoch etwas entdecken zu können, obwohl das Summen inzwischen sehr viel näher gekommen war. Der Scharfrichter würde niemals aufgeben, niemals eingestehen, daß er versagt hatte. In seinem Orden galt der Tod als einzige Entschuldigung für Versagen, und der Scharfrichter war bestimmt nicht leicht zu töten. Auch wenn Joram ihm einen Teil seines magischen Lebens geraubt hatte, blieb er eine Bedrohung. Immerhin war er der unbestritten mächtigste Hexenmeister Thimhallans.

Weiß dieser Magier aus einer anderen Welt überhaupt, womit er es zu tun hat? überlegte Saryon und musterte den Mann argwöhnisch. Wohl kaum, nach dem selbstzufriedenen Gehabe und überlegenen Lächeln zu urteilen. Menju war noch jung gewesen, als er aus dieser Welt verstoßen wurde. Wahrscheinlich wußte er nicht sehr viel über die *Duuk-tsarith* und ihre Fähigkeiten: ihr scharfes Gehör, das es ihnen ermöglichte, den Flügelschlag eines Schmetterlings zu hören; ihre klaren Augen, mit denen sie in den Kopf eines Menschen hineinsehen und seine Gedanken lesen konnten. Menju freute sich an seinen magischen Fähigkeiten, aber ihre wahre Bedeutung und Macht hatte er vergessen. Er betrachtete Magie als ein vergnügliches Spielzeug. Im Ernstfall würde er sich auf die ihm vertrautere Technik verlassen.

»Das ist unser Schiff«, sagte er munter. »Jetzt dauert es nicht mehr lange.« Er warf Joram einen kurzen Blick zu. »Ist unser Freund stark genug, um sich auf den Beinen zu halten, Pater? Ihr werdet ihn stützen, wenn's nicht anders geht. Ich muß den Bordschützen einweisen.«

Er sprach wieder in den Metallkasten. Diesmal waren die Kratzgeräusche weniger stark. Aus der Art, wie Menju gespannt den Himmel betrachtete, folgerte Saryon, daß er mit dem Ungeheuer redete, das er zu Hilfe gerufen hatte.

Saryon, der dem Blick des Magiers folgte, konnte immer noch nichts entdecken und fragte sich, ob die Kreatur womöglich unsichtbar war, als plötzlich aus dem Nichts ein Lichtpunkt auftauchte. Die Geschwindigkeit des fliegenden Etwas verschlug ihm den Atem. Eben noch war es winzig klein, ein heller Stern, der nicht bis zur Nacht hatte warten wollen und sich am lichten Tag hervorwagte. Im nächsten Augenblick war das Ungetüm größer als die Sonne, dann größer als zehn Sonnen. Es war jetzt bis in jede Einzelheit deutlich zu erkennen, und Saryon starrte es fassungslos an.

Der Katalyt war bei der Schlacht auf dem Feld der Ehre nicht dabeigewesen. Er hatte nur Beschreibungen gehört von den Kreaturen aus Eisen und den seltsamen Menschen mit silberner Haut und Köpfen aus Metall. Dies war das erste Mal, daß er mit eigenen Augen eine der Schöpfungen der Nigromanten aus der Welt Jenseits sah, und seine Seele erzitterte vor

Ehrfurcht und Angst. Das Ungetüm bestand aus Silber, der plumpe Leib glänzte in der Sonne. Er besaß Flügel, die aber steif und unbeweglich waren, und Saryon begriff nicht, wie es so schnell fliegen konnte. Kopf und Hals suchte er vergebens, die blinkenden, vielfarbigen Augen lagen auf der Oberseite des Körpers. Das einzige Geräusch, das es von sich gab, war dieses vibrierende Summen, das inzwischen Menjus Stimme übertönte.

Saryon fühlte Jorams Hand warm und beruhigend auf seinem Unterarm.

»Ganz ruhig, Pater«, sagte er leise, »das ist kein bösartiges Ungeheuer, nur eine fliegende Maschine, die von Menschen im Innern gelenkt wird.« Er zog Saryon zu sich heran und fügte mit gesenkter Stimme hinzu: »Tut so, als würdet Ihr nach meiner Wunde sehen.«

Nach einem Blick auf den Magier, der von der Beschwörung dieser ›Maschine‹ in Anspruch genommen war, beugte der Katalyt sich näher zu Joram.

»Wir dürfen nicht an Bord dieses Schiffes gehen, sonst ist alles verloren. Wenn er uns vor sich hertreiben will, achtet auf mein Zeichen.« Joram stockte, dann flüsterte er: »Und seht zu, daß Gwendolyn nicht in Gefahr gerät.«

Im ersten Moment war Saryon nicht fähig zu antworten. Als seine Stimme ihm wieder gehorchte, klang sie gepreßt und heiser. »Mein Sohn, selbst mit dem Dunklen Schwert kannst du nicht gegen alle bestehen! Weißt du überhaupt, was du da sagst?« Er hielt den Kopf über die Wunde gebeugt, doch als er Jorams Hand auf der Schulter spürte, hob er den Blick und las die Antwort in dessen klaren braunen Augen.

»Es ist besser so, Pater«, sagte Joram schlicht.

»Und was wird aus deiner Frau?« fragte Saryon, als

der brennende Schmerz in seiner Brust ihm wieder zu sprechen erlaubte.

Joram schaute nach hinten, wo Gwendolyn im Schatten saß, nur ihr goldenes Haar schimmerte im Licht eines verirrten Sonnenstrahls. »Sie verliebte sich in einen ohne Leben, der ihr nichts als Unglück gebracht hat.« Das düstere, ironische Lächeln verzerrte seine Lippen. »Es scheint, daß ich ihr tot mehr nützen kann als lebend. Und vielleicht wird sie dann mit mir reden.« Sein Griff um den Arm des Katalyten verstärkte sich. »Ich gebe sie in Eure Obhut, Pater.«

Mein Sohn, auch ich werde das hier nicht überleben, drängte es Saryon zu sagen, aber er schluckte die Worte hinunter, zusammen mit seinen Tränen. Nein, er wollte Joram nicht noch die Last der eigenen Verzweiflung und Mutlosigkeit aufbürden.

Ich werde ihn wie damals als Kind in den Armen halten. Und wenn seine Augen sich schließen und er seinen Frieden hat, wenn der lebenslange Kampf für ihn zu Ende ist, dann werde ich mich erheben und auf meine unbeholfene Art gegen dieses kalte, gleichgültige höhere Wesen rebellieren, bis auch meine Stunde schlägt.

Ein greller Blitz riß Saryon aus seiner Gedankenversunkenheit. Ein von dem Himmelsschiff ausgesandter Lichtstrahl schlug neben dem Megalithen ein und sprengte einen gewaltigen Krater in den Boden, nicht weit von der Stelle, an der Simkin lag. Eine Rauchsäule stieg auf. Die Flugmaschine, die über ihnen schwebte, sank gemächlich dem Boden entgegen.

Menju redete laut in den Kasten hinein; es klang wie eine Frage.

»Was sagt er?« fragte Saryon.

»Er fragt, ob sie den Hexer getötet haben.« Joram lauschte, dann sah er den Katalyten mit grimmiger

Belustigung an. »Sie sind überzeugt davon. Wenigstens zeigt sich keine Spur von Leben auf ihren Schirmen.«

»Kein Leben! Dummköpfe!« Saryon fing einen warnenden Blick Jorams auf und verstummte. Menju kam näher, er teilte seine Aufmerksamkeit zwischen ihnen und dem Garten.

»Unser schießwütiger Freund ist offenbar erledigt«, meinte er. »Machen wir uns auf den Weg.« Er deutete zum Altar. »Wenn du nicht willst, Joram, daß deine Frau hierbleibt und ihrem eigenen Fanclub beitritt, befreist du sie besser aus der Obhut dieser gespenstischen Leibgarde.«

»Ich hole sie«, bot sich Saryon an.

Er ging langsam und gebeugt, ein Opfer der Verzweiflung, die seine Schritte lähmte.

Gwendolyn saß hinter dem zerbrochenen Altar, den Kopf an eine große Urne gelehnt. Sie blickte nicht auf, als Saryon sich näherte, sondern starrte unverwandt ins Leere. Der Katalyt betrachtete sie mitleidig. Ihr goldenes Haar war strähnig, ihr Kleid zerrissen und schmutzig. Sie hatte keinen Gedanken dafür, wo sie sich befand oder was geschah.

»Beeilung, Pater!« befahl Menju schroff. »Oder wir lassen sie hier. Ihr seid mir als Geisel ebenso lieb.«

Vielleicht wäre es gnädiger, dachte Saryon, während er die Hand ausstreckte. Gwendolyn sah ihn an. Fügsam wie immer, schien sie durchaus bereit sein mitzukommen, aber unsichtbare Hände hielten sie zurück.

Im Licht eines Sonnenstrahls sah der Katalyt fast die unsichtbaren Augen, die ihn mißtrauisch begutachteten, und die Münder, die ihm lautlos zuriefen, den heiligen Ort zu verlassen, den er mit seiner Gegenwart entweihte. So nachhaltig war dieser Eindruck, daß er fast die Hände über die Ohren gelegt hätte, um nicht hören zu müssen, was er gar nicht hören konnte. Das ist Wahnsinn! dachte er verstört.

»Pater!« rief Menju warnend.

Saryon nahm Gwendolyn fest an der Hand. »Ich bin dankbar für das, was ihr getan habt«, sagte er laut ins Halbdunkel hinein. »Aber sie gehört noch zu den Lebenden. Ihr müßt sie gehen lassen.«

Einen Augenblick lang schien es, als hätten seine Worte nichts gefruchtet. Gwendolyns kalte Finger schlossen sich um die seinen, doch als er versuchte, sie an sich heranzuziehen, war der Widerstand so unerbittlich, daß er genausogut hätte versuchen können, den Tempel von der Felswand abzureißen, an die er angebaut war.

»Bitte!« sagte er drängend. Er zog Gwendolyn zu sich, die Toten zerrten sie zurück. Das Absurde der Situation reizte ihn zu einem hysterischen Lachen, doch er kämpfte dagegen an, denn er wußte, wenn er sich nicht fest in der Hand hatte, würde er zusammenbrechen und zu weinen anfangen wie ein verängstigtes Kind. Das Geschrei der unhörbaren Stimmen gellte ihm in den Ohren, und er konnte nichts dagegen tun.

Dann verstummte der Tumult schlagartig.

Gwen war frei, so unerwartet, daß sie gegen den Katalyten stolperte und ihn fast umgestoßen hätte. Er fing sie auf und strich ihr fürsorglich das goldene Haar aus dem Gesicht. Sie wirkte überhaupt nicht befremdet oder erstaunt über das skurrile Intermezzo, sondern benahm sich, als wäre das alles nicht ihr, sondern einer anderen Person zugestoßen.

»Kommt ihr nicht mit?« fragte sie über die Schulter, als Saryon sie hastig zum Ausgang führte.

Der Katalyt hatte den unbehaglichen Eindruck, daß

Scharen von Geistern sie beide umdrängten, deren unhörbare Schritte laut durch die Stille des Altarraums hallten.

Menju wartete ungeduldig an der Schwelle zum Tempelvorbau, seine Waffe zeigte auf Gwendolyn und den Katalyten. Neben ihm schaute Joram unauffällig von einem zum anderen. Auf den ersten Blick hätte man glauben können, er sei zu schwach, um ohne Hilfe einen Schritt zu tun, nur Saryon ahnte das Feuer in den Tiefen der dunklen Augen.

»Wir gehen jetzt alle zusammen hinaus«, ordnete Menju an. Er forderte Saryon und Gwendolyn mit der Waffe auf, vorbeizugehen. In der anderen Hand hielt er das Sprechgerät. »Joram, der Katalyt und deine Frau befinden sich zwischen uns. Versuch etwas, und einer von beiden stirbt.«

»Was ist mit dem Scharfrichter?« Saryon zögerte auf der obersten Stufe; er wünschte sich verzweifelt, die Zeit anhalten zu können.

»Das Häufchen Asche?« Lächelnd deutete Menju auf den Krater neben dem Megalithen. »Ich glaube kaum, daß wir von ihm noch etwas zu befürchten haben, Pater. Weiter jetzt!« Er winkte mit der Hand.

Es gab keinen Ausweg und keine Hoffnung. Saryon neigte den Kopf, zog Gwendolyn dichter an sich und trat mit ihr ins Freie. Der Sonnenschein draußen war blendend hell. Gwendolyn hob den Arm vor die Augen und stolperte gleich auf der ersten Stufe. Saryon hielt sie fest, half ihr, sich zu fangen, und bemerkte aus dem Augenwinkel, daß Joram sie überholt hatte. Er bewegte sich langsam und atmete mühsam, als ginge schon das über seine Kräfte, doch er hielt den Schwertgriff fest umklammert.

Menju war sichtlich nervös. Hin und wieder stieß er Saryon und Gwendolyn mit der Waffe an und forderte sie auf, schneller zu gehen. Er hielt ein wachsames Auge auf Joram gerichtet, aber der größte Teil seiner Aufmerksamkeit galt dem Himmelsschiff, das offenbar nicht schnell genug landete. Verärgert schrie der Magier in sein Sprechgerät.

Joram wandte den Kopf, wie um nach seiner Frau zu sehen, warf Saryon einen bedeutungsvollen Blick zu und formte mit den Lippen die Worte: »Bleibt zurück!«

Der bittere Schmerz, der Saryon nicht mehr aus den Krallen ließ, war so unerträglich geworden, daß er beinahe froh war, bald erlöst zu sein. Er verlangsamte den Schritt, was sich unauffällig bewerkstelligen ließ, denn Gwendolyn ließ sich willenlos dirigieren, ohne Fragen zu stellen oder zu protestieren. Menju befand sich inzwischen ein, zwei Schritte vor ihnen. Er schaute der Flugmaschine entgegen und hatte nicht bemerkt, daß sie stehengeblieben waren. Wieder hob er das Gerät vor den Mund, um hineinzusprechen, als aufgeregt plärrende Stimmen ihm entgegenschlugen. Mit einem unterdrückten Fluch drehte Menju sich um und schaute zum Himmel auf.

Ein Schatten huschte über sie hinweg: mächtige grüne Schwingen, die einem gigantischen Reptilkörper entsprossen. Überraschend materialisierte sich der Scharfrichter neben dem Megalithen und befahl dem Drachen anzugreifen. Thimhallans Herrscher der Lüfte stürzte sich mit haßerfülltem Gebrüll und vorgereckten Pranken auf den Gegner aus einer fremden Welt.

Unverständliches Geplapper drang aus dem Sprechgerät in Menjus Hand. Das Himmelsschiff vollführte ein Ausweichmanöver, aber die Krallen des Drachen streiften die Kante eines silbernen Flügels, und das Gefährt geriet ins Trudeln, während der Drache sich von den Luftströmungen emportragen ließ und einen eleganten Bogen beschrieb, um erneut zu attackieren.

Das geflügelte Schiff wäre beinahe mit der Bergflanke kollidiert, doch im letzten Moment vermochte es sich zu retten. Ein Feuerstrahl schoß aus dem Heck, und es zog in steilem Winkel in die Höhe.

Der Drache griff an, aber diesmal war das Himmelsschiff gerüstet: Ein Lichtstrahl zuckte dem grün und golden schillernden Feind entgegen und traf ihn an der Flügelspitze. Aufbrüllend vor Schmerz und Zorn, entfesselte der Drache die Lohe seines feurigen Atems. Ein Feuerball umhüllte die Flugmaschine. Die Schreie aus Menjus Sprechgerät klangen schrill, panikerfüllt, aber dann hörte Saryon nichts mehr, weil plötzlich *seine* Welt in Flammen aufging.

Eine Wand aus magischem Feuer, das Werk des Scharfrichters, stieg brausend aus dem felsigen Boden empor. In der unerträglichen Hitze bildeten sich Blasen in Saryons Gesicht und an seinen Händen. Er glaubte, flüssige Glut zu atmen. So gut es ging, versuchte er Gwendolyn mit seinem Körper abzuschirmen, aber sie wurde ihm aus den Armen gerissen.

Ein grauenhafter Schrei gellte aus der Feuerwand vor ihm. Mit tränenden Augen spähte Saryon in die Rauchschwaden hinein. Eine Gestalt kam zum Vorschein – von Kopf bis Fuß in magische grüne Flammen gehüllt! Ihr überschnappendes Gebrüll war furchtbar anzuhören, während sie in unsäglicher Qual um sich schlug. Nur vage nahm der Katalyt die weitaufgerissenen Augen des Magiers wahr, den schreienden Mund, das verbrannte Fleisch seines Gesichts, dann verschwand Menju in der grünen Lohe.

Ich bin der nächste, dachte Saryon und sah zu, wie die magischen Flammen die Stufen emporleckten.

Plötzlich sprang Joram mit dem Dunklen Schwert in der Hand zwischen ihn und die Gefahr.

Kaum hob er die Waffe, als das Feuer in einem schillernden Bogen auf die Klinge übersprang. Saryon glaubte entsetzt, Joram von den Flammen verzehrt zu sehen, aber das Schwert sog sie gierig in sich hinein. Während das Feuer schwächer wurde, strahlte das Schwert heller und heller, und dann entdeckte Saryon den Scharfrichter.

Der *Duuk-tsarith* hatte sich der Schußwaffe entledigt und gebrauchte seine Magie. Das Dunkle Schwert entzog ihm Leben, aber darauf war er vorbereitet. Er richtete den Blick auf den Berggipfel über dem Tempel und machte eine befehlende Handbewegung. Ein Felsblock löste sich und stürzte polternd in die Tiefe, geradewegs auf Joram zu. Jorams Augenmerk galt nur dem Scharfrichter; er bemerkte nichts von der Gefahr, die ihm drohte. Saryon stürzte sich auf ihn, beide fielen hin und rollten die Stufen hinunter. Das Schwert wurde Joram aus der Hand geschlagen. Dann stürzte Saryon in eine tiefe Dunkelheit ...

Aber ich darf nicht sterben! Ich darf Joram nicht im Stich lassen!

Mühsam schlug Saryon die Augen auf. Alles drehte sich, Mauern und Säulen des Tempels schwankten und zerflossen. Als er unwillkürlich den Kopf schüttelte, wurde ihm so elend, daß er fürchtete, sich übergeben zu müssen.

»Joram!« wiederholte er benommen. Die Sorge um den Freund drängte den Schmerz zurück. Er schaute sich um und bemerkte, daß er am Fuß der Treppe lag, inmitten der Trümmer des herabgestürzten Felsblocks. Joram lag nicht weit von ihm entfernt, die Augen geschlossen, das Gesicht bleich, gelöst – friedlich.

»Lebwohl, mein Sohn!« flüsterte Saryon. Er empfand keine Trauer. Als er die Hand ausstreckte, um das wirre schwarze Haar zu berühren, nahm er aus den Augenwinkeln eine Bewegung wahr.

Der Scharfrichter stand vor ihnen. Saryon schaute zu ihm auf, gleichzeitig hörte er irgendwo hoch über sich eine Explosion. Metallteile, Splitter, Steine prasselten vom Himmel. Er achtete nicht darauf. Nach einem kurzen Blick auf den Scharfrichter schenkte er auch ihm keine Beachtung mehr, statt dessen griff er nach Jorams Hand. Töte mich, dachte Saryon. Töte mich jetzt. Mach ein Ende.

Aber der Scharfrichter wandte sich ab, nachdem er Joram eingehend gemustert hatte. Saryon verstand. Der Hexenmeister ging, er hatte seinen Auftrag erfüllt. Dann erstarrte der Katalyt plötzlich, der kalte Hauch der Angst vertrieb den Nebel der Schmerzen. Der Hexenweister hatte seinen Auftrag nicht erfüllt! Noch nicht! Jetzt bückte er sich und hob das Schwert auf, das schwarz und erloschen auf den Stufen lag.

Wenn mir etwas zustößt, kommt es auf Euch an. Ihr müßt das Schwert vernichten.

Es gab nur eines, das Saryon tun konnte. Obwohl er sich wegen der pochenden Schmerzen in seinem Kopf kaum an die Worte der Beschwörungsformel erinnern konnte, begann er dem Hexenmeister Leben zu entziehen.

Es war eine Verzweiflungstat. Das Entziehen von Leben ist ein langsamer Prozeß. Saryon konnte nur hoffen, daß das Schwert den Scharfrichter bereits erheblich geschwächt hatte. Vielleicht gelang es, ihn sofort wehrlos zu machen.

Der Hexenmeister spürte sofort, daß er angegriffen wurde. Er ließ das Schwert fallen und wandte sich dem Katalyten zu. Saryon konnte sein Gesicht nicht sehen, das im Schatten der überhängenden Kapuze lag, doch er ahnte das höhnische Lächeln des Mannes und wußte, daß er verloren hatte. Der Hexenmeister verfügte noch über reichlich Leben. Er hob die Hand und schickte sich an, einen Zauber zu sprechen, der den Katalyten vernichtete.

Wenigstens, dachte Saryon und neigte ergeben den Kopf, wird es ein schneller Tod sein.

Blendende Helligkeit flammte auf. Er vernahm ein knisterndes Geräusch und wappnete sich für den Feuersturm, die letzte furchtbare Agonie.

Ein heiserer Aufschrei voller Schmerz und Zorn gellte ihm in den Ohren. Überrascht blickte er auf. Der Scharfrichter stand noch vor ihm, doch er schaute nicht den Katalyten an. Er hatte sich einem neuen Gegner zugewandt.

Menju lag halb aufgerichtet auf den flammengeschwärzten Stufen des Tempels. Er hob eine blutige, verbrannte Hand, zielte mit seiner Waffe auf den Scharfrichter und feuerte.

Im selben Augenblick rief der Hexenmeister in befehlendem Ton einige Worte. Im Sonnenschein glitzernde Dolche aus Eis schnellten aus seinen Händen, schlugen in Menjus Körper und durchbohrten ihn. Der Magier fiel ohne einen Laut zurück. Vielleicht war er schon tot gewesen.

Saryon wurde sich plötzlich einer warmen Flüssigkeit bewußt, die an seinem Hals hinunterrann. Die pochenden Kopfschmerzen wurden stärker. Ein roter Schleier lag vor seinen Augen, er nahm den Scharfrichter kaum wahr, der sich wieder zu ihm herumdrehte.

Saryon konnte nichts tun. Er war nicht einmal imstande, dem Mann weiter Leben zu entziehen, denn er selbst stand dicht am Abgrund der Bewußtlosigkeit. Wie im Traum sah er, daß der Hexenmeister sich umdrehte – und sah das faustgroße Loch in seiner Brust. Der *Duuk-tsarith* ballte krampfhaft die Hand zur Faust, dann brach er tot zusammen. Saryon fühlte nichts, nur bitteren Schmerz und Verzweiflung.

Er sank auf die Stufen zurück, fühlte die Kühle des Steins unter der Wange und schloß die Augen. Ihm war, als irrte er in dichtem Nebel am Rand einer steilen Klippe entlang. Ein einziger Fehltritt konnte sein Verderben sein, doch ein vages Gefühl sagte ihm, daß die Hand nahe war, um ihm zu helfen.

Um sich herum hörte er die Welt in Trümmer fallen.

»Nie kann ich Dir verzeihen, was Du getan hast«, flüsterte Saryon. Ohne auf die Hand zu achten, trat er über den Rand der Klippe ins Leere, die Hand aber fing ihn auf und trug ihn empor.

Der Triumph des Dunklen Schwertes

»Pater?« Die Ahnung einer Gefahr bedrängte Joram wie mit dröhnenden Hammerschlägen aus einer nahen Schmiede und machte es ihm unmöglich weiterzuschlafen. Er befand sich wieder in der Werkstatt im Dorf der Nigromanten und hatte das Dunkle Schwert vor sich auf dem Amboß liegen. Saryon gewährte der Klinge Leben. Dann plötzlich veränderte sich alles. Vor seinen Augen verwandelte der Katalyt sich zu Stein ...

»Pater!« schrie Joram.

Schweißgebadet erwachte er. Das Geräusch der Hammerschläge verstummte.

Es herrschte Stille, eine furchtbare, unnatürliche Stille. Die Welt hielt den Atem an wie ein Ertrinkender, der weiß, daß es ihm nicht vergönnt sein wird, noch einmal Luft zu schöpfen.

Als er zu dem sonnenhellen, blauen Himmel aufblickte, fiel Joram wieder ein, wo er sich befand, doch im ersten Moment konnte er sich nicht erinnern, was geschehen war. In Gedanken sah er ein loderndes magisches Feuer und wußte, er hatte es mit der Hilfe des Dunklen Schwerts zum Erlöschen gebracht. Er hörte Gwendolyn aufschreien, Saryon rief, und etwas prallte gegen seinen Rücken. Das Schwert entfiel seiner Hand – dann spürte er nichts mehr.

»Saryon«, murmelte er schwerfällig und richtete sich auf. »Saryon, ich ...«

Dann entdeckte er den Katalyten.

Saryon lag inmitten von Steintrümmern. Staub und Blut aus einer klaffenden Platzwunde an seinem Kopf bedeckten sein Gesicht. Seine Augen waren geschlossen, seine Miene friedvoll. Es sah aus, als schliefe er.

»Pater?« Joram schüttelte ihn behutsam.

Saryons Haut fühlte sich kalt an, der Puls war schwach und unregelmäßig. Joram hielt nach etwas Ausschau, womit er den Pater zudecken konnte, doch über dem entsetzlichen Anblick, der sich ihm bot, vergaß er alles andere.

Der tote Scharfrichter lag in der Nähe des Megalithen, eine furchtbare, schwarzverbrannte Wunde im Rücken. Menjus von den Flammen gräßlich entstellter Leichnam krümmte sich auf den Treppenstufen.

»Gwen?« rief Joram angstvoll und blickte die Treppe hinauf zum Tempel. Ihr Name erstarb ihm auf den Lippen. Der Säulenvorbau des Tempels war ein Trümmerhaufen, das Wrack des silbernen Kampfschiffs glänzte zwischen den Steinen; aus dem zerschmetterten Cockpit hing der grotesk verdrehte Körper des Piloten. Auch der von dem Scharfrichter herbeigerufene Drache hatte den Kampf der Giganten nicht überlebt; der geflügelte Riesenleib lag nicht weit von dem Schiff entfernt am Boden.

»Gwen!« rief Joram weiter.

Die Angst um seine Frau verlieh ihm die Kraft aufzustehen und die mit Geröll übersäten Stufen hinauszustürmen. Immer wieder rief er ihren Namen, ohne Antwort zu erhalten.

Das Geräusch einer fernen Explosion erregte seine Aufmerksamkeit und riß ihn aus seiner dumpfen Verzweiflung. Er drehte sich um und schaute von dem Gipfel des Berges auf die Ebene tief unten. Sonnenlicht brach sich glitzernd auf einer Vielzahl metallischer Flächen – Panzer, die Merilon umkreisten. Weiße Laserblitze prasselten gegen die magische Kuppel. Er glaubte zu sehen, wie einer der Kristalltürme des Palastes einstürzte, aber die Entfernung war zu groß, vielleicht bildete er es sich auch nur ein.

Jeder um ihn herum war tot. Und jetzt starb Merilon. Die Prophezeiung näherte sich der Erfüllung.

»Warum bin *ich* nicht gestorben?« schrie Joram erbittert. Heiße Tränen stiegen ihm in die Augen, aber er drängte sie zurück und blickte wieder zur Stadt. »Deshalb vielleicht . . .«, sagte er leise.

Er würde sterben, aber nicht hier, sondern in Merilon. Noch war die Prophezeiung nicht erfüllt.

Hastig sah Joram sich nach allen Seiten um und suchte mit den Augen den Boden ab, bis er unter viel Geröll einen schwarzen Gegenstand entdeckte. Mit zusammengebissenen Zähnen kletterte er über die Trümmer hinweg und suchte sich einen Weg die Stufen hinunter. Das Schwert lag neben der Leiche des Scharfrichters.

Joram bückte sich, um es aufzuheben, aber seine Beine gaben nach, und er fiel auf die Knie. Er wollte nach dem Schwert greifen, doch schien er sich plötzlich anders zu besinnen. »Ich kann sie retten«, sagte er vor sich hin, »aber wäre es der Mühe wert?« Er hob den Kopf und sah nichts als Tod und Zerstörung.

. . . hält er in seinen Händen das Ende der Welt.

Joram senkte den Blick auf das Dunkle Schwert. Die Sonne schien darauf herab, aber es blieb stumpf. Das Metall, schwarz und kalt wie der Tod . . .

Joram begriff.

Nach Merilon zu gehen und seinen Feinden den Tod zu bringen – das war die Erfüllung der Prophezeiung. Dieser Krieg würde enden, aber dann kam ein nächster und wieder ein nächster. Angst und Mißtrauen wuchsen. Beide Welten würden sich mehr und mehr voneinander abkapseln und jede für sich schließlich zu der Überzeugung gelangen, daß nur die endgültige Zerstörung der anderen das eigene Überleben garantierte, ohne zu begreifen, daß dieser Gedanke schon den Keim des eigenen Untergangs barg.

»Öffne das Fenster. Gib das magische Leben frei«, sagte eine klare, melodische Stimme hinter ihm.

Er fuhr herum und sah Gwendolyn auf der obersten Treppenstufe sitzen. Ihre strahlend blauen Augen sahen ihn an, ohne daß sich eine Spur des Erkennens in ihnen zeigte, doch ihre Worte hatten ihm gegolten.

»Wie?« rief Joram aus. In ratloser Ohnmacht streckte er die Arme zum Himmel. »Wie kann ich dem Einhalt gebieten? Sag mir wie?«

Das Echo schallte zurück. Von den Säulen des Tempels rief es lauter und lauter: »Wie?« Tausende toter Stimmen nahmen den Ruf auf, leiser als das leiseste Flüstern: »Wie?«

Gwendolyn gebot mit einer Handbewegung Schweigen, und das Echo verstummte. Die ganze Welt schwieg, voller Erwartung ...

Gwendolyn betrachtete ihren Gemahl mit einem ernsten Lächeln, das ihn ins Herz traf, denn er sah, daß sie ihn immer noch nicht erkannte.

»Gib der Welt zurück, was du ihr genommen hast«, sagte sie.

Gib der Welt zurück, was du ihr genommen hast ... Er blickte auf die Waffe in seiner Hand. Natürlich, das Dunkle Schwert. Er hatte es aus dem Erz dieser Welt geschaffen. Aber wie sollte er es zurückgeben? Er hatte kein Schmiedefeuer, um es zu schmelzen. Wenn er es vom Gipfel des Berges in die Tiefe schleuderte, würde es auf irgendeinem Felsvorsprung liegenbleiben, bis jemand anderer es fand.

Seine Augen richteten sich auf den Megalithen. Jetzt erst nahm er ihn mit Bewußtsein wahr und erkannte, was Menju zuvor vermutet hatte – er bestand aus Arkanum.

Als er wieder Gwendolyn ansah, lächelte sie ihm zu.

»Was wird geschehen?« fragte er.

»Was war, endet«, antwortete sie. »Was sein wird, beginnt.«

Er glaubte zu verstehen und nickte. Mit dem Schwert in der Hand trat er zu Saryon, kniete nieder und küßte das gütige, friedvolle Gesicht.

»Lebt wohl, mein Freund – mein Vater«, flüsterte er.

Es verwunderte ihn kaum, daß das Gefühl der Schwäche vergangen war. Mit festen, entschlossenen Schritten ging er auf den Megalithen zu.

Während er näher kam, hob er das Schwert, und die Klinge brannte mit blauer Flamme. Wie zur Antwort begannen die Symbole der Neun Mysterien auf dem Stein weiß zu glühen. Jedes einzelne zeichnete Joram mit den Fingerspitzen nach: Erde, Luft, Feuer und Wasser. Zeit, Seele und Schatten. Leben. Tod.

Er drehte sich herum und streckte seiner Frau die Hand entgegen. »Willst du hier an meiner Seite stehen?«

Es war, als hätte er sie aufgefordert, mit ihm zu tanzen. »Aber ja!« antwortete sie mit einem hellen Lachen, sprang auf und lief die Treppe hinunter.

Als sie vor ihm stand, sah Joram, wie sie neugierig seinen verletzten Arm betrachtete. Ihr Blick wanderte zu Saryon, zu dem toten Scharfrichter und zu Simkin, und ein Ausdruck bekümmerten, ratlosen Staunens überschattete ihr Gesicht. Sie schaute wieder Joram an und berührte mit den Fingerspitzen seinen blutdurchtränkten Ärmel. Er zuckte zusammen, sie versteckte die Hand hinter dem Rücken und sah zu ihm auf.

»Du hast mir nicht weh getan. Ich mußte nur daran

denken, wie du mich vor langer Zeit so berührt hast.« Er musterte sie eindringlich. »Haben sie wirklich im Tod ihren Frieden gefunden? Sind sie glücklich?«

»Sie werden es sein, sobald du sie befreit hast«, erwiderte sie.

Das war nicht die Antwort, auf die er gehofft hatte, aber es war auch nicht die Frage gewesen, die ihn eigentlich bewegte. *Werde ich im Tod meinen Frieden finden? Werde ich dich wiederfinden?*

Gwendolyn schaute ihn erwartungsvoll an. »Sie warten«, mahnte sie schließlich mit einem Hauch von Ungeduld in der Stimme.

Warten ... Es schien, daß die ganze Welt wartete, vielleicht seit dem Augenblick seiner Geburt.

Joram umfaßte den Griff des Dunklen Schwertes mit beiden Händen. Die Waffe hoch über den Kopf erhoben, suchte er festen Stand in der Erde des verödeten Gartens. Er holte tief Atem, und dann rammte er mit aller Kraft das Schwert in das Herz des Megalithen.

Es hätte der Anstrengung gar nicht bedurft, fast mühelos drang die Klinge in den Stein, der grell aufleuchtete und erbebte. Joram spürte das Zittern in den Händen, als hätte er das Schwert in einen lebendigen Körper gestoßen.

Der Berg selbst wankte unter seinen Füßen. Der felsige Untergrund bäumte sich auf, als wäre das Leben selbst in ihn gefahren. Der Tempel erzitterte bis in die Grundfeste, Risse erschienen in den Wänden, das Dach stürzte ein. Joram verlor das Gleichgewicht und fiel auf Hände und Knie. Neben ihm kauerte Gwendolyn, die mit kindlicher Faszination das Zerstörungswerk verfolgte.

Dann war es plötzlich vorüber. Alles war wieder still und ruhig. Das Leuchten des Megalithen verblaßte, nichts an dem Stein schien sich verändert zu haben, nur das Schwert war spurlos verschwunden.

Joram wollte aufstehen, doch er war zu schwach. Es war, als hätte das Schwert ein letztes Opfer gefordert und ihm die Kraft aus dem Körper gesogen. Er saß auf dem Boden und lehnte sich mit dem Rücken gegen den Felsen und fragte sich, warum es gegen Mittag anfing dunkel zu werden.

Vielleicht lag es an ihm, an den ersten Schatten des Todes, die sich über seine Augen senkten. Er blinzelte heftig, aber die Schatten blieben. Bei einem prüfenden Blick zum Himmel merkte er, daß es wahrhaftig dunkler wurde.

Aber es war eine merkwürdige, unheimliche Dunkelheit. Sie stieg vom Boden, überzog das Land wie eine düstere Flut und forderte die Sonne heraus, die immer noch über Thimhallan schien. In diesem seltsamen Wettstreit zwischen Licht und Dunkelheit erschienen alle Dinge eigenartig scharf; Konturen traten mit unnatürlicher Schärfe hervor. Über jeder toten Pflanze lag ein Schimmer, der sie fast lebendig aussehen ließ. Winzige Blutstropfen auf dem Pflaster leuchteten tiefrot. Das schüttere graue Haar des Katalyten, die Runzeln und Falten in seinem Gesicht, die gebrochenen Finger seiner Hand waren so präzise nachgezeichnet, daß Joram dachte, sie müßten auch vom Himmel aus zu sehen sein ... desgleichen die flackernden Laserstrahlen der angreifenden Panzer und die gezackten Blitze der Verteidiger. Während die Dunkelheit sich vertiefte und ein feindseliger Wind aufkam, erlebte Joram, wie der Kampf um Merilon immer heftiger entbrannte.

Als er den Blick zum Himmel hob, um zu sehen, ob jemand zuschaute, entdeckte er den Grund für die unzeitige Dunkelheit.

Eine Sonnenfinsternis. Saryon hatte ihm dieses Phänomen erklärt. Der Mond, der zwischen der Sonne und Thimhallan hindurchwanderte, warf seinen Schatten über die Welt. Aber so wie diesmal war es noch nie gewesen – der Mond stürzte sich auf die Sonne, um sie zu verschlingen.

Es wurde immer dunkler. Am Horizont ringsum war es Nacht. Sterne erschienen, leuchteten einen kurzen Augenblick lang auf und verschwanden, als eine andere, tiefere Dunkelheit sie verhüllte. An den Rändern dieser Dunkelheit flackerte Wetterleuchten und Donner grollte.

Der Himmel wurde schwarz und schwärzer. Die Schattenflut brandete auch an den Flanken des Berges empor, nur der Gipfel ragte noch ins Licht – die Sonne behauptete zäh ihre letzte Bastion. Während er verfolgte, wie die Finsternis allmählich höher kletterte, ergriff von Joram die Vorstellung Besitz, daß er und Gwendolyn schiffbrüchig auf dem Ozean der Nacht trieben.

Das Ende jedoch war abzusehen: die Dunkelheit würde über ihnen zusammenschlagen und ihr kleines Boot in den sturmgepeitschten Fluten kentern. Er wollte aufstehen, etwas unternehmen, sich und Gwendolyn in Sicherheit bringen, brachte aber die Kraft nicht auf. Wie im Traum beobachtete er die Ereignisse.

Der Wind wurde stärker und schien aus allen Richtungen gleichzeitig zu kommen. Joram zog seine Frau näher heran, und Gwendolyn schmiegte sich neben ihm in den Schutz des Megalithen. Sie schien sich nicht zu fürchten, sondern schaute erwartungsvoll dem Sturm entgegen; in ihren Augen spiegelten sich die gezackten Blitze, ihre Lippen teilten sich, um den Wind zu schmecken.

Und weil sie keine Angst zeigte, fühlte auch Joram sich plötzlich ruhig. Merilon war nicht mehr zu sehen. Das letzte, sichelförmige Fragment der Sonne schien auf den Berggipfel, die übrige Welt lag im Dunkeln.

Das ersterbende Licht fiel sanft auf Saryons friedliches Gesicht. Dann strömten die Schatten heran und deckten ihn zu. Ein letzter, zaghafter Strahl vergoldete noch einmal Gwendolyns Haar. Joram wollte diesen Anblick mit sich in die andere Welt hinübernehmen. Dort würde sie ihn erkennen. Dort würde sie ihn mit seinem Namen ansprechen.

Die Dunkelheit rückte näher. Joram sah nichts mehr außer Gwendolyn; deren strahlende Augen dem Unwetter furchtlos entgegenblickten. Er glaubte in ihrem Gesicht eine Veränderung zu bemerken. Auch vorher war es ruhig gewesen, aber leer und ausdruckslos. Jetzt war es das ruhige, schöne Gesicht einer Frau, die ihm vor so unendlich langer Zeit liebevoll in die Augen geschaut hatte, als er sich allein und namenlos glaubte.

»Komm mit mir.« Er flüsterte die Worte, die er auch damals zu ihr gesprochen hatte.

Gwendolyn sah ihn an. Die Finsternis verdichtete sich, Licht existierte nur noch in ihren Augen.

»Das will ich, Joram«, sagte sie und lächelte unter Tränen. »Das will ich, mein Gemahl, denn ich bin jetzt frei – frei wie die Toten Thimhallans, frei wie Thimhallans Magie!« Sie streckte die Arme nach ihm aus und zog ihn an sich. Mit ihrer sanften Hand strich sie über sein Haar, ihre weichen Lippen berührten seine Stirn.

Er schloß die Augen, und sie beugte sich schützend über ihn. Die Sonne verschwand, Dunkelheit breitete sich über den Gipfel aus, und das Unwetter brach über Thimhallan herein.

Requiem Aeternam

Einer nach dem anderen wankten die Beobachter an der Grenze und stürzten, besiegt von der Gewalt des Sturms. Der Zauberbann, der sie gefangenhielt, zerbrach wie ihre steinernen Leiber. Zuletzt fiel der Beobachter mit der geballten Faust.

Lange nachdem Sturmfluten die Küsten verwüstet hatten, als Stadtmauern einstürzten und brannten und Angreifer wie Verteidiger Merilons in alle Himmelsrichtungen verstreut wurden, trotzte diese eine Statue der Gewalt des Sturms, und wäre jemand in der Nähe gewesen, hätte er vielleicht ein hohles Lachen gehört.

Wieder und wieder fauchten die Böen heran. Blitze zuckten herab, Donner schlug mit der gewaltigen Faust auf das ungebeugte Haupt. Endlich, als die Dunkelheit am tiefsten war, erlag auch diese Statue der Übermacht der Elemente. Sie stürzte auf das Gestade und zerschellte.

Aus seinem steinernen Gefängnis befreit, gesellte sich der Katalyt zu den Toten Thimhallans, um aus blicklosen Augen das Ende mitanzusehen.

Das Unwetter wütete einen Tag und eine Nacht, dann endlich legte sich der Sturm.

Alles war sehr still.

Nichts regte sich. Nichts konnte sich regen.

Der Born der Magie war leer.

Epilog

Im Schatten ihres eingestürzten Stadttors standen die letzten Einwohner Merilons in einer langen Reihe und warteten.

Zumeist warteten sie schweigend. Dem Boden verhaftet wie Katalyten, gefangen in Körpern, die ihnen fremd vorkamen, ohne die Gabe des Lebens, hatten die Magier wenig Lust, ihre Kraft mit Reden zu vergeuden. Es wäre ohnehin eine traurige und deprimierende Unterhaltung geworden.

Manchmal weinte ein Baby, dann hörte man die beruhigende Stimme der Mutter. Drei kleine Jungen fingen an, auf der von Trümmern übersäten Straße Krieg zu spielen. Sie bewarfen sich mit Steinen und kreischten vor Vergnügen. Der Lärm ihres fröhlichen Treibens hallte gespenstisch zwischen den zerstörten Häusern wider.

Erwachsene, die verbittert in der Reihe standen oder müde auf ihren Bündeln saßen, musterten sie gereizt, und ihr Vater gebot ihnen mit einem strengen Wort Einhalt. Sein scharfer Ton traf wie ein Peitschenhieb.

Es trat wieder Ruhe ein, und die Menschen verfielen wieder in ihr stummes Warten. Die meisten versuchten, sich im Schatten der Mauer zu halten; die Luft war kühl, aber die Sonne brannte gnadenlos vom Himmel. Gewöhnt an eine Sonne, die jahrhundertelang in vornehmer Zurückhaltung über Merilon geschienen hatte, jagte diese neue, feurige Sonne ihnen Furcht ein. Doch obwohl ihnen die blendende Helligkeit unerträglich war, hoben die Menschen jedesmal angstvoll den Blick, wenn ein Schatten den

Himmel verdunkelte. Verheerende Stürme fegten ständig über Thimhallan hinweg.

Bei den Wartenden standen merkwürdige Fremde mit silberner Haut Wache. Sie trugen metallene Geräte in den Händen, aus denen sie einen Lichtstrahl zu entsenden vermochten, der entweder den Schlaf der Bewußtlosigkeit oder den tieferen, traumlosen Schlaf des Todes brachte. Die Magi vermieden es, die Fremden anzusehen, nur manchmal warfen sie ihnen verstohlene, kurze Blicke zu.

Die Fremden ihrerseits taten zwar ihre Pflicht, wirkten aber nicht besonders nervös oder unruhig. Diese Magi, zu deren Bewachung man sie abgestellt hatte, waren einfache Leute und galten nicht als gefährlich. Ein gewaltiger Unterschied zu der langen Reihe schwarz gekleideter Hexen und Hexer, die man die Straße entlangführte. Die Gesichter grimmig und die Köpfe gesenkt, bewegten sie sich mit kleinen Schritten vorwärts. Man hatte ihnen Hand- und Fußschellen angelegt, trotzdem wurden sie schwer bewacht.

Die *Duuk-tsarith* wurden in aller Eile aus dem Tor geschleust, ohne daß die übrigen Meriloner ihnen mehr als einen Blick gegönnt hätten.

Dieser gleiche Mangel an Interesse galt auch einer Person, die auf einer Trage aus dem Tor befördert wurde. Es handelte sich um einen schwergewichtigen, fettleibigen Mann, der für sechs stämmige Katalyten eine schwere Bürde darstellte. Obwohl er allem Anschein nach sehr krank war und nicht imstande zu gehen, war er mit den kostbaren roten Gewändern seines Amtes angetan. Die Mitra thronte stolz auf seinem runden Schädel. Es gelang ihm sogar, schwach die rechte Hand zu heben und die Menschen zu segnen, als er an ihnen vorbeigetragen wurde. Ein paar Leute verneigten sich oder nahmen den Hut ab, aber die meisten beobachteten in stummer Verzweiflung, wie ihr Bischof die Stadt verließ.

Einige Studenten, die sich beim Tor zusammengefunden hatten, spähten hinaus und versuchten zu sehen, was sich vor der Stadt abspielte. Es ging das Gerücht um, daß die *Duuk-tsarith* hingerichtet werden sollten. Als die schwarzgekleideten Gefangenen zusammen mit Bischof Vanya an Bord eines der silbernen Himmelsschiffe gingen, statt vor ein Exekutionskommando gestellt zu werden, lehnten sich die Studenten enttäuscht an die flammengeschwärzten Mauern, verfluchten mit gedämpfter Stimme die Wachen und steckten die Köpfe zusammen, um kühne Befreiungspläne auszuhecken, die niemals Wirklichkeit werden würden.

Die übrigen Meriloner zeigten kaum Neigung, auf die windgepeitschte Ebene hinauszuschauen. Es war in der vergangenen Woche ein allzu vertrauter Anblick geworden: Die gigantischen silbernen Kreaturen – sogenannte ›Luftschiffe‹ – öffneten ihren Schlund, verschlangen Tausende von Menschen, erhoben sich in den Himmel und verschwanden ins Nirgendwo. Auch die einfachen Meriloner würden bald in den Bauch dieser Ungetüme steigen.

Man hatte der Bevölkerung versichert, daß es keinen Grund zu Befürchtungen gab. Man wolle sie evakuieren und aus einer Welt retten, die keinen sicheren Lebensraum mehr bot. Sie hatten sogar die Möglichkeit erhalten, durch irgendwelche dämonischen Artefakte der Schwarzen Künste mit Freunden und Verwandten zu sprechen, die bereits in dieser ›schönen neuen Welt‹ angekommen waren. Trotzdem blieben sie bis zum endgültig letzten Augenblick in ihrer zerstörten Stadt. Obwohl die wenigsten das geschändete Merilon anzusehen vermochten, ohne daß ihnen Tränen in die Augen stiegen, mochten sie nicht von der Erinnerung an frühere Zeiten lassen.

Nachdem der Bischof das Tor passiert hatte, kam niemand mehr, und die Menge geriet in Bewegung. Man hob die Bündel auf und rief nach den Kindern. Ein wenig Interesse erwachte bei den Studenten, als man aus dem letzten Himmelsschiff eine Gestalt herauskommen und sich dem Tor nähern sah. Die Gestalt kam näher, die Studenten merkten, daß es sich nur um einen Katalyten handelte, einen gebeugten, ältlichen Mann, und sie verloren das Interesse.

Einer der Fremden mit der silbernen Haut trat dem Katalyten entgegen, als er das Tor erreichte. Der Katalyt deutete auf einen Mann unter schwerer Bewachung, der von den übrigen Wartenden getrennt gehalten wurde. Wie die *Duuk-tsarith* hatte auch dieser Mann Handschellen, allerdings trug er keine schwarze Kutte, sondern Kleider aus Samt und Seide, die aber zerrissen, schmutzig und blutbefleckt waren.

Der Posten nickte, und der Katalyt näherte sich dem Mann, der ihn nicht bemerkte. Der Gefangene hielt den Kopf gesenkt und starrte in solch düsterer Verzweiflung und Schwermut zu Boden, daß seine Landsleute ihn mitleidig und respektvoll musterten.

»Hoheit«, sagte der Katalyt leise und blieb vor ihm stehen.

Prinz Garald hob den Kopf, schaute den Katalyten an, und ein müdes Lächeln des Wiedererkennens huschte über sein Gesicht. »Pater Saryon, ich habe mich schon gefragt, wohin Ihr verschwunden sein könntet.« Er warf einen Blick auf den säuberlich bandagierten Kopf des Priesters. »Ich fürchtete, Eure Verletzung ...«

»Nein, es geht mir gut.« Saryon betastete den Verband und zuckte leicht zusammen. »Der Schmerz kommt und geht, aber man hat mich aufgeklärt, das sei bei einer Gehirnerschütterung nicht anders zu erwarten. Zwar bin ich tatsächlich in den Krankenzimmern des Schiffes gewesen, aber nur, um nach unserem jungen Patienten zu sehen.«

»Wie geht es Mosiah?« erkundigte sich der Prinz ernst. Sein Lächeln verschwand.

»Besser«, antwortete Saryon seufzend. »Ich habe fast die ganze Nacht bei ihm gesessen, und wir waren nahe daran, ihn zu verlieren. Schließlich gelang es uns doch, ihn zu überreden, sich von den Heilern der Fremden behandeln zu lassen, da unsere *Theldara* ihre Macht eingebüßt haben. Nachdem ich lange auf ihn eingeredet hatte, ließ Mosiah sich überzeugen, und er wird leben. Ich habe ihn der Obhut von Lord und Lady Samuels überlassen.«

Prinz Garalds Gesicht verdüsterte sich. »Ich mache Mosiah keinen Vorwurf«, sagte er dumpf, »aber ich würde ihre Hilfe nicht angenommen haben! Ich würde lieber sterben!«

Zornige Tränen stiegen ihm in die Augen. Er schüttelte die geballten Fäuste und zerrte an der Kette zwischen den Handschellen. Einer der Bewacher wurde aufmerksam, hob die Waffe und stieß mit befehlender Stimme Worte hervor, die sich durch den Metallhelm anhörten, als wären sie von einer Maschine und nicht von einem Menschen gesprochen worden.

»Lieber wäre ich gestorben!« wiederholte Garald mit erstickter Stimme und funkelte den Posten unter gesenkten Brauen an.

Saryon legte dem Prinzen die Hand auf den Arm und wollte ihn beschwichtigen, als eine Bewegung in der Menge ihre Aufmerksamkeit erregte.

Zwei Männer und eine Frau kamen die Straße entlang. An den immer noch schwelenden, feuergeschwärzten Bäumen von Merlyns Hain vorbei, suchten sie sich durch Trümmer und Schutt einen Weg zum Tor. Einer der beiden Männer, der eine schmucklose, adrette Uniform trug, schenkte der Zerstörung keine große Aufmerksamkeit, sondern betrachtete die Ruinen mit dem verbissenen Gesichtsausdruck des Veteranen, der so etwas schon zu oft gesehen hat. Seine Begleiter, der zweite Mann und die Frau, machten jedoch einen zutiefst betroffenen und niedergeschlagenen Eindruck.

Besonders die Frau – eine bezaubernde Erscheinung mit goldenem Haar und einem freundlichen, zarten Gesicht – deutete hierhin und dorthin, sprach mit leiser Stimme zu ihrem Gefährten und schüttelte den Kopf, als erinnerte sie sich an glücklichere Zeiten. Der Mann an ihrer Seite hatte dunkles Haar, trug ein weißes, kuttenähnliches Gewand und hielt den rechten Arm in der Schlinge. Er neigte den Kopf, und sein Gesicht war von einem Kummer gezeichnet, dessen Tiefe niemand ermessen konnte.

Nur einer konnte es. Saryon wischte sich hastig mit der Hand über die Augen.

Die drei Leute wurden von mindestens einem Dutzend bewaffneter, silberhäutiger Fremder begleitet, die Augen und Waffen auf die Menge gerichtet hielten.

Mit dem schicksalsergebenen Schweigen der Meriloner war es plötzlich vorbei. Sie rotteten sich zusammen, schüttelten die Fäuste gegen den weißgekleideten Mann und schleuderten ihm Flüche und Drohungen entgegen. Steine flogen. Ein paar Leute versuchten sich auf ihn zu stürzen.

Die Leibwache bildete einen Kreis um ihren Kommandeur, den Mann und die Frau, während andere Posten die schlimmsten Randalierer an die Mauer zurückdrängten oder mit dem Lähmstrahl ihrer Waffen außer Gefecht setzten. Wer gar keine Ruhe geben wollte, wurde ergriffen und in die provisorische Wachstube geschafft, die man in den ehemaligen Amtsräumen der *Kan-Hanar* eingerichtet hatte.

Der Angegriffene schien weder verängstigt noch zornig zu sein. Er hielt sogar einen der Fremden davon ab, eine junge Frau zu verhaften, die sich vorgewagt hatte, um ihn anzuspucken. Er schien nur um seine goldhaarige Begleiterin besorgt zu sein, denn er legte ihr den Arm um die Schulter und zog sie schützend an sich. Sie war bleich, aber gefaßt und betrachtete die empörten Leute mit bekümmertem Verständnis, während sie liebevoll den Mann zu trösten versuchte.

Prinz Garald warf mit zusammengezogenen Brauen einen Blick auf Pater Saryon. Der Katalyt war blaß und sichtlich erschüttert.

»Es tut mir leid, daß Ihr dies mitansehen müßt, Pater«, sagte Garald schroff und schaute dem weißgekleideten Mann feindselig entgegen. »Er hätte nicht kommen sollen. So hat er es sich selbst zuzuschreiben.«

Saryon schwieg. Nichts, was er sagen konnte, würde den unerbittlichen Zorn des Prinzen beschwichtigen. Das Herz tat ihm weh vor Mitleid.

Major Boris schnarrte einen Befehl, und die Wachen fingen an, die Menschenmenge aus dem Tor und zu dem wartenden Schiff zu dirigieren. Diese Ablenkung stellte die Ordnung wieder her; die Leute waren gezwungen, sich um ihre Familien und Habseligkeiten zu kümmern. Langsam schob sich die Reihe der Heimatlosen durch das Tor aus der zerstörten Stadt. Alle warfen Joram im Vorübergehen finstere Blicke zu, riefen eine letzte Drohung und hoben noch einmal die geballte Faust. Joram ging weiter. Zwischen Gwendolyn und Major Boris schien er die Beleidigungen und haßerfüllten Anschuldigungen gar nicht wahrzunehmen. Sein Gesicht war so hart und kalt wie aus Stein gemeißelt. Nur Saryon sah den ohnmächtigen Schmerz in den braunen Augen.

»Wenn er mitfliegt, weigere ich mich an Bord dieses Schiffes zu gehen, Ihr könnt tun, was Ihr wollt!« rief Garald dem Major zu, als die drei sich ihm näherten.

Hochaufgerichtet, die gefesselten Hände in trotziger Eleganz erhoben, als trüge er Armreifen aus kostbaren Juwelen, warf der Prinz Joram einen vernichtenden Blick zu. Joram wich ihm nicht aus. Er begegnete Garalds Blick frei und unbefangen, mit einem Stolz, der nur von Trauer gemildert wurde.

Saryon, der sie beide beobachtete, fühlte sich lebhaft an den Moment erinnert, als Garald und Joram sich zum erstenmal gegenüberstanden. Der Prinz hatte den jungen Mann für einen Straßenräuber gehalten und gefangengenommen. Es lag noch derselbe Stolz in Jorams kämpferisch zurückgebogenen Schultern, derselbe unverkennbare Hinweis auf eine vornehme Abkunft.

Aber die Glut der Arroganz und Auflehnung, die in den Augen des Halbwüchsigen geschwelt hatte, war erloschen und hatte nichts zurückgelassen als die tote Asche von Kummer und Leid.

Die gleichen Erinnerungen mochten Garald bewegt haben, oder vielleicht war es Jorams offener Blick, denn der Prinz wandte zuerst die Augen ab. Eine leichte Röte stieg ihm in die Wangen, und er schaute durch eine Bresche in der Stadtmauer auf die weite Ebene vor den Toren hinaus.

Major Boris redete eine Weile in seiner Sprache. Joram hörte ihm zu, dann wandte er sich an Garald.

»Hoheit ...«

Garald verzog höhnisch den Mund. »Nicht ›Hoheit‹«, korrigierte er beißend. »›Gefangener‹ mußt du sagen!«

»Hoheit«, wiederholte Joram, und diesmal war es Garald, der zusammenzuckte, weil er aus dem einen Wort tiefen Respekt und eine noch größere Trauer heraushörte. Er vermied es weiterhin, Joram anzusehen, und sah in die Ferne, aber die Bilder verschwammen vor seinen Augen, und er preßte die Lippen zusammen, um der Bewegung Herr zu werden, die zu zeigen sein Stolz ihm nicht erlaubte.

» ... Major Boris gibt der Hoffnung Ausdruck, daß Ihr Euch an Bord des Transporters als sein Gast betrachten werdet«, fuhr Joram fort. »Er sagt, es wird ihm eine Ehre sein, das Quartier mit einem so tapferen und untadeligen Soldaten zu teilen, wie Ihr es seid. Er hofft auch, daß Ihr ihm die Ehre erweist, ihm während der langen Reise ausführlich von der Geschichte und Kultur unseres Volkes zu erzählen ...«

»*Unser* Volk?« Garald schürzte die Lippen.

» ... und dessen Sitten und Gebräuche, damit er besser helfen kann, wenn Ihr und die anderen am Ziel angekommen seid«, schloß Joram, ohne den Einwurf zu beachten.

»Wenn wir in den Sklavenlagern angekommen sind, meinst du!« schleuderte Garald ihm entgegen. »Einige von uns!« fügte er bitter hinzu und starrte über Jorams Kopf hinweg. »Ich nehme an, Verräter, daß du wieder zu deinen Freunden gehen wirst ...«

Es war Major Boris anzusehen, daß er sich denken konnte, was Garalds zorniger Ausbruch zu bedeuten hatte. Er schüttelte den Kopf über ein offensichtliches Mißverständnis und sagte einige Worte zu Joram, dann befahl er den Wachen mit einem Wink, dem

Prinzen die Handschellen abzunehmen. Garald riß die Hände zurück. »Solange mein Volk in Ketten geht, werde auch ich Ketten tragen!« rief er feindselig.

»Hoheit«, ergriff Pater Saryon mit leiser, aber fester Stimme das Wort, »ich muß Euch daran erinnern, daß Ihr nach Eures Vaters Tod die Verantwortung für das Wohl des Volkes tragt. Die Menschen haben Ihr Vertrauen in Euch gesetzt, und als ihr Führer im Exil müßt Ihr stets in ihrem Interesse handeln und entscheiden. Laßt Euch nicht von Haß beherrschen! Haß zeugt kein Leben, keine Hoffnung, keine neue Zukunft, nur immer wieder Tod und Zerstörung ...« Der Katalyt deutete mit einer Bewegung seiner verkrüppelten Hand auf die Ruinen Merilons.

Prinz Garald kämpfte mit sich. Saryon, der dicht neben ihm stand, fühlte, wie der starke Körper zitterte, und sah die verkniffenen Lippen weiß werden, als der Prinz sich bemühte, seinen Stolz niederzuringen, seine Wut und seinen Schmerz.

»Ich weiß, daß ich nichts von Politik verstehe, Hoheit«, sprach Saryon eindringlich weiter, »aber ich rede zu Euch als ein Mann, der viel gelitten hat und andere leiden sah. Ich will dem ein Ende bereiten. Denkt auch daran, daß ich in meiner Eigenschaft als Euer Ratgeber handle. Ich bin ein unzulänglicher Nachfolger für den klugen Mann, der mich sterbend in dieses schwere Amt berufen hat, aber ich glaube, Kardinal Radisovik würde genau dasselbe zu Euch gesagt haben.«

Garald neigte den Kopf, Tränen liefen über seine Wangen. Er biß sich auf die Lippen; entweder war er unfähig oder nicht willens zu antworten. Major Boris wartete, dann sprach er wieder auf Joram ein, und der Ton seiner Stimme ließ keinen Zweifel daran, daß er es ernst und aufrichtig meinte.

Joram hörte ihm zu, dann nickte er und übersetzte. »Der Major gibt Euch nochmals das Wort, daß unsere Landsleute keine Sklaven sind. Ihr werdet in Umsiedlungslager gebracht, wo ihr euch an die neuen Welten gewöhnen könnt, in denen ihr von nun an leben werdet. Nach einer gewissen Zeitspanne seid ihr frei zu gehen, wohin es euch beliebt, und zu leben, wie ihr es für richtig haltet. Mit nur einer Einschränkung selbstverständlich – daß ihr nicht nach Thimhallan zurückkehrt. Diese Maßnahme dient nur eurem eigenen Wohl. Die heftigen Stürme machen das Land absolut unbewohnbar.«

Bei diesen letzten Worten glaubte Saryon zu sehen, daß Gwendolyn sich mit einem traurigen Lächeln enger an ihren Mann schmiegte. Joram legte den Arm um sie, ohne den zwingenden Blick von Garalds Gesicht abzuwenden.

»Obwohl es jetzt den Anschein hat, als wären eure magischen Kräfte verloren, weil ihr nicht mehr aus dem vollen Born der Magie schöpfen könnt, ist den weisen Herrschern der Welten Jenseits doch bewußt, daß im Lauf der Zeit das magische Leben wieder in euch einströmen wird. Weil die Magie sich wie früher im ganzen Universum verteilt hat, geht man davon aus, daß ihr vermutlich wieder über ebensolche Kräfte verfügen werdet wie in der alten Zeit. Unser Volk könnte eine ungeheure Bereicherung sein für die Welten Jenseits.«

»Oder auch eine ungeheure Gefahr«, murmelte Garald finster.

Major Boris antwortete und unterstrich seine Worte mit einer energischen Handbewegung.

»Der Major stimmt mit Euch überein«, sagte Joram. »Er weiß, daß es in der Natur einiger Menschen liegt, Macht zu mißbrauchen und für ihre eigenen selbstsüchtigen Ziele zu benutzen. Solch ein Mann war Menju der Magier. Doch er weiß auch, daß es die Natur anderer ist, sich für das Wohl des Volkes aufzuopfern und alles zu tun, um diese Welt zu einem Ort zu machen, an dem man leben kann.«

Es sah aus, als wolle Saryon an dieser Stelle etwas einwerfen, aber Joram schaute zu ihm hin, schüttelte den Kopf und fuhr fort.

»Der Major hat die Nachricht erhalten, daß die anderen Magi, die an Menjus Plänen mitbeteiligt waren, sich von dem Tod ihres Anführers nicht haben beirren lassen und auch nicht von der Tatsache, daß er von Anfang an vorhatte, sie zu hintergehen. Sie sind an einen geheimen Ort geflohen und sind entschlossen, den Kampf fortzuführen, zumal ihnen jetzt, nachdem die Magie sich wieder im ganzen Universum ausgebreitet hat, neue Kräfte zu Gebote stehen.

Von mir aus möchte ich hinzufügen«, sagte Joram ruhig, »daß diese verbrecherischen Magi in gewisser Weise unsere Verantwortung sind, denn wir waren es, die sie aus der Gesellschaft ausgestoßen haben. Sie werden jeden Bürger Thimhallans als ihre Bedrohung ansehen und alles daransetzen, diese Gefahr für ihre ehrgeizigen Pläne zu eliminieren. Die Herrscher der Welten Jenseits vertrauen darauf, daß unser Volk helfen wird, sie aufzuspüren und zu vernichten.«

»Nicht zu vergessen, Hoheit«, bemerkte Saryon mit feiner Ironie, »daß es unter uns solche Leute wie Bischof Vanya gibt, die unzweifelhaft versuchen werden, sich zu Despoten auch dieser neuen Welten aufzuschwingen. Wir brauchen starke und ehrenhafte Persönlichkeiten wie Euch und wie Major Boris. In gemeinsamer Zusammenarbeit könntet Ihr viel Gutes bewirken.«

Gwendolyn löste sich von Joram und legte Garald

sanft die Hand auf den Arm. »Haß ist ein giftiger Boden, auf dem nichts gedeiht«, mahnte sie. »Ein Baum wird in solcher Erde verkümmern und sterben.«

Garald starrte unter zusammengezogenen Brauen vor sich hin, der Ausdruck seines Gesichts war grimmig und unversöhnlich. Erneut gab der Major ein Zeichen, die Handschellen zu entfernen, und der Posten trat vor. Garald hielt die Hände in den Falten seiner zerrissenen und blutigen Gewänder verborgen, dann aber streckte er sie dem Mann entgegen. Die Fesseln wurden abgenommen, und Garalds stolzer Blick richtete sich widerstrebend auf Major Boris.

Obwohl der stämmige, untersetzte Offizier ihm nur bis zur halben Brust reichte, war er ebenso muskulös wie der Prinz. Die Männer waren beide Anfang Dreißig, und trotz der Unterschiede auch in der Kleidung bestand eine Ähnlichkeit zwischen ihnen, die in der aufrechten Haltung zum Ausdruck kam, ihrem Freimut und ihrer Wahrhaftigkeit.

»Ich nehme Euer Anerbieten an, Major Boris«, sagte Garald steif. »Ich werde tun, was ich kann, um Euch zu helfen, mein Volk besser zu verstehen, und als Zeichen *meines* guten Willens erkläre ich mich bereit, Eure Sprache zu lernen. Allerdings nur unter den folgenden Bedingungen.«

Major Boris lauschte aufmerksam, allerdings mit leicht gerunzelter Stirn.

»Erstens, daß mein Ratgeber, Pater Saryon, die Erlaubnis erhält, bei mir zu bleiben.« Garald schaute Saryon an. »Wenn es Euch recht ist, Pater?«

»Ich danke Euch, Hoheit«, antwortete Saryon einfach.

»Zweitens, daß meinem Volk die Ketten und Handschellen abgenommen werden.« Es war dem Prinzen anzusehen, daß er in diesem Punkt nicht bereit war, Zugeständnisse zu machen. »Ich werde mit ihnen reden«, fügte er hinzu, als er sah, daß seine Forderung bei dem Major nicht auf Gegenliebe stieß, »und ich gebe Euch mein Wort, daß wir Euch und Euren Herrschern keinen Grund zur Beunruhigung geben werden. Außerdem soll man uns erlauben, uns vorläufig selbst zu regieren.«

Nach kurzem Zögern nickte der Major und sagte etwas zu Joram.

»Er für seinen Teil ist einverstanden«, teilte Joram mit, »aber natürlich kann er nicht für seine Vorgesetzten sprechen. Er glaubt allerdings, daß es ihm und Euch gemeinsam gelingen dürfte, die Herrscher der Welten Jenseits zu überzeugen, daß eine solche Regelung im Interesse aller ist.«

»Eure Hand, Sir?« sagte der Major langsam und unbeholfen in der Sprache Thimhallans. Er streckte Garald die Hand entgegen.

Als Garald Anstalten machte, sie zu ergreifen, sah man deutlich die Spuren der Fesseln an seinen Handgelenken. Er dachte an die Qualen, die er ausgestanden hatte, und zögerte. Fast schien es, als wolle er die Geste des Majors zurückweisen. Saryon hielt den Atem an und sprach ein stummes Gebet.

Die Lippen zu einem blutleeren Strich zusammengepreßt, zog Garald die Ärmel des Hemdes über die Schürfwunden und umfaßte die Hand des Majors. Der Major erwiderte den Druck herzlich und lächelte breit.

Gwendolyn neigte den Kopf zur Seite, um einer Stimme zu lauschen, die nur sie hören konnte, dann schaute sie freundlich von einem zum anderen. »Die Toten sagen mir, daß diese Freundschaft, die Ihr heute besiegelt habt, in den Welten Jenseits zur Legende werden wird. Oft wird einer für den anderen sein Leben einsetzen, während der Kämpfe, die notwendig sind, um die bösen Mächte des Universums zu besiegen. Im gleichen Maße wie in den Welten durch die Rückkehr der Magie das Potential des Guten wächst. So erhält sich auch das Potential für das Böse. Aber mit dem Vertrauen aufeinander und auf Euren Gott werdet Ihr triumphieren.« Bei den letzten Worten nickte Gwendolyn Pater Saryon zu.

Major Boris räusperte sich verlegen und bellte seine Befehle. Nachdem er den Prinzen, Pater Saryon und Joram begrüßt hatte, machte er kehrt und stapfte davon, um seinen anderen Pflichten nachzukommen.

Garald schaute ihm lächelnd nach. Das Lächeln erstarb aber abrupt, als er Jorams Blick auffing.

Mit einer schroffen Handbewegung schnitt der Prinz Joram das Wort ab, als er etwas sagen wollte.

»Zwischen uns gibt es nichts mehr zu reden.« Die kalten Augen des Prinzen starrten an Joram vorbei. »Dir war die Macht verliehen, meine Welt zu retten, aber du hast es nicht getan. Statt dessen hast du mit voller Absicht ihren Untergang besiegelt. Oh, ich weiß!« Er kam Saryons Einwand zuvor. »Ich kenne deine Gründe. Pater Saryon hat mir deinen Entschluß erklärt, dem Universum die Magie zurückzugeben. Vielleicht werde ich im Lauf der Zeit soweit kommen, dich zu verstehen. Aber verzeihen werde ich dir nie, Joram! Niemals!«

Mit einer kühlen Verbeugung vor Gwendolyn machte Prinz Garald auf dem Absatz kehrt. Er wäre fortgegangen, hätte Joram ihn nicht festgehalten.

»Hört mich an, Prinz. Ich bitte nicht um Vergebung«, meinte er rasch, als er sah, wie Garalds Gesicht sich verhärtete, »denn ich habe selbst lange darum ringen müssen, mir zu vergeben, was ich getan habe.

Es sieht ganz so aus, als hätte sich die Prophezeiung erfüllt. War es mir so bestimmt? Oder hatte ich die Wahl? Ich glaube, daß ich die Wahl gehabt habe. Was geschehen ist, ist geschehen. Es hat sich herausgestellt, daß es sich bei der Prophezeiung um eine Warnung handelte, nicht um die Weissagung eines unabwendbaren Verhängnisses. Wir haben sie mißachtet. Was wäre aus mir und aus dieser Welt geworden, hätte die Angst nicht Liebe und Mitleid besiegt? Was wäre geschehen, hätten mein Vater und meine Mutter mich behalten, statt mich zu verstoßen? Was wäre geschehen, wenn ich auf Saryon gehört und das Dunkle Schwert vernichtet hätte, statt es zu benutzen, um endlich auch Macht zu haben? Vielleicht würden wir die Welt Jenseits irgendwann auf friedlichem Wege entdeckt haben. Vielleicht hätten wir die Grenzen aus freiem Willen geöffnet, um die Magie in's Universum zu entlassen ...« Garalds Miene blieb unverändert; er blickte starr geradeaus und würdigte den einstigen Freund keines Blickes.

Seufzend verstärkte Joram den Griff um den Arm des Prinzen. »Aber wir taten es nicht«, sagte er leise. »Thimhallan wurde wie meine Mutter – ein Leichnam, verwesend und verfallend, nur durch Magie scheinbar am Leben erhalten. Thimhallan selbst ist tot, außer in den Herzen seiner Bevölkerung. Ihr werdet Leben in Euch tragen, mein Freund, wohin Ihr auch geht. Möge Eure Reise gesegnet sein – Hoheit.«

Garald senkte den Kopf, er schloß von Schmerz überwältigt die Augen. Für einen kurzen Moment lag seine Hand, die aufgeschürft und blutig war, auf der Jorams. Sturmwolken türmten sich am Horizont, Blitze flackerten. Kleine Windhosen kreiselten durch die Ruinen Merilons und wirbelten Staub und Asche auf. Der Prinz machte sich von Joram los und wandte sich ab. Sein zerrissener Umhang umflatterte ihn, seine Stiefel knirschten auf den zerschmetterten Steinen.

Ohne einen Blick zurückzuwerfen, trat Garald durch das Tor und machte sich auf den langen Weg über die Ebene zu dem wartenden Himmelsschiff.

Seufzend zog Saryon die Kapuze über den Kopf, um sich vor dem aufgewirbelten Staub zu schützen.

»Wir sollten auch gehen, Joram«, meinte er. »Der nächste Sturm zieht auf. Wenn wir uns nicht beeilen, bricht er los, ehe wir das Schiff erreichen.«

Zur grenzenlosen Überraschung des Katalyten schüttelte Joram den Kopf.

»Wir kommen nicht mit Euch, Pater.«

»Wir wollten nur Lebwohl sagen«, fügte Gwendolyn hinzu.

»Wie bitte?« Saryon starrte sie beide fassungslos an. »Das ist das letzte Schiff! Ihr müßt an Bord gehen, sonst ...« Plötzlich begriff er. »Aber das könnt ihr nicht tun!« rief er mit einem Blick auf die zerstörte Stadt und die tiefhängenden, rasch näherkommenden Sturmwolken. »Ihr könnt nicht hierbleiben!«

»Mein Freund«, Joram nahm Saryons verkrüppelte Hand zwischen die seinen, »wo sonst kann ich hingehen? Ihr habt sie gesehen, Ihr habt sie gehört.« Er deutete auf die lange Reihe der Flüchtlinge, die sich unter der Aufsicht ihrer Bewacher dem Schiff näherten. »Sie werden mir nie vergeben. Wohin sie auch gehen, was immer die Zukunft ihnen bringen mag, immer werden sie meinen Namen wie einen Fluch aussprechen. Sie werden ihren Kindern von mir erzählen. Für alle Zeit werde ich derjenige sein, der die Prophezeiung erfüllte, derjenige, der die Welt zerstört hat. Mein Leben und das meiner Lieben wäre in ständiger Gefahr. Nein, es ist viel besser für meine Frau und für mich und für unsere Kinder, wenn wir hierbleiben.«

»Aber ganz allein!« Saryon rang verzweifelt die Hände. »Auf einer toten Welt! Heimgesucht von Stürmen, Erdbeben. Wo denkt ihr zu wohnen? Die Städte liegen in Trümmern ...«

»Die Bergfestung des Baptisteriums ist unbeschädigt«, antwortete Joram. »Dort werden wir uns einrichten.«

»Dann bleibe ich bei euch!«

»Nein, Pater.« Unwillkürlich schaute Joram auf Garalds hochgewachsene, aufrechte Gestalt, die einsam über die Ebene wanderte. »Andere bedürfen jetzt eurer.«

»Wir werden nicht alleine sein, Pater.« Gwendolyn legte ihre zarte Hand auf die ihres Mannes. »Die Toten sind die Erben dieser Welt. Wir werden ihnen Gesellschaft leisten und sie uns.«

Über ihre Schulter hinweg sah der Katalyt verschwommene Umrisse und vage Gestalten, die ihn mit wachen, wissenden Augen musterten. Er glaubte sogar das Flattern von orangefarbener Seide bemerkt zu haben, obwohl es verschwand, als er den Blick darauf richtete.

»Lebt wohl, Pater«, sagte Gwendolyn und drückte einen Kuß auf seine runzlige Wange. »Wenn unser Sohn erwachsen ist, werden wir ihn zu Euch schicken, um ihn zu lehren, wie Ihr Joram gelehrt habt.«

Sie lächelte so heiter und zuversichtlich und sah ihren Gatten mit solcher Liebe an, daß Saryon sich merkwürdig getröstet fühlte.

»Lebt wohl, Pater«, sagte auch Joram und umfaßte mit festem Griff die zitternde Hand des Katalyten. »Ihr seid mein Vater, der einzige wirkliche Vater, den ich je gekannt habe.«

Saryon schloß ihn in die Arme und dachte an den

winzigen Säugling, dessen Köpfchen einst an seiner Schulter geruht hatte. »Eine innere Stimme sagt mir, mein Sohn, daß ich dich nie wiedersehen werde, und eins muß ich dir noch sagen, bevor wir uns trennen. Als ich dem Tode nahe war, habe ich gesehen – habe ich endlich verstanden.« Seine Stimme brach, und er konnte nur noch flüstern. »Was du getan hast, war richtig, mein Sohn! Vergiß das nie! Und denk immer daran, daß ich dich liebe! Daß ich dich liebe und achte ...« Er konnte nicht weitersprechen.

Jorams Tränen vermischten sich mit Saryons und fielen in das schwarze Haar, das sich auf seinen Schultern kräuselte. Die beiden Freunde hielten sich umschlungen, während die schwarzen Wolkentürme des nahenden Unwetters ihre drohenden Schatten über die Ruinen Merilons warfen und ein böiger, kalter Wind durch die menschenleeren Straßen fegte. Einer der Posten warf einen unbehaglichen Blick zum Himmel und trat vor, um dem Katalyten respektvoll auf die Schulter zu tippen.

»Es ist Zeit für Euch zu gehen. Möge der Almin mit Euch sein, Pater«, sagte Joram ruhig.

Saryon lächelte unter Tränen.

»Das ist er, mein Sohn«, antwortete er und legte die Hand auf sein Herz. »Das ist er.«

Die Saga vom Dunklen Schwert
wird fortgesetzt mit dem Band:

Das Erbe
des Dunklen Schwerts

Band 20 344
Margaret Weis/
Tracy Hickman
Der Weg nach
Merilon

Als Kind ohne Magie fand Joram bei den Verbannten des Reiches Merilon Unterschlupf. Einer der Rebellen stellt ihm allerdings nach und will ihn verraten: Blachloq, der dunkle Zauberer. Mit seinem magischen Schwert tötet Joram den Führer der Verbannten und muß fliehen – doch wohin? Begleitet von dem Priester Saryon bricht er nach Merilon auf. Dort regiert der undurchsichtige Bischof Vanya, der nur ein Ziel kennt: den geheimnisvollen Joram und sein magisches Schwert in seine Gewalt zu bekommen.

Spätestens seit ihren erfolgreichen DRACHENLANZEN-Romanen sind Margaret Weis und Tracy Hickman kein Geheimtip mehr. Das Publikum der beiden Autoren zählt mittlerweile weltweit Millionen. Mit der Saga um das DUNKLE SCHWERT haben sie einen ungewöhnlichen Zyklus geschaffen, der an Marion Zimmer Bradleys DARKOVER-Romane erinnert.

BASTEI LÜBBE

Sie erhalten diesen Band im Buchhandel, bei Ihrem Zeitschriftenhändler sowie im Bahnhofsbuchhandel.